海外小説 永遠の本棚

フロス河の水車小屋
(上)

ジョージ・エリオット

小尾芙佐＝訳

白水uブックス

The Mill on the Floss
(1860)
by George Eliot

フロス河の水車小屋（上）

目次

第一部　少年と少女

『フロス河の水車小屋』(下) 目次

マギーの親戚

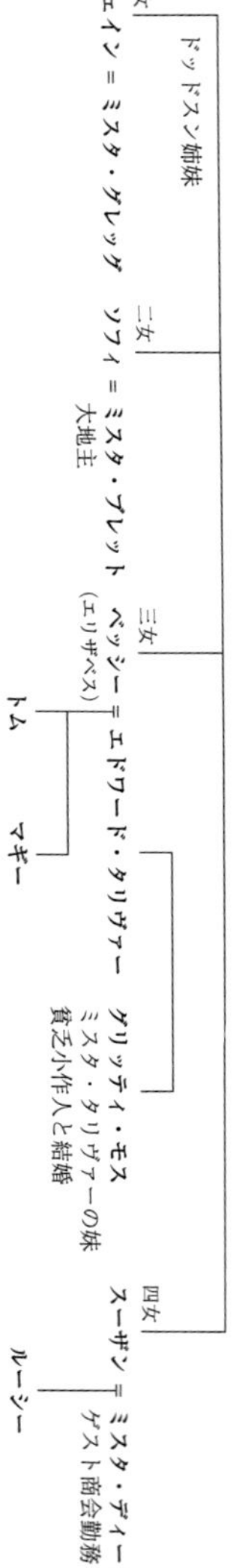
ドッドスン姉妹
長女
ジェイン＝ミスタ・グレッグ
二女
ソフィ＝ミスタ・プレット
大地主
三女
ベッシー
（エリザベス）
＝エドワード・タリヴァー
グリッティ・モス
ミスタ・タリヴァーの妹
貧乏小作人と結婚
トム
マギー
四女
スーザン＝ミスタ・ディーン
ゲスト商会勤務
ルーシー

第一部　少年と少女

第1章　ドルコートの水車場の前で

広々とした平野の、緑の土手のあいだを、次第に広がるフロス河がとうとうと流れていけば、愛情深い海の潮が激しい抱擁でその行く手を阻む。力強いその潮に浮かぶ数隻の黒い船には——芳ばしい香りをはなつ樅材《もみ》や、油をふくんだ種子をたっぷり詰めこんだ袋や、黒光りする石炭が積みこまれ——セント・オグズの町へと運ばれていく。町は、古色蒼然とした赤い溝入り屋根が連なり、木々の茂る低い丘と河岸にはさまれた波止場の建物の大きな破風《はふ》も見えている。河べりの水面《みなも》は、二月のはかない陽光を浴び、薄紫色に染まっている。河の両岸には、豊かな牧草地がどこまでも広がり、広葉の青野菜の種を蒔くばかりに掘りかえされた黒い土や、秋まきの小麦の柔らかな芽に彩られた畑も見える。生け垣のむこうには、蜜蜂の巣のように積みあげられた去年の干し草の黄金色の山が、いまもぽつぽつと残されている。生け垣はところどころに高い樹木が植えられているので、遠くに見える船は、こんもり茂るトネリコの枝すれすれにマストをかかげて赤茶色の帆を広げているように見える。赤い屋根の連なる町のすぐそばに、支流であるリプル川が、勢いよくフロス河に流れこんでくる。さまざまに形を変える、ほのぐらい小波《さざなみ》を立てながら流れるこの小さな川のなんと愛らしいことだろう。その土手をそぞろ歩きながら、低い静かな川音に耳をすませていると、まるで生きている人のそばにいるような気がする。川音は、耳の聞こえぬ愛しい人の声のようだ。わたしは枝先が川の水に浸《つ》かっていたあの柳の大木を思い出す……そしてあの石橋も……

これがドルコートの水車場。わたしは橋の上で一、二分ほど立ち止まって水車場を眺める。雲ゆきも怪しく、夕暮れも迫っていたが。二月も末の、木々の葉もすっかり落ちてしまったこんな季節なのに、水車場を眺めているのはとても楽しい——おそらくひんやりした湿気の多い季節が、手入れのゆきとどいたあの快適な住居に、北風を防いでくれる楡《にれ》や栗の大木ほどに年老いたあの家に、いっそうの魅力を与えているからだろう。河の流れは、溢れるばかりに水かさを増し、小さな柳の植えこみを浸し、家の前の小さな畑のへりのなかばまで浸している。その流れを、色あざやかな草を、葉の落ちた薄紫色の大枝の下でうっすら光る太い幹や小枝の輪郭をやわらげる明るい緑色のしぶきを眺めていると、こんな湿潤な空気もいいなと思い、柳の小枝をかきわけて水に頭をつっこんでいる白い家鴨《あひる》たちが羨ましくなり——乾いた土の上にさらしている不格好な姿も気にならなくなる。

勢いづく瀬の音、そして轟《とどろ》きわたる水車の音が耳を惑わせ、平和な光景がいっそう際立つような気がする。それは外の世界を締め出す大きな音の幕のようだ。そしていましも雷のような音をたてる幌馬車が、穀物を詰めこんだ袋を積んでご帰還である。あの実直な馭者は、こんなに遅くなってしまったので、天火のなかで哀れにも干からびてしまったにちがいない夕食のことを考えている。それでも馬たちに飼い葉をやらぬうちは、夕食に手を触れるつもりはない。強靱で従順、おとなしそうな目をしたこの馬たちは、目隠し革のあいだから、こいつらにはこうしてやらねばだめだと、主人がすごい剣幕で鞭《むち》を鳴らすのを、やさしく詰《なじ》っているように見える。橋に向かう坂道を馬たちは前脚を大きく前へと蹴り出して懸命に上ってくるが、もう家も近いので、いっそう踏んばっている。かたい地面をしっかりと踏まえるあの太く毛深い脚を、重い首輪の下でたわむ首の根気よい強さを、踏んばる臀部《でんぶ》の強靱な筋肉を見るがいい！　やっとありついた飼い葉に喜ぶ馬のいななきを聞くのはとても好きだし、馬具のはずされた汗ばんだ首を伸ばし、濁った池にせっせと鼻を突っ込んでいるさまを見るのもいい。馬たちは橋にさしかかると、猛烈な勢いで坂を駆けおり、大きな荷馬車と曲がり角の木立の陰に消える。

こうしてわたしはふたたび水車場に目を向け、やすみなく回ってダイヤモンドのように輝くしぶきをやすみなくあげる水車を見ることができる。あの小さな女の子もじっと水車を見ている。わたしが橋の上で足をとめてからずっと、この水べりの同じ場所に立って。片方の耳が茶色の、いっぷう変わった白の雑種犬も、飛びあがったり吠えたりして、水車に向かってせんない抗議をしている。たぶんあの犬は、ビーバーのボンネット帽をかぶった遊び友だちが、水車の動きに夢中になっているのが妬ましいのだろう。あの遊び友だちは、もう家のなかに入る時刻なのだとわたしは思う。家のなかには少女を惹きつける火があかあかと燃えている。赤い光は、灰色の深まった空の下に漏れだしている。わたしもまた、この橋の冷たい石の欄干に乗せていた腕を上げるときかもしれない……

ああ、腕がすっかり痺《しび》れてしまった。椅子の腕木に両の腕を押しつけたまま、わたしは夢を見ていたらしい。もう何年も前の二月の午後、ドルコートの水車場の前のあの橋に自分が立っている夢を見ていたのだ。わたしが夢を見ていたあの日の午後、タリヴァー夫妻が、左手にある客間のあかあかと燃える暖炉のまえにすわりこんで、なにを話しあっていたか、わたしは、ふたたびうたた寝をしないうちにあなた方にお話ししようと思う。

第2章　ドルコート水車場のミスタ・タリヴァー、トムについての決心を表明する

「わしの望みはだね」とミスタ・タリヴァーはいった。「わしの望みは、トムに立派な教育を与えることなんだよ。あいつの人生の糧《かて》になるような教育をだな。聖母マリアの祝日（三月二十五日）に、学塾のほうをやめるようにいってやったのも、そう考えておったからさ。あの子は、夏にはたいそう立派な学校に入れるつもりだよ。やつを粉屋か農夫にするつもりなら、二年間、学塾で勉強すりゃあ充分だわさ、なんといったって、わしらよりずっと立派な教育を受けておるんだから。おやじが、わしにしてくれた教育といやあ、樺《かば》の鞭でひっぱたいて、文字を教えこむぐらいのもんだ。だがわしはな、トムにはまっとうな教育を受けさせたいんだよ。そうすりゃ、お上品な喋り方をして、立派な文字も書けるご仁ともしっかり渡り合えるんじゃないかね。そうすりゃ、訴訟だの裁判だのというときに、わしを助けてくれるだろう。あの子を弁護士にしたいわけじゃない――ああいう悪者になっちゃあ困るからな――だが技工ちゅうもんとか、技師とか、ライリーみたいな競売人とかな、稼ぐばかりで、出費といやあ、せいぜいでっかい懐中時計の鎖か、背の高い椅子ぐらいという連中にはな。こういうやつらはどれも似たりよったり、弁護士とも、さほどちがいはないとわしはふんどる。ライリーときちゃ、弁護士のウェイケムとしっかり渡り合えるからな。びくついたりはせんからな」

ミスタ・タリヴァーは、妻を相手にしゃべっている。妻は扇型の縁なし帽をかぶった、金髪の器量のいい婦人。(扇型の縁なし帽がいつの世までかぶられていたか、残念ながらわたしにはわからない——ふたたびかぶられるようになるのは、そう遠いことではあるまい。あのころ、ミセス・タリヴァーは四十そこそこ、セント・オグズの町ではその帽子が流行《はや》っていて、たいそう魅力的だと思われていた)。

「そうですねえ、あなたはなんでもよく知ってなさるから。わたしは反対しませんよ。ところで、鶏を二羽ばかり絞めてようござんすかね、来週あたり、伯母さまや伯父さまに夕食にきていただいたらどうでしょうね、そうすればグレッグやプレットの姉さま方が、このことをどう思いなさるか、聞けるじゃありませんか? 絞めごろのが、二羽ばかりいるんですよ!」

「お望みなら、小屋にいるやつをぜんぶ絞めろや、ベッシー。だがね、わしの倅《せがれ》をわしがどうしようと、あの伯父や伯母どもに口出しはさせせんからな」とミスタ・タリヴァーは傲然といいはなった。

「まあ、あなた」ミセス・タリヴァーは、この口汚い言葉にたじろいだ。「わたしの親族を、なんでそんなふうにいうんですか、あなた。まあ、わたしの親族に無礼なことをいうのはいつものことだけど。グレッグの姉さまは、それをみんな、わたしのせいにするんですよ、わたしなんか、まだ生まれてもいない赤子のようになんの罪もないのにねえ。うちの子供たちにとって、立派な暮らしをしている伯母さまや伯父さまがいるのは不幸せだなんて、そんなことをこのわたしがいうはずありませんよ。だけんど、もしトムが新しい学校に行くんなら、あの子の着るものの洗濯や繕いができるくらいのところにしてもらいたいですねえ。さもなきゃ、あの子に亜麻布《リネン》でなくて白木綿をもたせたほうがいいかもしれない。だって五、六回も洗わぬうちに、どっちも黄ばんじまいますからね。それに荷物をやりとりできるくらいの近さなら、ケーキや・ポーク・パイや、りんごなんかも届けてやれるし、学校のほうがいくら食べ物を切り詰めたって、うちの子は、食べたいだけ食べられますもんねえ、ありがたいことに」

「まあ、まあ、運送馬車がたどりつけないような遠くにあの子をやるつもりはないさ、ほかの条件さえそろえばな」とミスタ・タリヴァーはいった。「だが、近いところに学校が見つからなんでも、洗濯について文句をいってはならんぞ。それがおまえさんの欠点だぞ、ベッシー。道に棒切れが転がってりゃあ、そいつはまたげないもんだと決めつける。いい馭者がいても、そいつの顔にほくろがありゃあ、雇ってはならん、というしなあ」

「あれ、ま!」とミセス・タリヴァーは、いささか驚いたような顔をした。「顔にほくろがあるからと、このわたしが断わったことがありますかねえ? どちらかといやあ、わたし、ほくろは好きだがね。だってうちの兄《あに》さまは、もう死んじまいましたけど、額にほくろがあったもの。でもほくろのある馭者を雇いたいといいなさったことがありましたかねえ、旦那さま。ジョン・ギブスだって顔にほくろはなかった、あなたとご同様に。あの人を雇うのは、わたし、大賛成だったけど。だからあなたはあの人を雇った。熱病で死ななけりゃ、そのまま雇っといたはずですよ。あのときはターンブル先生に診ていただいた、うちで往診料を払ってね、あの人はいまでもうちの馬車を走らせていたはずですよ。そりゃ、どこか見えないところにほくろがあったかもしれないけど、そんなことまでわかりゃしないでしょうが、旦那さま?」

「いや、いや、ベッシー。なにもほくろがどうのこうのというつもりはないんだ。まあ、たとえに使ったまでさ。気にせんでええ——話っつうもんは、しちめんどうくさいもんだなあ。わしが頭を悩ましておるのはな、トムにふさわしい学校をどうやって探すかということでね。あの学塾みたいに、いっぱい食わされちゃたまらん。学塾は二度とごめんだ。トムはな。生徒が先生の家族の靴を磨かんでもいい、じゃがいもの皮を剝かんでもいいような、もっとしっかり勉強のできるような学校に入れんとな。どの学校を選べばいいのか、こいつが難問でなあ」

ミスタ・タリヴァーはしばし黙りこむと、両手をいきなりズボンの両方のポケットに突っ込んだ。まるで、そのなかによい智恵が詰まっているとでもいうように。どうやら期待ははずれなかったようだ、すぐにこういったからである。「どうするかはわかっとるぞ——ライリーに相談してみよう。明日、来るんだよ、堰《せき》の件の仲裁にな」

「ですから、いちばんよい寝台用の敷布を出して、キザイアに暖炉のそばで温めておくようにいってあります。まあ、いちばん上等の品じゃありませんけどね、あれなら、どんな方にも気持ちよく眠っていただけますよ。そういえば、あの上等な綿麻の敷布、買ってしまって悔やんでますよ、あの使い道といったら、わたしらが埋葬されるときに使うぐらいでしょうからねえ。あしたにでも、おまえさまが死になすってもね、旦那さま、あれは皺ひとつなくぴんとして、ラベンダーの香りもしみこませてありますから、あれに包まれて横たわるのはきっといい気分ですよ。奥にあるリネン専用の大きな樫《かし》の櫃《ひつ》のなかにしまってありますから。わたしにしか探しだせないところにね」

ミセス・タリヴァーは、最後の言葉をいいおえると、ポケットからぴかぴか光る鍵の束を取りだし、そのなかの一本をえらび、静かな笑みを浮かべると、あかあかと燃える火を見つめながら、親指と人指し指でその鍵をこすりはじめた。もしミスタ・タリヴァーが、夫婦の機微に敏感な人物なら、自分が、いよいよ上等な綿麻の敷布を取りだしてもいい状態になるときを妻が想像して、そんなことをいっているのだと思ったかもしれない。さいわい彼はそういう人間ではなかった。だがそんな彼も水車の用水権については敏感だった。それにまた、連れ合いのいうことにしっかり耳を傾けるという習慣もなかった。だからミスタ・ライリーの話を持ちだしてからは、どうやら毛の靴下の肌ざわりのほうが気になっているらしい。

「いいことを思いついたぞ、ベッシー」ちょっと黙りこんでいたあとで、彼はこう切りだした。「ライリーなら、学校のことをよく知っているんじゃないかね。自分でも学校に行っているし、調停だ、評価だと、ずいぶんほうぼうまわっているんじゃないかねえ。あしたの晩、用事のすんだあとにやつと話し合ってみよう。トムには、ライリーのような人間になってもらいたいのさ――まるで目の前に書いてあるように上手に話をするしな、法律でも尻尾をつかまえられんような、つまらん言葉もたくさん知っとるしな。仕事のほうにも、しっかり通じておるし」

「そうね」とミセス・タリヴァーはいった。「きちんとした話し方ができて、物知りなのに踏んぞり返りもせず、髪の毛をきちんと撫でつけているのなら、うちの息子がそれにならうのはかまいませんよ。だけどねえ、大きな町からやってくる口の達者な人というものは、たいてい見せかけだけの人間ですからねえ。ああいう連中は、ひだ飾りをよれよれになるまで着けていて、それを胸当てで隠しているんですよ。ライリーがそうしているのを知ってますよ。それに、トムがライリーのようにマッドポートの町に住むようになったら、家といえば、厨房は体の向きをどうにか変えられるくらいの狭さで、朝食に新鮮な卵ひとつ食べられない、階段を三つものぼるような――四つっていうこともあるそうだけど――そんな部屋で寝なけりゃならないなんてことがぜったいないようにしてくださいよ――火事になれば、階段を降りないうちに焼け死んでしまいますからね」

「いや、いや」とミスタ・タリヴァーはいった。「あいつをマッドポートにやろうとは考えてはおらん。うちに近いセント・オグズに事務所を構えさせて、家から通えるようにするんだ。しかしだな」ちょっと間をおいてからミスタ・タリヴァーはいった。「まあわしがちょっと心配しておるのはな、トムには、才気のある人間に必要な賢い頭がないことだ。ちょっとばかりとろいんだな。あいつは、あんたの血筋をひいておるんだよ、ベッシー」

「ええ、そのとおりですよ」ミセス・タリヴァーは、夫の最後の台詞を素直に受け入れた。「スープにお塩をたくさん入れたがるところなんか、そっくりですよ。わたしの兄さまも、それから父親もそうでしたからねえ」

「そりゃちょっと残念だったな」とミスタ・タリヴァーはいった。「倅が、うちのおちびのかわりに母方の血をひいてしまったとは。血統の交配という点じゃ、最悪だな。これぱかりは思いどおりにゃならんでな。ちびめは、わしの血筋をひいとるが。あれはトムの二倍もお利口だ。女にしちゃあ利口すぎやしないかね」とミスタ・タリヴァーは続けて、疑わしそうに頭を左に右にと傾ける。「あの子が小さいうちは、あれでもかまやせんがね、頭のよすぎる女というものは、尻尾の長い羊と同じでな、いただけないねえ。頭がいいからって高い値がつくわけじゃなし」

「ええ、小さいうちは、いたずらっ子ですみますけどね、あなた、あれはやんちゃ娘でねえ。エプロンをせめて二時間ぐらいはきれいにしておいてもらいたいのにねえ、とうていわたしの手には負えませんよ。ああ、それで思い出した」とミセス・タリヴァーは言葉をつぎ、立ち上がると窓に近づいた。「あの子はどこにいるんでしょうね、もうすぐお茶の時間だというのに。ああ、きっと――水辺の近くをうろうろしているんですよ、獣《けもの》みたいに。いつか転げおちますよ」

ミセス・タリヴァーは窓をこつこつと叩き、手まねきをしながら首を振った――そんな動作を二、三回繰り返すと、椅子のところに戻ってきた。

「さっき、お利口だとかいってましたけどね、旦那さま」彼女は腰をおろすとこういった。「あの子は、半分おばかなんですよ。たとえば、二階になにか取りにやらせるでしょう、そうするとなにを取りに行ったのか、あの子は忘れてしまうんですよ、たぶん日の当たる床にすわって、頭のおかしい人たちみたいに、歌をうたいながら髪の毛を編んでいるんですよ。そのあいだ、わたしはずっとあの子が降りてくるのを待っているだけ。あんな子は、わたしの家系にはいませんよ、ありがたいことに。ムラートみたいに見える茶色の肌だって。なにも神さまに文句をいうわけじゃないけど、たったひとりの女子《おなご》が、あんなおかしな子だなんて、ほんと辛いわねえ」

「ふん、ばかばかしい!」とミスタ・タリヴァーはいった。「あの子の目といったら、だれでもほしくなるような切れ長の黒い目じゃないか。よその子たちに比べて、どこが劣っとるというんだね。あの子は本もよく読めるし、大人も顔負けするくらいじゃないか」

「でもあの子の髪の毛ときたら、どうやっても巻き毛にならないし、紙を巻いて巻き毛にしてやろうとすると大騒ぎするし、あの子をじっとさせて焼き鏝《ごて》を当てるなんてとうていできませんよ」

「切ってしまえ――短く切ってしまえ」と父親はいいはなつ。

「よくもそんなことがいえますね、旦那さま。あの子は九つをすぎた女の子にしては大柄だし、あの年齢《とし》にしては背も高いし――あの子の髪を短くしろだなんて。従妹のルーシーは、頭のまわりを巻き毛がきれいに取りまいていて、そりゃきちんとしているんですよ。わたしの妹のディーンにあんな器量よしの子ができたなんてねえ。きっとルーシーは、わたし似なんですよ、うちの子なんかよりも。マギー、マギー」と母親が、苛立った声でなかばなだめるように呼びつづけていると、自然の過ちだといわれたその小さな女の子が部屋に入ってきた。「水辺には近よらないでと母さんがいつもいっているのに、聞く耳がないのねえ。いつか転げおちて溺れてしまうから。そこで母さんのいうとおりにしなかったと悔やんでも遅いんですよ」

マギーがボンネットを放り出すと、その髪の毛は、母親の非難をまさしく立証していた。ミセス・タリヴァーは、よその子供たちのように、巻き毛を短く刈りこんだ頭にしてやりたいと思っていたが、いつも前髪を短く切りすぎて、耳にかけるようにはならなかった。一時間も鏝を当てて巻き毛にしてやっても、一時間もすれば髪はまっすぐになってしまうし、マギーは黒くて重い前髪を輝く目から払いのけようと、絶えず頭を振っている――そんな動作は、まるでシェトランド産の子馬のようだった。

「あれ、あれ、マギー、いったいなにを考えているの、帽子をあんなふうに放り出して。ちゃんと二階に持っておいき、いい子だから、それから髪をとかして、エプロンを代えて、靴もはきかえてね――さっさとおやり。それがすんだら、お嬢さんらしく、パッチワークでもなさいな」

「ああ、母さん」とマギーは、不機嫌そうに口をとがらした。「パッチワークなんて、やなこった」

「なにいってるの、あんなきれいなパッチワークをやらないなんて、グレッグ伯母さまのお布団を作るはずでしょ？」

「あんなのばかばかしいわ」とマギーはたてがみを一振りしながらそういった。「布をわざわざ切って、それをまた縫い合わせるなんて。それにあたし、グレッグ伯母さまのためになんか、なにもしたくないの――あのひと、嫌いなんだもん」

マギー退場、ボンネットのリボンをひきずりながら。そのあいだミスタ・タリヴァーはからからと笑っている。

「あなたの気がしれませんよ、笑っているなんて、旦那さま」と母親は、苛立たしげな弱々しい口調でいった。「あの子を増長させるだけですよ。伯母さまたちが聞いたら、またわたしが甘やかしているせいだといわれるのがおちだわ」

ミセス・タリヴァーは、いわゆる温和な人間である――赤ん坊のころも、めったに泣いたことがない、泣くにしても、おなかがすいたとか、ピンが刺さったとかいうような些細なことが理由だった。揺りかごのころからずっと丈夫だし、色白で金髪、智恵のまわりは遅かったとはいうものの。要するに美しいことと温和な性質《たち》は、一家の華だった。だが牛乳と温和な性質というものは、長持ちしないものである。少しでも酸っぱくなると、若い人たちの胃腸に合わなくなる。わたしはときどき思うのだが、その昔描かれたラファエロのマドンナたち、色白で、ちょっと間の抜けた顔のマドンナたちにとって、自分を取り囲む男の子たち、強靱な手足をそなえ、強固な意志を持った男の子たちが、衣服をまとわずにいるには成長しすぎたと思われるようになったとき、マドンナたちは果たして平静を乱されずにいられただろうか。男の子たちは、弱々しい小言をいわれ、それが効かなくなると、みんな、だんだん気難しくなっていったにちがいない。

第3章　ミスタ・ライリー、トムの学校について助言する

たっぷりとした白いクラヴァットを結び、シャツには縁飾りをつけ、親しい友人であるタリヴァーを相手にくつろいで、ブランデーの水割を飲んでいるのは、ミスタ・ライリーである。青白い顔の、手の甲のふっくらとしたこの紳士、競売人兼骨董品鑑定人として、まずまずの高等教育を受けているのだが、もてなし上手の単純な田舎の知人に愛想よく振る舞うほどの度量は持っていた。ミスタ・ライリーはご親切にも、そうした知人たちを頭の古い連中と呼んでいる。

話のほうはちょっととぎれていた。ミスタ・タリヴァーは、格別な理由がないわけではなかったが、ミスタ・ライリーの自慢話、つまりわたしはおまえの手に負える代物《しろもの》じゃないとディックスに反撃をくらわしたという話や、ウェイケムのやつは、堰の一件が決着してはじめて鼻柱を折られたという話を七度も聞かされるのはごめんこうむっていたのである。だれもが分に応じたことをしていれば、そして悪魔が弁護士を作っていなければ、水の高さを問題にするようなことは決して起きなかったろうに、とミスタ・ライリーはいった。ミスタ・タリヴァーは、だいたいがありきたりな意見の持ち主だった。だがある一つ二つの点について、彼は独自の知性を信じ、いくつかの点で怪しげな結論に達していた。つまりネズミと象虫と、そして弁護士は悪魔がつくったものだという結論である。不幸にも彼には、それは途方もないマニ教

の教えだと教えてくれる者がいなかった。そんな人間がいてくれたら、彼は自分の誤りに気づいていただろう。だが今日ばかりは、正道が勝ちを占めたことは明らかだった。とにかくこの水力の件はすこぶる厄介な問題だった、とはいえ、一方から見れば、水は水、というほど単純なことだが、問題があれほどこじれてしまうと、ライリーにかなう者はいなかった。ミスタ・タリヴァーはブランデーの水割をいつもより濃いめにして飲んだ。そして、数百ポンドの預金が銀行に眠っている人物にしては、いささか不用意に友の実業的な手腕を持ちあげてみせた。

だが堰の件は、いつまで話していてもあきない。まったく同じ条件で、まったく同じところからいつでもこの話ははじめられる。だがいまは話題にすべきものがもうひとつあった。ミスタ・タリヴァーは、その件について一刻も早くミスタ・ライリーの助言が欲しかったのである。彼が、ブランデーをひと飲みしてから、しばらく黙りこんだまま膝をこすっていた理由は、まさにそれだった。そうはいってもいきなり話題を変えるような人間ではない。日ごろからいっているように、この世というのはわけのわからないところで、大型の荷馬車をあわてて走らせようものなら、いつ危険な曲がり角に出くわすかわからない。かたやミスタ・ライリーはのんびりしたものだった。のんびりしないわけがないではないか。『ヘンリー四世』の〝ホットスパー〟のようにいかに気短かな人間であろうと、軽い上靴をはいて暖かな暖炉の前で嗅ぎ煙草をぞんぶんに吸い、無料《ただ》のブランデーの水割をちびちびと飲んでいるとなれば、だれでものんびりするだろう。

「ちょっと考えていることがありましてね」とミスタ・タリヴァーがいつもより声をひそめてついに口を切り、そして首をめぐらして相手をしっかりと見た。

「ほう?」とミスタ・ライリーは、いささか興味をひかれたようにいった。彼の目蓋《まぶた》は蠟のように滑らかで重たげだし、眉毛はくっきりと弓なりになっている。いかなる情況であろうとそれは変わらない。このじっと動かない表情と、答える前に嗅ぎ煙草をちょっぴりつまむ癖で、ミスタ・タリヴァーには彼がたいそう謎めいて見えた。

「ごく立ち入った話なんですがね」と彼は続ける。「息子のトムのことなんですが」

この名前が耳に入ると、炉端に近い低い腰掛けにすわって膝の上に大きな本を開いていたマギーは、重い髪の毛を振りあげ、さっと顔を上げた。本に夢中になっているときのマギーの注意をひく音はごく少ないが、トムの名前は鋭い口笛のような効果をもたらした。たちまち彼女は、目を光らせ、油断なく身構えた。危害に気づいたスカイ・テリアのように、トムを脅かすものには、なにをおいても跳びかかろうという気構えで。

「じつは、トムのやつを、夏には新しい学校に入れたいと思いましてね」とミスタ・タリヴァーはいった。「聖母マリアの祝日には、学塾のほうをやめるので、三月《みつき》ほどはぶらぶらさせておくつもりですがね、そのあとは、正真正銘、立派な学校に入れて、しっかり教育してもらおうと思っとりますよ」

「なるほど」とミスタ・ライリーはいった。「息子さんに立派な教育をしてやれるなら、それにこしたことはないな。ただしですな」と彼は意味ありげに、丁寧な口調でいった。「学校の教師の充分な力添えがなければ、遣《や》り手の製粉業者とか農夫とか、取り引きにも抜け目のない人間にはなれないが」

「ぜひ、お願いしますよ」とミスタ・タリヴァーはいい、頭をかしげて目配せをしてみせた。「ええ、それが問題でしてね。つまり、トムは製粉業者にも農夫にもするつもりはないんでね。そっちの方面に興味はないんですよ。倅を製粉業者や農夫にしたとなったら、やつは、水車や土地をわたしから受け継ぐつもりになるだろうし、このわたしに、そろそろ引退どきだから、自分の先行きを考えたらどうだぐらいのことはいいかねない。そういう連中は、いままでたっぷり見てきたからねえ。わたしは寝ないうちは、ぜったい外套は脱がない。わたしはトムにちゃんとした教育を受けさせて、仕事につかせますよ。そうすりゃ、立派に独立して、わたしを除《の》け者にするようなことはしません。わたしが死んだあとに手に入れる分にはけっこう。わたしゃ、歯がなくなる前に、粥《かゆ》を食べさせられるのはごめんですな」

この点は、ミスタ・タリヴァーが、明らかに身にしみて感じているところで、いつになくべらべらとまくしたてる勢いはいっこうに衰えず、頭を左右に振ったり、興奮がおさまって「いやはや、どうも」と唸るようにいったあとにも、そんな調子がまたもやぶりかえす。

父親のそんな怒りの徴候は、マギーにもはっきりと感じられて、急所を突かれたような気がした。どうやらトムは、自分の父親を家から追い出して、父親の将来を惨めなものにしてしまうような邪《よこしま》な息子だと考えられているらしい。とんでもない話だ、マギーは膝の上の重い本のことなどすっかり忘れて、椅子から飛びあがった。本はバンと音をたてて、炉格子《ろごうし》のなかに落ちた。マギーは父親の膝のあいだにすがりついて、いまにも泣きだしそうな、なかば憤慨しているような声でいった。

「父さん、トムは父さんに悪いことなんかしないよ、あたし、ちゃんと知ってるもん」

ミセス・タリヴァーは、夕食の料理の采配をするために部屋を出ていた。ミスタ・タリヴァーはマギーの言葉にもう胸がいっぱいだったので、本を放り出したマギーを叱りはしなかった。ミスタ・ライリーは、静かにその本を取りあげると、じっとそれを眺めている。父親のほうは、いかつい顔にうっすらとやさしい笑みを浮かべ、幼い娘の背中を軽く叩き、その両手を取って膝のあいだにはさみこんだ。

「なんだい、トムの悪口なんかだれもいっとりゃせんぞ、ええ?」ミスタ・タリヴァーはいいながら、目をぱちぱちさせてマギーを見た。それからミスタ・ライリーを振り返ると、マギーには聞こえないように声をひそめてこういった。「この子には、人の話の裏がわかるんですよ。まあ、この子が本を読むところを聞いてくださいよ――すぐにでも。読む前から知っているようなんですよ。いつだって本に取りついておるんですからな。しかしこりゃいかん――いかんですな」とミスタ・タリヴァーは悲しげにつけくわえ、こんなことで喜んではいけないと自省した。「女というものは、そう賢くならんでもええ。厄介ごとのもとですからな。けんど、ありがたいことに!」とここでまたうれしそうな声になる。「あの子は読む本はなんでも理解できるんですよ、たいていの大人の半分よりもよくね」

マギーは得意満面、興奮して顔が赤くなった。ライリーさんたら、きっとあたしを尊敬するようになるんじゃない。これまではあたしのこと、なんとも思っていなかったけど。

ミスタ・ライリーは本の頁をめくっていたが、高く弓なりになった眉のある顔からは、なにも読みとれなかった。やがてマギーの顔を見ると、こういった。

「さあ、そばにきて、この本のことを話しておくれでないか。ここに絵があるんだけどな――これはなにを表しているのか教えておくれ」

マギーは、頬を真っ赤に染め、臆しもせずにミスタ・ライリーに近づいて本を眺め、それから本のすみをしっかりつかむと、髪の毛を後ろにふりあげてこういった。

「うん、なにを表しているか話してあげる。これ、とっても怖い絵でしょ? でもあたし、この絵をどうしても見ないじゃいられないの。水のなかにいるおばあさんは魔女なの――みんながああして水に入れちゃったの、この人が魔女かどうか調べるためによ。もし泳げればこの人は魔女で、もし溺れてしまって――死んじゃったら、この人は魔女じゃなくて、かわいそうな愚かなおばあさんなの。でも溺れ死にしちゃったら、助けようがないじゃない？　ただあたし、思うんだけど、この人は天国へいって、神さまに助けてもらえると思うわね。腕を腰に当てていばってるこの恐ろしい鍛冶屋は、笑っているでしょ――とっても醜くない？――こいつがだれだか教えてあげるね。これ、ほんものの悪魔なんだ」（ここでマギーの声は大きくなり力が入る）。「これはほんものの鍛冶屋じゃないの。悪魔は悪い人間の姿をして歩きまわってね、人に悪いことをするように仕向けるの。たいてい人間の姿をしているのよ、そうじゃないと悪魔だって人にわかっちゃうし、人間を怒鳴ったりすれば、みんな、逃げちゃうしね、そしたら悪魔は、人間にやらせたいことができないよね」

ミスタ・タリヴァーはマギーのこの説明を、びっくり仰天して聞いていた。

「このおちびが持ってたのは、いったいどういう本なんですかい？」と彼はとうとう声を上げた。

「『悪魔の歴史』だよ、ダニエル・デフォーの。女の子には不向きな本だな」とミスタ・ライリーがいった。「おたくの本にどうしてこんなものがまぎれこんだのかねえ、タリヴァー？」

マギーは、父親の言葉を聞いて、意気消沈しているようだった。父親はこういったのだ。

「こりゃ、パートリッジの市で買った本ですよ。どれも似たりよったりの――製本はいいんですがね――いい本ばかりだと思ってたんですがねえ。ジェレミー・テイラーの『聖なる生』と『聖なる死』もあったしね。日曜日にはよく読んでますよ（ミスタ・タリヴァーはこの大作家にいささかの親近感をおぼえていた、なにしろ作家の名がジェレミーだったから）、ほかにもいろいろありますがね、主に説教集だと思いますよ。どれも同じ表紙で、みんな、似たようなものだと思っとったんですがな。こいつは、外見で判断しちゃならんというこった。まったくわけのわからん世の中ですなあ」

「そうだなあ」とミスタ・ライリーは、教え諭すような口調でそういうと、マギーの頭を軽く叩いて、「『悪魔の歴史』はしまっておおき、もっと美しい本を読むといい。もっと美しい本はないのかい？」

「うん、あるわよ」とマギーはいった。自分はいろいろな種類の本を読んでいるんだと教えてあげようと、ちょっとばかり元気になった。「これが美しい読み物じゃないことはわかってるわ——でもねえ、あたし、これの絵が好きなの、この絵を見て、あたし、お話をつくるの。でもあたし、持ってるの、『イソップ物語』とか、カンガルーやいろんなもんの本とか、『天路歴程』とかね……」

「ああ、あれは美しい本だねえ」とミスタ・ライリーはいった。「あれ以上の本はないねえ」

「うん、でもあれにも悪魔はいっぱい出てくるよ」とマギーは得意げにいった。「悪魔のほんものの姿の絵を見せてあげる。悪魔がキリスト教徒と闘ったときのほんものの姿なの」

マギーはすぐさま部屋のすみに走っていき椅子の上に飛びあがって、小さな本箱から、古ぼけた『天路歴程』を取ってくると、すぐさまそれを開いて、難なくお望みの絵がのっている頁を出した。

「ほら、ここにいる」とマギーはいいながら、ミスタ・ライリーのところに駆け戻った。「トムが、絵の具で色を塗ってくれたの、このまえお休みで帰ってきたときに——体はぜんぶ真っ黒でね、目は火みたいに赤いでしょ、だって悪魔の体のなかはすっかり火なんだもの、その火が目から輝いて見えるの」

「さあ、さあ」とミスタ・タリヴァーは頭ごなしにいった。弁護士を造るほどの力があるものの形相を遠慮なく聞かされては、いささか不愉快になったのである。「本を閉じて、もうそんな話はするでないぞ。父さんの思ってたとおりだな――子供つうもんは、本というもんから、いいことどころか、悪いことを覚えるのさ――さあ、行って、母さんの手伝いをしなさい」

マギーは面目をつぶされたような気がして、すぐさま本を閉じたものの、母親のお手伝いをする気はなく、父親の椅子の後ろの暗いすみっこにいって人形の世話をすることでこの場をしのいだ。トムのいないときは、ときどき思い出したように人形を持ちだし、お化粧はしてやらないけれど、熱いキスはおしみなく与えるので、蠟のようにすべすべしたほっぺたは、疲れきったような不健康な色になっていた。

「あんなのを聞いたことがありますかね？」マギーが引き下がると、ミスタ・タリヴァーはそういった。「あの子が男の子でないのが悔やまれますよ――弁護士の連れ合いにはいいでしょう。まったく不思議なもんですな」――とここで声をひそめて――「あいつのおふくろをわたしが選んだのは、それほど利口じゃなかったからで――器量のほうもほどほどでね、世帯もちがいいという珍しい家系でしてね――大勢いる姉妹のなかからあいつを選んだのは、あいつがちょっと頭がとろかったからですよ。かみさんからあれこれ指図されるのはごめんですからな。だけどな、男のほうが頭がよくとも、それがどう継がれていくかわからないもんですよ。気立てがいいが、頭のとろい女が、ばかな男の子や利口なあまっこを生みつづけていきゃあ、世の中、ひっくりかえっちまいますよ。なんともわけのわからんこって」

ミスタ・ライリーの重々しい態度もくずれた。頭をちょっと振ると、嗅ぎ煙草をひとつまみ鼻に持っていってから口を開いた。

「しかしおたくの息子さんは、頭は悪くないでしょうが？　この前ここに来たときに、会いましたよ、釣り道具を作っているところでね。なかなかのもんだった」

「いや、頭が悪いとはいいませんがね——まあ世の中のことなら多少は知っとりますな、常識のたぐいはありますよ、ものの扱い方ということもきちんと心得ているところをみればね。だが話はとろいしな、本の読み方もよくわからんし、まず本を読もうという気がない、字の書き方も間違っとるし、人見知りはするしな、それにあのおちびみたいに、利口な口をきいたことがないでしょうが。そういうわけで、わたしの望みは、あいつを学校にやって、すらすら喋ったり、書いたりできるような、賢い子にしてやりたいということなんで。よい教育を受けたおかげで、わたしを追いこしていったやつらのようになってもらいたいんですよ。そうはいってもな、この世界が、神さまの作られたまんまだったら、このわたしも、自分の進む道もわかっただろうし、うまくやってもいけましたよ。ところがな、ものごと、ひどくこんぐらかっちまって、筋の通らんような言葉でいいくるめられるから、こっちはもうさっぱり、途方に暮れておりますよ——正直にやればやるほど、わけのわからんことになりおってねえ」

ミスタ・タリヴァーは酒をひとくちゆっくりと飲むと、憂鬱そうに頭を振り、ほんとうにまっとうな人間は、こんな狂った世の中では生きづらいといいたげだった。

「まったくそのとおりだよ、タリヴァー」とミスタ・ライリーは賛同した。「倅に遺産を残すより、倅の教育に二百ポンドほど余分に金をかけるほうがましだ。うちに息子がおったら、わたしもそうするだろうが、残念ながらわたしの手もとに自由になる金はなし、おまけに娘がうようよいるときてはなあ」

「ところで、トムにふさわしい学校をご存じじゃないですかね」とミスタ・タリヴァーは言葉をはさみ、余分の金がないというミスタ・ライリーに同情して本来の目的から逸れないように用心した。

ミスタ・ライリーは、嗅ぎ煙草をひとつまみとると、思わせぶりに黙りこんで、ミスタ・タリヴァーを不安にさせた。

「あんたのところのように必要な金を備えておる連中に格好だと思われる人物は知っておるよ、タリヴァー。まあ、友人の倅なら、正規の学校はすすめないね、金に余裕があればな。しかし、倅に最高の教育を受けさせたいというならば、教師のところへ弟子入りさせることだな――しかもその教師は一流の人間じゃないといけない――そういう人物なら知っているよ。これはだれにでもいうことじゃない、その教師につける者はざらにはいないからな。だがあんたには教えるよ、タリヴァー、わたしらの仲だから」

友人のもったいぶった顔にじっと注がれていたミスタ・タリヴァーの目はいよいよ熱をおびてきた。

「ならば承りましょう」と彼はいい、重大な話を打ち明けてもよい相手と目されたという満足感にひたりながら、椅子にすわりなおした。

「オックスフォード出なんだよ」とミスタ・ライリーはもったいぶった口調でいってから、ぴたりと口を閉ざすと、この刺激的な情報の効果はいかにと、ミスタ・タリヴァーをじっと見つめた。

「ほうっ！　牧師さまで？」とミスタ・タリヴァーは少々疑わしそうにいった。

「そう――しかも文学修士さまだよ。主教さまはこの方をたいそう高く買っておられるそうだ。そう、この方を現在の副牧師になさったのも主教さまだった」

「へえ？」ミスタ・タリヴァーは、自分にはまったく縁のないこうした事情に通じている相手に向かってこういった。「だけど、そんなお方がトムをどうしようというんでしょうかね？」

「うん、そのお方は、教えることが好きなお人でね、自分の勉学の向上も願っておられるのだよ。牧師さまというものは、教区のお勤めをしていると、なかなかそういう機会もないものでね。ご自分の時間を有効に使って、ふたりほど生徒を取ろうと思っていなさる。生徒は家族も同様でね――こんな幸せなことはないだろう――なにしろステリングさんの目がとどいているんだから」

「でもあの子にプディングのおかわりをさせてくださるでしょうかね?」と部屋に戻ってきたミセス・タリヴァーがいった。「なにしろ、プディングに目がない子でしてねえ。ああいう育ちざかりの子はねえ――食べ物をけちけちする人じゃないかと思うと、ぞっとしますよ」

「それで、金はどれくらいかかるんですかね?」ミスタ・タリヴァーはいった。それほど立派な文学修士さまの授業料はおそらく高額なものだろうと、ミスタ・タリヴァーの本能が告げていた。

「そう、いちばん年少の生徒で百五十ポンドを取るという牧師さんもおるがね、いま話したステリングとは比べものにならない人でね。さる筋の話では、オックスフォードのあるお偉方が、ステリングさんは望みさえすれば最高の学位も取れたはずだといったそうだよ。だがあの方は大学の学位などはどうでもいいんだよ、おとなしい人でねえ――派手でもなし、うるさ型でもない」

「ああ、そりゃけっこう、まことにけっこうですなあ」とミスタ・タリヴァーはいった。「ですが百五十ポンドは安くはない。そんなにかかるもんですかねえ」

「よい教育というのはだね、タリヴァー。よい教育というものは、いくら金がかかろうと安いものだ。まあステリングの条件は、穏当なものだ。せいぜい百ぐらいのものだろう、ほかの牧師だったら、そんなものではすまんだろう。お望みなら、紹介状を書きますよ」

ミスタ・タリヴァーは、膝をさすりながら、考えこむように絨毯を見つめた。

「ですけど、きっと独身なんでしょうねえ」と話の合間にミセス・タリヴァーが愚痴をはさむ。「家政婦なんてとんでもありませんよ。わたしの兄は、もう死んでしまいましたけど、家政婦を雇っていたことがあったんですよ。それが、いちばん上等のベッドから羽毛を半分も取りだして、それをどこかへ送ってしまったんですからねえ。敷布なんかどれだけ持ちだされたかわかりゃしません――ストットという名前でしたけど。家政婦のいるようなところへ、トムを送りだすかと思うと胸が張り裂けそうだわ。どうか思い止まってくださいよ、旦那さま」

「その点なら安心してくださいよ、奥さん」とミスタ・ライリーはいった。「ステリングは、男ならだれでもほしがるような美人と結婚していますから。あれほど親切な人はどこにもいません。あの人の家系もよく承知してますよ。奥さんにそっくりな顔の色をしているし――髪は明るい巻き毛です。マッドポートの立派な家系の出です。あのあたりじゃ、どんな縁談も受け入れるような家じゃないんですよ。だがステリングはありふれた人間じゃない、関係を持ちたいと思う相手には気難しい男でね。だがおたくの息子さんを引き受けることは断りゃしますまい――わたしの申し出とあれば、そんなことはありますまいよ」

「うちの子に文句のつけようはありませんよ」とミセス・タリヴァーは、母親らしい怒りを少々ふくめてそういった。「だれの目にも純粋で素直な男の子ですよ」

「ずうっと考えておったんですがね」とミスタ・タリヴァーは、長いこと絨毯を吟味したあげく頭をかしげてミスタ・ライリーを見ながらそういった。「さきざき実務につかせたい子を教育するには、そんな高等教育を受けていなさる牧師さまは、ふさわしくないんじゃないですかね。わたしが考える牧師さまというものは、たいてい人の目に触れないような学問をしてなさる。トムにわたしが望んでおるのは、そういう教育ではないんですよ。数え方を知り、印刷したような文字を書き、ものごとをすばやく理解する、相手の意図することもよく理解して、訴訟騒ぎにならんような言葉で相手をいいくるめる、そんな教育をしてもらいたいんですよ。そりゃ、ほんに結構なことですよ」とミスタ・タリヴァーは頭を振り振り締めくくる。「金も払わずに、こちらが相手のことをどう思っているか相手に知らせてやれるということは」

「やれやれ、タリヴァーさんよ」とミスタ・ライリーはいった。「あんたは、牧師さんを誤解しておるよ。優秀な教師はみんな牧師さんだからね。牧師でない教師は、おおむね、無能な人たちで……」

「ああ、あのジェイコブズがそうですよ、学塾の」とミスタ・タリヴァーが合いの手を入れた。

「たしかにね――ほかの商売で失敗した連中で、だいたいそんなものでね。牧師というのは、職業、教育ともにそなわった紳士だよ。その上、少年に基礎知識を授け、将来どんな職業にでもつける力を授けてやれる。そりゃ、ただの物知りといった程度の牧師もおるがね。だがステリングはそういう人物じゃないことはたしかさ――いうなれば、悟りの早い男だ。なんでもひとことといってやれば、それで充分さ。あんたはいま、算術のことを持ちだしたがね。ステリングにはこういうだけでいいんだ、『息子を算術の名人にしたい』とね。あとは彼にまかせれば、それでいい」

ミスタ・ライリーはしばし口をつぐんだ。牧師の個人教授というものにまあまあ納得したミスタ・タリヴァーは、そのあいだ胸のうちで、まだ見ぬミスタ・ステリングに向かって、「わたしは息子に算術を覚えさせたいのです」という台詞をいってみた。

「どうかね、タリヴァー君」とミスタ・ライリーは言葉をつぐ。「ステリングさんのような万全な教育を受けたお人にお願いするなら、どんな知識だろうと間違いなく授けてくれる。職人なら道具の使い方は心得ておるからな、扉だろうと窓だろうと、なんなりと作ってくれるさ」

「ああ、そのとおりで」牧師は最良の教師であるとおおむね納得したミスタ・タリヴァーはそう答えた。

「それじゃあ、あんたのためにこれからわたしがどうするか、耳に入れておこうか」とミスタ・ライリーはいった。「こんなことは、だれにでもするわけじゃないがね。マッドポートに帰ったら、ステリングの義父に会うか、一筆したためるかして、あんたが息子をステリングに預けたいということを伝えておこう、おそらくステリングが直接手紙をよこして、契約条件なども知らせてくれるだろう」

「でもそんなに急ぐことはないでしょう?」とミセス・タリヴァーがいった。「だってね、旦那さま、夏至の前に、新しい学校へやらないでくださいな。学塾へは、聖母マリアの祝日にあの子をやりましたけど、それでなにかいいことがありましたかね」

「うん、うん、ベッシー。ミカエル祭に悪い麦芽《モルト》で酒を造っちゃいかんよ、さもないとよい酒はできんからな」とミスタ・タリヴァーはいった、頭は自分より鈍いが丸顔で美人の妻を持ったご亭主の当然のご自慢をひけらかした。「なにも急ぐことはないな――まったくそのとおりだよ、ベッシー」

「さりながら、交渉を先のばしするのもよくないな」とミスタ・ライリーは静かにいった。「ステリングは、ほかの連中から申し出を受けるかもしれない、寄宿生は、せいぜい二、三人しか置かないようだから。わたしがあんたなら、ステリングにすぐさま話を持っていくようにするね。なにも、あの子を夏至の前に送りだす必要はないがな、わたしだったら、だれかに先まわりされないように、さっそく話を進めるだろう」

「ああ、それも一理ですなあ」とミスタ・タリヴァーはいった。

「父さん」とマギーが口をはさんだ。いつの間にか、父親のそばにこっそりと近づいて、口を開けて聞き耳をたてていたのだ。人形をさかさまに持って、その鼻を椅子の腕木に押しつけている。「父さん、トムが行くところはうんと遠いの？　お兄ちゃんに会いにはいかれないの？」

「さあ、わからんな、おちびや」と父親はやさしくいった。「ライリーさんに訊いてごらん、知っていなさるから」

マギーはすぐさまミスタ・ライリーの前にやってくると、こういった。「どれくらい遠いんですか、おじさん？」

「ああ、とっても遠いんだよ」とおじさんは答えた。いたずらをしていないときの子供たちはからかうべしというのが、おじさんの意見だった。「ひとまたぎ二十マイルの魔法の長靴を借りないと、お兄ちゃんのところまで行けないぞ」

「そんなのうそだよ！」マギーは傲慢に頭を振りあげると、あふれる涙を見せまいと後ろを向いた。ライリーさんなんか嫌い。あたしのことを馬鹿だと思って、いいかげんにあしらっているんだから。

「しいっ、マギー、勝手な質問をしたり、くだらないことをいったり、みっともないことをして」と母親がいった。「自分の椅子にすわって、口をしっかり閉じていなさい。ですが」とミセス・タリヴァーは言い添えた。自分の胸にも不安が芽生えていたからである。「洗濯や繕い物もしてやれないほど、遠いところなんでしょうか？」

「十五マイルくらいかな――そんなもんですよ」とミスタ・ライリーはいった。「一日もありゃあ、馬車でらくに往復できるから。いや、ステリングは、もてなし好きの親切な人だから、喜んで泊めてくれますよ」

「それにしても下着の洗濯をしにいくには遠すぎますよねえ」とミセス・タリヴァーは悲しそうにいった。

折りよく夕食がはじまって、この難問はさいわい先送りとなり、ミスタ・ライリーは、これの解決策か妥協案を考えるというお役目を免れた——さもなければ、お役を引き受けていただろう。お気づきだろうが、彼はたいそう世話好きな人間である。ミスタ・ステリングを友人のタリヴァーに紹介するという厄介ごとをすすんで引き受けても、おのれに得になるようなことを期待していたわけではない、とはいうものの、ごく明敏な観察者をも惑わせかねない微妙な徴候はなきにしもあらずだった。誤った臭いをかぎつける明敏な観察者というものは、誤った結論にとびつきかねない、こういう連中にいわせると、人間とは、たいていい明白な動機にもとづいて行動したり喋ったりするもので、空想のお遊びに精力を浪費するのはまったく無駄というわけだった。利己的な目的を遂げるために貪欲な企みをするのは、芝居の世界をのぞけば、そうざらにあることではない。われわれの仲間の教区民が、罪の意識を感じるほどの企みをするには、もっと頭を働かせなければならない。近隣の人々の生活を乱すことぐらい造作はないのだが。ろくに確かめもせずに同意したり、うっかり見過ごしたり、これといった理由もなく小さな嘘をついたり、たいした額ではないからいいだろうと小さな詐欺をはたらいたり、下手なお世辞や、思いつきの下手な当てこすりを振りまいたりするといった具合に。われわれの大半は、目前の欲望という家族を抱えて、その日暮らしをしている——腹をすかせた子供たちを満足させるために、わずかばかりの食料を手に入れるのが精一杯、種用穀物や、来年の作物のことを考える暇もない。

ミスタ・ライリーは事務屋で、自分の利益というものに無関心ではないが、遠い将来の計画より、目の前の小さな刺激に左右されがちだった。ウォルター・ステリング師とは、別に親密な間柄ではなかった。それどころか、師の人柄や学識などについてはほとんど知らなかった――つまり友人タリヴァーに与えたきわめて強固な推薦を裏づけるものはなにもなかった。だがミスタ・ステリングは優秀な古典学者だと信じていた。なにしろギャズビーがそういったから、そしてギャズビーの従兄は、オックスフォードの個人指導教師である。これは自分自身の最近の観察よりも、はるかに信頼性が高いといえる。ミスタ・ライリーは、マッドポートの大きな自由学校で古典なるもののうわっつらだけは学んでいたので、ラテン語はおおむねわかるとはいえ、特殊なラテン語を理解するとなると怪しいものだった。少年時代にキケロの『老年について』やウェルギリウスの『アエネーイス』の第四巻に触れたときの香りはわずかではあるが確かに残ってはいる。だがそれらは古典としてははっきり認められるようなものではなく、競売の際のすぐれた口上にその名残りをとどめているにすぎないのだが。そしてまた、ステリングはオックスフォード出身で、オックスフォード出の人間はつねに――いや、いや、つねに優れた数学者であるのはケンブリッジ大学の出身者である。とにかく大学教育を受けた人間は、なんでも好きなものを教えることができる。ことにステリングのような人間は。なにしろマッドポートの政治集会の晩餐会で演説をして、それが上首尾だったので、ティンプスンの婿どのは頭が冴えていると世間の評判になった。マッドポートの聖アーシュラ教区の住人なら、ティンプスンの婿どのによかれと思うことをしてさしあげるのは当然だ。なにしろティンプスンという人は、教区ではまことに有用な人物で、さまざまな事業を起こしては、それをしかるべき人間に引き継がせる術を心得ている。ミスタ・ライリーはそういう人物が好きだった、彼らのしかるべき判断によって、さほど値打ちのない人間の懐《ふところ》から自分の懐に入ってくる金は別としても。そして家に帰ったら、ティンプスンに、「婿どののに生徒を見つけてきましたよ」と報告できるのは気分がいい。ティンプスン家は大勢の娘を抱える大家族だった。ミスタ・ライリーは彼に同情していた。それに明るい色の巻き毛のルイーザ・ティンプスンは、かれこれ十五年ほどのあいだ日曜日のたびに教会の座席で出会う顔だった。あの人の連れ合いが、推薦に値する教師であるのは間違いない。それにミスタ・ライリーは、推薦に値するような教師をほかに知らないのだ。だとしたらステリングを推薦してはならない理由があるだろうか。友人のタリヴァーが意見を求めてきた。示すべき意見がないというのは、親しい仲としてはまことに心外である。いやしくも意見を述べるときは、これは確かな情報だと自信を持っていえるようでなければならない。自分の意見としてそれを述べれば、自分でもそれが好ましいものに思えてくる。こうしてミスタ・ライリーは、まずステリングについてはなんらの難もないことを知っていたので、彼によかれと思って推挙した。こうして推挙してみると、このような大家を推薦した自分をも自画自賛して、彼はたちまちこの問題にのめりこんでいった。ミスタ・タリヴァーが、トムをステリングのもとに送ることを断わったりしたら、ミスタ・ライリーは、この旧式な考えの友人をなんというつむじ曲がりだと憤慨するだろう。

そんなあやふやな根拠で推薦したのかと、ミスタ・ライリーを非難するのであれば、それは手厳しすぎるというものである。三十年前に競売人兼鑑定人であった人物、中学時代のラテン語はほとんど忘れている手合いが、ここで細心の慎重さを示すべきであったと責められねばならないのだろうか。道義心のはるかに進んだ現代の学者先生たちでさえ、それは無理な話だというのに。

しかも親切という優しさを心に秘めている人間は、善意の行動を慎むということができない、とはいえ人はだれにでも善意の人間でいることはできない。自然というものはときとして、別に悪意を持っていない動物に不都合なものを寄生させるものだ。もしそうなったらどうなるだろう。われわれは、そのような配慮をした自然に恐れ入るだろう。もしミスタ・ライリーが確かな裏打ちもない推薦はしないと決心すれば、ミスタ・ステリングに月謝を払う生徒を紹介することはできず、この聖職者にとってよろしくはない。考えてもみるがいい、あの心地よい、ささやかでおぼろげな考えや自己満足が――ティンプスンに気に入られたい、乞われれば助言したい、友人タリヴァーにさらなる敬意を抱かせたい、なにかしら意見を述べたい、それも自信を持っていいたい、などなど、ミスタ・ライリーの、この問題に対する意識を醸成した暖かな暖炉やブランデーの水割など、そうした感知できないような些細な要素も相まって空しいものになってしまったのだろうことを。

第4章　トムが帰ってくる

トムを学塾に迎えにいく父親と一緒に二輪馬車に乗せてはもらえなかったマギーはたいそう落胆した。だがその朝は雨が降っていたので、ミセス・タリヴァーは、女の子がいちばん上等のボンネットをかぶって出かけるのは無理だといった。マギーは断固として反対意見を表明したものの、母親が扱いにくいマギーの黒髪にブラシをかけている最中に、マギーはいきなり母親の手から抜けだし、そばにあった水鉢に頭をつっこんだ――そしてこの日は巻き毛などぜったいお断わりという強い決心を示したのである。

「マギー、マギー」とミセス・タリヴァーは、膝にブラシをのせたまま、途方に暮れている。「いったいどうなるかしらねえ、こんなにいうことをきかない子は？　グレッグ伯母さまとプレット伯母さまが来週おいでになったときに、いいつけますからね、そうしたら二度とかわいがってはいただけませんよ。まあ、まあまあ、きれいなエプロンをごらん、すっかりびしょぬれじゃないの。こんな子供を授かったわたしに天罰がくだったんだと世間さまは思うわね――わたしがよっぽど悪いことをしたんだと思われるわ」

母親の抗議の言葉が終わらぬうちにマギーはさっさと逃げ出した、水浴びから逃れたスカイ・テリアのように髪の水気を振りおとしながら、古い急傾斜の屋根の下にある広い屋根裏部屋に向かって走った。ここは、あまり寒くない時期の雨の日の、マギーお気に入りの隠れ場所だった。マギーはここで不機嫌の種を思いきり吐きだす、虫食いだらけの床や棚や、蜘蛛の巣に華やかに飾られた黒い垂木《たるき》に向かって大声で話しかける。ここには、自分のあらゆる不運を呪うための物神も祭ってある。それは木彫りの大きな人形で、真っ赤なほっぺたの上に並んだまんまるの目でこちらを睨んでいるのだが、長いあいだ身がわりを務めたおかげですっかり傷だらけになっている。頭に突き立てられている三本の釘は、九年にわたるマギーの人生の苦闘の証《あかし》だった。この華々しい復讐は、旧訳聖書に載っているあのお話の絵、シセラを殺したヤエルの絵を見てマギーが思いついたものだ。最後の釘は、すごい勢いで打ちこまれている、そのときの人形はグレッグ伯母さまの身がわりだった。だがそのあとすぐにマギーは、もし釘をたくさん打ちこみつづけていたら、頭を思いきり壁に叩きつけて壊すという快感を味わうことはできなくなるし、怒りがおさまったときに人形を慰めてやることもできない、人形の頭に湿布を貼ってやることもできないと気づいたのである。あのグレッグ伯母さまだって、マギーがひどく傷ついたり、屈辱を受けたりすれば、姪を哀れに思い、許しを乞うではないか。それ以来マギーはその頭に釘を打ちこむかわりに、屋根を支える大きな煉瓦の煙突に人形の木製の頭を押しつけたり、打ちつけたりした。けさマギーが屋根裏部屋に駆けこんで、なにもかも忘れ去って泣きじゃくりながらやったのがこれだった——こんな事態を引き起こした悲しみすら忘れ去って。ようようすすり泣きも静かになり、人形を押しつぶすのもおさまって、突然日の光が、虫食いだらけの棚の向こうの鉄格子の窓から射しこむと、マギーは人形を放り出して窓辺に駆けよった。太陽がすっかり顔を出し、水車の音もふたたび元気になり、穀倉の扉も開け放たれ、ヤップもそこにいた、片方の耳が後ろに垂れている茶色のテリアが、友だちを探しているとでもいうようにちょこちょこと駆けまわっている。もうじっとはしていられない。マギーは髪の毛を後ろに振り払い、階下に駆けおりると、ボンネットをつかんで外をのぞき、母親と鉢合わせはするまいと廊下を走り、大急ぎで中庭に出ると、デルポイのアポロンの神託を受ける巫女《みこ》のようにぐるぐると回り、回りながら唄いはじめた。「わーい、わーい、トムが帰ってくるよう」ヤップも飛び跳ねて、マギーのまわりで吠えたてた。なにか音が必要なら、それはおれたち犬のお役目だいといわんばかりに。

「ほい、ほい、嬢さまや、そんなにしてると目が回って、泥んなかにひっくりかえるわな」と粉屋頭のルークがいった。背が高く肩幅の広い四十がらみの男、黒い目と黒い髪、体じゅうに白い粉を浴びて、まるでアッバサクラソウのように見える。

マギーは回るのを止め、ちょっとばかりよろけながらこういった。「ううん、目が回ったりしないよ。ルーク、一緒に水車小屋のなかに入ってもいい?」

マギーは広々とした水車小屋のなかを歩きまわるのが大好きで、しじゅう黒い髪の毛にうっすらと白い粉をかぶって出てくるのだが、おかげで黒い瞳の輝きがいっそう引き立った。ごうごうと響く騒音、大きな石の挽《ひ》き臼《うす》のこやみない動きは、御しがたい力の存在への畏怖をマギーに感じさせた。こやみなくあふれでる食べ物、あたり一面を真っ白にして、蜘蛛の巣だって妖精のレース細工みたいにしてしまう白い粉、荒挽き粉の甘い香り――そうした諸々《もろもろ》が、ここは自分のふだんの生活とはかけ離れた小さな世界なんだと、マギーに感じさせてくれるのだ。ことに蜘蛛の巣の主《ぬし》たちは、マギーの観察の特別な対象だった。水車小屋の外に、もし蜘蛛たちの親類がいたら、親類同士の交際はさぞかしたいへんだろう。なにやら変な紋様のある肥った蜘蛛は、ふだんは粉をたっぷりまぶした蠅を食べているから、従兄の食卓に生の姿のままの蝿が出てきたら、さだめしあわてるだろう。蜘蛛の奥さまたちは、お互いの外見にショックを受けるにちがいない。けれどマギーが水車場のなかでいちばん好きな場所はてっぺんにあった——そこは穀物置き場になっていて、穀物が山のように積んである。マギーはいつもそのてっぺんにすわって、滑りおりてくるのが大好きだった。ルークと話をしながら、このお楽しみにふけるのがマギーの習慣だった。ルークとはよくお喋りをして、父親のように自分の知力を認めてもらいたいと思っていた。

おそらくマギーは、いまこの場でルークにも自分の知力を認めさせるのが必要だと思ったのだろう。彼が近くでせわしく動きまわっている穀物の山を滑りおりながら、水車小屋の世界ではつきものの甲高い声でこういった。

「あなたって、聖書以外の本は読んだことがないんでしょ、ルーク？」とマギーはいった。

「ああ、嬢ちゃんや——そいつだってろくに読んじゃいねえ」とルークはいともあっさりといった。「わしゃあ、本は読まねえの」

「でもあたしの本を一冊貸してあげたら、どう、ルーク。あんたが読めそうなやさしくて、とってもきれいな本は持ってないけど。でも『パグのヨーロッパ旅行』って本はあるの——世界じゅうのいろんな種類の人たちのお話よ。読んでわからなくたって、絵があるからだいじょうぶ——いろんな人たちの顔つきややり方や、仕事なんかが描いてあるの。オランダ人がいてね、すごく太ってて、煙草を吸ってるの——樽の上にすわってたりして」

「いやあ、嬢ちゃんや、わしゃあ、オランダ人は好かんで。あんなやつらのことを知ったって、なんの役にも立たねえで」

「でもね、あの人たちってあたしたちのお仲間なのよ、ルーク――お仲間のことはちゃんと知ってなくちゃ」

「仲間のことなんぞ知らんでもええだろが、嬢ちゃんや。まあわしの知っとることといやあ――昔の旦那さまがな、よういっておったでな、『塩水に漬けんで種をまくのはオランダ人だ』ってな。オランダ人は阿呆だと、それに近いもんだといってるんだわな。だめ、だめ、わしはオランダ人なんかに関わるつもりはねえな。大馬鹿はおるぜ――悪党もさ――本を見なんでもわかるのよ」

「ふうん」とマギーは、オランダ人に対するルークの思いがけない反撃に出鼻をくじかれた。「じゃあ『生きている自然』という本のほうがいいかもしれないね。出てくるのはオランダ人じゃなくて象やカンガルーやじゃこう猫やマンボウや、尻尾に身を埋めてる鳥なんかよ――鳥の名前は忘れちゃったけど。そういう生き物がいっぱいいる田舎のお話、馬とか牛とかいうやつじゃなくて。そんな動物のこと、知りたくない、ルーク?」

「いんや、嬢ちゃん、わしゃあ、粉だの小麦だの、そういうもんの記録を取らにゃいかんでな――仕事のほかに、そんなにいろんなことを知る暇はねえのさ。そんなことすっから、絞首台にのぼるような羽目になるんだ――ええ物知りでも、食べるもんを稼ぐことは知らねえでよ。それにさね、本に書いてあるようなもんは、みんな嘘っぱちだよ。紙に印刷してあるようなもんは、町で呼び売りしてるもんと同じだ」

「あなたって、うちのトムみたいね、ルーク」とマギーはいい、なんとか話を楽しいものにしようとした。「トムって、本を読むのが好きじゃないの。あたし、トムのことは大好きなのにね、ルーク。世界でいちばん。大きくなったら、トムの家の世話をして、ずっと一緒に住むの。あたし、トムの知らないことはなんでも教えてあげるんだ。でもトムは頭はいいの、だのに、本は嫌いなの。鞭縄《むちなわ》や兎小屋はじょうずに作るのにね」

「ああ」とルークはいった。「だけど兎のやつ、みんな死んじまったから、かんかんに怒るな」

「死んだ！」とマギーは悲鳴をあげ、滑りやすい穀物の山の上で跳ね起きた。「わー、たいへん、ルーク。どれが？　耳のたれたやつ、それともぶちの雌？　あれって、トムがお小遣いをぜんぶ使って買ったのに」

「もぐらみてえに死んじまったで」とルークは、厩舎の壁に釘で打ちつけられているもぐらの、まごうかたなき死骸を思い浮かべながらいった。

「困ったなあ、ルーク」とマギーは悲しそうにいい、大粒の涙がほろほろと頬を流れおちた。「トムが、ちゃんと世話をしろといったのに、あたし、忘れちゃったの。どうしよう？」

「そりゃなあ、嬢ちゃん、あんな遠くの道具小屋にいたんだもんな、そいつの面倒見ろってのは無理だなあ。トムさまは、ハリーに餌をやれといったんだが、あいつは当てにはならんで。このあたりにやってきた連中のなかでも、どうしようもないやつでな。自分の腹んなかばかり気にしおってな——腹痛《はらいた》でも起こしゃいいんだ」

「ああ、ルーク、あたし、トムにしっかりいわれてたの、兎は、毎日ちゃんと世話しろって——だけどそんなこと無理、兎のことなんか頭に浮かばなかったんだもの。ああ、うんと怒られるわ。ぜったいよ、兎がかわいそうだっていうわ——あたしだって、かわいそうと思うもの。ああ、どうしたらいいんだろう？」

「やきもきするこたあねえよ、嬢ちゃんや」とルークは慰めるようにいった。「あんなもの、つまらんもんで、あんな耳の垂れた兎なんぞ――餌やっておったって、死ぬときにゃ死ぬんだ。あんなできそこないなんざ、まともに育ちゃせんわ。神さまは、やつらがお嫌いでな、兎の耳を後ろに垂れるように造りなさったんだな。それがマスティフ犬みてえに垂れてるとは、意地っぱりもいいとこだな。トムさまは、二度とこんなものは買わねえで。やきもきするでねえぞ、嬢ちゃん。一緒にわしの家においで、うちのかあちゃんもいるでよ。おれ、もう帰るからな」

マギーにとって、これは、悲しみを紛らしてくれるなによりの誘いだった。ルークと並んで、彼の居心地のよい小屋までとことこと歩いていくうちに、マギーの涙もだんだん乾いていった。小屋の近くには林檎と梨の木が立ち並び、リプル川の縁近くに立っているさしかけの豚小屋が、威厳を添えていた。ルークのおかみさんのモグズさんは、たいそう好い人だった。いつも糖蜜を塗ったパンなんか振る舞ってくれるし、いろいろな芸術作品も持っている。マギーは、椅子の上に立って、かの放蕩息子を描いた素晴らしい一連の絵を見ていると、朝がたの悲しみの原因になったことなど、けろりと忘れてしまった。彼は『チャールズ・グランディスン』の身分の高い主人公の衣裳を着ているが、その衣裳がなければ、道徳的に欠陥のある性格からいっても、あの完璧な英雄のように、鬘《かつら》はつけぬという趣味も胆力も持ち合わせてはいなかった。けれども死んだ兎という漠然とした重荷のせいで、この弱々しい若者の境遇に、いつにも増して同情を感じた。ことにこの若者がぐったりと樹木にもたれかかり、膝丈のズボンのボタンははずれ、鬘はゆがんでいるし、一方ではどこかの外国種とはっきりわかる豚どもが、彼を尻目にがつがつと豆がらのご馳走を食らっているさまは、とても威勢がよくて彼を嘲《あざけ》っているように見える。

「この人、父さんに連れ帰ってもらって、ほんとによかったと思わない、ルーク?」とマギーはいった。

「だって、この人、とっても後悔してるしね、二度と悪いことはしないと思うな」

「そうかなあ、嬢ちゃん」とルークはいった。「だって倅のためにと、とっさまがいくら力を貸したって、倅はもともとたいしたやつじゃねえもんな」

マギーにとって、それは心の痛む考えだった。この若者の、その後の人生が語られていないのはとても残念だった。

第5章　トムの帰還

トムは昼にはやばやと着くはずだった。待ちかねている馬車の響きがもう聞こえていいころあいになると、マギーのかたわらでそわそわしている人物がひとりいた。もしミセス・タリヴァーに熱い感情というものがあるとすれば、それは息子に対する愛情だった。ついに音が聞こえた――二輪馬車の車輪の早く軽やかな音が――雲を吹きはらう風は、ミセス・タリヴァーの巻き毛や室内帽《キャップ》のリボンに吹きつけてきたが、夫人は扉の外に出てくると、マギーの目ざわりな頭にしっかりと手をのせ、けさの悲しみなどすっかり忘れていた。

「ああ、帰ってきた、わたしのかわいい坊やが！　だけどまあ、なんてこと、相変わらずカラーをつけてない。きっと道に落としてきちゃったのね、揃いのカラーが台なしだわ」

ミセス・タリヴァーは両腕を広げて立っている。マギーははじめは片足で、それからこんどは別の足でぴょんぴょん跳びはねている。一方トムは、馬車から降りると、こみあげる感情を男らしくじっとこらえてこういった。「よう！　ヤップか、元気かい？」

とはいうものの、首を絞めつけるようにぶらさがってきたマギーの接吻も喜んで受けた。もっともその青灰色の目は、牧草地や羊たち、そしてあしたの朝一番に釣りにいこうと決めていたあの川へ向けられている。英国のどこにでもいるような少年のひとり、歳は十二か十三、まるで鵞鳥《がちょう》の雛のように見える。明るい茶色の髪、乳白色に薔薇色で染められた頰、ふっくらとした唇、まだ形のきまらない鼻と眉毛――少年期の特徴のほかは、だれにも見分けがつかないような顔形である。自然がはっきりとした目的を持って形づくり、色彩をほどこしたと思われるようなマギーの顔形とはまったく異なっている。だがその同じ自然が、率直さを装いつつ、内には狡猾な企みを隠している。単純な人々は、自然の意図は明らかだと考えているが、とんでもない、自然は、そうした人々の自信に満ちた思い込みを覆す用意をひそかに整えている。自然が大量に生産したと思われている、そうした平均的な少年の顔貌の下に、自然は断固として揺るがぬ意志を、修正不可能な性格を隠しているのだ。そして黒い目の、感情を隠さぬ利かん気の少女も、いずれは、まだ顔だちも整わぬこの色白の男の子に比べれば、従順な人間だと判明するかもしれないのである。

「マギー」とトムは声をひそめながら、マギーをすみのほうに連れていった。母親が自分の荷物をあらために出ていき、暖かな客間が、長い道中で身にしみた寒気を追い払ってくれるとすぐに。「おれのポケットになにが入ってるか当ててみろよ」――マギーの好奇心をあおりたてるように、トムはもったいをつけて、うなずいてみせる。

「ううん」とマギーはいった。「すごくふくらんでるね、トム！　ビー玉かな――それともハシバミの実かな？」マギーの心はちょっと沈んだ。だってトムはいつもこういっていた。おまえとあれやるのは面白くねえよ――おまえはへたくそだから。

「ビー玉だと！　まさか――おれのビー玉なんぞ、ちびどもととっかえっこしちまったよ。それにハシバミの実のどこが面白いんだよ、ばーか、あれは、実が青いときだけなのさ。だけどこれ見て！」トムは右のポケットのなかからなにやら半分ほどひきずりだした。

「それはなに？」とマギーは小声でいった。「なんか黄色いもんしか見えないよ」

「こいつはね……ああ……新しい……当ててみろよ、マギー」

「ああ、わかんないってば、トム」とマギーはじれったそうにいった。

「じれるなよ、さもないと教えてやらないからな」とトムはいうと、またポケットに手をつっこんで、決然とした顔をした。

「おねがい、トム」とマギーは哀願するようにいうと、ポケットにしっかりつっこまれているトムの腕にすがりついた。「あたし、じれてなんかいない、トム――もう待ちきれないんだもん。おねがいだから、やさしくして」

トムの腕からそろそろと力が抜けた。「じゃあ、見せてやるよ。こいつは新しい釣り糸だぞ――新しいやつが二本――一本はおまえんだぞ、マギー、おまえのもんだぞ。みんなが金を出し合って砂糖菓子や生姜クッキーなんか買うときだって、おれは金を出さなかったのさ。おれが仲間に入らないって、ギブスンとスパウンサーが責めやがるから、やつらと喧嘩《けんか》したんだ。釣り鉤《ばり》もあるんだよ、ほら、ごらん！……ねえ、あしたさ、丸池に釣りにいかないか？　自分で魚を釣れるんだぞ、マギー。釣り鉤に虫をくっつけるのも、みんな自分でやるんだぞ――面白いだろ？」

マギーの反応といえば、トムの首に両手を巻きつけると、ものもいわずトムの頬に自分の頬をぎゅっと押しつけた。そのあいだトムは、釣り糸をゆっくりとほぐしはじめ、一息おいてからこういった。「おれって、いい兄貴だろ、釣り糸やなんか、おまえに買ってきてやったんだもの。な、おれがその気にならなきゃ、こんなもの買うことはなかったんだぜ」

「うん、とってもとっても、いいお兄ちゃん……あたし、お兄ちゃん大好きよ、トム」

トムは釣り糸をポケットに戻すと、釣り鉤をひとつひとつあらためながら、こういった。

「それにあいつらに喧嘩を吹っかけられたんだぞ、砂糖菓子を買う仲間に入らなかったってさ」

「ああ、お兄ちゃん、学校で喧嘩なんかしちゃだめだよ。怪我しなかった？」

「怪我だって？　まさか」とトムはいってから、釣り鉤をしまいこみ、大きなナイフを取り出すと、その大きな刃を開き、それを指先でなでながらじっと見つめた。それからこうつけくわえた。「おれさ、スパウンサーの目に黒痣《くろあざ》をつくってやったのさ。おれのことを、革紐でひっぱたこうとしたからね。革紐でひっぱたかれたって、このおれさまが、仲間になんか入るもんか」

「わあ、すごく勇気があるのねえ、トム、まるでサムソンみたい。ライオンがあたしに吠えかかっても、お兄ちゃんが追い払ってくれるよね——そうでしょ、トム？」

「ライオンがなんでおまえに吠えかかるのさ。ばかだな。ライオンなんてもんは見世物小屋にいるだけだ」

「うん、でもライオンのいる国にいたらってこと、たとえばアフリカとか、あそこってすごく暑いんだよ——あそこじゃライオンが人間を食べるんだって。あたしが読んだ本のなかに出てくるから、見せてあげるね」

「そうなりゃ、鉄砲で撃ち殺すだけさ」

「でも鉄砲がなかったら――そんなこと考えもしないで外に出てったら――ほら、釣りに行くときみたいに――そいで大きなライオンがあたしたちのほうに向かってきたら、とても逃げられないよね。そしたらどうするの、トム？」

トムはちょっと黙りこんでいたが、とうとう顔をそむけてこういった。「けどな、ライオンが向かってくるわけじゃなし、そんな話は無駄だろ？」

「でもあたしね、もしライオンがいたらどうなるかって想像しちゃうの」とマギーはすかさずいった。

「お兄ちゃんだったらどうするの、考えてよ、トム」

「そんなこと、どうだっていいだろ、マギー！　おまえって、馬鹿だよなあ。さあ、おれの兎どもを見にいこうっと」

マギーの心臓は、恐怖のあまりドクドクと鳴りだした。あの悲劇のことを、トムにすぐに打ち明ける勇気はなく、びくびくしながら、出ていくトムのあとを追った。この知らせをトムにどう告げればいいだろうかと、トムの悲しみや怒りをどうすれば和らげられるだろうかと考えながら。マギーは、なによりもトムの怒りが恐ろしかった。その怒りは、自分の怒りとはまったくちがうものだったから。

「トム」とマギーは、家の外に出たところで、こわごわいった。「あの兎たち、いくらで買ったの？」

「半クラウン銀貨が二枚と六ペンス」とトムはすかさずいった。

「二階に置いてあるあたしのはがねの銭函には、それよりもっとたくさんお金が入ってるの。母さんに頼んで、そのなかからお兄ちゃんにお金をあげるようにしてもらう」

「なんでさ」とトムはいった。「おまえの金なんかいらないよ、このバカが。おれは、おまえなんかよりもっとたくさん金を持ってるんだぞ、なにしろ男の子だからな。クリスマスの贈り物には、いつだって半ポンド金貨や一ポンド金貨をもらってるんだ、なにしろおれは一人前の男になるんだからな。おまえはたったの五シリングしかもらってないんだろ、だっておまえは女の子だもんな」

「うん、でもね、トム――もし母さんが、あたしの銭函から半クラウン銀貨二枚と六ペンス銀貨をお兄ちゃんのポケットに入れてくれたら――そしたらもっと兎を買うの?」

「もっと兎を買うだと? 兎なんてもういらないね」

「ああ、でもトム、兎はみんな死んじゃったの」

トムはぴたりと足を止めると、マギーのほうを振りむいた。「あいつらに餌をやるのを忘れたな、ハリーのやつも忘れたんだな」そういうとトムの顔がさっと赤くなったが、赤みはすぐに消えた。「ハリーなんか、追い出してやる。さっさと追い出してもらうからな。おまえなんか、もう好きなもんか、マギー。あしたの釣りにも、連れていくもんか。兎には毎日きちんと餌をやれっていっといただろ」トムはまたも や歩きだした。

「うん、でも忘れちゃったの――うっかりしちゃったの、トム。ほんとにごめんなさい」マギーの目から涙がどっとあふれだす。

「ひどいやつだな」とトムはきつい声でいった。「おまえに、釣り糸なんか買ってくるんじゃなかったな。おまえなんか、大嫌いだ」

「ああ、トム。そんなひどいことを」マギーはすすり泣く。「あたしだったら、お兄ちゃんを許してあげる、なにか忘れたって――お兄ちゃんがなにをしたって気にしない――許してあげる、あたしはいつだってお兄ちゃんが好きだもん」

「ああ、おまえは馬鹿だからな。だけど、おれはぜったい忘れないぞ、ぜったいに」

「おねがいだから許して、トム、あたし、心臓が張り裂けそう」マギーは頭を振りながらすすり泣き、トムの腕にとりすがると、涙で濡れた頰をトムの肩に押しつける。

トムはそれを振りはらおうとしたが、思いなおすと、きっぱりとこういった。「なあ、マギー、よく聞けよ。おれはおまえのいいお兄ちゃんか?」

「うん、うん」とマギーは泣きじゃくりながらいう。その顎がひくひくと動く。

「おれはさ、今学期じゅう、ずうっと釣り糸のことを考えてたんだぞ、おまえに買ってやろうと思ってさ、そのために金を貯めたんだ、菓子だって我慢してさ、おれが金を出さないといって、スパウンサーには喧嘩を吹っかけられたしな」

「え、ええ……でもあたしね……お兄ちゃんが、とーっても好きなの」

「だけどな、おまえは悪いやつだ、この前の休みのときなんか、おまえ、咳止めドロップの箱の絵の具をなめちゃったじゃないか、そいからさ、その前の休暇のときなんか、よく見張ってろといったのに、おれの釣り糸をボートにひっかけちまっただろ、それにさ、おれの凧《たこ》に頭をつっこんじゃったしな」

「わざとやったんじゃないよ」とマギーはいった。「あれはどうしようもなかったんだもん」

「いいや、そんなことはない」とトムはいった。「自分のすることにちゃんと気をつけてりゃいいのさ。こんなしょうもないやつは、あしたの釣りには連れてってやらないぞ」

この恐るべき結論を吐き出すと、トムはマギーを置いて水車小屋のほうに駆けだしていった。ルークに挨拶をして、ハリーには文句をいってやろうと。

マギーは身じろぎもせず、一、二分のあいだすすり泣くばかりだった。それからくるりと背を向け、家の中に走りこむと、お馴染《なじ》みの屋根裏部屋に駆けあがった。そこの床にしゃがみこむと、惨めな思いに押しつぶされそうになりながら、虫食いだらけの棚に頭を押しつけた。トムが家に帰ってくる、そうしたらどんなに幸せだろうと思っていたのに、トムはあたしにひどい意地悪をした。トムが好きだといってくれないなら、なんにもいいことなんかない。ああほんとにひどい！　お金をあげるといったのに、ほんとにごめんなさいと謝ったのに。母さんには、手に負えない子だと思われていても仕方ないけど、トムにはなんにも悪いことはしていない——悪いことをしようなんて思ったこともない。

「ああ、お兄ちゃんたらひどい！」マギーは泣きじゃくりながら、それでも屋根裏部屋の長い空間に響くうつろな反響が面白いと思った。物神さまをぶったり、押しつぶしたりして、怒りをぶつけようとは思わなかった。あまりにも惨めで、怒る気になれなかった。

子供時代のかくも苦い悲しみよ！——悲しみというものがこと新しく、不思議なものに思われるころ、希望が日を月を飛びこえていく翼をまだ持たぬころ、夏から夏への歳月が無限に感じられる子供時代の。

マギーは、自分がもう何時間も屋根裏部屋にいるような気がした。そろそろお茶の時間だろう。みんな、あたしのことなんか考えてもいないんだ。ようし、それならここにずっと居すわって飢え死にしてやろう——夜じゅう樽の後ろに隠れていてやろう。そうすればみんな、驚くだろうし、トムも悪かったと思うだろう。マギーは樽の後ろに這いずっていきながら、得意げにそう考えた。だがそのうちに、あたしがここにいることなんかだれも気にしていないんだと思うと、またもや涙があふれてきた。いまトムのところに降りていったら――あたしを許してくれるだろうか――たぶん父さんがそこにいて、あたしの味方になってくれるだろう。だけどトムは、あたしのことが好きだから許してくれるんじゃなきゃいやだ。父さんが、許してやれといったから許すんじゃいやだ。そうだ、トムが迎えにきてくれなかったら、ぜったい階下《した》には降りていかない。樽の陰に隠れていた、あの真っ暗な五分間、この決心はぜったい揺らがなかった。だがお兄ちゃんに好きだといってもらいたいという欲求、哀れなマギーの胸のうちのいちばん強い欲求は、やがて自尊心と争いはじめたが、すぐさま相手を組み伏せてしまった。マギーが樽の陰から細長い屋根裏部屋の薄明のもとに這い出したそのとき、階段を急いで昇ってくる足音が聞こえた。

トムはルークと話しこんだり、屋敷うちをひとまわりして、好きなところに出たり入ったり、学校で杖を削ったことがないというだけだったけれども、杖を削ったりしていた。マギーのことを思い、自分の怒りがマギーにどんな効きめを与えたかということは考えもしなかった。彼はマギーに罰を与えるつもりだったが、それがうまくいったので、実際家の常として、もうほかの問題に没頭していた。だがお茶ですよと呼ばれたとき、父親が彼にこういった。「おい、あのちびはどこにいった？」ほとんど同時に母親がいった。「おまえの妹はどこ？」両親は、マギーとトムは昼すぎはずっと一緒だったと思いこんでいたのだ。

「知らない」とトムはいった。トムは、マギーのしたことに腹を立ててはいたが、そのことには触れたくなかった。なにしろトム・タリヴァーは、面目を重んじる少年だったから。

「なんだと、あの子はこれまでずっとおまえと遊んでいたんじゃないのか？」と父親がいった。「おまえの帰りを待ちかねておったんだぞ」

「この二時間は、あいつの姿は見ていない」とトムは、プラムケーキにかぶりつきながらいった。

「たいへん！　あの子、きっと溺れたんですよ」とミセス・タリヴァーは椅子から立ち上がり、窓に駆けよった。「なんであの子にそんなことをさせたの？」と母親はそうつけくわえた。心配のあまり、だれに何を責めたものかもわからずにいいつのっている。

「いや、いや、溺れたりするものかね」とミスタ・タリヴァーはいった。「どうやらおまえは、あの子をいじめたんだな、トム」

「いじめやしないよ、父さん」とトムは声を荒らげた。「うちのなかにいるさ」

「たぶん屋根裏部屋だわ」とミセス・タリヴァーがいった。「あそこで歌をうたったり、独り言をいったりして、お茶の時間だということもすっかり忘れているんですよ」

「おまえが行って連れてこい、トム」とミスタ・タリヴァーはやや厳しい口調でいった。その洞察力というか、マギーに対する父親らしい愛情といおうか、倅があのちびに辛く当たったのだと察しをつけたのである。さもなければあのちびが、トムのそばを離れるわけはないと。「あの子にはやさしくしてやれ、わかったか？　わからんなら、わかるようにしてやるぞ」

トムは父親には逆らったことがない、なにしろミスタ・タリヴァーは、人に有無をいわせぬ人間で、相手がだれであろうと、その言葉のとおり、鞭を持つわが手をだれにも押しとどめるような真似はさせなかった。だがトムは、プラムケーキを片手に、少々不機嫌面をして外に出たものの、マギーに対する罰は撤回するつもりはないと、あれぐらいは当然のことだと思っていた。トムはまだ十三歳で、文法と算数については格別の意見はなく、ああいうものはいずれゆっくり考えればいいと思っていたが、あることについては、きわめて明確にして独断的な意見を持っていた。つまり罰に値するものは、必ず罰するということ、自分が罰に値することをすれば、甘んじて罰を受けるが、そもそも彼は、罰せられて当然というようなことはぜったいしたりしない。

マギーが、階段を昇ってくるトムの足音を聞いたのは、お兄ちゃんに可愛がってもらいたいという気持ちがマギーの自尊心に打ち勝ち、目を泣きはらし髪の毛を振りみだしながら、許しを乞うために階段を駆けおりようとした、そのときだった。まあ、父親なら頭をなでてくれて、「もう心配せんでいい、おちび」といってくれるだろう。それは愛情を求める心を、飢えた心を鎮めてくれる素晴らしい救い手、自然がわれわれを軛《くびき》の下に支配してこの世の相を変えてしまうあの飢えのように、拒絶を許さぬものだ。

だがマギーには、トムの足音はわかる。希望というふいのショックで、マギーの鼓動は激しくなった。トムは階段のいちばん上にじっと立ったまま、こういった。「マギー、降りてこいよ」だがマギーはさっと駆けよると、泣きながらトムの首にしがみついた。「ああ、トム、ごめんなさい——こんなこと、もう耐えられない——これからはいい子になるから——なんでもちゃんと覚えてるから——あたしを好きだといって——おねがい、トム」

わたしたちは、年を取るにつれ、自分を抑えることを学ぶ。喧嘩をするときも、互いに離れて、お上品な言葉で自分の意見を述べ、威厳を持って距離を保ち、厳とした態度を示す一方で、あまたの悲しみを呑みこむ。われわれはもはや、低級な動物のように単なる衝動におのれの行動を任せることはなく、あらゆる面において、高度に文明化した社会の一員のように振る舞っている。マギーとトムはまだごく若い獣たちのようだった。だからマギーは泣きじゃくりながら、トムの頰に自分の頰をこすりつけたり、その耳にむやみにキスしたりするが、トムは生来やさしい性格だったので、マギーのそうした甘えをおとなしく受け入れていた。だから、それ相応に罰してやろうと決心しても、それと相反する気弱さが出てしまうのだ。じっさいトムはお返しのキスをして、こういった。

「もう泣くなよ、マギくん——さあケーキをお食べよ」

すすり泣きもおさまってくると、マギーは口を開けてケーキをかじった。それからトムもそれに合わせるようにちょっぴりかじり、顔をよせて一緒になって食べ、お互いの頰や額や鼻をこすりあわせながら食べた。それは恥ずかしながら、二頭の仲のよい子馬のようだった。

「一緒に来いよ、マギくん、お茶にしよう」とトムがようやくいった。そのときはもうケーキは跡かたもなく、階下にしかなかった。

そんなわけで、この日の悲しみは終わりを告げた。翌朝マギーは、片手に自分の釣り竿を、もう一方の手にバスケットをぶらさげ、生まれつきの特別な才能のおかげでいちばんひどいぬかるみをわざわざ歩いていく、トムがやさしくしてくれるので、ビーバーのボンネット帽の下にのぞく浅黒い顔は輝いている。でもトムには、釣り鉤の虫はつけてちょうだいといってある。虫はなにも感じないんだぞ（もし感じたってたいしたことはないというのがトムの意見だった）といったトムの言葉は受け入れたが。トムは虫や魚や、そういったものについてはなんでもよく知っている。それに鳥のやつらはいたずら好きだということや、南京錠の開け方も知っているし、門の把っ手はどちら側にあげればいいかということも知っている。こういうことを知っているのは、ほんとに素晴らしい——本に書いてあることを覚えるよりももっとむずかしいことだとマギーは思っている。トムのすぐれているところをマギーはとても尊敬している。なにしろマギーの知識なんぞくだらんというし、その賢さに驚くふうもないのは、トムだけだったから。たしかにトムは、マギーを阿呆なちびだと思っている。女の子なんてみんな阿呆さ――石を投げたってうまく当たりゃしないし、ポケット・ナイフの使い方も知らないし、カエルを怖がったりするんだ。それでもトムは妹が大好きで、こまめに世話をしてやり、ゆくゆくは自分のお手伝いさんにしてやって、悪いことをしたらおしおきしてやろうと思っている。

ふたりは丸池に向かっていた――素晴らしい池で、その昔の洪水でできたものだ。深さがどれくらいかだれも知らない。それは神秘的に見える、なにしろほとんどまんまるで、柳や背の高い葦《あし》にまわりをぐるりと取り囲まれているので、水辺近くまでいかないと、全体の姿は見えない。昔からお気に入りのこの場所が見えてくると、いつもトムのご機嫌がよくなる、大事なバスケットを開いて釣り具の用意をしながら、マギーにそれはやさしい声でささやく。マギーの釣り糸を投げてやり、釣り竿をその手に押しこんでやる。マギーは自分の釣り鉤にかかるのは、たぶん小さな魚で、トムのほうには大きな魚がかかるだろうと思っていた。だが魚のことなんかすっかり忘れて、鏡のような水面を夢みるように見つめている。そのときトムが声をひそめ、「おい、おい、マギー!」といいながら駆けよってくると、マギーが釣り糸をあわてて引き上げないようにした。

マギーは、自分がいつものようになにかまずいことをしたのかと驚いたが、トムはゆっくりと釣り糸をたぐりよせると、大きな鯉を草の上に放り出した。

トムは興奮している。

「わあ、マギくん! このおちびが! バスケットの蓋を開けろよ」

マギーは、このまれに見るお手柄に気づくふうもなく、トムがマギくんと呼んでくれて、一緒に喜んでくれただけで充分だった。マギーは上がってくる魚の水音や、柳や葦や水の楽しげにささやいているような音に耳を傾けた。マギーは、こんなふうに池のはたにすわって、叱られることもないなんて、ほんとうに素晴らしい天国のようだわと思った。魚が食いついたよとトムにいわれるまで少しも気づかなかったけれども、魚釣りは大好きだった。

これはふたりの幸せな朝のひとつだった。ふたりは一緒にとことこと歩き、一緒に腰をおろしたが、この先の人生が大きく変わろうとは夢にも考えてはいなかった。ふたりともただただ大きくなるだけ、学校にも行かず、毎日が休日のようだ。いつも一緒に暮らして仲も良い、そしてごとんごとんと音を響かせる水車小屋——その下でままごと遊びをしたあの大きな栗の木、自分たちの小さな川、あのリプル川、あの土手はまるでわが家のよう、トムはいつもビーバーを探しまわっていたし、マギーは紫色の羽毛のような葦の先っぽをせっかく摘んだのに、すっかり忘れて落としてしまったっけ。あの広いフロス河の岸辺を旅する気分でさまよい歩き、押し寄せる大潮を——飢えた怪物のように襲ってくる恐るべきあの高潮と、かつては人間のように泣き叫び唸り声をあげたというトネリコの大木を眺める——そうしたものはふたりにとって、いつまでも変わらぬものだった。トムは、地球上のほかの場所に住んでいる人たちは不運だと思っていたし、マギーは『天路歴程』のなかに出てくる、橋のない川をわたったというクリスチアーナのことを読むとき、その目には、トネリコの大木のある緑の牧場のあいだを縫うように流れるフロス河がいつも目の前に浮かぶのだ。

トムとマギーにとっても、それぞれの人生は変わっていく。それでも、幼いころの思い出や愛情は、いついつまでもふたりの人生の一部であることに変わりはない。幼年期を過ごしたことのない土地に、それほどの愛着は湧かないものだ――草の上にしゃがみこんで、まわらぬ舌で呟きながら摘んだあの花の芽が、春の訪れとともにいつも頭をもたげるあの土地でなければ――秋になれば生け垣のあいだに花を咲かせる野ばらや山査子《さんざし》――大事な作物に害を与えないから「かみさまの鳥」と呼んでいたあの駒鳥《こまどり》がやってくるあの土地でなければ。あらゆるものに馴染みがあり、馴染みがあるから愛される、あの素晴らしい単調さ、あれほど素晴らしいものがほかにあるだろうか。

穏やかな五月のあの日、わたしが歩いていた森、わたしと青空のあいだにある樫《かし》の木の黄褐色の葉むら、足もとの白いツマトリ草や青いクワガタソウ、そしてカキドウシ――熱帯樹の木立や奇妙な形のシダや驚くほど大きな花弁を持つ花々でさえ、この故郷《ふるさと》の情景ほどに、わたしの深く繊細な心の琴線を震わすことはできまい。こうした馴染み深い花々、記憶に深く刻まれている鳥の鳴き声、気まぐれに輝く空、さまざまに作られた生け垣にかこまれた個性ある草原――こういうものは、わたしたちの想像力の源泉であり、それは過ぎ去った幼年時代の束の間のときと微妙にからみあっている。今日《きょう》深々と葉を伸ばす草に注ぐ陽を浴びるわたしたちの歓《よろこ》びは、疲れ果てた魂が感じるかすかな知覚にすぎないのかもしれない、もしそれが遠い過去に出逢った太陽や草ぐさではなかったとしても、そうしたものがまだわたしたちのなかに生きていて、わたしたちが知覚するものを愛に変えてくれるのだろう。

第6章　伯母や伯父たちがやってくる

復活祭がはじまっていたが、ミセス・タリヴァーのチーズケーキは、いつもよりたいそうふっくらと出来上がった。「風がひと吹きすりゃ、羽根みたいに吹っ飛びますで」とお手伝いのキザイアがいった。こんな素晴らしいケーキが作れる奥様のもとで働いているのが誇らしかった。親族をパーティに招待するには、季節としても時期としても、これほど幸先のよいときはなかった。まあ、トムの進学先について姉のグレッグやプレットに相談するのは、好ましいとはいえなかったが。

「今回は、ディーンのところは呼ばなくてもけっこうですよ」とミセス・タリヴァーはいった。「あの妹《こ》ときたら、とんでもないやきもち焼きで、欲張りなんだから。いつだってうちの子たちを、伯父さまや伯母さまに悪く思わせるように仕向けるんですからね」

「いや、いや」とミスタ・タリヴァーはいった。「来るようにいいなさい。ディーンとは近ごろ話をする機会がなかなかなくてね。この六カ月、会ってはいないじゃないか。奥さんがなにをいおうがかまわないだろう？――うちの子供たちは、だれの厄介になるわけでもないんだから」

「おまえさまはいつもそういわれますがね、旦那さま。だけど、そちらの伯父さまにしろ伯母さまにしろ、うちの子たちに五ポンドだって遺してやろうなんていう人はいませんよ。グレッグやプレットの姉さま方は、こっそりお金を貯めこんでるんですよ。貸したお金の利息はみんな自分のものにしてしまうし、自家製のバターを売ったお金まで貯めこんでいるんですから——それぞれの旦那さま方といえば、なんでも買ってくれますしねえ」ミセス・タリヴァーは温厚な婦人だったが、たとえ羊であろうと、小羊が生まれれば少々強くはなるのである。

「ちっちっ！」とミスタ・タリヴァーはいった。「子が大勢できりゃあ、朝食にも大きなパンがいるんだよ。あの連中だって、甥っ子や姪っ子が大勢いりゃあ、そんなちょっぴりの金をどうやって分けてやるというんだい？ ディーンのところだって、姉さんたちに、遺産をぜんぶひとりだけにやって、死んだあとまで、世間さまに後ろ指をさされるような真似はさせせんだろうが？」

「あの人が姉さんたちになにをさせるか、わたしにゃ、わかりませんよ」とミセス・タリヴァーはいった。「うちの子たちは、伯父さまや伯母さまたちのご機嫌はとれませんからね。マギーときたら、あの人たちが来ると、ふだんの十倍も手に負えなくなりますしね、トムは、伯母さまたちが嫌いだしねえ——まあ、男の子なら当然のことですけどねえ——ところがディーンのところのルーシーときたら、ほんにいい子だし——あの子を腰掛けにすわらせてごらんなさいな、あの子は一時間だってじっとすわっていて、立ちたいなんてぜったいにいいませんよ——わたしゃ、あの子がまるでわが子のように可愛くてねえ、妹のディーンの子というより、わたしの子のようですよ、ディーンときたら、うちの一族にしては血色が悪いんですからねえ」

「まあまあ、あの子がそんなに可愛いなら、あの子の父さんと母さんに、一緒に連れてくるようにいったらどうかね。モスの叔父さんや叔母さんにも来てもらっちゃあどうかい？ 子供たちも一緒に」

「まあいやだ、旦那さま、子供たちのほかにお客さまは八人もいるんですよ。テーブルには二枚も板を足さなきゃならないし、食器だってもっとたくさん出さなきゃならないし。それに旦那さまも知っとるでしょうが、わたしの姉さまたちとあんたの妹さんとはそりが合わないし」

「そうか、そうか、あんたのいいようにおし、ベッシー」とミスタ・タリヴァーはいうと、帽子を取って、水車小屋のほうに出ていった。自分の一族に関わりのないことについては、ミセス・タリヴァーほど従順な女房はいない。だがなにしろドッドスン家の娘である、たしかにドッドスン家は名家であり――その教区や、近隣の教区では一目おかれる存在だった。ドッドスン家の令嬢たちは、いつもそっくりかえっていると思われており、上のふたりが良家に嫁いでも驚く者はいなかった――ただし若くして結婚はしない、それがドッドスン家のしきたりだった。この一家にはなにごとにも独特なやり方というものがあった。リネンを染めるときの秘伝の方法、キバナクリンソウ酒の作り方、ハムの保存法、グーズベリーの壜詰の作り方などなど。それゆえこの家の令嬢たちは、自分たちがギブスン家やワトスン家ではなく、ドッドスン家に生まれたという特権に無関心ではいられなかった。葬儀はつねに、ドッドスン一族の特別な作法にのっとって行われる。帽子に巻くリボンは青みがかったものではいけない、手袋は親指が離れていてはいけない。会葬すべき者はだれしも会葬しなければならない、棺を担ぐ者は必ず喪のストールをまとわねばならない。一族に悩みごとが生じたり、病に倒れた者があったりすれば、おおむね一族うちそろってこの不運な者を見舞い、一族の者が正しいと思ったことは、どれほど不快なことであろうと率直にそれを伝える。その病気とか悩みごとが、当事者自身の引き起こしたことであろうと、ドッドスン一族の者ならひるまずに指摘する。要するにこの一族には特有の伝統があった。つまり一家を取り仕切る正しい方法とか、社交上の正しい振る舞い方などについて、一族特有の伝統があるのだ。そして一族の優越性が直面する厳しい事態とは、ドッドスン家の伝統に沿わぬ香辛料とか、一族の者の行為をどうしても認めてもらえないときだ。ドッドスン一族の婦人が、よその家を訪れたときは、毎度お茶だけでパンを食し、ジャムのたぐいはいっさいお断わりする、というのは、他家のバターは信用できないし、ジャムは、おそらく砂糖が足りないか、煮方が足りないために発酵しはじめているにちがいないと恐れるからである。ドッドスン一族のなかには、一族らしくない人間もいる——その事実は認められてはいるものの——そういう者たちでさえ、一族でない者たちよりはむろんすぐれているのである。そしてドッドスン一族の者たちは、男女を問わず相手には満足してはいないが、男女を問わず自分には満足しており、それればかりかドッドスン一族というものにも満足しているのである。一族のなかでもっとも劣った者——もっとも一族らしくない者でも——この一族の習慣や伝統を身につけていた。ミセス・タリヴァーは生粋のドッドスン一族である、ものにたとえれば、苦味の少ないビールのような存在だが。そして若いころ姉たちに牛耳られていたころは少々不平ももらし、姉たちに非難されれば、いまも涙を流すときはあるが、一族の考え方を改新しようという人間ではない。ドッドスン一族の出であることをありがたく思い、自分の一族の流れをくむ息子を、少なくとも容貌や顔の色はもとより、タリヴァーの一族とはちがって、塩が好きで豆をよく食べる息子を授かったことをありがたく思っている。

ほかの面では、まさしくドッドスン家の血がトムには流れているが、彼はマギーのように母方の親戚というものの真価をとうてい理解せず、伯父や伯母たちがやってくるという警告を運よく与えられると、持ちやすい食べ物をどっさり抱えて、その日は姿をくらましてしまう。グレッグ伯母は、これを道徳的見地から見て、この子の将来が危ぶまれると嘆いた。トムがいつも自分には内緒でこっそり逃げ出すのが、マギーには辛かったが、逃亡する際には、女の子というものはまさしく邪魔者なのである。

水曜日、伯父や伯母がやってくる日の前日は、オーブンに入っているプラムケーキや煮立っているゼリーなどのさまざまな香りが、肉汁の匂いと入り交じって漂ってくるので、暗い気持ちでいるなんて不可能だった。あたりには希望が漂っていた。トムとマギーは何度も厨房に侵入したが、略奪者の例にもれず、略奪品をたっぷりいただくまでは、厨房から遠ざかることはなかった。

「トム」とマギーがいった。ふたりは、大きな木の枝に腰かけながら、シュークリームを食べていた。「あしたは、逃げ出すんでしょ？」

「ううん」とシュークリームを食べ終わったトムは、ふたりで分けることになっている三つ目のシュークリームをじっと眺めながら、ゆっくりといった。「ううん。逃げるもんか」

「どうして、トム？　ルーシーが来るから？」

「ううん」とトムはいいながら、決しかねているように頭をかしげ、ポケット・ナイフを開くとシュークリームの上にかざした。（この不規則な多角形の代物を正確に二等分するのはたいそう難しい）。「ルーシーが、なんで気になるんだよ？　あんな女の子――ホッケーもできやしないんだぞ」

「じゃあ、ティプシー・ケーキのせい？」とマギーは憶測をたくましくして、こういうと、ためらう刃先をじっと見つめながらトムのほうに体を乗り出した。

「へっ、ばかだな、そんなものはあしたでいいんだ。プディングなのさ。おれはプディングというものを知っているんだ――アンズのジャムが入ったやつだよ――さあ、いくぞ！」

掛け声とともに、ナイフはシュークリームの上に落ち、見事それをふたつにしたが、その結果にトムは満足しなかった。半分になったものをトムは疑わしそうに見つめている。ようやくトムはいった。

「目をつぶれ、マギー」

「なんで？」

「なんだっていいだろ。おれがつぶれといったらつぶれ」

マギーはいわれるままにした。

「さあ、どっちにする、マギー——右か左か？」

「ジャムが出ちゃってるほうがいい」とマギーはいった。トムのご機嫌を損ねぬよう目はしっかりつぶっている。

「どうしてさ、そいつはいやなんだろ、このばか。こういうことは公平にしないとな、さもなきゃ、やらないぞ。右か左か——おまえが選ぶんだ。あーあーっ！」と苛立たしそうにいうトムを、マギーはのぞきこむ。「目を閉じてろ、さもなきゃやらないよ」

マギーの犠牲的精神もそこまではたらかなかった。トムにいちばんいいところをあげようとは思っていたが、トムにできるだけたくさんのシュークリームを食べてもらおうとは、マギーは気にかけていなかったのだろう。だからトムが「どっちかいえよ」というまでは、目をしっかりと閉じていて、それからおもむろに「左手」といった。

「やったな」とトムは、少々恨みがましくいった。

「どっちなの、ジャムがはみだしてるほう？」

「ちがう、さあ、取れよ」とトムはきっぱりといい、いちばんいいところをマギーにさっと差しだした。

「ああ、おねがい、トム、こっちを取って。あたしはいいの――あたしはそっちのほうがいいの。おねがいだから、こっちを取ってよ」

「やだね」とトムはむっつりといい、よくないほうを不機嫌そうに食べはじめた。

マギーはこれ以上争うのは無駄だと思い、自分の分を大急ぎでおいしそうに食べた。でもトムは先に食べおえると、もっと食えるのにと思いながら、マギーが最後のひとかけらを食べおえるのを眺めていた。マギーは、トムに見られているとは知らなかった。大きな枝に腰かけて体を揺らしながら、ジャムをゆっくりと味わっていた。

「この食いしん坊めが！」と、最後のひとかけを食べてしまったマギーを見て、トムはそういった。自分はたいそう公平に振る舞ったのだから、マギーはそれを察して埋め合わせをすべきだと、彼は思っていた。はじめに差しだされたものは断わっても、自分の分を食べてしまったあとと前では、当然考え方もちがってくるものである。

マギーはさっと青ざめた。「ああ、トム、いってくれればいいじゃない？」

「おまえに頼むつもりなんかなかったね、この食いしん坊め。おまえにはいちばんいいところをやったんだからな、いわれなくたって、そっちが察するもんだ」

「あたし、あげるっていったよ――そうでしょ」とマギーはくやしそうにいった。

「そうさ、だけどおれはスパウンサーみたいにいいかげんなことをするのは、やだったのさ。あいつときたらいつだっていちばんいいとこを取るんだ、ぶんなぐらないかぎりな、おまえが目をつむって、いちばんいいやつを当てたら、あいつは、手をすりかえるんだよ。けどおれは、分けっこするときは正直にやりたいね——欲はかかないのさ」

こんな痛烈な当てこすりを残して、トムは枝から飛びおりると、「ほーい！」とヤップにやさしく呼びかけて石を投げた。ヤップは、目の前の食べ物が消えてしまうまで、耳をぴんと立てて穏やかならぬ気持ちでそれを眺めていたのだ。だがこの賢い犬は、たいそう寛大な扱いを受けたとでもいうように、トムの声にすぐさま応じた。

一方マギーは、人間を、もっとも物思いに沈むチンパンジーとはまったく違う種族であると区別し、誇り高い離れたところに据えるという、悲哀を感じられる秀でた能力をそなえているので、枝の上に腰かけたまま、トムの不当な非難をその身にひしひしと感じていたのである。あの焼き菓子を自分でぜんぶ食べてしまわずに、トムにいくらかでも残しておけたなら、どんな犠牲もいとわなかっただろう。とはいうもののあの焼き菓子はとてもおいしかった、なんといってもマギーの舌は鈍感ではなかったから。でもトムに欲張りだと不機嫌になられるくらいなら、食べないほうがましだった。でもトムは、おれはいらないといったのだ——だから自分はなにも考えずに食べてしまった——ほかにどうしようがあっただろう？　涙がどっとあふれてきて、十分ぐらいはまわりがなにも見えなかった。そのうちに怒りがおさまってくると、仲直りしたいという気持ちがむくむくと湧いてきたので、マギーは枝から飛びおりるとトムを探しにいった。トムは干し草積み場の後ろの原っぱにはもういなかった——そこはトムがよく行くところだが、ヤップも一緒なんだろうか？　マギーは大きなモチの木がそばにある高い土手を駆けあがった。そこならフロス河が向こうまでよく見える。トムがいた。だがマギーの心は沈んだ。トムはもうずっと向こうまで行ってしまったし、ヤップのほかに連れもいた——腕白小僧のボブ・ジェイキン、鳥を脅すという彼の公認のお役目は休止中だった。ボブは意地悪だと、はっきりした理由はないのにマギーはそう思いこんでいる。それというのも、ボブの母親がすごいでぶの大女で、河沿いのあの奇妙な丸い家に住んでいて、いつだったかマギーとトムがぶらぶらとあそこに近づいたとき、ぶちの犬が飛びだしてきて吠えつづけているので、あとを追ってきたその母親が、吠え声に負けぬくらいの大声で怖がらなくてもいいといったのだが、マギーはすごく怒られているのだと思いこんで、恐しさのあまり心臓がどきどきしたのだった。マギーは、あの丸い家の床には蛇がいるんじゃないか、寝室には蝙蝠《こうもり》がいるんじゃないかと思っている。ボブが帽子を脱いで、帽子のなかにいる小さな蛇をトムに見せているのを見たことがあるし、小さな蝙蝠を両手にいっぱい持っているのを見たこともある。だいたいが変な子で、蛇や蝙蝠と仲がいいところをみると、たぶんちょっと異常なのではないだろうか。その上にトムは、ボブと遊んでいるときは、マギーなど見向きもしないし、ぜったい一緒には連れていってくれない。

これはトムがボブと遊ぶのが好きだということだ。ほかに考えようがあるだろうか。ボブは、鳥の卵を見ただけで、それがツバメかシジュウカラか、キアオジの卵かがわかるし。スズメバチの巣はぜんぶ見つけだすし、いろんな罠もしかけることができる。リスみたいに木に登るし、ハリネズミやイタチを見つけだす魔法みたいな力も持っている。生け垣を壊したり、羊を追いかけまわして石を投げたり、当てもなくこっそり歩いている猫を殺すといった、手に負えないいたずらをする勇気もあった。こうした、人に抜きんでた知識があるのに目上の者からはいつも下に見られる者たちにある優れた能力というのは、当然トムにとっては拒みようもない魅力がある。だから休暇といえば、トムがボブと一緒にどこかへ行ってしまうので、マギーは悲しみの日々を送ることになる。

　さあて！　もう望みはない。トムは行ってしまった。だからマギーはヒイラギの根方にすわりこむか、生け垣のそばをさまよい歩くより仕方がない、そしてなにもかも変わったのだと想像し、自分の小さな世界を、こんなふうであってほしいというような世界に自分が変えたのだと思うしかなかった。

　マギーの世界は災い多きところだが、ここは心地よく陶酔できる世界だった。

　一方トムは、マギーのことなどすっかり忘れ、マギーに向かって投げつけた痛烈な非難の言葉もけろりと忘れて、ひょっこり出会ったボブと連れ立って、近所の納屋で行われる盛大なネズミ捕り行事を見物するべく先を急いでいた。ボブはこの特別行事についてはよく知っていて、話して聞かせる。その熱意ときたら、男らしい感情を奪われた者や、かわいそうにネズミ捕りにはまったく無知だという者には想像もつかない。異常なほどの残忍さを持つ人間ではあるものの、ボブはさほどの悪人面はしていない。ちりちりした赤毛に縁どられた、獅子鼻の顔は、どこか愛嬌がある。だがそのズボンはいつも膝上までまくりあげられている。というのも、なるべく音をたてずに浅瀬をわたる用心のためである。そうした彼の長所、まあ長所があるとしてだが、それは疑いなくぼろを着た者の美点であり、その美点は、美しいものを着た者の善行はすべて過大に扱われていると考える気難しい哲学者の説によると、世には認められないものである（おそらくめったに見られないことだから）。

「おいら、毛長イタチ《フェレット》を持ってるやつを知っとるが」とボブは足をひきずってよろよろ歩きながら、しゃがれた甲高い声でいった。青い目は、いまにも水に飛びこもうと狙っている水陸両棲の動物のように、川面にじっと注がれている。「セント・オグズのな、ケネル・ヤードに住んどる——ほんとだぞ。あいつはこの辺じゃ、いちばんのネズミ捕り名人よ。おらだってもうじきネズミ捕りになるよ――ほんとさ。モグラはネズミに比べりゃ、なんちゅうこともねえさ。けどよ！　毛長イタチは手に入れとかんとな。犬なんかだめだ。あれ、あの犬のやつ、まだいるぞ」ボブは嫌な顔をしてヤップを指さしながら話を続ける。「あいつはネズミどころか、なんも捕れんぜ。おら、この目で見てるんだ――見てたんだぞ――おめえのおやじんとこの納屋でよ、ネズミ捕りを見てたんだぞ」

ヤップは、こんな侮辱を浴びせられてすっかりしょげかえってしまい、尻尾を巻いてトムの足もとに身をよせた。トムはこんなヤップをかわいそうだと思ったものの、ボブのようにヤップをけなす威勢がないなんて、とても見せるわけにいかなかった。

「そう、そう」と彼はいった。「ヤップは猟には役立たずなんだ。おれ、学校を卒業したら、ネズミでもなんでも捕れる、まともな犬を飼うからね」

「毛長イタチにせえよ、トムの旦那」とボブが意気込んでいった。「ピンク色の目の白い毛長イタチさ――うん、自分でネズミをとっつかまえて、毛長イタチと同じ檻《おり》に入れてよ、そいつが喧嘩するのを見物するんだ――ほんと。おいらならそうするな。あいつらの喧嘩ときちゃ、人間の喧嘩よりおもしれえぜ――だけんど、市でオレンジやケーキを売っとるやつらの喧嘩もおもしろかったな、籠からいろんなものが飛び出してきてさ、ケーキなんかつぶれちまってよ……でも味は変わらなんだよ」とボブは、ちょっと黙りこんでから、つけたすようにそういった。

「だけどさ、ボブ」とトムは、考えこむようにいった。「毛長イタチはすぐに嚙みつくからな――人にだっていきなり嚙みつくんだぜ」

「おいおい、そこがやつらのいいとこじゃねえか。おまえの毛長イタチに手を出すやつがいれば、すぐさまがぶりとやるからな——きまりよ」

この瞬間、驚くべき出来事が少年たちの足をぴたりと止めさせた。近くの葦の茂みから、なにか小さなものが水中に飛びこんだのだ。もしそれが、ビーバーでなかったら、どんな罰でも受けるとボブはいった。

「ほら！　ヤップ——ほら！　あそこにいるぞ」とトムはいいながら手を叩いた。小さな黒い鼻面《はなづら》は、向かいの土手に向かってまっしぐらに進んでいる。「つかまえろ、おい、つかまえるんだ！」

ヤップは耳を振り、額にしわをよせたが、飛びこもうとはせず、吠えればいいだろうと、しきりに吠えたてている。

「ちっ！　この意気地なし！」とトムはいってヤップを蹴とばしたが、こんな臆病な動物を飼っているのは、スポーツマンとしては恥ずかしいと思った。ボブは意見を述べるのは控え、気分を変えようと、いまにもあふれそうな水の縁を歩くことにした。

「まだあふれんぞ、フロス河は」とボブはいいながら、目の前の河の水を、得意げに蹴りあげた。「去年はよ、牧草地までずうっと水に浸かっとったもんな」

「うん、だけど」とトムはいった。結局は同じことをいうのだが、合いの手に反対を唱えてみせるのがトムの癖だった。「だけどさ、昔は大洪水があったんだぞ、あの丸池ができたときにさ。ほんとだぜ、おやじがそういってるんだから。羊も牛もみんな溺れちゃったって。畑をずっと小舟で行ったんだってさ」

「洪水になったって、おいら、平気だな」とボブがいった。「水なんか、地面と同じさ、こわかないな。おいらは泳ぐな——泳ぐんだよ」

「ああ、だけど長いこと食いものもないとしたら?」とトムがいった。こういう恐ろしいことを考えるときは、刺激された想像力がおおいにはたらく。「大人になったら舟をこしらえてさ、その上に、ノアの方舟みたいな家を作ってさ、そこに食べ物もいっぱい積みこんでさ——兎とか、いろんなものをさ——すっかり用意しとくんだ。だから洪水になってもね、ボブ、おれは平気なんだ……おまえが泳いでるのを見つけたら、乗っけてやるから」トムは慈悲深い恩人のような口調でつけくわえた。

「おいらは、怖かねえな」とボブがいった。どうやら飢えなど、怖いものではないらしい。「けどよ、おいらも舟に乗りこんでよ、おまえが兎を食いたくなったら、ぶっ殺してやるからな」

「ああ、それから半ペニー銅貨は持ってかないとね、銭投げあそびをやるんだから」とトムがいった。この遊びが、おとなになればそれほどの魅力はなくなるのだということは考えもしなかった。「はじめは公平に分けてさ、あとはどっちが勝つかのお楽しみだな」

「おいら、半ペニー銅貨もってるんだぞ」とボブは、水からあがると得意そうにいい、それを空中に投げあげた。「表か裏か?」

「裏」トムはそういいながら、たちまち、勝ちたいという欲望に駆られた。

「表だ」落ちてくる半ペニーをつかんで、ボブは早口にいった。

「ちがう」とトムは有無をいわせず大声でいった。「その半ペニーをよこせ——おれの勝ちにきまってる」

「やるもんか」とボブは、ポケットの銅貨をしっかり握りしめる。

「じゃあ、よこすようにしてやらあ——見てろよ」とトムはいった。

「おまえになにができるってんだ、できるもんか」とボブがいった。

「おお、できるとも」

「いんや、できねえ」

「おれのほうがえらいんだ」

「それがどうした」

「いうことを聞かせてやる。嘘つきめ」トムはボブの襟首をつかむと揺さぶった。

「そんなことはいわせねえ」とボブはいうと、トムを蹴とばした。

トムの頭にかっと血がのぼった。ボブに飛びかかると、勢いよく投げとばしたものの、ボブは猫のようにしがみついてきてトムを引きずり倒した。ふたりはしばらく揉み合っていたが、トムは、ボブの肩を押さえつけたので、これで勝ちはきまったと思った。

「さあ、半ペニーをよこせ」と彼は、ボブの腕を必死に押さえつけながら、なんとかそういった。

だがそのとき、前を走っていたヤップが引き返してきて、この乱闘の場に向かって吠えたてて、叱責を受けるどころか面目をほどこすという好機を見逃さず、ボブのむきだしの脚にがぶりと嚙みついた。ボブは嚙まれた痛さに、トムの腕をつかむ手をゆるめるどころか、いよいよきつくつかんだから、その勢いでトムを仰向けに押し倒すことができ、優位な立場を勝ちとった。一方ヤップは、思いきり嚙みつくことができなかったので、またもや別の場所に歯をくいこませた。こんなヤップの猛攻撃にまいったボブは、トムをつかんでいた手を離し、ヤップの喉くびをつかんで川に放りこんだ。このときにはトムもう立ち上がっていて、ヤップを投げ込んだ体勢から立ち直れぬボブに飛びかかって投げ倒すと、ボブの胸を膝でしっかり押さえこんだ。

「さあ、半ペニーをよこせ」とトムはいった。

「とってけ」とボブは仏頂面でいった。

「やだね、とってくもんか——おまえがちゃんとおれに渡すんだ」

ボブはポケットから半ペニーを取りだすと、地面に放り投げた。

トムはつかんでいた手を離し、ボブを立たせた。

「あそこに半ペニーがある」とトムはいった。「おまえの半ペニーなんかいるもんか。もともともらう気なんかなかったのさ。けどおまえはごまかそうとした。おれはごまかしは嫌いだ。おまえとはもうつきあえないな」トムは家のほうに足を踏みだしたが、ボブとつきあいをやめるとなると、ネズミ捕りとも、ほかのお楽しみともおさらばだと、後悔が湧かないわけではなかった。

「じゃあ勝手にしろ」とボブはトムの背に大声を浴びせた。「おいらは好きなようにだましっこをやるぜ——さもなきゃ、遊んだってちっとも面白くねえ。おいらは、ゴシキヒワの巣がどこにあるか知ってんだぞ、おめえが知らなくていい気味だ……おまえはくそ汚ねえ威張り屋だあ……」

トムは振り返らずに歩きつづけ、ヤップもあとからおとなしくついてくる。冷たい水を浴びたせいで、ヤップの熱情も和らいだのだろう。

「まあ、ひとりでやってくれ、溺れた犬と一緒によ。おいらなら、そんな犬、飼うもんか、飼わねえとも」ボブは、おのれの威厳を保とうと最後の力を振り絞っている。だがそんなことに腹を立てて、トムは振りむいたりはしなかった。ボブの声がいささか震えをおびはじめた。

「おまえにゃ、なんでもやったしな、見せてもやったけどな、おいらは、おめえになにかくれなんていったことはねえ……鹿角の柄のついたナイフはあるけどな、おめえがくれたもんだけどな」……ここでボブは、トムの遠ざかっていく足元めがけてそのナイフを放り投げた。だがそれはなんの効果もなく、こうしてナイフがなくなってみると、ボブの心にはぽっかりと穴が開いたようだった。

トムが門を通りぬけて、生け垣の向こうに姿を消すまで、ボブはじっとそこに立っていた。地面に落ちているナイフはなんの役にも立たない――あんなものでトムは悩みはしないだろう。自尊心や怒りが、ポケット・ナイフへの執着以上にボブの心をかき乱すこともないだろう。あの鹿角のざらざらした柄をつかみたいと、ボブの指はむずむずしてくる。ポケットのなかにただ放りこんでいたときも、それでもときどき愛着が湧いて、思わず握りしめたこともある。それにあれは二枚刃で――どっちも研《と》いだばかりだった。ナイフを持つという醍醐味を味わったことのあるボブにとって、ナイフがないという生活はどんなものか？　いや。絶望に駆られりゃ、なにもかも投げ捨てるのもわかるが、仲直りをしようともしない友に、大事なポケット・ナイフを投げつけるとは、どうみてもやりすぎだし、度を越えている。だからボブは愛用のナイフが泥のなかに横たわっている場所へよろよろとあとずさっていき、いっときの別れののちに、ふたたびそれをつかんだときの新たな喜びに浸りながら、二枚の刃をかわるがわる開き、硬くなった親指の腹でその刃にさわってみた。かわいそうなボブ！　彼は体面というものに敏感ではないし――義侠心のある性格でもなかった。そうした美しい道徳の香気は、ボブの世界の中心であり、心臓であるケネル・ヤードの民心には尊ばれるものではなかった、たとえそこで感じられることはあっても。とはいうものの、彼はわが友トムが早とちりしたような、根っからの卑劣漢でも泥棒でもなかった。

だがトムは、読者が感じられているように、ギリシャ神話の審判神ラダマンテュスばりの厳しい性格だったので、ふつうの少年が持つ正義感以上のものを持っていた——罰せられるべき罪人を罰したいという正義感、だが、彼らの受けるべき罰はどれほどかということに心を悩ますことはない。トムが帰ってきたとき、マギーはその眉がくもっているのを見て、考えていたよりトムが早く帰ってきたことを喜んではいけないなと思った。彼が黙々と水車堰《すいしゃぜき》に向かって小石を投げているのを見て、話しかけるのはやめにした。ネズミ捕りをするつもりだったのにそれを諦めるのは楽しいことではない。だがトムがもし、そのとき強く感じていたことを話したとしたら、きっとこういっただろう。「おれはもう一度だっておんなじことをやってやる」それは彼が自分の過去の行動を顧みるときのいつもの台詞だった。マギーはそれとは反対に、いつも、もっとちがうことをすればよかったと後悔するのだった。

第7章　伯母や伯父たちのご到来

ドッドスン家はたしかに美男美女の家系だが、ミセス・グレッグは姉妹のなかでいちばんの美女といっていい。ミセス・タリヴァーの肘掛け椅子にすわっているが、五十になる婦人としても、面立ちも姿形もよいということは、公平な観察者であれば否定しないだろう。もっともトムもマギーも、グレッグ伯母さまは、醜い人だと思っていた。いい衣裳をひけらかしたりしないのはたしかだけれども、見たところ、伯母さまよりいい服を持っている人はほかにはいないし、古いものをさっさと新しいものに変えて着るという人でもなかった。世のご婦人たちは、こうと思えば、もっとも上等の亜麻糸製のレースを折りあるごとに洗濯に出すかもしれないが、ミセス・グレッグが死んだあかつきには、水玉模様の部屋にある衣裳戸棚の右側には、セント・オグズのミセス・ウールがその生涯に買ったものよりずっと上等の品が入っているのが見つかるはずだ。もっともミセス・ウールは代金を払い終わらぬうちにそのレースを身に着けていたそうだが。ミセス・グレッグの引き出しには、額に下げる巻き毛の前髪もしまってある。いちばんつやつやしていちばんしっかり縮れた巻き毛の前髪が、さまざまな使いこみ具合の前髪とともにしまってあるはず。だがとっておきのしっかり縮れたつやのある前髪をつけて平日の日常の世界を見たら、聖なるものと世俗的なものとのあいだにある不快な混沌が広がっているのを見ることになるだろう。ときたまたしかに、ミセス・グレッグは、平日によその家を訪問するときは、三番目にいい前髪をつけて出るのだが、姉妹の家に行くときにはつけない。ことにミセス・タリヴァーの家に行くときはつけない。なにしろあの人は結婚してからこのかた、つけ毛ではない自分の髪を見せつけて、姉たちの気持ちをおおいに傷つけてきたからである。もっともミセス・グレッグがミセス・ディーンにいったように、ベッシーはもう子供もいるし、訴訟好きの夫もいるのだから、どうするべきか物事がもっとよくわかってよいはずだと思っている。だがベッシーはいつだって気が弱いのだ！

だから今日、もしミセス・グレッグの前髪が、いつもよりぼさぼさで、だらしなかったとしても、それにはある下心があったのだ。ミセス・タリヴァーの髪はなめらかなウェーブを描きながらきっちり左右に分けられているが、それについて痛烈な当てこすりをいってやろうと準備してきたのである。ミセス・タリヴァーは、品のないカールだといつもグレッグ姉さまから意地悪をいわれて何度も涙を流してきたものだが、このほうが美しく見えるという自覚が、当然自信にはなっていた。ミセス・グレッグは今日は部屋のなかでもボンネットをかぶっていることにした――もちろんリボンは結ばずにちょっとかしげて――これは他家を訪問した際、たまたま機嫌が悪かったときに、しばしばやることである。行きなれない家では、どんなすきま風が入ってくるかわからない。同じ理由で、こぶりの黒貂《くろてん》のケープをはおっているが、それはちょうど肩にとどくくらいのものなので、豊かな胸を隠すほどではないし、長い首はさまざまなフリルの防御柵で守られている。ミセス・グレッグの灰色の絹のドレスがどれほど時代遅れのものか知るには、当時の流行の服がどんなものであったか知る必要があるだろう。だが服地に散っている黄色の斑点の群れや服がはなつ黴《かび》くさい臭いを考えると、これがたいそう古いもので、とうていいまの世に着るには耐えられない年代ものであることはよくわかる。

手に大きな金の時計を持ち、幾重にもなった鎖を指に巻きつけたミセス・グレッグは、厨房の様子を見にいき戻ってきたばかりのミセス・タリヴァーに、ほかの人の時計は知らないが、わたしの時計では十二時を小半時も過ぎていると告げた。

「妹のプレットのところがどうしたか知らないけれどね」とミセス・グレッグは言葉をついだ。「みんな、遅れないようにするのが、わたしたち一族のならわしだったんだけど――お気の毒な父さまの時代のことだったのね――みんなが揃うまえに、半時間も待ちぼうけをしたという人はいなかったね。けどねえ、一族のしきたりが変わったといっても、それはわたしのせいじゃないわな――わたしゃ、みんなが帰るころにようようやってくるような人間じゃないもの。ディーンはどうしたの――あの人は、どちらかといえば、わたしに似てたのにねえ。けど、忠告しておくけどね、ベッシー、昼食は遅らせるより、早めに出したほうがいい。遅れて来る連中をこらしめるほうがいい」

「まあまあ、みんな、時間どおりに来ますって、姉さま」とミセス・タリヴァーは少々じれったそうな口調でいった。「昼食は、一時半にならないとまだ用意ができませんよ。でもとても待ちきれないというのなら、チーズケーキと葡萄酒を一杯お持ちしましょうかね」

「おや、ベッシー！」とミセス・グレッグは、苦笑を浮かべ、わずかに頭を振り上げた。「あんた、姉さまのことなら、もっとよく知っていると思ったが。お食事前に、ものは食べたことなどありませんしね、これからそうしようというつもりもありません。昼食を一時に食べられるのに、わざわざ一時半にしようなんていうばかげたやり方は、やっぱりいやだけど。あんたはそういう育ち方はしていないはずなのにねえ、ベッシー」

「それじゃ、ジェイン、わたしはどうすればいいのかしら？　うちの旦那さまは二時前に昼食をとるのはいやがるんですけど、姉さんがおいでになるから、半時間早くしたんですよ」

「はい、はい、旦那さまがどういうものか存じてますよ――あの人たちがなんでも先に延ばしたがることぐらい――お茶のあとまで昼食を延ばすのよねえ、奥さんが、そんなことに従うような気弱な人ならね。でもあなたは気の毒ねえ、ベッシー、あなたがもっとしゃんとしてればいいんだけど。あなたの子供たちが、苦労しなきゃいいわねえ。それにわたしたちのために豪勢な昼食を準備しなけりゃいいけど――姉さんたちのために散財して、あとは干からびたパンを食べるような羽目になっては、浪費のおかげで破産するような羽目になっては困るのよ――妹のディーンを見習いなさいよ――あの人はもっと分別があるわ。それにあなたには食べさせなければならない子供が二人もいるし、あなたの旦那さまときたら、あんたの財産を訴訟に使ってしまうし、自分の財産だって使いつくすんじゃないかしらねえ。召使たちに食べさせるスープを取ったあとの大きな肉の塊と」とミセス・グレッグは、さらに抗議の声を強める。「それから砂糖ひとさじに香料なしのあっさりしたプディングでもあれば充分よ」

グレッグの姉がこんなにご機嫌では、この日の先ゆきはさぞかし楽しいにちがいない。ミセス・タリヴァーは、この姉とは喧嘩までいたったことはない、水鳥が不満そうに脚を突き出したからといって、石を投げた少年に喧嘩を吹きかけたとはいえないように。だがこの昼食についての指摘は、穏やかなもので、目新しいものでもなく、それゆえミセス・タリヴァーは以前にもちょくちょく用いている返答ですませることができた。

「うちの旦那さまはいつもこういうんですよ、お金の続くかぎりは、友人たちには上等の食事を出すつもりだって。それにあの人が、自分の家でしたいようにするのは当たり前のことですからね、姉さま」

「でもね、ベッシー、このわたしは、自分の蓄えから、あんたの子供たちが破産しないですむくらい、充分なものは残せませんからね。それにうちの旦那さまのお金を当てにしてもいけない、わたしが先に逝かなければいいが――うちの人の一族は長命の家系だからねえ――それにもしあの人が死んで、わたしが一生困らないようなものを残してくれたとしても、そのお金はいずれは自分の親族に行くようにしておくだろうし」

ミセス・グレッグが話しつづけるあいだに聞こえてきた馬車の響きは、ミセス・タリヴァーにとっては大歓迎だった。大急ぎで姉のプレットを迎えにいった――姉のプレットにちがいなかった、なにしろあれは四輪馬車の響きだったから。

ミセス・グレッグは、四輪馬車という言葉に、頭を振りあげて口もとをゆがめた。なにしろ四輪馬車というものについては、確たる言い分があったからである。

姉のプレットは、一頭立ての四輪馬車がミセス・タリヴァーの玄関の前に止まったときにはすでに涙ぐんでいたが、馬車を降りる前にもう少し涙をこぼしておく必要があったらしい。夫とミセス・タリヴァーが自分に手を貸そうと待ちかまえていたのに、すわったまま頭を悲しそうに振りながら、涙にうるんだ目であらぬ方を見ていた。

「おや、どうかしたの、姉さま?」とミセス・タリヴァーはいった。想像力のはたらく婦人ではなかったが、プレット姉さまのいちばん上等の寝室の大きな化粧鏡がまた割れたのかしらんという考えが頭に浮かんだのである。

さらに頭が振られるばかりで返事はなく、ミセス・プレットはゆっくりと腰をあげて馬車を降りたが、旦那さまが美しい絹のドレスを傷めないよう気を配ってくれているかどうか、ちらりと視線を走らせることは忘れなかった。ミスタ・プレットは小柄な人物で、鼻は高く、小さな目はキラキラ光り、唇は薄く、おろしたてらしい黒の背広を着こんでいる、白いクラヴァットをしっかりと結んでいるのは、そのほうが楽だからというより、もっと高尚な信念があるらしい。長身の美人の奥方、風船のようにふくらませた袖、たっぷりとしたマント、羽根やらリボンで飾りたてた大きなボンネットをかぶった奥方のかたわらに立ったところは、小さな漁船が、帆を大きく張った帆船につきしたがっているおもむきである。

これはまさに痛ましい光景であり、高度な文明が感情に引き起こした複雑性を示す驚くべき例である――当世風の衣裳に身を包み悲しみにくれる婦人の姿というものは。アフリカ最古の民族の悲しみからはじまって、ごわごわと糊でかためたリネンの大きな袖の服をまとい、両の腕にいくつも腕輪をはめ、建築物かと見まごうボンネットをかぶり、しなやかなリボンをひるがえしている婦人の悲しみに行きつくまでは――なんという長い変移を経てきたことだろう！　進化した文明に育った人間においては、強い悲しみがあふれるままにすることは抑制され、社会に合わせてほんのかすかに調整され、このことは、分析好きな人間に興味ある問題を提起している。胸もつぶれる思いにうちひしがれ、目は涙にかすんでいてほとんど見えず、よろよろした足どりで扉を入っていくということになれば、大きな袖は押しつぶされるかもしれない。胸の内でそんな恐れを感じれば、その婦人は、戸口に袖がつぶされないようにうまく通り抜けられる線上を歩くのに、体中のあちこちの力を集めることができるものだ。涙がはらはらと流れてくるのを感じると、ボンネットのリボンのピンをはずし、物憂げにそのリボンを後ろに払う、いじらしい仕種《しぐさ》で、たとえ悲しみに沈んでいても、涙が乾いたあともボンネットのリボンの魅力が保たれるよう考えている。涙がいくらかおさまってくると、ボンネットを傷めぬようにそっと頭を後ろに反らせ、あらゆるものを物憂いものにしてしまった悲しみ、その悲しみ自体がいまや物憂いものになってしまった恐ろしい瞬間をじっと耐えながら、婦人は、腕輪を物思わしげに見下ろし、さりげなくその止め金を調節する、心が正常になり平静を取り戻していれば、その考えぬかれたさりげなさに満足することだろう。

ミセス・プレットは戸口を、その肩幅すれすれに通り抜けると（あの時代には、婦人は、肩幅が一ヤード半なければ、知識人の目にはたいそう見苦しいと思われていた）、新しい涙をしぼりだすために顔の筋肉を動かしながら、ミセス・グレッグがすわっている客間に入っていった。

「おや、あんた、遅かったじゃないか。どうしたの？」とミセス・グレッグは、握手をしながら、いささかきつい口調でいった。

ミセス・プレットは腰をおろし——答える前に、マントを注意深く脱いだ。

「あの方、逝ってしまわれたの」と無意識に大仰な言葉が口を出た。

「じゃあ、こんどは鏡ではなかったのね」とミセス・タリヴァーは思った。

「おととい亡くなったの」とミセス・プレットは言葉をつぐ。「脚が、わたしの体ほど太くなってしまってね」いったん口をつぐんでからそうつけくわえた。「何度も水をとったんだけど、その水の量ときたら、人が泳げるほどだったそうなの」

「そりゃ、ソフィ、亡くなられたのは、お慈悲というものじゃないか、どなたか知らないが」とミセス・グレッグは、生来明快できっぱりとした性格だったので、てきぱきとした口調でいった。「でもわたしとしては、あんたがどちらさんのことをいっているのかさっぱりわからないね」

「でもわたしは知っているの」とミセス・プレットは、吐息をついて頭を振りながらいった。「でもあれほどの水腫症は、うちの教区にはもう出ないと思うわね。わたしにはわかっているの、トゥウェンティランズのお年寄りのサットンさんなの」

「じゃあ、親戚というわけじゃなし、たいした知り合いでもないね、これまで耳にしたこともないから」とミセス・グレッグがいった。自分の身内になにかあったときには、それ相応に泣くけれども、さもないときには泣いたりはしない。

「とても親しかったから、あの人の脚が浮き袋みたいになったときも見せてもらったんですよ……あのお年寄り、お金を何倍にもふやして、最後までそれを自分でしっかり抱えこんでいたんですよ、鍵はぜんぶ小袋に入れて、いつも枕の下に置いていましたよ。ああいうお年寄りは、教区民のなかにも、そうたくさんはいないわね」

「それに、薬は荷車がいっぱいになるほど飲んでいたそうで」とミスタ・プレットが口をはさむ。

「ああ」とミセス・プレットは吐息をつく。「水腫になる何年も前から具合の悪いところがあったんだけどねえ、お医者さまにもその原因がわからなくて。去年のクリスマスに伺ったときに、あの人、こういいなさったわ――プレットさん、あんたが水腫になったときには、わたしのことを思い出してね――って。あの人、そういったの」とミセス・プレットはつけくわえて、またもや、烈《はげ》しく泣きだした。「あれはあの人の最後の言葉だったわ。埋葬は土曜日で。うちはお葬式に招かれているの」

「ソフィ」とミセス・グレッグは、まっとうな忠告をせずにはいられなくなって、こういった。「ソフィ、いったいどうしたの、身内でもない人のことでやきもきして、自分の体を悪くするようなことをするなんて。あんたの父さまは、決してそんなことはなさらなかった、フランシス伯母さまだってね、一族のなかにこんな人はいなかったわね。いとこのアボットが遺書を残さずに突然死んだと聞いたって、いまのあんたほど、めそめそはしませんよ」

ミセス・プレットは、泣くのをやめないわけにはいかなくて黙りこんだが、もう泣くのはおよしと小言をいわれて、腹が立つより、気をよくしていた。自分になにか遺してくれたわけでもない隣人のために、これほど泣ける人間はそういない。だがミセス・プレットは大地主と結婚しており、泣くにしてもなんにしても、体面がもっともよい対応ができるだけの暇もお金もあったのである。

「でもサットンさんは、遺書も遺さずに死んだわけではないんですよ」とミスタ・プレットはいい、いいながら自分が妻の涙を容認するようなことをいっているのに戸惑っていた。「わたしどものところは、豊かな教区ですが、サットンさんのように何千ポンドも遺すような人はほかにはいないそうで。ところが、遺産を遺してやった者はほかにはないそうで――そっくりそのまま旦那の甥に遺したんですな」

「大金持ちというのも考えものだねえ」とミセス・グレッグはいった。「遺産をやる者が旦那さまの親族のほかにいないなんてねえ。あくせく切り詰めたあげくが、それじゃあ情けないわねえ――もっともわたしは、世間の人たちが考えているような、利子つきのお金を遺しもせずに死ぬような人間じゃありませんからね。でも自分の親族には遺せないなんて哀れな話だねえ」

「あのね、姉さま」とミセス・プレットがいった。ベールを脱いでそれをていねいにたたむほどの気力は快復していた。「サットンさんが財産を遺したお人は、いい方なんですよ。喘息で苦しんでおられて、八時には寝るようなお方なんです。その方がわたしに話してくださったんですけどね、教会に見えた日曜日のことで、ざっくばらんに話してくださったの。兎のチョッキを着て、話すと声が震えるんですよ——紳士らしいお方でしたよ。わたしお話ししたんですよ、お医者のご厄介にならないときは、年にそれほど多くはないって。そしたらその方、こうおっしゃったの。『プレットさん、お察しします』って。このとおりの言葉でそうおっしゃったの——ほんとに。ああ！」ミセス・プレットは吐息をつき、自分の苦しさをわかってくれる人はほんとに少ないと考えながら頭を振った。ピンク色の水薬に白い水薬、一シリングの湿った丸薬や十八ペンスの水薬など。「姉さま、ボンネットを脱ぎにいってもいいかしら。ボンネットの箱は出ているかしら？」とつけくわえ、旦那さまのほうを振り返った。

ミスタ・プレットの記憶は、なぜかすっぽり抜けていた。この手ぬかりを取り返そうとあわてて部屋を出ていこうとした。

「箱は二階に運ばせますよ、姉さま」とミセス・タリヴァーは、すぐに部屋を出ていこうと仕向けた。さもないと、ミセス・グレッグが、医者の薬で健康を損ねてしまったドッドスン家初の人間、ソフィについてだらだらと説教をはじめるからである。

ミセス・タリヴァーは、姉のミセス・プレットと一緒に二階に上がって、姉がかぶらぬうちにその室内帽をとくと眺めたり、装身具全般について話し合ったりするのが好きだった。これはベッシーの弱点のひとつで、それがミセス・グレッグの姉らしい同情をひいた。どう考えても、ベッシーは服に凝りすぎる、それにたいそう自尊心があるから、姉のグレッグが、自分の衣裳簞笥の太古の層からひっぱりだした上等の服を子供に着せる気にはならないのだと。靴の一足どころか、子供に服を買ってやるのは罪であり恥であると。このこととなると、ミセス・グレッグは妹のベッシーを曲解している。ミセス・タリヴァーは、マギーに麦わら帽子をかぶせ、グレッグ伯母さまのお古を染めなおして作った絹のワンピースを着せようとたいそう努力した。だがその結果はというと、ミセス・タリヴァーは、母親である自分の胸に隠さなければならなかった。なぜならマギーは、あの服はいやな染料のにおいがするといい、それを着た最初の日曜日にロースト・ビーフのたれをこぼしてしまい、この方法がうまくいくと見るや、こんどは緑色のリボンのついた帽子を踏みつけて、しなびたレタスをそえたセージチーズみたいにしてしまった。

マギーのためにここで弁明をするならば、トムが帽子をかぶったマギーを嘲《あざけ》り、人形芝居のジュディばあさんみたいといったのだ。プレット伯母さまも、服をたくさんくれるけれども、それはいつもマギーやその母親が喜ぶような新しくて美しいものだった。姉妹のなかでミセス・タリヴァーがいちばん好きなのはプレット姉さまで、それは相手も同じだった。だがミセス・プレットは、妹のベッシーが手に負えない厄介な子供を抱えているのが気の毒だと思っていた。あの子供たちにはできるだけのことをしてやりたいのだが、ディーンのところの子供のようにいい子でもないし、可愛くもないのが残念だった。マギーとトムにいわせれば、プレット伯母さんはまあ我慢できる、なにしろグレッグ伯母さんとは違うからというわけだった。トムは、休暇のあいだは、ふたりの伯母のどちらにも、一度しか会いに行っていない。そのときは、ふたりの伯父がかならず小遣いをくれたけれども、プレット伯母のところには、地下室のあたりに大きなヒキガエルがどっさりいるので、この伯母のところに行くほうが楽しみだった。マギーはこのヒキガエルが身震いするほど嫌いで、怖い夢を見るくらいだったが、プレット伯父さんのオルゴール型になっている嗅ぎ煙草入れがマギーのお気に入りだった。それでも、タリヴァー家の血筋は、ドッドスン家の血筋とうまく混じりあわなかったらしい、と伯母たちはいいあった。じっさいあのかわいそうなベッシーの子たちときたら、どう見てもタリヴァーの血を引いているし、あのトムときたら、肌の色はドッドスン家のものなのに、父親に似てつむじまがりである。マギーはというと、父親の妹のモス叔母にそっくり、骨太の婦人で、そりゃあ貧乏な男と結婚して、ろくな食器もないし、ご亭主ときたら、小作料を払うにも四苦八苦している。だがミセス・プレットは、ミセス・タリヴァーと二階で二人きりのときには、話は当然ミセス・グレッグの悪口になり、ジェイン姉さまが、つぎはどんな恐ろしいいでたちであらわれるか、わかったもんじゃないと悪口をいいあった。だがふたりの内緒話も、ルーシーをともなったミセス・ディーンの登場で打ち切りとなった。ミセス・タリヴァーは、姪のルーシーの金髪の巻き毛がきちんと整えられているのを見せられる羽目になって、ひそかに胸を痛めた。ドッドスン家の四姉妹のうちで、いちばん痩せていて血色も悪いミセス・ディーンが、どうみてもミセス・タリヴァーの子としか思えないような子供を授かったのは、なんとしても不可解だった。娘のマギーは、ルーシーと並ぶと、いつだってふだんより二倍は色黒に見えるのである。

今日のマギーがまさしくそうだった。マギーとトムは、父親とグレッグ伯父と一緒に庭から部屋のなかに入ってきた。マギーはボンネットをぽいと放り出し、髪の毛を振り乱して入ってくるなり、母親の膝に寄り添って立っているルーシーめがけて突進した。このふたりの従姉妹のちがいは歴然としており、うわべしか見えない目には、マギーのほうがだんぜん不利とはいうものの、眼識のある人には、すでになにもかも品よく整っているルーシーより、成長したあかつきにおおいに期待される諸々の美質が、マギーのうちにひそんでいるのに気づいたであろう。もじゃもじゃの毛並みの育ちすぎの黒い子犬と、真っ白な子猫ちゃんのちがいといえばいいかもしれない。ルーシーは接吻を受けようと、ばらの蕾《つぼみ》のような小さな唇を上に向けた。なにもかも品がよい。珊瑚の玉がとりかこむほっそりとした首、しし鼻などとはほど遠い、鼻筋の通ったこぢんまりした鼻、くっきりとした細い眉毛は、巻き毛の髪より濃いめの色で、歳はほとんどひとつもちがわないのに、背は頭ひとつ高いマギーを、うれしそうにはにかんで見上げているはしばみ色の目によく似合っている。マギーはいつも喜びを顔にみなぎらせてルーシーを見つめる。住人たちが自分たちのような子供よりは大きくならない世界を想像するのが大好きだった。そして、頭に小さな王冠をのせて手に小さな笏《しゃく》を持ったルーシーそっくりの女王さまを想像する……ただしその女王さまは、ルーシーそっくりなマギーなのだった。

「ああ、ルーシー」とマギーはキスをしてから、大声で叫ぶ。「今日はトムとあたしのところに泊まるよね？　ルーシーにキスして、お兄ちゃん」

トムもルーシーのそばにやってきたが、キスなんかするつもりはない――やだよ――マギーと一緒にルーシーのもとにやってきたのは、あの伯母さん伯父さん連中に、こんにちはと挨拶するより、こっちのほうがましだと思ったからである。トムは突っ立ったまま、もじもじと顔を赤らめ、作り笑いを浮かべ、なにを見るでもなく目を空《くう》にさまよわせているが、これは恥ずかしがりやの少年が人前に出たときによく見せる態度である。うっかりその世界にさまよいこむと、そこはなんと住人がまだ一部裸の世界なので、おおいに戸惑っているとでもいうようだった。

「おんやまあ！」とグレッグ伯母が大声を張り上げた。「おまえさんたちは、部屋に入ってきたのに、伯母さまや伯父さまたちに知らぬふりなの？　わたしの小さいころは、そんな礼儀知らずはしませんでしたがねえ」

「伯母さまや伯父さま方にちゃんとご挨拶なさいよ、あんたたち」とミセス・タリヴァーは憂鬱そうな口調でおどおどといった。実をいえばマギーにちゃんと髪を梳《と》かしてもらっておいでと、耳打ちしたかったのである。

「さてさて、ごきげんよう。みんな、いい子にしていたかしら？」とグレッグ伯母は、またもや力をこめて大声でいうと、ふたりの手を取り、太い指輪でその手をぐりぐりと痛めつけ、いやがるのを無理やり頬に接吻した。「頭をおあげ、トムや、頭をあげるんですよ。寄宿学校に入学しようという男の子は、頭をちゃんとあげていなくちゃ。わたしをごらん、さあ」トムはそのお相手をするのはごめんこうむった。なぜなら手をひっこめるのに躍起になっていたからである。「お髪《ぐし》は、ちゃんと耳の後ろにかけなさい、マギー、それから服の襟もとはきちんとなさいよ」

グレッグ伯母は、いつもこんなふうに押しつけがましい大声で話しかけてくる、まるでこの子たちは、耳が聞こえないか、たぶん頭が弱いんだろうと思っているようだった。この子たちに、責任ある存在だということを自覚させる、それがその方法であり、手に負えぬ腕白な子を上手に押さえこめる方法になりうるとグレッグ伯母は思っていた。ベッシーの子供たちときたら、すっかり甘やかされている。あの子たちには、責任というものを自覚させる必要がある。

「まあまあ、あんたたち」とプレット伯母が哀れむような声でいった。「大きくなったわねえ、みるみるうちに。伸びすぎて、体力が追いつかないのではないかしら」とつけくわえてから、ふたりの頭ごしに、物悲しそうな表情で母親のほうを見た。「この子はお髪が多すぎるわねえ。わたしだったら、もっとお髪をすいて短く切ってしまうのに。この子の健康にもよくないわ。そのせいで肌がこんなに黒く見えるんじゃないの。そう思わないこと、ディーンさん？」

「どちらともいえないわねえ、姉さま」とミセス・ディーンはいうと、唇を閉じて、マギーをじろじろと眺めまわした。

「いや、いや」とミスタ・タリヴァーがいった。「うちの子はいたって健康ですぞ。どこも悪いところはありませんや。まあ、白い小麦もあれば、赤い小麦もあるってことですな。黒い小麦が大好物というお人もいますからなあ。ただうちのベッシーがね、あの子の髪を切らせてやれば、あの髪の毛もおとなしくしておるんですがねえ」

恐るべき決心が、マギーの胸のうちに芽生えつつあったが、それもディーン叔母さまが、ルーシーにお泊まりをさせてくれるかどうか知りたいという気持ちに、いったん阻まれていた。ディーン叔母さまは、ルーシーをめったに連れてはこないのである。

ミセス・ディーンは、断わる口実をあれこれ思案した末に、ルーシー本人に訴えることにした。「母さまが帰って、あなただけお泊まりするのはいやよねえ、ルーシー？」

「ううん、おねがい、母さま」とルーシーは、小さな首を真っ赤に染めながら、おそるおそるいった。

「よくいったね、ルーシー！　この子を泊まらせておやり、奥さんや」とミスタ・ディーンはいった。イギリス社会のあらゆる階層に見られる典型的な姿形、つまり禿げあがった脳天、赤い頬髯《ほおひげ》、広い額、でっぷりと太ることなく、総体に頑強な体つきで、大柄だが機敏そうな人物である。ミスタ・ディーンのような貴族がいるかもしれない。あるいは彼のような雑貨商や日雇い労働者がいるかもしれない。だが茶色の目の鋭さは、その体型のようにありふれたものではない。いましも銀の嗅ぎ煙草入れを片手にしっかりと持ち、ときおりミスタ・タリヴァーと煙草を一つまみずつ交換しあっている。ミスタ・タリヴァーの煙草入れは、銀が象嵌《ぞうがん》してあるだけなので、煙草入れも相手と交換したがっているというのが、両氏のあいだでいつも交わされる冗談だった。ミスタ・ディーンの煙草入れは、所属している商会の上司から頂戴したものだった。そのとき同時に、上司は経理部長としての彼の目覚ましい働きも認め、感謝の印として商会の株も贈ったのである。セント・オグズの町で、ミスタ・ディーンほど高く評価されている人物はいなかった。そして、ドッドスン家の四姉妹のうちでは、いちばん損な結婚をしたと考えられていたスーザン・ドッドスン嬢は、きっといまに上等の馬車に乗り、姉のミセス・プレットをしのぐ豪勢な屋敷に住むことになるだろうというのが、世間のおおかたの意見だった。ゲスト商会のような大規模な製粉業や、銀行を併有する船会社に足をつっこんでいるような人物が、どこまで出世するか、だれにもわからない。おまけにミセス・ディーンは、親しい女友だちの見るところによれば、気位も高く、持参金もたっぷりある。あの人なら、夫君を絶えず駆り立てて、決して足踏みなどさせてはおかないだろう。

「マギー」とミセス・タリヴァーは、ルーシーのお泊まりが決着を見るなり、マギーを呼びよせて耳もとでささやいた。「髪を梳《と》かしてもらっておいで。さあ、早くなさい。ほんとうにみっともないんだから。マーサに髪を梳かしてもらってからお出でなさいといったでしょ。たしかにそういいましたよ」

「お兄ちゃん、一緒に来て」とマギーは通りすがりにトムの袖をひっぱってささやいた。トムは喜んで、あとについてきた。

「一緒にお二階に行って、お兄ちゃん」部屋を出ると、マギーは声をひそめてそういった。「お食事の前にやりたいことがあるの」

「食事の前に遊んでる暇なんてないぞ」とトムはいいながら、その先なにが起こるのかと、想像するのももどかしかった。

「ううん、これやる時間はあるの。来てよ、お兄ちゃん」

トムがマギーのあとから二階へ上がって、母親の部屋に入っていくと、マギーがすぐさま簞笥に駆けよって、引き出しから大きな鋏《はさみ》を取り出すのが見えた。

「そいつでいったいなにするんだよ、マギー？」トムは好奇心をかきたてられながら、そういった。

マギーは前髪をつかむなり、額のまんなかあたりで、それをざくりと切りおとした。

「わあっ、なんてことするんだ、マギー、お目玉くらうぞ！」とトムが叫んだ。「それ以上切るな」じょっきん！　トムがそういうあいだにも、大きな刃はまた動いた。こいつは面白い見ものだぞと、トムはわくわくせずにはいられなかった。マギーのやつ、妙ちくりんな格好になっちまうぞ。

「ここに来て、トム、後ろの毛を切って」自分の大胆な振る舞いに興奮し、マギーは早く切ってしまいたくてたまらなかった。

「大目玉をくらうぞ」とトムはいい、警告はしたぞとうなずいてみせ、ためらいながら鋏を取り上げた。

「いいから、早く切ってよ！」マギーはとんと小さく足を踏みならした。頰が真っ赤になっている。

黒い巻き毛はとても厚かった。子馬のたてがみを切るという禁じられた喜びを味わったことのある少年にとって、これほど心をそそられることはほかにあるまい。作者はいま、鋏の刃が、厚く手ごわい髪の毛をぎしぎしと断ち切るときの快感を味わったことのある人たちに語りかけているのである。じょっきん、という甘美な音。もういっぺん、そしてもういっぺん、後ろの髪の毛が、どさりと重い音をたてて落ちる。そしてマギーは、髪を不揃いに切られたひどい姿なのに、暗い森から明るい平原に出てきたような、はればれとした解放感を味わっていた。

「わお、マギー」トムは笑いながら、妹のまわりをぴょんぴょん跳びはね、膝をぴしゃぴしゃ叩いている。「わあ、なんてざまだ、妙ちくりんな格好だぞ。鏡で見てみろ、まるで、学校で胡桃《くるみ》の殻をぶつけてやったあの阿呆みたいだぞ」

マギーは予期せぬ苦痛に見舞われた。切ってしまう前には、自分のうっとうしい髪の毛から、それをからかう言葉から解放されるのだと、そしてこの果敢な行為を実行することによって、母親はもとより、伯母たちに対しても、勝ち誇った気分が味わえると思っていたのである。髪の毛を美しく見せたいなんて、つゆほども思ってはいなかった。そんなことはとるに足らぬこと。世間の人たちが、あたしを賢い娘だと思ってくれて、あらさがしをしないようになってくれればいいとそれだけを考えていた。だがいまトムが自分を嘲笑い、阿呆みたいだというのを聞くと、事態はまったく新しい様相を見せてきた。マギーは鏡をのぞきこんだ、トムはまだ手を打って笑いころげている。紅潮していたマギーの頬が青ざめ、唇がかすかに震えはじめた。

「おい、マギー、食堂にすぐ降りていかないとな」とトムがいった。「やれやれだ！」

「笑わないで、トム」マギーはわっと怒りの涙を流し、地団駄を踏み、トムを押しやって怒鳴った。

「この癇癪《かんしやく》持ち！」とトムはいった。「じゃあ、なんで切ったんだよ。おれは下に行くからな。ご馳走のいい匂いがしてきたぞ」

トムは急いで下に降りていった。小さな魂が毎日のように味わっている苦い後悔の思いのなかに哀れなマギーを取りのこして。ほんとうに愚かしいことをやってしまったと、マギーにもよくわかっている。これからは、いままで以上に髪の毛のことをとやかくいわれたり、考えたりしなければならない。マギーは、かっとしてこんなことをやってしまったが、そのあとに見えたのは、その結果ばかりではない。もしこんなことをしていなければどうなっていたか、活発な想像力が描き出すこまごまとした情景や、おおげさに誇張された情景だった。トムは、マギーみたいな愚かしいことは決してやらない。自分の得になるかならないかということを、本能的に察知する素晴らしい洞察力をそなえているので、マギーよりもっと強情で意地っぱりなくせに、母親はトムを手に負えない子だとはまずいわない。だが、かりにトムがこうした過ちを犯したとしても、彼は自分を擁護し、あくまで自分は正しいと主張するだろう。彼は〝いっこうに平気〟だ。もし父親の馬車用の鞭で門を叩き、鞭の紐を切ってしまったとしても、それはやむをえないことだったのである。鞭というものはそもそも門の蝶番《ちようつがい》にひっかかってはならない。トム・タリヴァーがそんなことをするのは、男の子は門を鞭で叩いてもかまわないと考えるからではなく、トムがその特定の門を叩くのは正当な行為だという確信があるからで、したがって彼は後悔はしないのである。だがマギーは、鏡の前で泣きながらこう思っていた。お食事の席に降りていって、伯母さまたちに厳しい目や言葉を浴びせられるのは耐えられないし、それにトムやルーシーやお給仕をしているキザイアに、そしてたぶん父親や伯父さまたちにも笑われるのは耐えられないと。なにしろトムが笑ったのだから、ほかのみんなも笑うにきまっている。髪の毛なんてほうっておいたら、いまごろはトムやルーシーと一緒にすわって、アプリコットのプディングやカスタードだって食べられたのに！　これじゃあめそめそ泣くしかない。マギーは、自分が逆上して殺した羊にかこまれているギリシャ神話のアイアスのように、散乱する黒い巻き毛にかこまれて途方に暮れている。クリスマスの勘定書や、死んだ恋人や裏切られた友情について考えなければならない大人たちにとっては取るに足りないことかもしれないが、マギーには、これほど辛いことはないのである。わたしたち大人は、人生の真の悩みに比べたら、などといいたがるものだが、マギーにとってこの辛さは、きっとそれに劣らぬ辛さなのかもしれない。

「ああ、わが子よ、これからだんだんほんものの悩みを抱えるようになるんだよ」というのは、わたしたちの大半が、幼年時代に与えられた慰藉《いしゃ》の言葉であり、大人になったわたしたちが、子供たちに繰り返す慰藉の言葉なのである。わたしたちはだれしも、見知らぬ場所で母親や乳母の姿を見失ったとき、小さなソックスをはいただけの細っこい足で突っ立ったまま、しくしく泣いていた経験があるだろう。わたしたちは、五年か十年ぐらい前に味わった苦痛を思い出して涙を流すことはあっても、そんな大昔の痛切な体験を思い出して泣くことはめったにないのである。そうした強烈な体験のひとつひとつがその痕跡をとどめ、いまなおわたしたちの胸のうちに生きてはいるものの、そうした痕跡も、青年期や壮年期という、堅く引き締まった織地にしっかりと織りこまれてしまった。それだからこそ、わたしたちは、わが子の悩みも、じっさいわが子が味わっている苦痛も、どこ吹く風と見過ごせるのである。幼年時代の体験を甦らせることのできる人はいるだろうか。単に、なにをしたか、なにがその身に起こったかという記憶ばかりではなく、上着に半ズボンというういでたちをしていたころ、なにが好きで、なにが嫌いだったかというような記憶ばかりではなく、夏至から夏至までのあいだがひどく長く感じられたあのころのことを、心の奥底にある透視力によって、そのとき感じていた知覚を甦らせることのできる人はいるだろうか。おまえはわざとひどい球を投げるからと友だちにいわれて試合からはずされたとき、どんな気持ちだったかということを思い出せる人がいるだろうか、あるいは休暇ちゅうの雨もよいの日、なにをやって遊べばいいかわからず、無為がいたずらになり、いたずらが反抗になり、反抗が仏頂面になったとき、あるいは同じ年ごろの少年たちがだれしも裾の長い燕尾服を着せてもらっているのに、自分はどうしても燕尾服を着せてもらえなかったとき、そんなときどんな気持ちがしたかということを思い出せる人はいないだろう。そうした幼年時代の苦い体験や漠とした不安や、そうした苦い思いをいっそう苦くする、漠とした将来への不安を思い起こすことができる人ならば、子供たちの悲しみを軽く扱うようなことはしないだろう。

「マギー嬢ちゃま、すぐ降りておいでなさい」とばたばたと部屋に入ってくるなりキザイアがいった。

「あんれま！　いったいなにしんさった？　こりゃあ一大事だな」

「やめてよ、キザイア」とマギーは怒鳴った。「出てって！」

「けんど、すぐ降りて来なさらんとな、嬢ちゃま。母さまがそういってなさるから」とキザイアはいいながらマギーに近づいて、その手を取ると立たせようとした。

「あっちへ行け、キザイア」とマギーは怒鳴った。「出てけ！」

「けんど、すぐに降りて来なさらんとね、嬢ちゃま。母さまがそういってなさるから」とキザイアはいいながらマギーに近づき、その手を取って立たせようとした。

「出てって、キザイア、あたし、なにも食べたくない」マギーはキザイアの腕を押しのけた。「あたし、行かないってば」

「やれやれ、わたしもこうしちゃおれん。お給仕をしなくては」キザイアはそういうと出ていった。

「マギーのおばかさん」とトムが、十分後に部屋をのぞきにきた。「どうしてこないのさ。お菓子だっていっぱいあるぞ。どうしても降りてこいって、母さんがいってるよ。どうして泣いているのさ、この阿呆たれが」

ああ、なんてひどい！　お兄ちゃんときたら、こんなに冷たくて、あたしのことなんかどうでもいいんだから。もしトムが床にしゃがみこんで泣いていたら、あたしだったら一緒に泣いてあげる。それに、とってもおいしそうなあのご馳走、おなかだってぺこぺこなのに、なんてひどいんだろう。

だがトムもまんざら冷たいわけではなかった。ただ一緒に泣いてやりたいとは思わないし、マギーが悲しんでいるからといって、お菓子の楽しみが損なわれるわけでもない。トムはマギーに近づくと、頭をマギーの頭によせて、慰めるように低い声でいった。

「じゃあ、どうしても降りてこないのか？　ぼくが食べおわったら、プディングを少し持ってきてやろうか？……カスタードなんかもさ」

「うーん、うん、うん」とマギーはいうと、人生がちょっぴりましになったような気がした。

「まかせとけ」とトムはいって立ち上がった。だが扉のところで振りむくと、こういった。「けどさ、降りてきたほうがいいんじゃないかなあ、木の実もあるしさ、胡桃なんかもさ、それからキバナクリンソウ酒も」

マギーの涙はもう止まっていた。トムが行ってしまうと、考えこむような表情になった。トムの人のいい性格が、マギーの苦悩のもっとも辛い部分を取り除いてくれ、キバナクリンソウ酒と胡桃が、その真価を発揮しはじめた。

　あたり一面に散らばっている髪の毛のあいだから、マギーはゆっくりと立ち上がり、そろそろと階下へ降りていった。やがて食堂の扉の枠に片方の肩をよせ、すこし開いている扉のすきまから、なかをのぞきこんだ。トムとルーシーのあいだに空の椅子があり、サイドテーブルにはカスタードがのっている。これでもう充分だった。こっそりと室内に忍びこみ、空の椅子に近づいた。だが椅子に腰をおろしたとたん、マギーはもう後悔し、引き返したいと思った。

　母親のミセス・タリヴァーが、マギーを見るなり小さな叫びをあげ、驚愕のあまり、ソース用の大きなスプーンを大皿のなかに落としたから、テーブルクロスは目も当てられぬ惨状となった。キザイアは、肉を切り分けている最中の女主人を驚かせたくなかったので、マギーが階下に降りてこない理由をまだ告げてはいなかったし、ミセス・タリヴァーのほうは、どうせふだんの意地っぱりの癖が出たんだろうぐらいに考えて、ご馳走の半分を取り上げられるのは、マギーの自業自得だと思っていたのである。

　ミセス・タリヴァーの悲鳴は、一座の目を夫人の視線の先へと向けさせた。マギーの頬と耳たぶがかっと火照《ほて》ってきた。温顔の白髪の老紳士、グレッグ伯父がこういった。

「こりゃ、こりゃ！　この小さな娘は──はて、こんな嬢ちゃんは知らんぞ。道端で拾ってきたのかい、キザイア！」

「なんと、自分で髪の毛を切ったんですな」とミスタ・タリヴァーは小声で、ミスタ・ディーンにいうと、おかしそうに笑いだした。「こんなはねっかえりを見たことはおありかな」

「おやおや、お嬢ちゃん。なんと珍妙な格好になっちまったもんだな」とプレット伯父はいったが、おそらくこの伯父にしても、これほど相手を傷つける感想を述べたのは、生まれてはじめてであったろう。「うんまあ、なんてことを?」とグレッグ伯母が大声を張り上げ、たいそう厳しい非難の言葉を投げつけた。「おなごが自分で髪を切るとはな、鞭で打ってやらねばなるまい、あとはパンと水をくれてやればいい。伯母さまや伯父さまたちのそばにすわるでないよ」

「ほい、ほい」とグレッグ伯父は、その手厳しい叱責を茶化すつもりでそういった。「この子は、監獄に送ったらどうだろう、あそこなら、残りの髪の毛もばっさり切って、きれいに揃えてくれるだろう」

「いつもよりぐっとジプシーらしくなったわねえ」とプレット伯母が、哀れむような口調でいった。「まったく不運というものだわねえ、ベッシー、この子がこんなに色黒なのは、坊やのほうは色白なのにねえ。こんなに色黒だと、先ゆきが思いやられるわねえ」

「ほんとにいけない子だね、母さんをこんなに悲しませるなんて」とミセス・タリヴァーは目に涙を浮かべていった。

マギーは、非難と嘲笑の大合唱に、じっと聞き入っているように見えた。はじめに顔が赤くなったのは怒りのせいで、その怒りは、挑戦的な態度を取る力をいっとき与えてくれた。だからトムは、妹が、あらわれたプディングとカスタードに支えられて勇敢に立ち向かうものだと思っていた。マギーのそんな様子を見て、トムは小声でいった。「やれやれ! マギー、お目玉くらうぞっていったじゃないか」トムは親切のつもりでそういったのだが、マギーは、トムが自分の失態を喜んでいるのだと思いこんでしまった。ささやかな反抗の力もたちまち消え失せ、マギーの胸はいっぱいになり、椅子から立ち上がると父のもとへ駆けより、肩に顔をうずめるとわっと泣きだした。

「よし、よし、おちびや」と父親は両腕でマギーを抱え込み、あやすようにいった。「気にするんじゃないよ。髪の毛がうっとうしかったんだろう、それで切り落としたんなら、いいじゃないか。泣くのはおよし。父さんはおまえの味方だよ」

なんというやさしく甘美な言葉！　マギーは、父親が〝自分の味方〟になってくれたときのことは、決して忘れない。胸のなかに大事にしまっていて、これから長い年月を経たのちも、世間の人々が、この娘の父親は、子供たちをひどい苦境に陥れたのだといったときも、ずっとその言葉を思い出していた。

「お連れ合いは、あの子を甘やかしすぎたねえ、ベッシー」とミセス・グレッグは、ミセス・タリヴァーに大声で耳打ちした。「あれじゃ、あの子をだめにしてしまう。あんたがしっかり面倒を見ないとね。うちの父さまは、子供たちをあんなふうには育てなさらんかった、さもなきゃ、わたしら一族、いまのようにはなれなかったねえ」

ミセス・タリヴァーの家庭の悩みはその瞬間に頂点に達し、なにもかもが麻痺してしまったように思われた。姉の言葉は無視して、室内帽の紐を後ろにはねあげると、無言のまま、諦めたようにプディングを配りはじめた。

デザートが出たところで、マギーはやっと解放されることになった。暖かな日よりだったので、子供たちは、胡桃やキバナクリンソウ酒を持って、東屋《あずまや》へ行ってもよいといわれていたのである。ほんとうに暖かだったので、蕾をつけはじめた灌木のあいだを、火おこし用の天日レンズの下から逃げ出してきた小さな生き物のように走っていった。

ミセス・タリヴァーには、こうした許しを出した理由があった。夕食も終わって、だれしものんびりと寛いでいたので、夫がトムの件を持ちだすには絶好の機会だと察したのである。それにトムがいないのは好都合だし。子供たちは、自分たちのことが話題になっていたとしても、首を伸ばして耳をすまそうと、小鳥と同じ、なにも理解することはあるまい。だがミセス・タリヴァーは、牧師さまの学校に行くということが、トムの心を痛めているという証拠を近ごろ握ったので、いつになく思慮をはたらかせたのである。トムは、牧師さまの学校に行くなんて、おまわりさんのところに行くのと同じだと思っている。旦那さまは、グレッグ姉さまやプレット姉さまがなんといおうと、思いどおりにことを運ぶだろうと、ためいきの出るようないやな予感はあったものの、少なくとも、このことがうまくいかなかった場合、あの人は、まわりにひとことも相談もせずに、愚かな夫に同意したと、姉たちに責められることはないだろう。

「旦那さま」とミセス・タリヴァーは、ミスタ・ディーンと話をしている夫に話しかけた。「うちの子たちの伯父さまや伯母さま方に、トムを先ゆきどうするか、あなたがお考えになっていることをお話してはどうでしょう?」

「なるほど」とミスタ・タリヴァーは、やや鋭い声でいった。「あの子を先ゆきどうするかということを、みなさん方に話すのに異存はないな。もう決めましたからな」と、ミスタ・グレッグとミスタ・ディーンを見ながらつけくわえた。「キングズ・ロートンにお住まいの牧師のステリング氏にあの子を預けることにしましたよ。たいそう優秀なお方だそうで、いろいろと教えこんでくださるでしょう」

一座に驚いたようなざわめきが起こった、いうなれば、地域の教会の礼拝の折りに説教壇から俗世間の話を聞かされたようなものだから。タリヴァー家の話に牧師が出てきたことにも、伯父や伯母は驚いた。プレット伯父にしても、ミスタ・タリヴァーがトムを大法官のところにやるといったとしても、これほど驚きはしまい。なにしろプレット伯父は、富裕農民といういまや絶滅した階級に属しており、上質の黒羅《ら》紗《しゃ》を身にまとい、高額の地方税や国税を払い、教会に行き、日曜日にはとびきり上等の晩餐を食し、教会と国家における英国の基本法というものは、太陽系や恒星と同じように、起源をたどれるものとは夢にも思っていなかった。ミスタ・プレットは、主教とは準男爵のようなもので、それが聖職者か聖職者でないかもあやふやという程度の考えの持ち主なのは哀れだが事実である。自身の教区の牧師は、よい家柄の出で、財産もある人だったので、牧師が教師をつとめるということは、ミスタ・プレットにはとうてい考えられないことだった。今日のように高度の教育を受けた人々は、プレット伯父のこのような無知は信じがたいであろう。だが生来の大きな才能が、それを育む環境におかれた場合の驚くべき結果をよくよく考えてみよう。プレット伯父の生来の大きな能力といえば、無知であるという能力である。驚きを口にしたのは、まず彼であった。

「どうしてまた、牧師のところなどにやるんです?」とプレット伯父は、目をぱちくりさせながら、グレッグとディーンが理解した気配を見せているか、うかがった。

「どうしてといわれるなら、牧師さまは、わたしの理解するところでは、最良の教師ですからな」と哀れなミスタ・タリヴァーはいった。この混迷する世の中においては、どのような手がかりであろうと、待っていたとばかりしっかりとしがみつくのである。「学塾のジェイコブズは、牧師じゃありません。それであの子にひどい仕打ちをしたんですよ。それであの子をまた学校に入れようと思ったときには、ジエイコブスとはちがう人にしようと思ったんです。それで、このステリング先生というのは、わたしが求めていた人だということがわかりましてね。夏至にはあちらにやろうと思っています」とミスタ・タリヴァーはきっぱりとした口調で話をしめくくり、嗅ぎ煙草入れを軽く叩いて、ひとつまみ取りだした。

「すると半年分でも途方もない金を支払うことになりますよ、タリヴァー？　牧師というものは、一般に高くつくものですよ」とミスタ・ディーンがいい、かぎ煙草を勢いよく吸った。中立の立場を取ろうというときに、常にやる癖である。

「その、牧師さんは、小麦の品質の善し悪しを教えてくれると思いますかね、タリヴァー？」とミスタ・グレッグがいった。冗談をいうのが好きな人で、実務から退いた身としては冗談をいってもいい、ものごとを茶化して見てもいいだろうと思っている。

「そりゃあ、トムについては考えていることがあるんですよ」とミスタ・タリヴァーはいい、ちょっと言葉をとぎらせると、グラスを取り上げた。

「ちょっと、わたしにもいわせてもらえるかしら、めったにないことだけどね」とミセス・グレッグは苦々しげにいった。「そんな身分不相応のお金をかけて教育をして、あの子がなにになるというのか、知りたいもんだわねえ」

「そりゃね」とミスタ・タリヴァーは、ミセス・グレッグのほうは見ずに、男性陣のほうを見ていった。「そう、わたしは自分の仕事をやらせるためにトムを教育するつもりはないですな。いろいろ考えているうちに、ガーネットとその息子を見て、心を決めたんですよ。うちの子は、元手もなしにやっていけるような仕事につかせようと思っとるんです、弁護士どもも相手にできるような教育をしてやりたいんで、ときにはわたしに智恵を貸すことができるようなね」

ミセス・グレッグは、哀れみと軽蔑のいりまじった笑みを浮かべながら、口を閉じたまま、ぜいぜいと喉を鳴らすような音をたてた。

「まあ人によってはね」と前置きをして、夫人はいった。「弁護士なんかと関わらないほうがずっといいんだけど」

「その牧師さんは、古典文法学校《グラマースクール》の校長なんですかね？　マーケット・ビューリーにあるような」とミスタ・ディーンがいった。

「いいや――そうじゃありません」とミスタ・タリヴァーはいった。「生徒は二、三人しかとらないんです――ですからひとりにたっぷり時間が取れるわけですよ」

「ああ、そうやってさっさと教育を終わらせるわけだ。生徒が多すぎると、一気にたくさんのことは学べませんからなあ」とプレット伯父は、この厄介な問題に、自分が決着をつけたような気がしていた。

「しかし、でかい報酬を要求するだろうな」とミスタ・グレッグがいった。

「ええ、ええ、年に大枚百ポンドでさ――それだけで」とミスタ・タリヴァーはいいながら、自分の勇気ある方針にいささかの誇りをおぼえた。「まあしかし、こいつは投資のようなもんですからな。トムにとって教育つうもんは、たいそうな資本になりますで」

「うん、それは一理あるな」とミスタ・グレッグがいった。「なるほど、なるほど、タリヴァーさんや、あんたのいうとおりかもしれんな、そのとおりかもしれん。

土地を失い、金を消尽したときは
学びこそ、尊きものとなる――

わたしは覚えておるがね、バクストンのどこかの窓にこんなことが書いてあったよ。だがわたしらのように教育のない者は、金を後生大事に持っているのがいちばんだ、ええ、そうじゃないかね、プレットさんや?」とミスタ・グレッグは両膝をさすりながら、さも愉快そうな顔をした。

「旦那さまったら、まったく呆れたものですね」と夫人がいった。「財産もあるあんたほどの年ごろのお方が、そんなことをおっしゃるなんて不似合いですよ」

「なにが不似合いなんだね、奥さん」とミスタ・グレッグがいい、一座の者に目配せした。「この新調の青い服のことかね?」

「あなたの気の弱さが情けないんですよ、あなた。親族が無鉄砲に破産に走ろうとしているのに、そんなご冗談は不謹慎ですよ」

「わたしのことをいっておるのなら」とミスタ・タリヴァーは、かなりいらいらしながらいった。「心配はご無用。他人さまに迷惑かけずとも、自分の問題は自分で解決できますからね」

「おお、そうだ」とミスタ・ディーンは、賢明にも新しい話題を持ちだした。「いま思い出したんだが、ウェイケムは、倅《せがれ》を――あの体の不自由な子を――牧師さまのとこにやると、だれかがいっとったが、そうじゃなかったかね、スーザン?」(と妻に同意を求める)。

「詳しいことは知りませんけどねえ」とミセス・ディーンは、唇をしっかりと閉じた。ミセス・ディーンは、爆弾が飛んでくるような場面に加わるような婦人ではない。

「いやなあ」とミスタ・タリヴァーは、相手のことなどいっこうに気にしないとわかるように、ことさら快活な口調でいう。「ウェイケムが、倅を牧師さんのところへやるつもりなら、わたしは間違いなくトムも牧師のところへやりますよ。ウェイケムというやつは、悪魔がこしらえた悪党のなかでも性悪なやつですが、相手の弱点はよくつかんでいますからね。へえへえ、ウェイケムの出入りの肉屋を教えてくれれば、肉はどこへ買いにいけばいいか、教えてあげられますよ」

「ですが、ウェイケム弁護士の息子さんはひどい猫背ですからねえ」これはたいそう痛ましい問題だと感じていたミセス・プレットはこういった。「お子さんを牧師さまに預けるのは当たり前じゃないですかねえ」

「そうだよ」とミスタ・グレッグは、ミセス・プレットの意見を、見当ちがいながらももっともらしく解釈してみせながら、こういった。「そこのところを考えねばいかんぞ、タリヴァー。ウェイケムの倅は、実務にはつけそうもないからな。ウェイケムはきっと倅を紳士にするつもりじゃねえかな、気の毒に」

「あなた」とミセス・グレッグがいった。それは怒りがいまにもじゅうじゅうと音をたてながら、じくじく洩れだしてきそうな声音だったが、そこはしっかりと栓をして、それが洩れださないようにする決心はしていた。「あなた、口を慎んだほうがいいわ。タリヴァーさんは、あんたの意見もわたしの意見も聞きたくはないんです。世間には、だれよりも物知りのお人がいるものだもの」

「いやいや、それはおまえさまじゃないかな、おまえさまの話を信じるとしたら」とミスタ・タリヴァーは、またもやかっかとなりはじめた。

「まあ、わたしはなにもいってませんよ」とミセス・グレッグは、皮肉をこめてそういった。「助言なんて、一度も求められたことはないんだから、助言するはずがないわね」

「じゃあ今日ははじめてだったのかな」とミスタ・タリヴァーがいった。「あんたがしたがるのは、いつも助言することだからねえ」

「それじゃあ、お金を貸したがるのもそうだわ、あげる気はないのにねえ」とミセス・グレッグはいった。「わたしがお金を貸す人はいますがねえ、たぶん親類の者にお金を貸すと後悔するんでねえ」

「まあ、まあ、まあ」とミスタ・グレッグはなだめるようにいった。だがミスタ・タリヴァーが、逆襲を妨げられたわけではない。

「証文はしっかり取っておったわな」とミスタ・タリヴァーはいった。「それに親類であろうとなかろうと、五分の利息は取っておったな」

「姉さま」とミセス・タリヴァーは懇願するようにいった。「どうか葡萄酒を飲んでね、アーモンドやレーズンも食べてくださいよ」

「ベッシー、だめじゃないの」とミセス・グレッグはいったものの、棍棒を持っていない人間に吠えかかる野良犬のような気持ちだった。「アーモンドやレーズンを持ち出すなんて情けないね」

「ねえ、グレッグ姉さま、そう喧嘩腰にならないで」とミセス・プレットは、少々泣き声になった。「ご馳走のあとにそんなに顔を赤くしていたんでは、発作が起きるかもしれないわね。わたしたちみんな、ついこないだ喪が明けたばかりじゃないの——みんな黒クレープの喪服を脱いだばかり——姉妹のあいだで揉めるなんてねえ」

「まったく困ったもんだ」とミセス・グレッグはいった。「姉妹同士が招待しあっても、お互いに口争いをするんじゃあ、ろくなことにならないわね」

「お手やわらかに、お手やわらかに、ジェイン——分別をね——分別を」とミスタ・グレッグがいった。

だが相手が喋っているあいだも、ミスタ・タリヴァーの怒りはおさまりようもなく、またもや怒鳴りだした。

「だれがあんたと喧嘩したいもんか?」と彼はいった。「あんたときたら、よけいな口出しをして、いつまでも苦しめるんだ。わたしは女と喧嘩などしたくありませんよ。相手が身のほどをわきまえているならね」

「身のほどですって、まったく!」とミセス・グレッグが、ますます甲高い声でわめいた。「あんたより優れた人はいるんですよ、タリヴァーさんや、もう死んで墓のなかにいますがね、あんたとはちがって、ちゃんとした敬意を払ってくれたもんですよ——わたしの夫だって、わたしの身内に身分ちがいの結婚をした者がいなければ、わたしが、侮辱されるはずもない人たちに侮辱されるのを黙って見ているようなことはしないでしょうがね」

「それをいうなら」とミスタ・タリヴァーはいった。「うちだって、おたくと同様によい家系ですよ——もっとましかな、いつも不機嫌なご婦人がいないだけ」

「まあ!」とミセス・グレッグはいうなり、椅子から立ちあがった。「あなたが、そばにすわってわたしが毒づくのを聞いているのが面白いと思ってなさるかどうか知りませんがね、こんな家にはもう一刻もいられない。あなたはここに残って、二輪馬車でお帰りなさいよ。わたしは歩いて帰ります」

「こりゃ、こりゃ、どうも!」とミスタ・グレッグは、憂鬱そうな口調でいいながら、妻のあとを追って部屋を出ていった。

「あなた、どうしてあんな口のきき方をなさるんですか」とミセス・タリヴァーは涙ぐみながらいった。「帰りたいもんは帰らせるがいい」とミスタ・タリヴァーはいったが、あまりにもかっかとしていたので、いくらたくさんの涙を注がれようと、悄然とすることはなかった。「帰りゃいいんだ、さっさと帰れだ、これでもうわたしに向かって威張りくさるような真似はせんだろう」

「プレット姉さま」とミセス・タリヴァーは悄然としていった。「あなたに姉さまを追いかけてもらって、なだめてもらうのがいいかしら?」

「ほっといたほうがいい、ほっといたほうがいい」とミスタ・ディーンはいった。「後日仲直りをすることですな」

「では、姉さま方、子供たちを探しにいきましょうか?」とミセス・タリヴァーは涙を拭きながらいった。

これ以上適切な申し出はなかっただろう。ミスタ・タリヴァーは、婦人たちが部屋を出ていくと、しつこい蠅が一掃されたような気分になった。ミスタ・ディーンとの雑談ほど好ましいものはめったにないが、事業に忙殺されている彼と話し合う楽しみはめったになかったのである。ミスタ・ディーンは、知人のなかではもっとも物知りだし、辛辣な言葉もぽんぽんと吐ける人なので、ミスタ・タリヴァーは、おのれの未熟な点や、はっきりとものをいえぬ性向を補ってくれる人だと思っていた。だから女たちがいなくなると、よけいな邪魔も入らず、真面目な話ができるというわけだった。ウェリントン公爵に関する見方についても、それぞれの意見を交換することができる。カトリック問題についてのウェリントン公爵の態度は、その性格にまったく新しい光を投げたということや、ワーテルローの戦いにおける彼の役割はたいしたことはないという話もできるし、プロイセンの陸軍元帥ブリュッヘルは、プロイセン人はもちろん、多くの英国軍がその背後についていなければ、決して勝利はしなかったというようなことを話し合える。この問題について格別の知識がある人物から聞いた話によると、プロイセン人たちはきわどいところであらわれたそうである。もっともこのあたりで少々意見の食い違いは出てくるけれども、ミスタ・ディーンのいうところでは、プロイセン人にあまり信頼はおけないと、つまりダンチッヒ・ビールの取り引きのいい加減なところや、船舶の建造には信がおけないことを考え合わせると、プロイセン人の勇気などは当てにならないそうである。この問題では多少形勢が悪いミスタ・タリヴァーは、この国は二度とこれまでのようにはならないだろうという恐れを述べてみせる。だが収益を上げている会社に属しているミスタ・ディーンは、当然現在よりは活気をおびてくるだろうという確信をつけくわえる。ことに皮革や亜鉛の輸入情況について細かい情報を持っており、この国がカトリック信者や急進派の餌食になり、正直者にとってはもはやなんの夢もないというようなミスタ・タリヴァーの恐れをなだめてやるのである。

かたわらにすわっているプレット伯父は、目をぱちくりさせながら、こうした高尚なお談義に耳を傾けている。自分は政治についてはまったく無知であると――これは天与の才能だと思っている――しかしこの際理解できたところでは、このウェリントン公爵はぞんがいたいしたことのない人間だったということだった。

第8章　タリヴァー氏、弱気をみせる

「グレッグ姉さまがお金を返せといったら――いま五百ポンドのお金をこしらえるのはとうてい無理でしょう」とミセス・タリヴァーは、この日の出来事を悲しく思い起こしながら、そういった。

ミセス・タリヴァーが夫と一緒になってからもう十三年になるが、いまもなお自分が望むところとは反対の方向に夫を駆り立ててしまうことをいってしまう点では、新婚当時の初々しさをまだ失ってはいない。この世には、このように若さを保ちつづける人もいる。男性に支配された金魚は、丸いガラスの鉢のむこうでもまっすぐに泳げるという若いころの幻想を最後まで持っているものだ。ミセス・タリヴァーも、この種の愛すべき金魚で、十三年というもの同じ抵抗物に頭をぶつけていながら、今日もまた未だ鈍らぬ速さで抵抗物に向かっていった。

連れ合いの意見を聞くと、ミスタ・タリヴァーはすぐさま、五百ポンドを調達するぐらい造作ないことだと思ってしまった。連れ合いが、あなたは日ごろ水車小屋と家は抵当には入れないといっていなさるが、抵当にいれずにどうやってお金の工面をなさるか、なにしろいまどきは、抵当も取らず金を貸すような人はいないのだからと追及すると、ミスタ・タリヴァーは、憤然として、ミセス・グレッグは、自分の金は好きなように取り立てればいい――なにがどうあれ、金は返すのだから、といいきったのだ。連れ合いの姉に恩義を受けるつもりはなかった。男が、娘のぞろぞろいる一家と縁を結べば、耐え忍ぶことはいくらでもある、自分が耐え忍びさえするならば。だがミスタ・タリヴァーは耐え忍ぶつもりはなかった。

ミセス・タリヴァーは、ナイトキャップをかぶりながら、すすり泣くように少し泣いた。だが明日はガラム・ファーズのところに子供たちと一緒にお茶に呼ばれているので、そのときにプレットの姉さまにになにもかも話そうと思うと、心が安らぎ、快い眠りに落ちたのだった。姉との話し合いで、はっきりとした結論が出るわけでもないが、過ぎたことがいつまでも変わらぬということもないだろう、だれかに愚痴をこぼせば、いくらかでも心はやすまるだろうと思ったのである。

夫のほうはもうすこし遅くまで眠れずにいた、なにしろ、明日の訪問のことを考えていたし、この問題に対する考えというものは、気立てのよい連れ合いの考えのように漠然としたものでもなければ、心やすまるものでもなかった。

ミスタ・タリヴァーは、感情が激しているときには行動が敏捷になる、それは、複雑にして不可解な人間の問題に直面したときに働く、この人物の冷静なる思案とは矛盾するかもしれない。だがこれらの一見したところ相矛盾する現象のあいだには直接的な関係がある。糸かせがもつれていると強く感じたら、ともあれ糸を一本ひっぱってみればいいのだ。こういう機敏なところがあったから、翌日ミスタ・タリヴァーは昼食をすませるとすぐに（彼は胃弱ではない）、妹のモスとそのご亭主に会いにバセットまで馬を走らせたのである。ミセス・グレッグに五百ポンドの借金を返そうと断固決心したところで、当然ながら、義弟のモスに貸した三百ポンドの約束手形があることを思い出したのである。当の義弟に期限内にその金を返済する目安がつくというのであれば、ミスタ・タリヴァーの向こうみずなやり方に疑いの目を向けていた人々も心を安んじるであろう。気の弱い人たちは、なんとかなるという強い自信は持てず、それがどのように進められるかということがたいそう気になるものである。

タリヴァーという人は、新しい地位とか目覚ましい地位に置かれているわけではないが、日常の諸々と同じように、長い年月のあいだにはそれなりの成果は生んではいるのである。じっさい世間の人々は、彼が裕福だと考えている。そして人はだれでも世間が信じることはそのまま信じるものだから、彼もまた失敗とか破産とかいうものは、自分には縁遠いものと信じている。つまり首の長い痩せぎすの人が、脳溢血に見舞われたという首の短い多血症の隣人の話を聞いたときと同じ、他人事といった反応をするのである。タリヴァーは水車場を経営しているし、相当な地所もあるという強みを、日ごろ冗談まじりによくからかわれていた。そんな冗談を浴びせられているうちに、自分はかなりの資産家だという意識が芽生えてくる。だから市の日に飲む酒も当然美味になってくる。半期ごとの支払いというものがなかったら、水車場と家屋敷が二千ポンドの借金の抵当に入っていることすら忘れていたにちがいない。これはなにもタリヴァーだけの落ち度というわけではない。二千ポンドのうちの千ポンドは妹の財産で、その分は妹が嫁入りするときに払わねばならなかったのだ。それに自分を告訴したがる隣人がいるとなれば、債務は完済しそうにもない。ことに羊皮紙に記された確実な借用証書ではなく口約束で百ポンドを借りたいという知人によく思われたいというのであればなおさらである。わが友タリヴァー氏は、根が善良なので、妹をきっぱり拒絶するようなことはしない。妹は、世にいわれる余計者としてこの世に生まれてきたばかりか、抵当の必要に迫られるようなこともしでかし、あげくの果てはつまらぬ結婚に逃げこんで、八人の子をもうけるというていたらくである。この点については自分が少々弱気であることはタリヴァーも気づいてはいるが、モスと結婚する前の妹グリッティは器量よしだったとわれとわが身を慰めている――ときどき彼は、声をかすかに震わせながらそんなこともいう。だがけさはたいそう実務的な人間の気分だった。バセットの小道に深い轍《わだち》の跡を残しながら馬を進めていた。このあたりは、市場からだいぶ離れているので、作物や肥料を運ぶ労賃だけでも、あの教区のような痩せた土地が生み出す利益の大部分は消えていく。そう考えると、財産もないあのモスという男に対してかなりの苛立ちが募ってくる。牛の病気や樹の病気がはやれば、確実におこぼれを頂戴するし、泥沼から引き上げてやろうとすれば、ますます深く沈んでいく人間なのだ。いま三百ポンドをあの男から回収するということは、やつを苦しめるどころか、やつのためになるのではあるまいか。きっと身のまわりをよく見るようになり、羊毛についても昨年のような愚かしいまねはしないだろう。じっさいのところ、タリヴァーは義弟に対して寛大すぎたのである。利息も二年分がかさんでいるのに催促もしなかったから、モスは、元金についてはもう心配せずともいいだろうと高をくくっているにちがいない。だがタリヴァーは、このような小賢《こざか》しい人間を、もう甘やかしてはおくものかと心に決めていた。バセットの小道を走るあいだは気分が和らぎ、決意を鈍らせるようなものはなかった。冬の泥んこ道につくられた深い蹄《ひづめ》のあとが、ときおりその体を揺さぶるようなことがあれば、その蹄だかなんだかを使って道をこのような状態にしたに違いない悪魔に向かって、烈しい罵声を発した。目の前に広がるぬかるんだ土地や手入れを怠った柵が目に入ると、義弟のモスの農地ではなくとも、あの不幸な農夫に対して強い不満が湧くのである。たとえこれがモスの所有する休閑地ではないにしても、手入れの悪さからいってモスの土地でもおかしくない。バセットはどこも似たような土地だった。タリヴァーの意見ではまことに貧弱な教区だが、その意見はたしかに根拠のないものではない。バセットというところは、痩せた土地、貧弱な道路、貧しい不在地主、貧しい不在牧師、副牧師もまたお粗末だった。環境に打ち勝つ人間の精神力というものを強く信じる人が、バセットの教区民は、たいそう優れた人間になったかもしれないと主張するなら、わたしは、その深遠な主張に逆らうつもりはまったくない。ただ私は、事実としてバセットの人間はその環境にまったく馴染んでいることを知っている。草や粘土のあの泥んこ道は、よそ者の目には互いに交錯しているだけで、どこにも通じているようには見えないが、じつは辛抱強くたどっていけば、遠い本街道まで通じているのである。だがバセットを通るその小道は以前は〈グランビーの侯爵〉と呼ばれていたが、いまでは馴染みの客のあいだで〈ディッキスン亭〉とか呼ばれている気晴らしの中心へ向かう道だった。床に砂をまいた一段と低い大きな部屋、かすかなビール滓《かす》のにおいによって軽減されている煙草のにおい、亭主のディッキスンは、戸口の柱にもたれて、その物憂そうなにきび面は、溶けて流れた昨夜の蠟燭《ろうそく》の光にも似た日光をぼんやりと眺めている——そうしたものはどれも、魅惑的な誘惑には見えないかもしれない。だがバセットのおおかたの男は、冬の午後の四時ごろに、この道に踏みこむと、つい惹かれてしまうのである。そしてバセットに住む奥方で、うちの亭主は決して道楽者ではないといいたい者は、この一年、うちは〈ディッキスン亭〉で一シリングも使ってはいないといえば、これほど確実な証言はないのである。ミセス・モスも、自分の兄が、今日のように夫の責任を追及したい気分でいるときは、一度ならずそういいはったものである。その上、この家の農場の門の具合ほどタリヴァーを苛立たせるものはなかった。乗馬用の杖で押し開けるやいなや、上の蝶番のない門の常として、馬にしろ人間にしろ、その向こう脛を危険に陥れるのである。ミスタ・タリヴァーは、これから馬から降りて、木骨づくりの大きな建物が影を落としている窪みだらけの中庭を、盛り土をした場所に建つ、いまにも倒れそうな長い住居へ馬を引いていこうとしていた。だが折りよく牛飼いの少年があらわれ、彼が決めてきたこと、つまりこの訪問中は馬から降りるまいという決心を貫けるかどうかという不安を拭いさってくれたのである。自分の意志を頑《かたく》なに通そうというつもりならば、馬上の高みから、相手の懇願の目のとどかぬ高みから、そして遠い水平線のかなたを望みながら話すがいい。ミセス・モスは馬の蹄の音を聞き、兄が馬を乗りつけてきたときには、疲れたような笑みを浮かべて、すでに台所の戸の外に出ていた。その腕には黒い目の赤子が抱かれていた。ミセス・モスの顔はやつれてはいたが、兄の顔によく似ていた。赤ん坊の小さな手は、母親の頰に押しつけられているが、そのために頰のやつれがひときわ目立っているように見えた。

「兄さん、お出でいただいてうれしい」とミセス・モスは、温かな声音でいった。「今日、お出でになるとは思わなかった。お変わりありませんか?」

「ああ……まあまあだな、ミセス・モス……まあまあだ」と兄は、冷ややかにいった、まるでそんな質問は早すぎるとでもいわんばかりに。兄の機嫌がよくないとミセス・モスはすぐに気づいた。兄は、機嫌の悪いときとか、人前でなければ、ミセス・モスとは決して呼ばなかったからである。だが貧しい暮らしをしている者が鼻であしらわれるのは、自然のならわしだとミセス・モスは思っていた。人類は平等であると考えたりはしなかった。辛抱強くてくたびれた、子だくさんの女である。

「ご亭主は家におらんようだね?」とミスタ・タリヴァーは、重い口を開いてそうつけくわえた。そのあいだ四人の子供たちは、母親が鳥籠の陰に突然隠れてしまった雛たちのように走り出てきた。

「ええ」とミセス・モスはいった。「でも向こうのじゃがいも畑にいますから。ジョージーや、ファークローズに走っていって、伯父さんがおいでになったと、父さんに知らせておいで。馬を降りたらどうです、兄さん、お茶でもどうですか？」

「いや、いや。降りるわけにはいかん――すぐに家に引き返さねばならんのでね」とミスタ・タリヴァーはいって、遠くのほうを見た。

「奥さんと子供たちは元気ですか？」とミセス・モスは控えめな口調でいい、それ以上お茶を強いるわけでもなかった。

「ああ……まあ元気にしとるよ。トムのやつが、夏至のころに新しい学校に行くことになってな――たいへんな物入りだよ。貸した金が返ってこんのはたまらんな」

「いつか子供たちを、いとこに会わせによこしてくださいよ。うちのチビたちは、それはもう、いとこのマギーに会いたがっているんですよ。第一わたしはあの子の名付け親だし、あの子が大好きなんですよ――あの子に会いたいと、こんな大騒ぎをする者はほかにいませんよ。あの子も来たがっているし――ほんとに愛らしい子だわ、目はしも利くし、お利口さんだし」

ミセス・モスが、この世でもっとも単純な人ではなく、もっとも賢い婦人だったとしても、兄を喜ばせるのに、マギーを褒めるこの言葉以上のものは思いつかなかっただろう。その兄は、あのおちびをみずから褒めるような人間にめったに会ったことがない。あの子のいいところをいいたてるのは、いつも彼ひとりだったのである。だがマギーは、モス叔母さんの家ではいつも愛すべき存在と思われていた。この家はマギーの隠れ家であり、ここには法の手は届かないのである――マギーが、なにかをひっくりかえそうと、靴を汚そうと、服を破こうと、そうしたことはもちろん、モス叔母の家ではよくあることなのだった。さすがのミスタ・タリヴァーの目も穏やかになり、妹から顔をそむけようとはしなかった。

「ああ。あの子は、ほかの伯母さんたちより、あんたが好きらしいな。あの子はわしら一族の血を引いておるんだな、母方の血はまるで引いておらんよ」

「モスもいってるの、あの子はわたしの小さかったころにそっくりだって」とミセス・モスはいった。「もっともわたしはあんなにお利口さんじゃなかったし、本が好きでもなかったけどねえ。でもうちのリジーはあの子に似ている——お利口さんですよ。おいで、リジー、伯父さまに見てもらおうね。おまえのことはよく知りなさらんもの、どんどん成長していくのだもの」

リジーは、七歳になる黒い目の女の子で、母親に引っ張りだされると、すっかりはにかんでいるように見えた。モス家の子供たちは、ドルコート水車場の伯父をひどく怖がっている。リジーには、あのマギーの火のような力強い表情はとぼしく、ミスタ・タリヴァーの親心をくすぐるにはいたらなかった。

「うん、ちょっと似たところはあるな」と彼は、汚れたエプロンをかけた小さな女の子をやさしく見た。「ふたりともわしらの母親に似ているな。おまえのところは、あまっこが多すぎるよ、グリッティ」と彼は、なかば同情するような、なかば詰《なじ》るような口調でそういった。

「四人ですからねえ」とミセス・モスは、ためいきまじりにいい、リジーの髪を額の両側になでつけるようにしながら、溜め息をついた。「男の子も同じ数がいるんですよ、女の子はそれぞれに弟がいるわけで」

「ああ、だがね、どれも成長したら自立せねばならんぞ」とミスタ・タリヴァーは、気持ちのゆるみに気づいたので、ここらで有益な助言をして気を引き締めねばと思ったのである。「兄弟を頼りにしちゃあいかん」

「そうですとも。でもみんな、貧しい者には親切に、同じ父親と母親から生まれたことを忘れないでほしいものですね。それで自分たちまで貧乏になるわけじゃありませんから」とミセス・モスはいったものの、内気な人間が、いきりたっていったので、なかば消えかかった火のように顔がぽっと赤くなった。

ミスタ・タリヴァーは、馬の脇腹を軽く蹴ったものの、思いなおして「おとなしくしろ」と怒鳴ったので、身に覚えのない馬はたいそう驚いた。

「たくさんいればいるほど、仲よくしなくちゃいけませんよ」とミセス・モスは、説教するように子供たちを見た。だがまたもや自分の兄のほうを振り向き、こういった。「兄さんとこの息子が、いつも妹によくするようにというわけじゃないけど、なにしろ、兄さんとわたしのように、あの子たちもふたりきりですものねえ」

その矢は、まっすぐにミスタ・タリヴァーの心臓を射抜いた。すばやい想像力があるわけではないが、マギーのことは常に頭にあるので、自分と自分の妹との関係を、トムとマギーの関係とすぐに比べることができた。あのおちびが貧乏暮らしをするときがくるだろうか、そんなときトムはあの子を冷たく突き放すのだろうか?

「うん、うん、グリッティ」と製粉所の主《あるじ》は、いままでにない優しい口調でいった。「だがおまえには、これまでできるだけのことはしてやってきたぞ」と彼はつけくわえた。非難の言葉から身を守るように。

「それは否定しませんよ、兄さん。決して感謝しないわけじゃないんですよ」と哀れなミセス・モスはいった。子供たちに振りまわされ、あくせく働く毎日にすっかり疲れきっていたので、自尊心をそなえる力もなかった。「あら、父さんが帰ってきた。ずいぶんと手間どったもんですね、モス」

「手間どっただって?」とミスタ・モスは、息をはずませ、少々むっとしながらいった。「ずっと走りづめだったんだぞ。降りちゃどうです、タリヴァーさん?」

「それじゃ、ちょっと降りて、庭のほうで、少しばかり話をしようかね」とミスタ・タリヴァーはいった。妹がその場にいなければ、こちらの覚悟のほどを話しやすいだろうと思ったのである。

馬を降りると、ミスタ・モスとともに庭に入り、イチイの古木で作った東屋のほうに進んだ。そのあいだ妹は赤子の背を叩きながら、残念そうにふたりを見送っていた。

イチイの東屋に入ると、なかにいた数羽の鶏を驚かせた。地面に深い穴をいくつも掘りながら遊んでいたのだが、ふたりが入っていくとすぐさま、こっこと大騒ぎをしながら飛び出していった。ミスタ・タリヴァーはベンチにすわり、杖の先で、どこかに穴でもありはしないかと地面のあちこちを叩きながら、頃合いを見て話にとりかかったが、なんだか唸るような口調だった。

「なんだ、またコーナー・クローズに小麦をつくったんだね? それに肥料はこれっぽっちもやらんときた。今年もいいことはないいな」

ミスタ・モスは、ミス・タリヴァーと結婚したころは、バセットの伊達男といわれていたが、いまや、髭は一週間も剃らず、機械じかけの馬のような、なんとも気力のない、先行きの見込みもないような空気を漂わせている。彼は、病人が呟くような口調で答えた。「そりゃ、わしらのような貧しい農夫は、できることはしなくちゃならないんで。当てにしとるもうけの半分も地所につぎ込むなんざ、人生をおもちゃにするような人にまかせておくほかねえんで」

「金をおもちゃにするような人間がいったいどこにいるものかね、利息も払わずに借金できるようなやつがいれば別だが」とミスタ・タリヴァーがいった。ちょっと喧嘩を吹っかけてやろうかと思ったのだ。貸した金を取り立てるには、ごく自然で容易な話の糸口だったからである。

「利子の払いが遅れとるのはわかっとりますよ」とミスタ・モスはいった。「だが、去年は羊毛のほうがまったくうまくいかなんで、それにうちのやつが寝込んじまうし、なにもかもうまくいかんでな、いつものようにはいかなんだ」

「うむ」とミスタ・タリヴァーは不機嫌そうにいった。「ものごとがいつも悪くいっちまう人間がいるものだ。空《から》の袋は、ぜったいまっすぐには立たんからな」

「まあねえ、わしのどんな欠点にお気づきか知りませんがね、タリヴァーさん」とミスタ・モスは恨めしそうにいった。「どんな日雇いだって、わしほど働きゃしませんよ」

「そんなことといってなんになる」とミスタ・タリヴァーは鋭くいった。「男が嫁をもらってな、嫁のわずかばかりの持参金のほかには、農場を取りしきる金もないというんだからねえ。そもそもこの結婚にはわしは反対だったんだがね、おまえさんたちは、わしのいうことに耳をかさなんだ。もう、このおれも金を貸したままでおくわけにはいかんでな。ミセス・グレッグのところに五百ポンド払わねばならんし、これからはトムにも金がかかるしな、わしも金が足りなくなる一方でね、自分のものはすべて取り戻さねばならんのだ。あんたも自分のまわりを見まわして、わしに返す三百ポンドの工面をどうするか考えるんだな」

「まあ、そういうことでしたら」とミスタ・モスは、目の前をぼんやりと眺めながらいった。「いっさいがっさい売っぱらって、片をつけましょうや。家畜もみんな売っぱらって、あんたや地主さんに金を払いますよ」

貧乏な親戚というものはまったくもって腹立たしいものだ。こちらにとってはまったく無用の存在である。おまけにたいていが欠点だらけの者たちだ。タリヴァーは相手が癇癪を起こすようにうまく仕向けたので、自分もさっそく椅子から立ち上がり、声を荒らげてこういってやった。

「まあ、やれることはやってもらわんとな。わしはもう、自分の金はおろか、他人の金も調達することはできんのだよ。ただ自分の仕事と家族の面倒は見なければならん。金はもう、人に貸しておくわけにはいかんのよ。あんたにもできるだけ早く返してもらわんとな」

ミスタ・タリヴァーは最後の言葉を吐き捨てると、モスを振り返ることもなく、いきなり東屋から出ていき、モスのいちばん上の男の子が、馬の手綱を持って立っている台所の戸口へ近づくと、妹が怯《おび》えたような様子で待っていたが、抱いている赤子が楽しげに喉を鳴らしたり、母親の萎《しな》びた顔を一心に撫でまわしたりしているので、その不安もいささか薄らいでいないことはなかった。ミセス・モスには八人の子がいたが、双子の子供を亡くした悲しみに決して打ち勝つことはできなかった。一方、ミスタ・モスは、代わりになるものが慰めにならなくはないと考えていた。

「なかへ入りませんか、兄さん?」と声をかけ、連れ合いのほうを心配そうに見た。彼はのろのろと歩いてきたが、タリヴァーのほうは、すでに鐙《あぶみ》に足をかけていた。

「いや、いや。帰るよ」と兄はいい、馬首をめぐらすとさっさと走り出した。

これほど確固たる決心を固めた人間はいなかったにちがいない、少なくとも彼が中庭の門を出て、深い轍のついた小道を少し進むまでは。だが次の曲がり角にさしかかる手前の、荒れ果てた農場の家屋が見えなくなるあたりで、なにごとかはっと思い当たったらしく、馬を止めると、同じ場所に二、三分ほどじっとしていた。そのあいだ鬱々とした様子で頭を何度もかしげた、まるでなにか心の痛むものがあちこちに見えるとでもいうように。どうやらミスタ・タリヴァーは、癇癪を起こしたあとに、この世はわけのわからないところだという気持ちが頭をもたげてきたらしい。彼は馬首をめぐらし、ゆっくりと引き返しはじめ、馬に鞭打ちながら大声でこういい、その気持ちにはけ口を与えたのである。

「かわいそうなおちびよ！　わしが死んだあとは、あの子が頼るのはトムしかおらんのだ」

ミスタ・タリヴァーが戻ってきたという知らせは、幼いモスの子供たちによってもたらされた。子供たちは、このわくわくするような知らせを母親に告げようと家に駆け込んだので、ミセス・モスは、兄が馬を走らせてきたときには、もう戸口に出ていた。いままでずっと泣いていたのだが、腕のなかの赤子を寝かせようとゆすりながら、兄が妹を見たときも、悲しみをあらわにはしておらず、ただこういっただけだった。

「父さんは、また畑に出ていきましたよ、兄さん、もし会いたいのなら」

「いいや、グリッティ、そうじゃない」とミスタ・タリヴァーはやさしくいった。「もうくよくよするでない——もういいんだ。あの金がなくとも、なんとかやれるから——ただおまえは賢く立ちまわって、できるだけのことをおやり」

この思いがけない親切な言葉に、ミセス・モスの涙はまたもやあふれだし、なにもいえなかった。

「さあ、さあ！——うちのおちびがあんたに会いにくるだろう。あの子とトムを連れてきてやるよ、トムが学校に行く前に。心配するな……これからもおまえのいい兄さんでいるつもりだよ」

「そういっていただいて、ありがとう、兄さん」とミセス・モスはいうと、涙を拭った。それからリジーのほうを振り向くとこういった。「さあ、走って、色つきの卵を取っておいで、いとこのマギーにあげるんだから」リジーは走りだすと、すぐさま、小さな紙袋を持って戻ってきた。

「これは固ゆでにしてね、兄さん、屑糸で染めたんですよ——とってもきれいでしょ。マギーにあげようと思って染めたの。ポケットに入れて持っていってくれませんか?」

「うん、うん」とミスタ・タリヴァーはいい、わきのポケットにそっと入れた。「じゃあな」

そういうわけで、この尊敬すべき製粉業者は、バセットの小道を通って戻ってきたのである。やりくり算段については前よりも頭を悩ますことになったが、それでもある危機を逃れたという思いのほうが強かった。もしあのとき妹に辛く当たっていたら、いつか遠い将来、トムがマギーに辛く当たるようなことになるかもしれない、そのときはもう父親はマギーの味方をしてやるわけにはいかない。われらが友、ミスタ・タリヴァーのような単純な人間は、元来は誤っている考えに、咎めようのない感情をまとわせるものである。そして、おちびに対する父親としての愛情や心配が、自分の妹に対する新たな思いやりを生んだのだと思った。

第9章　ガラム・ファーズへ

マギーの将来になにか災難が起こるのではないかと父親は心を悩ませているが、マギー自身は、いま現在の辛さだけを味わっていた。幼いときは、先ゆき凶事が起こるかもしれないというような予感はない。だが悲しみはあとあとまで残ることはないので、マギーの心は穏やかである。

実をいえばマギーにとってあの日は、不快な思いではじまった。ルーシーに会えるという楽しみや、午後からガラム・ファーズに行ってプレット伯父さんのオルゴールを聞かせてもらおうと楽しみにしていたのに、十一時にはもうセント・オグズの髪結いさんがやってきて、それもだめになってしまった。その髪結いさんは、マギーの髪の毛がひどいありさまになっているといい、ぎざぎざに切られた髪をつかんではこういった。「こりゃ、ひどい！　チッ――チッ――チッ！」と嫌悪と哀れみをまじえた声を放った。マギーには、それが世間の手厳しい非難の声のように聞こえた。ラピットというこの髪結いさんの、たっぷりと油を塗った髪の毛が、頭のてっぺんで波打っているさまは、堂々としたお墓の壺形装飾についた炎を模した尖塔状のもののように見え、いまの世にこんな恐ろしい人がいるのかとマギーは思い、セント・オグズの彼が住む界隈《かいわい》には、このさき一生、足を踏み入れまいと決心した。

その上、他家を訪問するための準備というものは、ドッドスン家にとっては常に一大事だったので、マーサも、いつもより一時間早く奥さまの部屋で準備にとりかかるように、よそゆきの服ははやばやと出しておくようにと命じられていた。こういうことは、だらしない家ではありがちで、だれもリボンを巻いておいたりしないし、薄葉紙《うすようし》で包んでおくようなこともめったにない、よそゆきの服はいつでもすぐに出てくるのが当たり前だと思っている。ミセス・タリヴァーは、十二時にはもうよそゆきを着こんで、茶の綿麻の上っ張りをまとっている。その格好は、蠅にたかられては困る繻子《しゅす》張りの家具という按配《あんばい》だった。マギーは眉をしかめ、肩をねじって、ちくちくするレースから逃れようとしている。母親は「だめよ、マギーちゃん――そんなみっともない真似はしないで！」と忠告している。一方トムの頬は、いちばん上等の青い服のおかげで、とくべついきいきと輝いている。トムがこの服をおとなしく着たのは、ちょっと言い合いをした末に、着る服については、いつももっとも関心のあることをやり遂げたからである――つまり普段着のポケットの中身をそっくり、いま着せられている服のポケットに移し替えることができたのだ。

　ルーシーはというと、昨日とかわらず上品で愛らしかった。着るものに障りがあったことはなく、着心地が悪いと感じたこともない。だからルーシーは、マギーを憐れむように見ていた。マギーはわずらわしい襟飾りがいやだと、口をとんがらしてのたうちまわっている。先日の髪の毛にまつわる屈辱を思い出さなければ、マギーはそれをむしりとっていただろう。そんなわけでマギーは、じりじりして身をよじったり、よそゆきを着ている子にふさわしい遊び、トランプで家を作るという遊びを昼食までしておいでといわれてぷりぷりしたりしていた。トムは完璧なピラミッド形の家を作った。だがマギーの家には屋根がうまくのったことがない――マギーの作るものはいつもそうだったから、トムは女の子なんてなにも作れないんだと決めこんでいた。だがどうやらルーシーは家を建てるのもたいそう上手だった。カードを上手に扱うし、動かすときもそうっとやるので、トムは、ルーシーの作った家はどれも褒めた、自分の作った家と同じぐらいうまいと。ルーシーが教えてちょうだいとトムに頼んだから、なおさらだった。マギーもルーシーの家は褒めただろうし、機嫌を悪くすることもなく、どうしてもうまくいかない自分の家のことは諦めようと思ったにちがいない。もし襟飾りがいやでなかったら、自分の家が倒れたときにトムが遠慮なく笑わなかったら、おまえはほんとにぼんくらだといわなかったら。

「笑わないでよ、トム」とマギーは怒鳴った。「あたし、ぼんくらなんかじゃないよ。お兄ちゃんが知らないことだって、たくさん知ってるんだから」

「わお、このがみがみ女め！　おれは、おまえみたいに癇癪は起こさないぞ――そんな顔しやがって。ルーシーは、そんな顔はしないからな。おれは、おまえよりルーシーのほうが好きだよ。ルーシーが妹ならよかったのにな」

「そんなふうに思うなんて、ほんとに意地悪、残酷よ」とマギーはいうなり床から立ち上がり、トムが作った見事な塔を蹴とばした。ほんとうはそんなことをするつもりはなかったのに。情況証拠は、マギーにとっては不利だった。トムは怒りのあまり蒼白になった、だがなにもいわなかった。マギーを殴ってやりたいと思ったが、女の子を殴るのは卑怯だとわかっていた。トム・タリヴァーは、卑怯なまねはぜったいしないと心に決めていたのである。

マギーが狼狽と恐怖のあまり立ちすくんでいると、トムは蒼ざめた顔で、蹴とばされた塔の残骸をその場に残して立ち去った。そしてルーシーは、ぴちゃぴちゃと水を飲むのをやめた子猫のように、黙ってそれを見送っていた。

「ああ、トム」とマギーはいって、ようやくトムのあとを追いかけた。「蹴とばすつもりなんかなかったよ——ほんとよ、ほんとだってば」

トムはマギーにはそしらぬ顔をしていたが、かわりに服のポケットから硬い豆を三粒ばかりとりだすと、それを親指の爪でガラス窓に向かって弾きとばした——はじめはなんとなくだったが、そのうちに、明らかに自然の意向に反して春の日に弱々しい体をさらしている老いぼれのキンバエにはっきりと狙いをつけた。自然はこの弱者をすみやかに殺すようにと、トムと豆を用意していたのだった。

こうしてこの朝は、マギーの心を重くした。歩いているあいだ、ずっと自分に冷たいトムの態度を思うと、新鮮な空気や日の光すらみじめに感じられた。トムはできかかっている鳥の巣を見てごらんとルーシーには声をかけたが、マギーには見せようとしなかった。ルーシーと自分のためには柳の小枝の皮をむいたが、マギーにはむいてやろうともいわなかった。ルーシーが、「マギー、あなたも欲しいでしょ」と声をかけた。それでもトムは聞こえぬふりだった。

ガラム・ファーズに着いたちょうどそのとき、干し草置き場の塀の上で、折りよく尾を広げていた孔雀の姿は、それぞれの不平不満をいっとき逸らしてくれた。そしてこれは、ガラム・ファーズの美しい景観のはじまりにすぎなかった。この農場の暮らしは、なにもかもが素晴らしかった——まだらの羽毛と冠毛のあるチャボ——フリージアン・チキンのめんどりは羽根がみんなそっくりかえっている。ほろほろ鳥はぎゃあぎゃあ鳴きながら、きれいな斑点のある羽根を躍らせている——ムネタカバトとおとなしいカササギがいる。それどころか、山羊がいるし、素晴らしいぶちの犬もいる、マスティフとブルドッグの雑種で、ライオンみたいに大きい。それから白い柵や白い木戸があちこちにあるし、いろいろな模様のぴかぴか光る風見鶏もいる。美しい紋様を描く小石の散歩道――ガラム・ファーズには、並みのものはなにひとつない。トムは、あそこにいるヒキガエルの並外れた大きさは、大地主であるプレット伯父の所有物の特長だと思っている。借地に住んでいるヒキガエルは当然痩せている。屋敷だって素晴らしいどころではない。屋敷の正面の両翼には、胸壁でかこまれた小塔があり、それは輝くような白い漆喰で塗られている。

プレット伯父は、近づいてくる客の一行を窓から見ると、正面の扉の閂《かんぬき》と鎖を急いではずしにいった。こんなふうに要塞さながらの守りをかためているのは、広間にある剝製の鳥を詰め込んだガラス箱を狙って浮浪者が押し入ってきて、頭にそれを乗せて持ち去るのではないかと恐れていたからである。プレット伯母も玄関にあらわれ、妹がそばまでやってくると声をかけた。「お願いだから子供たちを止めてちょうだい、ベッシー――玄関の段々を上がらせてはだめ。サリーが、古いマットと塵払いを持ってくるから、あの子たちの靴を拭いてもらって」

ミセス・プレットの玄関のマットは、靴底を拭くためにあるのではない。靴の泥落としが、その汚れ仕事をかわりに引き受けているのである。とりわけトムは、この靴の泥落としの厄介にはならない。こんなものは男性の権威をないがしろにすると思っている。プレット伯母の家を訪れるたびに味わう不愉快なできごとのはじまりだと思っている。いつだったかブーツのまわりにタオルを巻かれてすわらされたことがある。この事実は、動物好きな若い紳士――つまり動物に石を投げるのが好きな若い紳士にとって、ガラム訪問はたいそうな楽しみであろうという早とちりを正してくれるのに役立った。

もうひとつ不愉快に感じることは、同行の女性に限られている。それは磨きあげた樫づくりの階段を昇ること。ふだんは階段に敷かれているたいそう美しい絨毯は、今日は巻き上げられて客用の寝室に置いてある。だからぴかぴかに磨き上げられたこの階段を昇るということは、野蛮な時代なら、足を折らずにこの階段を昇れる者は潔白なりという証拠になったかもしれない。階段を磨きあげるというこのミセス・プレットの弱点は、いつもミセス・グレッグの痛烈な批判を浴びせられていたが、ミセス・タリヴァーはというと、あえて意見は述べず、自分や子供たちがこの階段を安全に昇れたときに、やれやれ、おかげさまでと思うだけだった。

「ミセス・グレイが、新しいボンネットを送ってくれたのよ、ベッシー」とミセス・プレットは、ミセス・タリヴァーが室内帽の具合を直しているのを見て、悲しげな口調でいった。

「そうなの、姉さま?」とミセス・タリヴァーは、さも興味ありげにいった。「それでお気にいりましたか?」

「ボンネットを出し入れするたびに、着るものがぐしゃぐしゃになってしまうのよ」とミセス・プレットはいいながら、ポケットから鍵束を取りだすと、それをじっと見つめている。「でもあなたが見ないで帰るのは残念だわ。この先なにが起こるかわからないもの」

ミセス・プレットはこの最後の由々しい言葉にゆっくりと頭を振った。それであの特別の鍵を取りだす決心がついた。

「面倒なんじゃないの——わざわざ取り出すのは、姉さま」とミセス・タリヴァーはいった。「でもボンネットのてっぺんの飾りがどんなふうになっているのか、ぜひ見たいけれど」

ミセス・プレットは物憂そうに立ちあがると、光り輝く衣裳簞笥の鍵を開けた。そこに新しいボンネットがあるのだと、だれしも思うだろう。ところがである。そうした想像は、ドッドスン家の習慣のうわべしか知らない人たちの頭にだけ浮かぶのである。ミセス・プレットがこの衣裳箪笥で探していたのは、積み重ねたリネンのあいだに隠れてしまうような小さなもの——扉の鍵だったのである。

「応接間に来てもらわないと」とミセス・プレットはいった。

「子供たちを連れていってもかまわない、姉さま?」とミセス・タリヴァーは訊いた、マギーとルーシーがいかにも行きたそうな顔をしていたからである。

「そうねえ」とプレット伯母は、考えこむようにいった。「一緒に連れていったほうが無事でしょうね——ここに置いていったら、なんに触るかわかったものじゃない」

というわけで一同、ぴかぴか光る滑りやすい廊下を一列になって歩いていった。廊下には、閉めた鎧戸《よろいど》の上にある窓の半月状に開かれた部分からうっすらとした光が注いでいる。なんとも厳かな感じがする。プレット伯母が立ち止まって扉を開けると、そこは廊下よりはるかに厳かな感じがした——部屋は暗く、外から入ってくるかすかな光で、白い屍衣《しい》に包まれた死骸のような家具が見えた。屍衣に包まれていない家具は、どれも逆さになっていて脚が上を向いている。ルーシーはマギーの服のはしをしっかりつかんでいるし、マギーの心臓もことこと鳴っていた。

プレット伯母は鎧戸を半分だけ開けて、おもむろに衣裳箪笥の鍵を開けたが、悲しげなその立ち居振る舞いは、その場の葬式のような厳粛な雰囲気にしっくり合っていた。衣裳箪笥からは薔薇の花の上品な香りが漂ってきて、何枚もの薄葉紙に包まれたものを取り出すお手伝いをするのは楽しかったけれども、最後に取り出されたボンネットには、マギーはがっかりした。もっと摩訶不思議なものが出てきてくれればよかったのに。だがミセス・タリヴァーにこれほど強い印象を与えたものはめったにないだろう。しばらくのあいだ言葉もなく、ボンネットをすみずみまで眺めていたが、やがて語気を強めてこういった。「ねえ、姉さま、わたしはもう二度と、ボンネットの、こういうてっぺんの飾りに文句はいいませんよ！」それはたいそうな譲歩だった。ミセス・プレットにはそれがよくわかった。これにはなにかお返しをしなければと思った。

「かぶってみようかねえ？」とミセス・プレットは悲しげにいった。「鎧戸をもう少し開けよう」

「ええ、室内帽を脱ぐのがめんどうでなかったらね、姉さま」とミセス・タリヴァーはいった。

ミセス・プレットが室内帽を脱ぐと、茶色の絹地に包まれたような頭があらわれ、当時の年配の思慮深い婦人ならだれでもやっていたように、その頭には、くるくるとした巻き毛がたくさん並んでいた。ミセス・プレットはボンネットをかぶると、妹にすっかり見えるように、服地商の人台のようにゆっくりと回ってみせた。

「わたし、ときどき思うんだけど、この左側のリボンのループは多すぎるんじゃないかしらねえ。あなた、どう思う？」とミセス・プレットがいった。

ミセス・タリヴァーは、指差された場所をじっくりと見てから頭をかしげた。「そうねえ、これがいちばんいいのではないかしら。下手にいじると、姉さま、きっと後悔なさる」

「そうだね」とプレット伯母はいい、脱いだボンネットをじっと見つめた。

「そのボンネットのお値段はどれほどなの、姉さま」とミセス・タリヴァーは訊いたものの、心は、この素晴らしいボンネットの模造品でもいい、うちにある絹地で作れないものかと、しきりに考えていた。

ミセス・プレットは口を歪め頭を振って、小さな声でいった。「支払いは旦那さまがするの。ガラム教会でいちばん素晴らしいボンネットをかぶりなさいって、二番手はだれがかぶろうとかまわないって」

そしてボンネットをもとの場所に戻すために、ゆっくりとボンネットの飾りを整えはじめた。ところが思いがなにやら悲しいほうに向かったようで、頭を振りはじめた。

「ああ」とミセス・プレットは吐息をつく。「もう二度とこれをかぶることはないかもしれないわねえ?」

「そんなことというものじゃありませんよ」とミセス・タリヴァーは応じた。「この夏には元気になりますよ」

「でも身内のだれかが亡くなるかもしれない、あの緑のサテンのボンネットを買ったあとすぐに、そんなことがあったじゃないの。従兄弟のアボットが逝くかもしれない、半年も喪服を着ているなんて、考えるのもいや」

「それは不幸なことだわねえ」とミセス・タリヴァーは、あいにくなときに死ぬ人がいるかもしれないと、すっかりその気になってしまった。「同じボンネットを二年続けてかぶれたら、こんな嬉しいことはないわねえ。なにしろボンネットのてっぺんの飾りがしじゅう変わるんだもの——同じものがふた夏続いたためしがありませんからねえ」

「ああ、それがこの世のならわしというものよ」とミセス・プレットはいいながら、ボンネットを衣裳箪笥に戻して鍵をかけた。そうして一同、この荘重なる部屋から退出し、もとの部屋に戻るまで、頭を振りながら沈黙を守った。ミセス・プレットは急に泣き出すと、こういった。「あなた、わたしが死んでこの世を去ったあとまで、このボンネットを見ることがなくとも、今日あなたに見せてあげたことを忘れないでちょうだい」

ミセス・タリヴァーは、ここで感動しなければいけないと思ったものの、なにしろ涙はあまりこぼさないたちだし、丈夫で健康だった――姉のプレットのようにはとても泣けなかったから、葬式のときには、それに引け目を感じていたのである。涙をこぼそうと懸命に努力したおかげで、顔がおかしな工合に痙攣《けいれん》した。このさまを注意深く見ていたマギーは、伯母さまのボンネットには自分のような幼い者には理解できないような痛ましい謎があるのだろうと思った。そのあいだ、なんだか口惜しい思いで、秘密さえ明かしてもらえれば、ほかのこともなにもかも、自分にも理解できるのにと思った。

みなが階下に降りてくるのを見たプレット伯父は、妻があのボンネットをみなに見せたのだと直感した――だからこんなに長く二階にいたのだと。トムにとって、このあいだの時間はいっそう長く感じられた。なにしろプレット伯父の真向かいのソファの縁にうんざりするほどすわらされ、伯父はきらきら光る灰色の目でトムを見つめ、ときどき「お若いの」と声をかけてきた。

「なあ、お若いの、学校じゃなにを勉強しておるのかね?」というのが、プレット伯父のおきまりの質問だった。これに対して、トムはいつもおどおどと、片手で顔をなでながら、こう答える。「わかりません」。プレット伯父と向かい合ってすわるのはたいそう苦手で、トムの目には、壁にかかっている版画も、蝿とり器や素敵な花瓶も目に入らない。目に入るのは伯父のゲートルだけだった。トムは伯父の優秀な頭脳に恐れをなしていたのではない。なにしろトムは、大地主にはなるまいと思っていた。プレット伯父のような、こんなに足の細いお馬鹿な代物《しろもの》にはなりたくない――じっさい意気地のないやつだった。男の子がおどおどしているのは、強い崇拝のあらわれというものなどではない。もし年齢や知識というものにトムが気圧《けお》されているのだと勘ぐって、トムを励ますような言葉をかけたりすれば、なんと奇妙なやつだとまずトムは思うだろう。わたしが唯一あなたを慰めてあげられるとするなら、ギリシャの少年たちも、アリストテレスに対してこれと同じような見方をしていたにちがいないということである。このようなはにかみやの少年たちが、あなたをまことに立派な羨むべき人物だと考えるのは、あなたが荒馬を手なずけたり、荷馬車屋を鞭打ったり、銃を握っていたりするときだけである。少なくともこのわたしは、このようなトム・タリヴァーの考え方はよくわかる。外でかぶる帽子にまだレースの縁をつけているような、ごく幼いころに、トムは門の柵のあいだからのぞきこみ、小さな人差し指で脅しながら、舌もまわらぬような口で羊を脅したりして、怖がっているものたちに恐怖を植えつけてやろうとしているのをしばしば見かけた。コガネムシから近所の犬や小さな妹たちにいたるまで、野生だろうが家畜だろうが、自分より劣っているものは征服してやろうという欲望を抱いていたのである。こうした欲望はいつの時代でも、われわれ民族の運命を左右する特質と考えられていた。

ミスタ・プレットは、小馬より背の高いものには決して乗らなかったし、居丈高な態度を取ることもないし、鉄砲というものは、必要もないのに発砲してしまう危険な火器だと考えているようなもっとも気弱な男である。だからトムが、親友と内密な話をするときに、プレット伯父さんというのは、一方ではとても金持ちなんだという気づかいをしながら、間抜けなやつだと話したのにはそれなりの理由があったのだ。

プレット伯父とさしむかいで話をするとき、唯一ほっとするのは、伯父がいつも薬用ドロップとかハッカのドロップとかいろいろなものを持っていることで、伯父は話の種がなくなると、こうしたお慰みを差しだして、話の間隙を埋めるのである。

「ハッカのドロップは好きかね、お若いの?」と問題の品物が差しだされれば、黙って受け取ればよいのである。

小さな娘たちの姿があらわれると、プレット伯父は、甘く小さな砂糖菓子をすすめてみようと思った。この菓子は、雨の日にひとりで食べようと、いつも鍵つきの戸棚にしまってある。ところが三人の子供たちがこのおいしそうな菓子を手にとるや、プレット伯母はお盆とお皿が出るまでは食べないでといった。こんな砕けやすいお菓子を食べさせたら、床じゅうにかけらが落ちるだろうと案じたからである。ルーシーはそれほど心配はしていなかった、ケーキがとてもきれいだったので、食べるのはかわいそうと思ったのだが、トムは、大人たちがお喋りをしているすきを狙って、大急ぎで口いっぱいほおばり、こっそりと二口で呑みこんでしまった。マギーはいつものように、オデュッセウスとナウシカアの版画に魅せられていた。これはプレット伯父が、「美しい聖書の絵」として買ったものだったが、マギーはすぐに、うっかりしてお菓子を落としてしまい、あげくにそれを足で踏んでしまった――プレット伯母は大騒ぎをするし、マギーは面目まるつぶれというわけで、今日は、伯父さまの音楽つきの嗅ぎ煙草入れを聴くのはもうだめと諦めた。だがしばし考えたあげく、よい子のルーシーから頼めばうまくいくだろうと思った。それでルーシーに耳打ちをすると、頼まれればなんでもやるルーシーは、伯父の膝もとにそっと寄ってネックレスをいじりながら、首を真っ赤に染めてこういった。「あの音楽を聞かせていただけませんか、伯父さま?」

嗅ぎ煙草入れがこんなに美しい調べをかなでるなんて、プレット伯父さまには特別の才能がおありなのねとルーシーは思ったが、たしかにこの代物は、ガラムの近隣の人たちにも、おおかたそんなふうに思われていた。プレットさんがそもそもあの箱を買ったのであり、あのねじの回し方も知っていて、どういう音楽がはじまるのか、前もって知っていた。つまるところ、このような珍奇な「音曲」入り煙草入れを持っているということは、ミスタ・プレットの性格というものが、まったく取るに足らぬものではないという証拠になったのである。持っていなければ、そう思われていたところだ。

だがプレット伯父は、おのれの技能のご披露を頼まれたとき、その場ですぐ応じてその価値を下げるような真似は決してしない。「考えておきましょう」というのがいつもの答えであり、しかるべき間をとってから、おもむろに承諾の旨を告げるのである。プレット伯父は、さまざまな社交の場では常に前もって予定を立てており、なにかと面倒な斟酌《しんしゃく》はせずにすむようにしているのである。

おそらくこうして焦らされたことで、この曲がはじまったときのマギーの喜びはいっそう強まったのであろう。このときはじめて、マギーは自分の心にのしかかっていた重荷をまったく忘れてしまった――トムが自分のことをひどく怒っていたことを。そして「しぃーっ、かわいい合唱隊よ」がはじまると、マギーの顔は幸福そうに輝いた。そのあいだ両手を握りしめてじっと動かぬマギーの姿は、色黒なのにときどきとても美しく見えるわと母親の心を慰めるのである。しかしこの魔法の音楽が終わると、マギーは跳びあがって、トムに駆けより、その首を腕を巻きつけて、こういった。「ああ、トム、きれいな曲だったね?」

このおせっかいなマギーの、トムにとってはまったく不可解な抱擁に対するマギーへの新しい怒りは、トムのぞっとするような無神経ぶりを示していると、読者がお考えにならぬよう、私はこうお伝えしなければならない。そのときトムはキバナクリンソウ酒のグラスを手にしており、マギーに飛びつかれて、その半分をこぼす羽目になってしまったのである。「気をつけろよ、このばかが!」とトムが怒鳴らなければ、とんだ腰ぬけだと思われたにちがいない。とりわけ、マギーの振る舞いがみんなから非難され、トムの怒りは当然と見なされたであろうから。

「どうしておとなしくすわっていられないの、マギー?」母親はちょっと声を荒らげた。

「あんなふうに振る舞う嬢ちゃんは、うちに来てはいけませんよ」とプレット伯母がいった。

「なんで、そう暴れん坊なのかね、嬢ちゃんや」とプレット伯父がいった。

哀れマギーは腰をおろしたが、あの音楽は心からすっかり追い払われて、人間を罪に誘惑する七つの小さな悪霊がまた入りこんできた。

ミセス・タリヴァーは、子供たちが屋内にいるあいだは、いたずらをするばかりだと予見していたので、はやばやとこんな提案をした。子供たちも、歩いてきた疲れもとれたであろうから、戸外で遊ぶのがよかろうと。プレット伯母は許しを与え、庭の小石の散歩道からはずれてはならない、家禽の餌やりを見たいときには、離れた乗馬台の上から見なければいけないと命じた。こうした約束ができたのは、孔雀を追いまわせば、羽根が一枚でも落ちるかもしれないという、およそありえないような考えで、トムが孔雀を追いまわしている現場を見つかって以来のことである。

ミセス・タリヴァーの思いは、ボンネットや母親らしい躾《しつけ》といったことでミセス・グレッグとの言い争いからいっとき逸らされていたが、いまやボンネットという大きな問題は遠くにかすみ、子供たちも目の前から消えたので、昨日の心配がまたもや甦った。

「あのことがずっと心にのしかかっていましてね」と話を切り出した。「グレッグ姉さまがあんなふうに帰ってしまうなんて。姉さまを怒らせるつもりなんて、これっぽっちもないのに」

「ああ」とプレット伯母はいった。「ジェインのやることはわけがわからない。こんなことは身内でしか話せないわね——ターンブル先生は別だけれど——でもねえ、ジェインは、どん底の暮らしをしているのね。プレットにはちょくちょくいっているから、うちの人もそのことは知っているの」

「そうそう、先々週の月曜日に、あんた、そういっておったな、あの連中とお茶を飲んで帰ってきたあとに」とミスタ・プレットはいうと、膝をさすりはじめ、ハンカチでその膝を覆った、話題が興味あることに転じるとよくやることだが。

「いったらしいわね」とミセス・プレットはいった。「わたしのいうことを、あなたはよく覚えていてくれるのよ、わたしが覚えている以上に。記憶力が素晴らしいの、プレットは」と言葉を続け、妹のほうを悲しそうに見た。「この人が卒中でも起こしたら、わたしはお手上げね、だってこの人、わたしがお医者さまのお薬をいつ飲んだか、ちゃんと覚えていてくれるの——なにしろ三種類もお薬を飲んでいるんですからね」

「一日おきに飲む、以前からの薬、十一時と四時に新しい水薬、必要なときに飲む発泡性の薬」とミスタ・プレットは暗唱してみせる、舌に薬用ドロップをのせているせいで区切りをつけながら。

「ああ、そのほうがグレッグ姉さまにはよろしいのよ、お医者さまに行くほうがねえ、具合が悪くなるたびに大黄の根を噛んでいるよりは」とミセス・タリヴァーはいった。薬という広い話題でもついグレッグの姉にたいてい結びつけるのである。

「考えるとおそろしいねえ」とプレット伯母はいい、両手を上げると、またおろした。「自分のおなかをそんなふうに扱っているなんて！　神のご意志を平気で無視するんだから。なんのためにお医者さまがいるのかしら、診察していただかないのなら? お医者に支払うお金はあるくせに——立派なこととはいえないわね、ジェインにはしじゅういっているんだけど。知り合いにでも知られたら、とんだ恥さらしだわ」

「まあな、なにも恥じることはないよ」とミスタ・プレットがいった。「お年寄りのサットンさんが亡くなったいまじゃ、ターンブル先生にとっちゃあ、この教区にはあんたほどの患者はおらんからな」

「プレットは、わたしの薬の空き壜をぜんぶしまってあるの——知っていた、ベッシー?」とミセス・プレットがいった。「ひとつも売ったことはないの。当たり前じゃないかって、この人はいうの。わたしが死んだら、みんなに見てもらうのが当たり前だっていうの。貯蔵室の長い棚のふたつが、もういっぱいになるくらい——でもね」といいながら泣き出した。「三つまでいっぱいになればいいけれど。いま飲んでいる薬壜の最後の一ダースを飲みきらないうちに、逝ってしまうかもしれない。丸薬の箱はわたしの部屋の戸棚にしまってあるわ——あなた、このことを覚えていてね——でも大粒の丸薬の壜はありませんからね、勘定書はあっても」

「もう死ぬなんて話はおよしなさいよ、姉さま」とミセス・タリヴァーはいった。「姉さまがいなくなったら、わたしとグレッグ姉さまの仲を取りなしてくれる人はだれもいないんですよ。それにグレッグ姉さまとうちの人を仲直りさせてくれるのは、姉さまだけなんですからね。妹のディーンは、ぜったいわたしの味方はしてくれないし、味方をしてくれたとしても、あの妹《こ》は、自分の財産を持っている人のような口はきけないでしょうしね」

「まったく、あんたの旦那さまは扱いにくい人だねえ、ベッシー」とミセス・プレットは、人がよさそうに、妹の問題にも自分の問題同様、深い憂慮を示してみせた。「あの人は、うちの一族にも無愛想だしねえ。それに子供たちまであの人に似ているよ――坊やはたいそういたずらっ子で、伯父や伯母には近寄らないし、娘っ子ときたら、色黒で、お行儀は悪いし。悪運というものだねえ、ほんとにかわいそうだわ、ベッシー。だってあなたはずっとあたしのお気に入りの妹だし、着るものも同じ柄が好きだったしねえ」

「うちの人は短気で、とんでもないことばかりいうし」とミセス・タリヴァーはいいながら、目のはしの小さな涙の粒を拭いた。「でも結婚してから、わたしの身内を家に招待することには決して反対しませんけどねえ」

「わたしはね、あんたのことを大げさにいいたくはないの、ベッシー」とミセス・プレットは、憐れむようにいった。「あんたは、いつも悩みごとをどっさり抱えているようだもの――それにあんたの連れ合いには、あんな貧乏な妹がいるし、その子たちまであの人におんぶしているしねえ、人の噂じゃ、訴訟ごとが好きだというし――死んだあとは、たいしたものは残しちゃくれないだろうしねえ。他人さまにはいえないことだけど」

自分の立場についてのこういう見方は、当然ミセス・タリヴァーの気持ちを引き立てるわけにはいかなかった。その想像力というものは、そう簡単にかきたてられるものではないが、自分の立場はたいそう辛いものだと考えざるをえなかった――なにしろ他人さまには、さぞや辛いだろうと思われているらしいから。

「そうですとも、姉さま、自分でもそう思うんですよ」とミセス・タリヴァーはいった。この先自分に降りかかりそうな不運は、因果応報だと思われるのではないかと心配になり、自分の過去の行為をよくよく思い返してみた。「自分の子供たちにこれほど手を焼いている人はほかにはいませんよ。こんどの聖母マリアの祝日は大忙し、なにしろベッド用のカーテンはぜんぶはずしてね、女中二人分のことはやりましたよ。それから去年のニワトコの実で作ったお酒もあるし――おいしいんですよ！　シェリーといっしょにお出しするんだけど、グレッグ姉さまは無駄使いだというんですけれどねえ。それに着るものはいつもきちんとするのが好きだし、家でもなりふりかまわずにいることもないし、教区の人たちだって、わたしの陰口をきいたり、わたしを困らせるようなことをしたりする人はだれもおらんし。わたしにポーク・パイを持ってきて損する人はおらんの、ありがたくいただいて、わたしのパイは近所でもいちばんおいしいことがわかるんだから。それにテーブルクロスやなんかのリネン類だってきちんとしてあるし、たとえあした死んでも、恥ずかしいことはなにもありませんから。女としてこれ以上のことはできませんよ」

「でもそれは無駄なことだわねえ、ベッシー」とミセス・プレットは、頭をかしげ、憐れむような目を妹に注いだ。「あんたのご亭主がお金を使い果たしてしまえばねえ。あんたの品が競売にかけられて、よその人間があんたの品物を買うなんてことになったら、せっせと磨いておいてよかったと思うだろうし。それに嫁入りの際に持ってきたドッドスンの名入りのリネン類だって、国じゅうに散らばるかもしれない。わたしたち一族にとっても哀れな話だねえ」とミセス・プレットはゆっくりと首を振った。

「じゃあ、どうすればいいんでしょう、姉さま？」とミセス・タリヴァーはいった。「うちの旦那さまは、命令されるのは嫌いな人だし――わたしが牧師さまのところに伺って、うちの旦那さまにどういえばいいのか教えていただいて、それをそっくりそらで覚えてきたとしてもね。はっきりいって、わたしは投資だのなんだのには疎いんですよ。グレッグ姉さまみたいに、男の仕事に頭をつっこむことはできないの」

「そういうところはわたしに似ているのね、ベッシー」とミセス・プレットはいった。「そういうのは、ジェインのほうがずっと似合ってるわねえ、ただあの人も姿見をもっとひんぱんに磨かせたほうがいいのにねえ——先週なんか、ずいぶんしみがついていたわ——自分よりもっと収入のある人にあれこれ指図したり、そのお金をどう使うべきだといったりするよりはねえ。でもジェインとわたしはいつだって逆だったからねえ。あの人は縞模様が好きだし、わたしは、水玉模様が好きだしね。あんたも水玉模様が好きだねえ、ベッシー。その点じゃ、わたしたちはいつも気が合ったねえ」

ミセス・プレットは、この最後の回想に胸をうたれ、感傷的な目で妹を見つめた。

「そう、ソフィ姉さま」とミセス・タリヴァーはいった。「覚えている、わたしたち、青い地に白の水玉模様のおそろいを持っていたわねえ——いまじゃ、ちょっと刺し子の掛け布団になってますよ——それでね、もし姉さまが、グレッグ姉さまのところにいってくださって、主人と仲直りするよう説得してくだされば、ほんとうにありがたいんですがねえ。姉さまはいつもわたしにはよくしてくださるもの」

「でもいちばんいいのは、タリヴァーさんが自分であの人のところへいって仲直りするのが筋なんだけどねえ、思慮のないことをいってすまなかったと。もしお金を借りていたのなら、偉そうなことをいってはならないね」とミセス・プレットはいった。依怙贔屓《えこひいき》はする人だが、そのために信念を曲げることはなかった。立派な財産を持つ人間としていうべきことは忘れなかった。

「こんなことを話しても無駄ですよ」と哀れなミセス・タリヴァーは、苛立たしそうにいった。「わたしがタリヴァーの前で地面に膝をついたって、あちらさんは平気なものですよ」

「でもねえ、ジェインに謝れと、わたしに説得させるのは無理な話だ」とミセス・プレットはいった。

「あの人の癇癪は手に負えない——それで気が狂ったりしなけりゃいいけど——身内で精神病院へ行った人はひとりもいないけれどねえ」

「あの人に謝ってもらおうとは思いません」とミセス・タリヴァーはいった。「ただあの人が事を荒立てて、お金の催促をしなければいいんですよ——姉妹同士なんだから、それぐらい頼んでもいいでしょう——まあ、時が解決してくれますよ、うちの旦那さまだってそのうちに忘れて、仲直りするでしょう」

お察しのとおり、ミセス・タリヴァーは、あの五百ポンドはどうしても返済するという夫の動かしがたい決心に気づいてはいなかった。少なくとも、このような決心は、とうてい信じられるものではなかった。

「あのねえ、ベッシー」とミセス・プレットは悲しげにいった。「あなたが破産するのを黙って見ているつもりはないのよ。できることなら、なんとか助けてあげたいのよ。それに身内のあいだで争っているなんて、世間にいわれたくないわ。ジェインには話しましょう。あした、ジェインのところに馬を走らせてもかまわないわ、主人が許してくれるなら。どうかしら、旦那さま?」

「異存はないとも」とミスタ・プレットはいった。争いがどういう経過をたどろうといっこうにかまわなかった。ミスタ・タリヴァーが自分のところに金の無心をしてこないかぎりは。ミスタ・プレットは、投資ということについては臆病で、自分の金というものは土地に変えぬかぎり、保証はないのだと思っていた。

それからしばらくのあいだ、姉のグレッグを訪れるに際しては、ミセス・タリヴァーが同伴したほうがよいかどうかが論じられたのち、ミセス・プレットが、ちょうどお茶のころあいと見て、引き出しから優雅なダマスク織りのナプキンを取りだし、エプロンがわりにそれをピンでとめた。じっさいドアがまもなく開いたものの、サリーが持ってきたものは茶盆ではなかった。ミセス・プレットもミセス・タリヴァーもびっくり仰天して悲鳴をあげ、おかげで、プレット伯父は薬用ドロップを思わずのみこんでしまった——あとで考えてみると、自分の一生のうちで、これほど驚かされたのは五度目だったと気づいたのである。

第10章　マギー、思いのほか行儀が悪い

　プレット伯父にとって記念すべき事件となった驚くべきものというのは、ほかならぬルーシーだった。その半身は小さな足の先からボンネットのてっぺんまでぐっしょり濡れて泥まみれ、黒くなった小さな手を差しだし、見るも痛ましい顔をしていた。プレット伯母の客間にあらわれた、この先例のない不可思議な生き物について説明するには、三人の子供たちが戸外に遊びにいったときまで遡《さかのぼ》らなければならない。それ以前マギーの心をとらえていた小さな悪霊が、さらに大きな力をそなえてまたもやあらわれたのだ。朝のまことに不愉快な記憶がマギーにどっと甦ってきたし、一方のトムは、マギーに対する不愉快な思いが、キバナクリンソウ酒をひっくりかえさせるといういたずらであらためて甦ってきたので、ルーシーに向かってこういったのである。「ねえ、ルーシー、おれと一緒にこいよ」そしてヒキガエルのいるほうにとっとと歩きだした、マギーなど存在しないとでもいうように。これを見たマギーは、離れたところでぐずぐずしていた、頭の蛇を刈りこんだ小さなメデューサのような姿で。ルーシーは、従兄のトムが自分にとても親切にしてくれるので、当然喜んでいたし、地下室の明かり取りにはめた鉄格子から太ったヒキガエルが無事降りていくと、紐の先でそのヒキガエルをくすぐっているのを見ているのもとても楽しかった。それでもルーシーはマギーにもこの光景を見てもらいたかった、だってマギーなら、このヒキガエルに名

前をつけてくれるはずだし、その生い立ちなんかもきっとお話をしてくれるはずだから。たまたまあらわれた生き物についてマギーが話してくれることを、ルーシーはなかば信じていた――はさみむし家の小母《イアウィッグ》さんが、家で洗濯をしていると、子供のひとりが熱い銅釜のなかに落っこちて、それで小母さん、お医者を呼びにいこうと、あんなに走っているんだ、なんて話も聞かせてくれた。トムは、マギーのこんな馬鹿ばなしはしんそこ軽蔑していて、そんなのはまったく現実ばなれした話だということを証明する強烈にして簡単な方法として、はさみむしをすぐさま叩きつぶす。でもルーシーはどうしてもその話にはなにか意味があるのだと想像せずにはいられない。とにかくそれはとてもすてきなお話だと思っていた。だからいまも、このすごく大きなヒキガエルの身の上話がききたかったし、それにいつもながらの優しさも加わって、マギーのところに走っていくと、こういった。「わお、とっても大きな、おかしなヒキガエルがいるのよ、マギー！　見にきてちょうだい」

マギーはなにもいわず、ぎゅっと眉根をよせて、くるりと背を向けた。トムはあたしよりルーシーが好きだというなら、ルーシーもトムの意地悪の片棒をかついでいるわけだ。マギーはほんの少し前なら、小さなハツカネズミをいじめることができないのと同じように、あのかわいいルーシーをいじめるなんて、考えもしなかった。その一方で、トムは以前なら、ルーシーにはまったく関心がなく、ルーシーを可愛がったり、褒めたりするのはマギーにまかせていた。だが、マギーはじっさいのところ、ルーシーをひっぱたいたり、つねったりして泣かせてやろうかといま思いはじめていた、そうすればトムは平気ではいられないだろう。トムをひっぱたいたってなんにもならない、トムはぜんぜん平気だったから。それにもしルーシーがいなかったら、トムはすぐにあたしと仲直りをしていただろうにとマギーは思った。

あまり敏感じゃない太ったヒキガエルをくすぐるのは、面白くはあってもすぐに飽きがくる遊びだ。トムは、もっと面白い時間つぶしはないかと、そろそろあたりを見まわしはじめた。だがきちんと整った庭園で、小石の散歩道をはずれてはいけないとなれば、ほかにやることはあまりない。このような制約のなかでただひとつの大きな楽しみといえば、その制約を破ることである。トムは池に行こうかという反逆的な考えにとりつかれはじめた。池は、庭の向こうの牧草地を越えたところにある。

「ねえ、ルーシー」とトムは、紐を巻き戻しながら、意味ありげに大きくうなずいてみせた。「ぼくが、これからなにをするつもりだと思う?」

「なあに、トム?」と好奇心に駆られたルーシーはいった。

「カワカマスを見に、池に行こうと思うんだ。行きたいなら、きみもおいでよ」と若き暴君はいった。

「まあ、トム、とんでもないわよ」とルーシーがいった。「お庭から出てはいけないって、伯母さまがいったでしょう」

「うん、庭の反対側に出るだけさ」とトムはいった。「だれにも見られやしないよ。見られたってかまやしない——家に逃げて帰るだけだ」

「でもあたし、走れないわ」とルーシーはいった。なにしろ、このような危険な誘惑にさらされたことはなかったのである。

「ああ、心配するなよ——だれも、きみを叱りゃしないさ」とトムはいった。「ぼくに連れていかれたっていえばいいんだ」

トムは歩きだし、ルーシーはそのかたわらをちょこちょこと歩きながら、いたずらをするというめったにない楽しみを味わっていたし——かの高名なる、カワカマスという名が出てきたので興奮もしていた。それが魚なのか鶏なのか、ルーシーにはまったくわからなかった。マギーはふたりが庭を出ていくのを見ていたが、あとをつけていこうという衝動には逆らえなかった。愛情というよりも怒りと嫉妬から、ふたりの目的を見られないことが耐えられなかったのだ。トムとルーシーがすることと見ることを自分が知らないなんて考えるのも嫌だ。だからマギーは、トムに気づかれぬよう、数ヤード間隔をあけてついていった。そのトムもやがて、カワカマス——興味津々の怪物——を見つけるのに熱中していた。カワカマスはとっても年老いた、とっても大きい、ものすごく食欲のある怪物だそうだ。このカワカマスも、ほかの高名なものと同じく、見られているとなかなか姿をあらわさないが、トムは水中ですばやく動きまわっているものを見つけると、池の縁《へり》を移動した。

「おいで、ルーシー」とトムは鋭いささやき声でいった。「ここにこいよ！　気をつけて！　草の上を歩くんだよ——牛の通ったあとに足を踏みこむな！」とトムはいいながら、乾いた草が生えているところを指さした。草の両側には踏みつけられた泥のあとがあった。トムが女の子を軽蔑するゆえんは、汚い場所を歩くのに向いていないという事実にあった。

ルーシーは命じられたとおり、用心しながらやってくると、水中をさっと泳ぐ金色の矢の先のようなものを見るために屈みこんだ。それは水蛇だと、トムが教えてくれた。ルーシーはやっとのことで、その体のくねくねした動きを見ることができたが、いったい蛇は泳げるのだろうかとても不思議だった。マギーはそろそろと近づいていった——自分もどうしても見なければならない、トムはマギーが見ていようといまいと気にしていなかったからそれはほかのことと同じように、マギーにとっては苦痛だった。とうとうマギーはルーシーと、そしてトムのそばにやってきた。トムは妹が近づいてきたことに気づいてはいたが、土壇場になるまでは気づかぬふりをしていた。そしてそれ以上は無理というときになって、ようやく振り向くとこういった。

「おい、あっちに行けよ、マギー。この草地におまえのいるところはないんだ。だれもおまえに来いとはいわなかったぞ」

悲劇というものが激情だけでつくられるものなら、あの瞬間、マギーのなかで闘っている激情はあったが、その激情に欠くことのできない一定の重みというものが、行動に移すには欠けていた。マギーにせいぜいできることは、褐色の小さな腕で、色白で頬や唇がピンク色のルーシーを、かわいそうに牛が踏みつけた泥のなかに押し倒すことだった。

トムはもう自分を抑えられなくなり、マギーの腕をぴしぴしっと二度叩いてから、なす術もなく泣いているルーシーを助け起こそうと駆けよった。マギーは数ヤード離れた木の根方まで退いて、トムがルーシーを助け起こすのを頑なに眺めている。ふだんなら無分別な行動をしても、すぐに後悔するのだが、いまはトムとルーシーのせいで、ひどく惨めな思いをしたので、ふたりの幸せを台なしにしてやってうれしかった——みんなを惨めな思いにさせてやってうれしかった。なんで自分が謝らなくてはならないのか？——自分がどれだけ謝っても、トムはなかなか許してくれないのに。

「母さんにいいつけてやるぞ、この、マギー野郎」ルーシーが起き上がって歩けるようになると、トムは力をこめて大声でいった。日ごろは、いいつけたりするトムではなかったが、ここでは正義が、マギーには厳罰を与えられるべきだとはっきり要求していた。トムはそうした抽象的な形で自分の意見を示すことを学んでいたわけではないし、正義などという言葉を使ったこともないし、罰してやるという欲求が、そうした立派な名で呼ばれるとは思ってもいなかった。ルーシーも、自分の身に振りかかった災いにすっかり心を奪われていた——いちばん美しいよそゆきが汚れてしまい、濡れて泥だらけになった気持ち悪さもある——そうなった原因を考えてみても、ルーシーにはまったく不可解だった。マギーを怒らすようなにをしたのか考えることもできないし、彼女にはさっぱりわからないことだった。マギーを怒らせるようなことを自分がしたとはまったく思い当たらない。それにしてもマギーはとても不親切で意地悪だったので、トムに告げ口をしないようにとお願いする気にもなれず、めそめそ泣きながら、トムと並んで走っていくだけだった。マギーはというと、木の根方にすわりこんで、小さなメデューサのような顔でふたりを見送っていた。

「サリー」とトムは、厨房の戸口にたどりつくと声をかけた。サリーは口もきけないほど驚いて、バターつきパンを口にほおばり、フォークは片手に握ったまま、ふたりを見つめていた。「サリー、ルーシーを泥のなかに押し倒したのはマギーだって、母さんにいってきてよ」

「おんやまあ、なんでそんな泥んこのところに行ったんですかねえ?」とサリーは顔を歪めて屈みこむと、この罪の証拠となるご本尊をあらためはじめた。

トムの想像力は迅速かつ広範にめぐらされたわけではなかったので、あらかじめ予見したことのなかに、サリーのこのような質問はふくまれていなかった。だがこの質問が発せられるやいなや、この出来事の犯人は、マギーひとりだけにできないということに気づいたのだ。トムはそっと厨房の扉から離れ、この事件の真相をあれこれと詮索する楽しみをサリーに与えたのである。考えが活発な人というのは、いわれたままを受け入れるより、想像をたくましくするものだ。

　みなさんもお気づきだろうが、サリーは即座にルーシーを客間の扉の前に連れていった。こんなに汚れたものをガラム・ファーズの屋敷に入れるなんて大事《おおごと》は、自分ひとりではとうてい抱えきれなかった。

「あんれまあ!」とプレット伯母は、わけのわからぬ悲鳴をあげたのち、こう叫んだ。「扉の前にじっとさせておおき、サリー! ぜったいに油布から踏み出さないように」

「まあ、この子ったら泥んこにはまったんですねえ」とミセス・タリヴァーはいって、ルーシーに近づき、服のあちこちの汚れをたしかめながら、妹のディーンに責任を感じていた。

「あのう、このお子を押したのは、マギー嬢さまです」とサリーがいった。「トム坊ちゃまがそうおっしゃいました。どうやら池まで行ったようですよ、こんな泥にはまるようなところは、あそこしかありませんからね」

「ほうらね、ベッシー――いつもわたしは、いっていたじゃないの」とミセス・プレットが、予言者のような物悲しい口調でいった。「あなたの子供たちよ――先ゆきどうなることやら」

　ミセス・タリヴァーは、自分ほど惨めな母親はあろうかと思うと、なにもいえなかった。いつものように、世間さまは、わたしがこんな厄介ごとを引き起こすようなひどいことをやったからだと思うのだろうと考えると、胸が押しつぶされそうだった。ミセス・プレットは、家のなかにひどい損害を与えないようにこの泥を取りのけるにはどうすればよいか、サリーにこまごまと指示を与えはじめた。そうするあいだに料理番がお茶を運んでくる時間になり、ふたりのいたずらっ子たちは、厨房でお茶をいただくという不面目な扱いとなった。ミセス・タリヴァーは、あのいたずらっ子たちが、すぐそばにいるものと思い、話をしようと出ていったが、ようやく見つけたのはトムだけだった。ふてくされた様子で、家禽の飼育場の白い柵に寄りかかり、柵の内側に紐の先をたらして雄の七面鳥をからかっていた。

「トム、この腕白小僧め、妹はどこにいるの？」とミセス・タリヴァーは、苦しげな声でいった。

「知るもんか」とトムはいった。マギーを懲らしめてやろうと意気込んでいたのに、自分のやったことにも非があると不当にも責められるものだとわかってくると、すっかり意気消沈してしまった。

「ねえ、あの子をどこへ置いてきたの？」と母親はあたりを見まわした。

「池のそばの木の下にすわっているよ」とトムはいったが、明らかに、紐と七面鳥のほかには無関心だった。

「じゃあ、いますぐ、妹を連れておいで、この腕白小僧め。なんであんな池に行こうと思ったの、あんな泥だらけのところに、なんで妹を連れていったりしたの？　あの子が、いたずらできるところなら、いたずらするのはわかっているじゃないの」

これがミセス・タリヴァーのやり方だった。トムを叱るときは、なんでもマギーを引き合いに出すというのが。

マギーがひとりで池のはたにすわっていると考えると、ミセス・タリヴァーの心には、いつもの恐怖が湧きあがってきた。せめてあの手に負えない娘が見えはすまいかと乗馬台によじのぼった。一方トムは歩きはじめた——そう早足ではないが——マギーのいるほうに向かって。

「うちの子たちときたら、平気で水辺に近づくんだから」とミセス・タリヴァーは声に出していったが、聞いている者はだれもいないことなど気にもしない。「いつかは溺れ死んで運ばれてくるでしょうよ。川がもっと遠くにあればいいのにねえ」

だがマギーの姿を見つけることができなかったばかりか、トムがひとりで池のほうから戻ってくるのが見えた。もやもやした恐怖が湧きあがり、その恐怖に完全にとりつかれると、母親はあわててトムのもとへ駆けよった。

「マギーは、池のまわりにはいないよ、母さん」とトムがいった。「いなくなっちゃった」

マギーを探しまわる恐怖と、マギーは池の底に沈んでいるのではないと母親を納得させる難しさを想像していただきたい。ミセス・プレットは、あの子は生きのびたにせよ、ひどい最後をとげるかもしれない——知りようもないが、といった。そしてミスタ・プレットは、お茶が先にのばされ、走りまわるただならぬ足音に家禽たちが怯えているという思いもかけぬ展開に混乱し、苦しめられ——とうとう捜索の道具として小さな鋤《すき》を取りあげ、マギーがもぐりこんでいるかもしれない鵞鳥小屋の鍵まで取りだした。

トムは、しばらくしてから、マギーは家に帰ったのだといいだした（こういう場合、自分ならこうするだろうと伝える必要があるとは考えもせずに）、そしてこの考えは、母親を慰めた。

「姉さま、お願いですから、四輪馬車に馬をつけて、家まで帰らせてください——きっと途中であの子が見つかりますよ。ルーシーならあんな汚いお衣裳じゃ歩けませんけど」とミセス・タリヴァーはいって、あの罪のない犠牲者を見た。ルーシーは肩掛けにくるまれ、裸足のまま、ソファの上にすわっていた。

プレット伯母は、自分の屋敷の秩序と静謐を取り戻す、もっとも手早い手段を取ることに異存はなく、ほどなくミセス・タリヴァーは馬車のなかで不安そうに遠いかなたを眺めていた。マギーがいなくなったと知ったら、あの子の父親はなんというだろうという不安が、ほかの事柄のすべてを圧していた。

第11章　マギー、おのれの影から逃げようと計る

マギーのもくろみは、いつもどおり、トムの想像をはるかに超えた大がかりなものだった。トムとルーシーが立ち去ったあと、マギーの心に生じた決心は、家に帰るというような単純なものではなかった。いやだ！　自分は逃げてジプシーのところに行こう、トムは二度とあたしには会えない。これは、マギーにとっては新しい決心というわけではなかった。おまえはジプシーみたいに半分野生の生き物だとよくいわれたので、惨めな気持ちになると、こうした非難を逃れる唯一の方法、まわりに溶けこめる唯一の手段は、共有地にある小さな茶色のテントのなかで暮らすことだと思っていた。あの人たちは自分を喜んで受け入れてくれ、自分のまさった知識を尊敬してくれるだろうと思っていた。こうした自分の考えをトムに話したことがあり、お兄ちゃんは顔を褐色に塗って、一緒に逃げようと持ちかけたことがある。だがトムはこの計画を軽蔑したようにはねつけ、ジプシーというやつは泥棒で、食べ物だってろくにないし、乗るものはロバぐらいなもんだといった。しかしながら、今日という日は、惨めな気持ちは頂点に達し、ジプシーの暮らしが自分の唯一の逃げ場だと思った。そしてマギーはいまこそ自分の人生の最大の危機だと思いながら、木の根っこから立ち上がったのである。ダンロウ共有地まで、まっすぐに走ろう、そこにはいつもジプシーがいる。そして意地悪なトム、そしてなんでもあたしのせいにするほかの親戚の人たちも、二度

とあたしには会えないんだ。マギーは走りながら父親のことを考えた、でも、ジプシーの子供にこっそり手紙をもたせよう、自分の居所は口止めして、ただ無事に暮らしていることを伝えて、いつも父さんを愛していると知らせるだけにしておこう。こう考えて、父親との別れも諦めがついた。

マギーは走っていたのですぐに息切れがしたが、トムが池に戻ってきたころには、もう長い畑を三つも越えたところ、本街道に出る道のはずれまで来ていた。ちょっと息を切らせながら立ち止まり、ジプシーのいる共有地にたどりつくまでは楽じゃないなと思ったが、決心はみじんもゆるがなかった。やがて小道に入る木戸を通ったが、その道がどこに通じているかは知らなかった。この道は、ドルコート水車場からガラム・ファーズまでくる道ではなかったから、もう安全だと思った。これなら追いつかれる心配はないからだ。だがすぐに、ふたりの男が前方からこちらに向かって歩いてくるのに気づき、ちょっと体が震えた。見知らぬ人間に出会うなどとは思いもしなかった――身内の者が追いかけてくるという心配で頭はいっぱいだったのである。この見も知らぬおそろしい人たちはふたり、赤みがかった顔をしたみすぼらしい男たちだった。ひとりは棒にくくりつけた包みを肩にかついでいる。家出娘と誹《そし》られるのではないかと恐れていたのに、驚いたことに、包みをかついでいた男が立ち止まり、哀れっぽい機嫌を取るような声で、貧しい者に銅貨一枚めぐんでくだせえといったのである。マギーのポケットには六ペンス玉が入っていた――グレッグ伯父さまからいただいたものだ――マギーはすぐにそれを取りだすと、礼儀正しく笑みを浮かべで、その貧しい男にそれを差しだした。思いやりのある子だなと感謝してくれればいいと思いながら。「これしかないの」とマギーは弁解するようにいった。「あんがとよ、嬢ちゃん」と男はいったが、マギーが期待していたほどありがたそうでも、慇懃《いんぎん》な口調でもなかった。それればかりか、男はにやりと笑って、連れの男に目配せをしてみせたのだ。マギーは足を早めたが、二人の男は立ったまま動く気配はなく、おそらくこちらを見送っているのだろう、ふたりが大声で笑い合っている声が聞こえた。あの男たちは、きっとあたしを阿呆だと思ったのかもしれないという考えが浮かんだ。――トムは、マギーの短く刈り込んだ髪の毛を見て、阿呆みたいに見えるといっていた。あれはすぐには忘れられない苦い言葉だった。それに袖のある服を着ていなかった――ケープを羽織り、ボンネットをかぶっているだけだった。ゆきずりの人たちによい印象を与えるとはとうてい思えない。マギーは、また畑のなかに入ろうと思った。でも道の、いまと同じ側ではまずい、まだプレット伯父の土地かもしれない。鍵のかかっていない最初の門を通って方角を変えた。さっきのような不面目な出会いのあとで、生け垣沿いをこっそり歩いていくのは快かった。なにしろいつもは畑をひとりで歩きまわるのに慣れていたから、本街道を歩くより、怖くなかった。ときどき高い門をよじのぼらなければならないときもあったが、それはたいして苦ではない。なにしろ追っ手から大急ぎで逃げなければならない。もうじきダンロウ共有地が見えてくるだろう、少なくともほかの共有地が。共有地を通らずに、そう遠くまで行くことはできないと、父親がいうのを聞いていたからである。マギーはそう願っていた。なにしろずいぶん疲れたし、おなかも空いてきた。ジプシーのいるところにたどりつかなければ、バターつきパンを食べられる見込みはない。まだ昼ひなかで、プレット伯母は、ドッドスン家の昔からの習慣を守り、太陽の傾き加減では四時半、厨房の時計では五時きっかりにお茶にしていた。だから、マギーが歩きはじめてからほぼ一時間が経っていたのに、畑には夕闇の気配もなく、もうじき夜がくるとマギーに思わせるものはなにもなかった。それにしても、ずいぶん長い道を歩いてきたような気がする、それなのにまだ共有地が視界に入ってこないのはおかしい。これまでは、牧草地の広がるガラムの豊かな教区にいたのだが、そこで働いている農夫は遠くのほうにひとりしか見あたらなかった。それはある意味で幸いだったかもしれない、農夫はものを知らない人が多いから、ダンロウ共有地に行きたいというマギーの希望が正しいかどうかという判断はできないだろう。それでもマギー自身の用向きは聞かずに、道を教えてくれる人がいればありがたい。だが緑の畑はとうとう尽きてしまい、門の柵のむこうに一本の道が見えた。道の両側には草地が広がっている。こんな広い道を、マギーは見たことがない。理由はわからないが、共有地はもう遠くはないと思った。片足に丸太をくくりつけられたロバが草地のへりで草を食べていたからだ。父親の二輪馬車に乗ってダンロウ共有地を横切ったときに、あの邪魔ものをくくりつけられたロバを見たことがあったのだ。門の柵をくぐると、マギーは元気よく歩きだした。『天路歴程』の魔王アポリオンやピストルを持った追いはぎの姿や、フランスの童話に出てくる口が耳から耳まで裂けている黄色い小人の恐ろしい姿や、そのほか種々雑多な危険が目の前に浮かんでこなかったわけではなかったけれど。哀れなマギーは、活発な想像力が生む怖さと一緒に、抑えがたい衝動からくる大胆さを持ちあわせていた。そしてジプシーという見知らぬ同類を探すという冒険にみずから飛びこんだのである。そしていまや見知らぬこの小道に踏みこんでしまった。そこには、なめし皮の前掛けをかけたおっかない鍛冶屋が両腕を腰に当てて、にやにや笑いながらこちらを見ているのではないかと思うと、あたりを見まわす勇気もなかった。だからちょっとした丘の陰に、むきだしの小さな足がにょっきりと突き出しているのを見たときは、心臓が跳びあがりそうだった。この世のものとは思えない、ひどく奇異なもの——きのこの怪物みたいだ。最初のひと目でびっくりしたので、その先にあるぼろぼろの服や、黒い髪の毛がぼうぼうとしている頭も目に入らなかった。よくよく見ると、それは眠っている男の子だったので、マギーはその子を起こさないように小走りに通りすぎた。その子が同類のジプシーのひとりで、和やかに受け入れてくれるだろうとは、マギーは思いもしなかった。だがまさしくそうなのだった、なぜなら次の曲がり角にくると、じっさい小さな半円形の黒い天幕が見え、その前には青い煙がたちのぼっていて、それこそマギーの避難所、文明社会において自分につきまとってきた、あの忌まわしい悪評のすべてから逃れられる避難所となるはずのところだ。立ちのぼる煙のそばに立っている背の高い女の人も見えた——まさにジプシーのお母さん、お茶や食べ物の用意をしている。それを見ても、それほどうれしいと思わない自分にマギーは驚いていた。共有地ではなく、小道でジプシーを見つけたのでびっくりしたのだ。実際ちょっとがっかりだ。隠れるための砂利置き場があり、だれもが他人の手の届かない所に住む、謎めいた広々とした共有地は、マギーがジプシーの暮らしを思い描く際、欠かせない要素だったからである。それでもマギーは先に進んだ、そして、ジプシーはたぶん阿呆なんて知らないだろうという安心もあったので、自分をひと目見て阿呆と決めつける危険はないだろうと思った。自分が注意をひいたことはたしかだ、腕に赤子を抱いている背の高い若い女の人が、ゆっくりとマギーのほうに近づいてきた。マギーはかすかに震えながら、近づいてくるその見知らぬ人を見上げた。そしてプレット伯母さまやほかの人たちが、自分のことをジプシーと呼ぶのは当たっていると思った。なぜならこの人も、ぱっちりとした黒い目と長い髪の毛を持ち、マギーが髪を短く切ってしまう前の、鏡に映る自分の顔にそっくりだったからである。

「お嬢さん、どこへお行きかね?」とジプシーは、とりいるように丁寧にいった。

とてもうれしかった、マギーが期待していたとおりだった。自分がお嬢さんであることをジプシーはすぐに見てとって、それなりの扱いをしてくれている。

「ここでいいの」とマギーはいった。夢のなかで稽古した台詞をいっているような感じがする。「あなたたちと一緒に暮らそうと思って来たの」

「そりゃええな。一緒にお出でなさい――なんて可愛いお嬢さんなんだろう」とジプシーは、マギーの手を取った。とても感じのいい人、とマギーは思ったが、こんなに汚くなければいいのに、とも思った。

ふたりがそこにたどりついたときは、大勢の人が火を囲んでいた。ジプシーのお婆さんが、地面にすわって膝をさすりながら、香りのいい湯気を放っている鍋の中身を、ときどき木べらでかきまわしていた。髪の毛がぼうぼうの子供がふたり、小さなスフィンクスのように両の肘をついて腹ばいになっている。そしておとなしいロバは、仰向けに寝ころんでいる背の高い少女のほうに頭を近づけている、少女は、ロバの鼻面をかいてやったり、盗んできた上等の干し草を少しばかり食べさせたりしている。夕日がその上をやさしく照らしている、その光景はたいそう美しく快かったが、すぐにお茶の支度をしてくれればいいのに、とマギーは思った。ジプシーたちに、洗い桶の使い方や、本を読む楽しさを教えることができれば、すべてがもっと素晴らしくなるだろう。あの若い女の人がお婆さんにマギーにはわからない言葉で話しかけ、そのうちにロバに草をやっていた背の高い娘が起き上がって、なんの挨拶もせずに自分を見つめてきたときには、ちょっと戸惑った。ようやくお婆さんがいった。

「なあ、お嬢さん、おまえさんは、わしらと一緒に暮らそうとここにおいでなすったというのかね？まあ、おすわり、いったいどこからやって来たのか教えておくれな」

まるでおとぎ話のようだった。マギーは、お嬢さんと呼ばれて、それなりの扱いを受けるのは好きだった。マギーは腰をおろして、こういった。

「お家から来たの、だって不幸せだったから。あたし、ジプシーになるつもりなの。もしよかったら、あなたたちと一緒に暮らしたいの、あたしなら、あなたたちにいろんなことをたくさん教えてあげられる」

「そりゃまあ、かしこいお嬢さんだ」と赤ん坊を抱いている女がいい、マギーのそばに腰をおろすと、赤ん坊にはいはいをさせた。「それに、なんときれえな帽子に服じゃねえかね」そういうと女はマギーのボンネットを手にとって眺めながら、マギーの知らない言葉であのお婆さんに説明してきかせた。背の高い娘がボンネットをひったくると、にこりと笑って後ろ前にそれをかぶった。だがマギーは、ボンネットのことなんか気にしていないというような顔をして、この問題については弱みをみせまいと心にきめた。

「あたしね、帽子なんてかぶりたくないの」とマギーはいった。「赤いハンカチのほうがいいの、あんたのみたいに」(かたわらの友だちを見ながら)「あたしの髪の毛、昨日まではとっても長かったの、こんなふうに切るまでは。どうせまたすぐに伸びてくるけどね」とマギーは弁解するようにつけくわえた。ジプシーたちは、長い髪のほうが大好きなんだろうと思って。そのときはマギーは、ジプシーたちの同意を得たいと思って、空腹であることも忘れていた。

「おお、なんとよい嬢さんだこと──それに金持ちだな、きっと」とお婆さんがいった。「きれいな家に住んどったんじゃな」

「ええ、あたしの家はきれいよ。それによく釣りにいってた川が大好きなの──でもあたし、しじゅう不幸せになるの。あたしね、ご本をみんな持ってきたかったんだけど、急いで逃げなきゃならなかったから。でもご本にあったお話は、だいたいどれでも話してあげられる、何度も読んだんですもの──あなたたちもきっと面白いっていうわ。それから地理学も少しは教えてあげられる――あたしたちが住んでいる世界のことなんだけど――とってもためになるし、面白いの。コロンブスのこと、聞いたことがある?」

マギーの目は輝きはじめ、頬に赤みがさした――自分は、ほんとうにジプシーたちに教えているんだ、この人たちに大きな影響を与えはじめているんだ。ジプシーたちは、この話にびっくりしないわけではなかったが、彼らの興味は、マギーのポケットの中身のほうに惹かれていた。右側にいたあの友だちが、マギーの注意をひかぬように、ポケットのなかを空にしていた。

「そこが、あんたの暮らしておるところかね、お嬢さん?」コロンブスの名を聞いてお婆さんが訊いた。

「まさか!」とマギーは、いささか哀れみをこめていった。「コロンブスって、とっても素晴らしい人なの、世界の半分を発見したのに、鎖をつけられてひどい目にあわせられたの――あたしの地理学問答という本に書いてあるわ――でもお茶の前には、話しきれないくらい長いのよ……あたし、とってもお茶が飲みたいの」

最後の言葉は心ならずも、マギーの口から勢いよく飛び出した。先生ぶった口調から、突如単なるだだっ子の言葉となって。

「あれ、おなかを空かせているんだね、このかわいそうなお嬢さんは」と若いほうの女がいった。「なにか冷たいものをおやりよ。ずいぶん長い道のりを歩いてきたんだね。うちはどこかね?」

「ドルコート水車場よ、うんと遠いの」とマギーはいった。「父さんは、タリヴァーっていうんだけど、あたしがどこにいるか、父さんには知らせないで、さもないと、あたしを連れ戻しにくるから。ジプシーの女王さまはどこに住んでいるの?」

「なんだって！　おまえさまは、女王さまのところに行きたいのかね、お嬢さん？」と若いほうの女がいった。一方背の高い娘は、そのあいだ、にやにやしながらマギーを見つめている。その態度は決して心地よいものではなかった。

「ううん」とマギーはいった。「ただね、その女王さまは、死んだらみんなが喜ぶような、あんまりいい女王さまじゃなかったら、新しい女王さまを選ぶことができるのかなって思ったの。もしあたしが女王さまなら、とってもいい女王さまになりたいし、みんなに親切にしたいと思うけど」

「ほら、おいしい食べ物が少しばかりあるよ」とお婆さんがいいながら、食べ残し用の袋からとりだした干からびたパンの塊と冷たいベーコンを一切れ差しだした。

「ありがとう」とマギーはいったものの、その食べ物を見ただけで、手にとろうとはしなかった。「バターつきパンとお茶がほしいんだけど？　あたし、ベーコンは嫌いなの」

「ここにはお茶もバターもないのさ」とお婆さんは、マギーをなだめすかすのはもうごめんとでもいうようなしかめ面をした。

「ああ、小さなパンと糖蜜でもいいんだけど」とマギーはいった。

「糖蜜だってないんだよ」とお婆さんは不機嫌そうにいった。そのあとに、あのふたりの女の人が、マギーの知らない言葉で言い合いをした。そして小さなスフィンクスのひとりが、パンとベーコンをひったくって食べはじめた。そのとき、数ヤードほど離れたところに行っていたあの背の高い娘が戻ってきて、なにやらいうと、それはたいそう効き目があった。マギーのひもじさなどすっかり忘れた老婆は、鍋の中身を木べらでまたもやせっせとかきまわしはじめた。若いほうの女は天幕にもぐりこみ、お皿やスプーンを持ってきた。マギーはちょっと震えていて、涙が湧いてこないかと心配になった。そのうちに背の高い娘が甲高い叫びをあげ、やがて、ひとりの少年が走ってきた。マギーがさいぜん、そばを通ってきたあの寝ていた少年だ――トムぐらいの年ごろの腕白小僧。少年はマギーを見つめ、それから、わけのわからないお喋りがえんえんと続いた。マギーはまたも心細くなり、いまにも泣き出しそうになった。ジプシーたちは、マギーのことなど気にかけていないらしい、ジプシーたちの中で、マギーはすっかり弱気になってしまった。だがあふれてきた涙は、新しい恐怖によってせきとめられた。ふたりの男があらわれて近づいてくると、その場にふいに新たな興奮を巻きおこしたのである。年上のほうの男がかついでいた袋を放り出して、叱りつけるような調子で女たちに話しかけると、それより三倍も威勢のよい声がわんわんと返った。黒の雑種犬が走ってきてマギーに吠えかかり、マギーを震え上がらせていると、若いほうの男が犬を追いはらうのに罵ったり、手に持っていた太い棒で犬を殴ったりして、新たに騒ぎが起きた。

こんな人たちの女王さまになるなんてとうてい不可能だと、ためになる楽しい知識を教えるのも不可能だと、マギーは思った。

ふたりの男は、どうやらマギーのことを尋ねているらしい、男たちはマギーを見ているし、話の調子が平穏なものになったからである。一方には好奇心があり、もう一方にはその好奇心を満たす力があることを、その様子は示していた。とうとうあの若いほうの女が、前と同じようなうやうやしい、なだめすかすような口調でこういった。

「このお嬢さんは、わたしらと一緒に暮らそうとやってきたんだよ。うれしいじゃないか？」

「ああ、そりゃうれしいな」と若い男がいいながら、マギーの銀の指ぬきと、ポケットから出されたこまごまとした品を眺めている。眺めおわると、男は指ぬきのほかはそっくり若い女に返した。若い女はすぐにそれをマギーのポケットに戻し、男たちは腰をおろすと、鍋の中身にかぶりついた——それは肉とじゃがいもの煮込みで——火からおろされ、黄色の皿に盛られていた。

マギーは、トムがジプシーについていったことはやっぱり正しかったんだと思った——もしこの人が指ぬきを返してくれなかったら、ジプシーってやっぱり泥棒にちがいない。指ぬきにはなんの未練もないのだから喜んであげたのに。自分は泥棒のなかにいると思うと、自分に対してどれほど敬意をまた払って気にかけてくれようと、なんの慰めにもならなかった——泥棒というものは、ロビン・フッドのほかはみんな悪い人なのだ。マギーが怯えているようすに女たちは気がついた。

「お嬢さんに食べられるような上等のもんはなんもないからねえ」とお婆さんが、なだめるようにいった。「さぞ腹が減ったろうよ、このかわいいお嬢さんは」

「ほれ、嬢ちゃんや、こいつをちっと食べてみろや」と若いほうの女がいって、茶色の皿に盛った煮込みに鉄の匙をそえて差しだした。マギーは、ベーコンをのせたパンは嫌いといったとき、お婆さんが怒っているようだったのを思い出して煮込みを断わる勇気がなかった、恐怖ですっかり食欲は失せていたのだが。もし二輪馬車に乗った父さんがここを通りかかって、あたしを抱きあげてくれたら！　さもなければ、民話の巨人退治のジャックでも、『天路歴程』の勇士グレートハート氏でも、半ペニー銅貨についている竜退治のセント・ジョージでもいい、この道を通りかかってくれたら！　だがそんな英雄たちは、セント・オグズの近隣にはぜったいあらわれたことがないと——そんな素晴らしいことはこのあたりではぜったい起こらないと、マギーは沈む心のなかで思っていた。

もう感じとっておいでだろうが、マギー・タリヴァーは、今日、八、九歳の少女なら当然の、よく躾けられ、物事を教えられた子供ではない。セント・オグズの学校に一年通っただけだし、読む本もそうたくさんあるわけではなく、ときには辞書まで読んでいた。だからマギーの小さな心のなかを探ってみれば、そこにあるのは、予期せぬ知識と同様にまったく予期せぬ無知であったろう。「一夫多妻」という言葉があることを教えてくれるだろうし、「多音節語」というものも知っていて、「多」は「多い」という意味だという推論を引き出すこともできた。だがジプシーのところには充分な食料がないということは知らなかった。マギーの考えることにはたいてい、明敏さと盲目的な夢想とが奇妙にいりまじっていた。

ジプシーについてのマギーの考えは、この五分間に急速な修正を迫られた。ジプシーたちは尊敬すべき仲間であり、教えることは素直に受け入れる人たちだと考えていたのに、暗くなったらすぐに自分を殺して切りきざんで煮込みにしてしまうのではないかと思いはじめていたのである。あの鋭い目の年寄りの男の人はじつは悪魔で、いつなんどき、あの明白な変装をかなぐりすてて、にやにや笑う鍛冶屋か、竜の翼と火のように赤い目を持つ怪物に変わるかもしれない。いまさらさっきのあの煮込みを食べてみせても無駄、それにしてもマギーがいちばん恐れていたのは、ジプシーに対する自分のもっとも敵意ある思いを知られて、彼らを怒らせることだ。もし悪魔が存在するものなら、あたしの考えを読めるのだろうかと、神学者も及ばないような熱烈な興味を持って考えた。

「あれまあ、おまえさんは、この匂いがいやなんだね」と若いほうの女がいった。マギーが煮込みにまったく手をつけないのに気づいたのだ。「ちょっとでもお食べよ、ほら」

「ありがとう、でもだめなの」マギーはあらんかぎりの勇気をふるいおこして、そういうと、愛想のいい笑みを浮かべようとした。「時間がないと思うの――暗くなってくるし。もうお家に帰らないとね、また別の日にくるわ、そのときは、ジャム・タルトやなんか籠に入れて持ってくるわね」

マギーは、魔王アポリオンが騙されやすいようにと念じながら、こんな出まかせを述べたてて腰をあげた。だがあのお婆さんのジプシーがこういったとたん、希望はついえてしまった。「ちょっとお待ち、ちょっとお待ち、お嬢さんや――あんたを無事に送りとどけてやるよ、夕食がすんだらな。貴婦人のように馬に乗ってお帰りだ」

マギーはふたたびすわりこんだが、こんな約束はあまり信用していなかった。だがあの背の高い娘がロバに手綱をつけ、袋をふたつほど、その背に投げ上げた。

「それじゃあな、嬢ちゃんや」と若いほうの男がいって立ち上がり、ロバの手綱を取った。「どこに住んどるのかい――その場所の名前は？」

「ドルコート水車場があたしの家なの」とマギーは勢いこんでいった。「父さんは、ミスタ・タリヴァー、あそこに住んでるの」

「へえ、セント・オグズのちょっと手前にある大きな水車場だな？」

「ええ」とマギーはいった。「うんと遠いの？　もしよければ、あたし、歩いて帰りたいんだけど」

「だめ、だめ、もう暗くなってきたしな、急がにゃならん。このロバは、乗り心地がいいから――だいじょうぶだ」

喋りながら、男はマギーを抱えあげ、ロバの背に乗せた。一緒にいくのが、あの年寄りの男ではなかったので、マギーはほっとしたものの、ほんとうに家に帰れるものかと胸が震えた。

「ほら、あんたのきれいな帽子だよ」と若いほうの女が、マギーの頭にのせた。さっきはあんなに軽蔑したのに、いまはうれしいかぶりものだった。「わたしらが、あんたによくしてやったというんだよ、わかったかい、あんたを、すてきなお嬢さんといったことも忘れずにね」

「ええ、もちろん、ありがとう」とマギーはいった。「あたし、ほんとに感謝してるの。でもあなたが一緒に来てくれるといいのに」あの恐ろしげな男と行くよりはなんでもましだと思った。殺されるのなら、もっと大勢の人たちに殺されるほうがましかもしれない。

「ああ、わたしのことがいちばん好きなんだねえ」と女はいった。「でもわたしは行けないよ――あんたたちが早すぎて、ついていけない」

どうやらあの男が、マギーを前に抱えてロバに乗るらしい、こうなったらこのロバと同じようにこの手はずに抗弁することはできなかった、これほど恐ろしい悪夢はなかったが。この女の人が、マギーの背中をぽんと叩いて、さよならをいったとき、ロバも男の棒にぴしゃりと叩かれて、マギーが一時間前にきた場所をめざして小道をとっとと歩きはじめた。すると背の高い娘とあの腕白小僧が、手に手に棒を持ち、はじめの百ヤードほどを、ロバを怒鳴ったりひっぱたいたりしながらご親切にもついてきた。

幽霊となった婚約者とともに真夜中の遠出をした、あのドイツの物語詩の主人公レノーレでも、哀れなマギーほど恐ろしい思いはしなかっただろう。半クラウンの駄賃をもらえると踏んでいるジプシーにつきそわれ、ちょこちょこと歩くロバに乗せられて、ごくふつうに進んでいく哀れなマギーほどには。沈む夕日の赤い光は、不吉な兆しのようだし、足に丸太をくくりつけられた別のロバの怯えた鳴き声も、ぜったいそれと関係があるように思われた。二軒の低い茅葺きの小屋――この道で唯一通りすぎる家――は、物淋しさをいっそう募らせるようだった。声をかけようにも小屋には窓もなく、戸も閉ざされていた。あれは魔女のすまいにちがいない、ロバがそこで立ち止まらなかったのでほっとした。

ついに──おお、喜ぶべき情景──この小道の、世界じゅうでいちばん長いと思われたこの小道の先に、広い街道があり、そこにはじっさい一台の馬車が走っていた！　そして曲がり角には道しるべが立っている。マギーは、この道しるべを見た覚えがある──「セント・オグズまで二マイル」じゃあ、このジプシーはほんとうに自分を家まで送ってくれるのだ。やっぱりいい人なんだ。この人とふたりで帰るのはいやだと思ったのを知ったら、きっと傷ついたかもしれない。いまたどっている道がよく知っている道だと確信すればするほど、この思いは強くなり、この傷つけられたジプシーにどう声をかければよいか、そしてこの人を喜ばせ、さらに臆病者という自分の印象を拭いさることができるだろうかとあれこれ考えるうちに、十字路に行き着いた、そのとき、白い顔の馬に乗った人がやってくるのがマギーには見えた。

「止めて、止めて！」とマギーは叫んだ。「あたしの父さんよ！　ああ、父さん、父さん！」

ふいの悦《よろこ》びは痛いほどだった。父親が近づいてくる前に、マギーはしくしく泣きはじめた。ミスタ・タリヴァーの驚きは大きかった、なにしろバセットをまわってきたので、まだ家には帰ってはいなかった。

「なんだ、いったいこれはどうしたことだね？」とミスタ・タリヴァーはいいながら馬を止め、マギーのほうはロバから降り、父親の鐙《あぶみ》のところに駆けよった。

「この嬢ちゃんは迷子になってな」とジプシーはいった。「うちの天幕に来てな、ダンロウの小道の向こう端にある天幕で。そいだもんで、嬢ちゃんがお家があるというところへ送ってくところでね。一日じゅう歩きまわったあげくに行くにゃあ、けっこうな道のりだよ」

「ええ、そうなの、父さん、あたしを家まで送ってくれるって、この人、とってもいい人なの」とマギーはいった。「とっても親切、とってもいい人！」

「じゃあな、あんた」とミスタ・タリヴァーはいいながら五シリング銀貨を差しだした。「一日の稼ぎにしては上出来だぞ。このちびを失うわけにはいかんからな。さあ、その子をわたしの前に乗せておくれ」

「どうした、マギー、なんでこんなことになったんだい、なんでまた」と父親は馬を進めながらこう尋ねた。マギーはというと、父親に頭をこすりつけてすすり泣いている。「いったいなんでまた迷子になるようなことをしたんだい？」

「ああ、父さん」とマギーはすすり泣いた。「逃げ出してきたの。あんまり不幸だったから。トムがあたしのこと、ものすごく怒って。耐えられなかったの」

「ほう、ほう」とミスタ・タリヴァーはなだめるようにいった。「父さんから逃げようなんて考えちゃいかんな。おちびが目の前からいなくなったら、父さんはどうしたらいいんだい？」

「ああ、そんな――もう二度としません、父さん――ぜったいに」

ミスタ・タリヴァーは、その夜、家に帰りついたとき自分の考えを強くいいきかせたのである。その効果のほどは、マギーが、ジプシーのところに逃げていったという愚かな行為について、トムに罵《ののし》られることもなく、母親から叱責を受けることもまったくなかったという驚くべき事実にあらわれた。マギーは、この常ならぬ扱いになぜか畏敬の念をおぼえた、そして自分の行いがあまりにも不埒《ふらち》であったために、父親は口に出すのもはばかられたのではないかと、マギーはときどき思うのだった。

第12章　グレッグ夫妻の自宅を訪《おとな》う

グレッグ夫妻の自宅を訪れるには、まずセント・オグズの町に入らねばならない——縦溝のある赤い屋根や、倉庫の広い破風が見える古びた町、倉庫のあたりには、何艘もの黒い船が停泊し、遠い北から運んできた荷を揚げ、かわりに内陸の貴重な産物、精製されたチーズや柔らかい織物などを運んでいく。こうした品物については、洗練されたわが読者諸氏は、テオクリトスやウェルギリウスの古《いにしえ》の、秀でた田園詩を通じてすでにご存じであろう。

ここはそのようなきわめて古い町のひとつ、ニワシドリの巣や、白蟻の曲がりくねった通廊と同じような、自然の延長であり継続であるというような印象を与える町。ローマの軍団が丘にある露営地に背を向けたときからこのかた、長髪の海賊の親玉が川をさかのぼり、この肥沃の地にその獰猛にして貪欲な目を向けたとき以来、川と低い丘のあいだの土地に芽生えて成長してきた樹齢千年の大樹のような長い成長と歴史の痕跡をとどめる町。ここはワーズワースのいう「忘れられた年月を親しく知る」ことのできる場所だった。サクソンの英雄王の影が、いまだ若かりしころの愛しい情景を思い描きつつこの地をさまよい歩き、そして恐るべき異教徒のデーン人のさらなる暗い影に出会うのだ。このデーン人なる人は、戦場のただなかで、目に見えぬ復讐者の剣によって刺し殺され、そして秋になると丘の上の古い塚から夜な夜な白い霧のようにあらわれ、川沿いにある古い館の中庭をさまようのである。美しい館が建てられる前のその場所で、彼は奇《く》しくも殺されたのだ。あの美しい館の建築を手がけたのはノルマン人で、それはまるでこの街そのもののようだった――それは何代にもわたる職人たちの手や智恵が注がれたことを物語っていた。だがすべてはたいそう古いので、さまざまな矛盾も大目に見られるし、石の出窓を作った人々も、ゴシック風の正面や三弁模様の飾りをつけて細心に作られた煉瓦の塔や輪郭が、石作りの窓や胸壁や、樫材の屋根の宴会場を持つ古い木骨作りの母屋を壊すような罰当たりなことは、ありがたいことにしなかった。

だがこの古い館よりもさらに古いのは、おそらくこの教区の教会の鐘楼にはめこまれた小さな壁だろう。これは、この古《いにしえ》の町の守護聖人、聖オグを奉った最初の教会の痕跡である。この聖人の歴史についての手書きの写本を数冊、わたしは持っている。わたしは、そのうちのいちばん短いものがいいと思う。その内容のすべてが真実ではないにしても、短いだけに偽りもきっと少ないだろうから。

「ビーオールの子、オグは」とわたしの所有する聖人伝の作者は記している。「フロス河を渡る人々の舟賃でわずかな生計を得ていた。そして風の吹きすさぶある夕暮れのこと、子供をひとり抱えてその河のほとりにうずくまり、忍び泣いているおなごを見つけた。おなごはぼろをまとい、顔はやつれはてていた。河を渡してほしいと、その女は哀願した。あたりにいた男たちは、女に訊ねた。『なぜ、河を渡りたいのかね？　朝まで待つがいいよ、ここで一夜の宿をとってな。分別をもたにゃあ、愚かしいことはするなよ』それでも女は泣きながら懇願する。そこにビーオールの息子オグがやってきた。オグがいうには、『おまえを舟で渡してあげよう。どうしても渡りたいようだから』そしてオグは女を小舟に乗せ、向こう岸へ渡してやった。するとどうだろう、女が岸辺におりたつと、着ていたぼろは優美な白い衣にかわり、その面《おもて》は輝くばかりの美しさに変じ、あたりに後光が差し、月光のごとく水面《みなも》に映えた。そして女はいった。『オグよ、ビーオールの息子よ、汝は至福を授けられた、汝は女に問いもせず、胸の思いと争いもせず、哀れみをおぼえ、すぐさま女を救った。ゆえに今後、汝の舟に乗りこんだ者たちは、嵐の危険にさらされることはないだろう。そして汝が救助に向かおうとするときは、人間も獣もともに救うことになるだろう』のちに洪水が襲うと、多くの人々が、彼の舟に与えられた祝福によって、その命を救われた。だがビーオールの息子オグが死に、ああ、魂がその体を離れると、見よ、かの舟は係留場から解き放たれ、引き潮に乗って、たいそうな速さで大洋に流され、二度とその姿を見ることはなかったのである。だがその後の洪水のおりには、夕暮れの訪れとともに、舟に乗ったビーオールの息子オグがとうとうと流れる水面にあらわれたという。その舳先《へさき》には、月光のように輝く光をはなつ聖処女マリアがすわっておられた、迫りくる暗闇に包まれた漕ぎ手たちは、その光景に勇気づけられ、ふたたび漕ぎつづけるのであった」

この伝説でもわかるように、大昔に襲った洪水は、人間の生命は奪わなかったにせよ、無力な牛にあまたの死をもたらし、それより小さな生き物たちにも瞬時の死をもたらした。だが町は、洪水よりもっとひどい災難を知っている。そこが、絶え間ない戦いの場となったときのことを。まず清教徒が王党派の血を求めて討ったことを神に感謝し、次に王党員は清教徒を討ったことを神に感謝した。誠実な町民の多くが、道義にしたがったために、全財産を失い、生まれ故郷の町を離れた。あの人たちが悲しみにくれながら背を向けた家が、たしかにいまも多く残っている。河を見おろして立つ古風な切り妻のある家が、新しく建てられた倉庫のあいだに押しこめられ、曲がりくねる小道に貫かれている。小道はやがて、押し寄せる潮が絶えずあふれるぬかるんだ岸辺まで思いがけず導いてくれるだろう。いたるところに建つ煉瓦造りの家は落ち着いた外観を見せ、ミセス・グレッグの娘時代の、ここには似合わない新式の小粋な感じはなく、店の飾り窓にはガラスも嵌《は》まっておらず、店の正面も新しい化粧漆喰ではなかった。赤煉瓦の古き佳《よ》きセント・オグズの衣《ころも》に、昨日生まれたばかりの町の空気をまとわせようと試みる者もいなかった。店の飾り窓は小さく、もったいぶった感じではなかった。農家のおかみさんや娘たちは、市の日に買い物にやってくるが、行きつけの店からほかの店に目移りするようなこともなかった。商人たちも、通りすがりの、二度と訪れぬ客たちに向ける商品などそろえるはずはない。ああ、ミセス・グレッグの若い頃さえも、年月のへだたりをいっそうきわだたせる時代の変化というものによって、遠い昔になってしまった。戦争の話や戦争が起こるかもしれないという噂は、人々の心から消え去っていた。人で賑わう市場で、とび色の厚地の外套を着た農夫たちが、穀物の見本袋から穀粒を振りおとしながら、そんな話を賑やかにしていたのは、穀物の価格が高かった黄金時代のことである。あの大河が、歓迎されない敵国の船を運んでくることのできた、そんな時代はもう永久に過ぎ去った。ロシアは、亜麻の種を――多いほどけっこう――持ちこんでくる国にすぎない。その亜麻の種を、大鎌のような腕を持つ巨大な挽き臼がひく。轟音をたてながらひき潰すと、まるで生きた魂がそのなかにひそんでいるかのようにていねいに掃きおとして油をとる。カトリック教徒と不作と不可思議な貿易変動は、人間が恐れねばならない三つの災いである。洪水にしても、近年はさほどひどくはない。セント・オグズの町の人々の目も、過去や未来をひろく見ているわけではなかった。ひたすら長い過去を受け継いできたにすぎないし、道を歩きまわっている過去の幽霊を見る人の目もない。聖母マリアを小舟の舳先に乗せてやってきた聖オグの姿が、広い川面にあらわれてから数世紀が経ち、あまたの記憶は過去に取り残され、遠のいていく丘の頂きのように消え去ってしまった！　そして現在はというと、平原のようなもので、そこに住む人々は火山や地震というものをもはや信じない。明日も昨日と同じ、かつて大地を揺るがしたあの巨大な力は永遠の眠りについたと信じている。人々が、信仰によって心を揺さぶられるような時代は過ぎ去り、まして信仰を変えるようなこともなくなった。カトリック教徒が侮りがたい存在なのは、政府や財産を掌握し、人間を生きたまま焼き殺すようなこともしてきたからである。セント・オグズのまっとうな国教会の教区民がローマ教皇を信ぜよと説き伏せられたからではない。ある老人は回想している。後にメソジスト派を生むジョン・ウェスレーが、家畜市場で説教したとき、物知らずな群衆の心をいかにたやすく揺さぶったか覚えていると。だが人の魂を揺さぶるものは説教師ではないと、人々のあいだで長いこと信じられてきた。ほうぼうの非国教徒の説教壇で嬰児の洗礼の問題がよく議論に上ったこともあったが、これは単に、変化に対処してきた冷静な時代には似合わぬ宗教的熱意のあらわれにすぎない。清教徒たちは安楽なもので、教派分離には無頓着、改宗も意に介さない。非国教主義というものは、教会の上席や、商売上のコネ同様に代々受け継がれている。国教会の信徒だけが、国教反対というものは、食料雑貨商や蠟燭屋などに張りついている愚かしいならわしだと考えている。非国教主義は繁盛している小売商の家系と合わないわけではないが。カトリック問答は、そうした静寂を破ろうとかすかな風を論争に吹きこんではいる。年配の司祭は、ときおり歴史を持ちだして論争を吹きかけてくる。独立教会のスプレイ師は政治にまつわる説教をはじめるようになったが、そのなかで、おのれの熱烈なる信念、つまりカトリック教徒は選挙権を得る資格があるとする熱烈な信念と、カトリック教徒は永遠に地獄に落ちるという熱烈な信念とのあいだには、微妙な差異があった。だがスプレイ師の聴衆の大半は、その説教の機微についていけなかったし、昔気質《かたぎ》の非国教徒は、師のカトリック教徒支持に苦痛を感じた。そのほかの人たちは、政治など放っておけばよいのにと思っていた。公共心というものはセント・オグズでは高く評価されなかった。政治問答に熱心な人は、危険人物と見なされていた。そういう連中は、自分できりまわすような仕事を持っているわけではなく、たとえ持っていたとしても、いずれは破産の憂き目にあうようなものだった。

これが、ミセス・グレッグの盛りの時代、ことにミスタ・タリヴァーとの争いがあったという家族史上の一時期の、セント・オグズにおける一般的なものの見方であった。それは無知というものが、現代よりははるかに安楽なものであった時代、知識という念入りな衣で装わずとも、たいそう立派な社会に敬意を持って受け入れられた。安価な雑誌がなかった時代、田舎の外科医が、女性の患者に読書が好きかと尋ねることなど思いもよらず、女たちは噂好きなのが当然と思われていた時代、婦人が素晴らしい絹の衣裳をまとい、その大きなポケットのなかに、こむらがえりの用心のためにおまじないの羊の骨を入れていた時代。ミセス・グレッグもそういう骨を持っていたが、それは祖母からもらったもので、一緒に錦織りの衣裳、脱ぐと鎧《よろい》のようにぴんと立っている代物と、持ち手に銀を巻いたステッキももらっていた。ともあれドッドスン家の一族は、何代にもわたる名家だったのである。

セント・オグズにあるミセス・グレッグの豪邸には表と裏に客間があり、それゆえ夫人には観測場所が二つあるということで、夫人はここからお仲間の弱点を観察することができ、おのれのたぐいまれな精神力に対する感謝を深めることができるのである。正面の窓からは、セント・オグズから続くトフトン街道が見え、まだ隠居してもいない人たちの奥方が出歩くのが増えるさまを見張ることができ、それと同時に木綿の靴下をはく習慣が根付いたことも観察できるというわけだった。それは次世代に暗い展望を開くものだが。裏の窓からは、河べりまで広がる美しい庭園や果樹園を見下ろすことができ、そこに咲く花や野菜などのあいだでぶらぶらしているミスタ・グレッグの愚かしい姿も見えた。ミスタ・グレッグは余生を楽しもうと、すでに羊毛商という事業から退いていたのだが、余生という人生最後の仕事なるものが、これまで携わっていた事業よりはるかに厳しいことに気づいたのである。そして気晴らしに素人《しろうと》の重労働にのめりこむことになり、二人分の庭師の仕事をこなしては常に心を和ませていた。庭師の賃金を払わずにすむというので、ミセス・グレッグは夫の愚行に目をつむっていたのかもしれない。健康な精神の持ち主の婦人が夫の趣味に敬意を払うことができるならばの話だが。しかし夫婦間の満足といえば、夫婦のうちの弱いほう、つまり妻の満足を指すことはだれでも知っている。そしてこの妻は、夫の道楽を阻むのは妻の役目とされていることには、ほとんど気づいていない――その道楽たるや、決して理にかなったものでも、推奨に値するものでもないのだが。

一方ミスタ・グレッグもまた、頭脳活動として二つのよりどころを持っているが、それは無尽蔵にあるように思われた。また自然史における自分の発見にも驚いていた。自分の小さな庭園の土のなかには素晴らしい蝶や蛾や、さまざまな昆虫の幼虫が生きているが、これらは聞くかぎりでは、人の目を惹くことはなかったようである。そして氏はこれらの生物学的現象と、当時の社会的大事件とのあいだに驚くべき暗合があったことにはやくも気づいたのである。例をあげれば、ヨーク大聖堂の大火の前には、バラの木の葉に蛇のような奇妙な瘢痕があらわれ、ナメクジが異常に発生したといわれるが、当時はその現象の意味がわからなかった。この悲惨な大火を目の前にして、彼ははじめてその意味に気づいたのである。(ミスタ・グレッグは、頭脳が並々ならぬ働きをする人間で、羊毛事業から手を退いたのちには、それがおのずから氏をほかの方向へ導いていた)。

ミスタ・クレッグが瞑想していた二つ目の問題は、女の依怙地《いこじ》ということで、それはミセス・グレッグの言動にまさにあらわれている。あの生き物は系統的にいえば、男の肋骨からできたものなのに、特にこの婦人の場合においては、労せずして最高の社会的地位を得ていながら、もっとも平穏な申し出にも、さらにはもっとも親切な譲歩にも平気で反駁するというのは、宇宙における神秘的な謎であると、氏は、創世記のはじめのほうの章にこの謎の手がかりをしばしば求めたが、いつも徒労に終わった。ミスタ・グレッグはドッドスン家の長女であるミス・ドッドスンを、思慮分別があり、倹約の化身のような人であると見て伴侶に選んだのである。そして自分自身も金儲けや貯蓄が好きなので、この結婚はきっとうまくいくだろうと思った。だが女性の性格という奇妙な混合物のなかには、原料が上等のわりに味がよくないというものはままあることである。そして徹底した吝嗇《けち》というものにも、味を台なしにするような調味料が入っているのである。さて人のいいミスタ・グレッグは、愛すべき吝嗇家《りんしょくか》であった。近隣の人たちは、彼を〝しみったれ〟と呼んだ。これは、問題の人物が、愛すべきどけちであるという意味である。もしあなたがチーズの上皮《うわかわ》が好きだといえば、ミスタ・グレッグはあなたの味覚に感謝しつつ、いそいそとチーズの上皮を取っておくだろう。またあまり飼料を必要としないならどんな動物でもかわいがるだろう。ミスタ・グレッグという人物は、大嘘をつくことはなく、偽善的でもない。その目は、未亡人の家具の売り立てに同情して涙することもあるが、そんなとき氏が内ポケットから五ポンド紙幣を出しさえすれば、そのような売り立ては阻止することができるであろう。だがつましい暮らしをしている人に五ポンドも寄贈することは、慈善というより、度を超えた気前のよさだと思われた。慈善とは小さな助けであって、それは不幸を帳消しにするものではない、と彼は常々考えていたからだ。そしてミスタ・グレッグは他人の金も自分の金と同様に倹約することが好きだった。たとえば、通行料は、だれかが払ってくれる時でも、自分の懐から出すときと同様、回り道をしてでも通行料取り立て門は避けようとする。あるいは値段の安い靴墨を使うようにと、たいした知り合いでもない人たちにまで熱心にすすめたりする。倹約自体が目的のこのしみついた習慣は、つまるところ前世代の勤勉な実業家のものなのである。彼らは狐の臭いを追っていく猟犬のようにこつこつと財産を築きあげる——それは一つの種族を形成していたが、貧乏していたかと思うと、すぐに浪費三昧のご身分になれるようなご時世では、そんな種族は消滅してしまった。古い時代には経済的自立というものは、その条件として多少の吝嗇が伴わなければかなわなかった。この特性はどの地方でも、酸を抽出するための果物はさまざまな種類があるように、さまざまな性質と結びついているのがわかるだろう。真の守銭奴《アルパゴン》というものは、つねに著しい特別の性質を持っていた。必要に迫られてけちけちしたこともある納税者が、垣根仕立ての果実や壜入りの葡萄酒にかこまれた安楽な隠居生活を送るようになっても、生活とは、目立つような赤字を出さずに生計をちびちびかじる絶妙な方法だと考える習慣のまま、資本が五百ポンドしかなかったころと同じように、利益が五百ポンドになっても、新しく課税された贅沢品などには決して手を出さない。ミスタ・グレッグはそういう人間のひとりで、大蔵大臣からは手に負えないと見なされるような人物である。であるから、長女のミス・ドッドスンの美点にピリリと辛い調味料を自然が与えたにもかかわらず、自分は望ましい結婚をしたという確信をミスタ・グレッグが捨てない理由がおわかりであろう。愛情こまやかな人物が、おのれの人生観を認めてくれる妻を見出し、これほど自分にふさわしい女はいないと簡単に信じこんでしまい、なんの疎外感もなく日々、小言をいいあったり、いがみあったりしている。ミスタ・グレッグは思慮深く分析するたちで、もはや羊毛の仕事で忙しくはなかったので、自分の家庭生活において繰り広げられる、女心の特殊な構造について深く考えることができた。それにしても彼はミセス・グレッグの家事の取り仕切り方は、婦人の手本だと思っていた。よその婦人がナプキンを、自分の妻のように、しっかりと巻いていなかったり、焼き菓子が、妻が焼いた菓子のような適度なかたさがなかったり、スモモのジャムが、妻の作るジャムのように昔ながらのおもむきがないようなときには、嘆かわしいと思うのだった。それどころか、ミセス・グレッグの小さな戸棚のなかの、食料品と薬がいりまじったような格別の匂いは、これこそ戸棚の匂いであると氏を感じ入らせるのであった。まるまる一週間のあいだ、喧嘩をしないというときがあったら、もう二度と喧嘩はしたくないと氏が思うかどうかは疑問である。なんにでも従う温和な妻なら、氏の瞑想をかなり平凡にして神秘に乏しいものにしてしまったであろう。

ミスタ・グレッグのまぎれもない親切な気質は、次のようなところにも示された。つまり他人と——たとえ、召使のドリーであろうと——いざこざを起こしている妻を見ると心が痛むのである——自分自身が妻のあらさがしをするような心境になったときよりも。そして前日の妻とミスタ・タリヴァーの諍いにはたいそう気を揉んでいたので、その翌朝は、朝食前に庭を散歩しながら早生《わせ》のキャベツの様子を見るいつもの楽しみもまったく消え失せていた。それでも、一夜眠れば妻の怒りもおさまり、家族のあいだにも礼節ありという日ごろの気持ちが甦るだろうというかすかな希望をいだいて朝食の席にのぞんだのである。ドッドスン家のあいだでは、親族の恥となるようなひどい争いが起きたことはない、とミセス・グレッグは日ごろ自慢していた。ドッドスン家には、一シリング与えられて勘当されたような人間はひとりもいないし、ドッドスン家の親族で縁を切られた者もいない。実際、どうしてそんなことになるはずがあろうか。金の余裕がないという者はいなかったし、少なくともだれもが自分の家を持っていたのだから。

ミセス・グレッグが、朝食の席につくときは、その額にかかっていた夕雲はいつも消えている。つまりけばのような巻き毛の前髪のことだが。朝は家事に忙しく、パリパリの硬いパンをつくるには、こうるさい巻き毛の前髪のような邪魔ものをつけている暇はないのだった。十時半になると、礼儀上その前髪が必要となる。それまではミセス・グレッグもそれをつけずにすむわけだが、世間さまはその事実は知らない。だが夕雲が消えたので不機嫌の雲が残っていることはいっそう明らかになった。そしてミスタ・グレッグは、牛乳で煮た粥の前にすわるとそのことに気づく。この粥は、朝の飢えをしのぐための昔からのつましい習慣だが、氏はそれをすすりながら、妻のご機嫌というたいそう微妙なものに少しでも触れまいと、こちらから妻に言葉をかけるのは控えていた。妻のご機嫌というまことに微妙なものにすこしでも触れようものなら、どれほどたいへんな目にあうかわからない。おのれの不機嫌を楽しむような人間は、われとわが身にわざと飢えを味わわせ、不機嫌を持続させる努力をするものである。それがミセス・グレッグのやり方だった。けさはいつもより薄めのお茶を淹れ、バターも遠慮した。夫人は喧嘩する気まんまんで、機会があればいつでも食いついてやろうと意気込んでいたが、ミスタ・グレッグの口からはきっかけになるような言葉はなにひとつ出てこなかった。だがどうやら氏の沈黙は、この目的にかなうものだったらしい。とにかく愛する妻が、あの格別な口調でついに話しかけてきたからである。

「ねえ、旦那さま！　長年にわたって、あなたにお仕えしてきたわたしに、こんなひどい仕打ちをなさるなんて。かわいそうな父さまが亡くなる前に、こんな仕打ちをされるとわかっていたらねえ。そのころ、そんなこととわかっていたら、家庭がほしいと思えば、いつでもどこにでも嫁入りできたのにねえ――わたしの好きなところに」

ミスタ・グレッグは粥をすする手を止めて顔を上げた――浮かんでいたのは新たな驚きではなく、不可解なものをずっと目にしているときにだれもが示す、習慣になったあの静かな驚きだった。

「へえ、奥さんや、わたしがいまなにかしたのかね？」

「いまなにかしたか、ですって、旦那さま？　いまなにをしたかと？……情けないわねえ」

適切な答えが見えぬまま、ミスタ・グレッグはふたたび粥にとりかかった。

「世間には旦那さまがいくらもおられますがねえ」と一息いれてからミセス・グレッグは言葉をつぐ。「ご自分の奥方に逆らってまで他人の肩を持ったりしないお人もいるんですよ。たぶんわたしが間違っているんですね。だったらもっとよく教えてくださればよかったのに――でも妻の肩を持つのは夫の仕事だと聞いてきましたもの、世間の人が妻を侮辱したら、喜んで勝ちどきをあげるなんて真似はせずにねえ」

「いまさら、なんでそんなことをいうんだね？」ミスタ・グレッグはむっとした、親切な男ではあったが、モーゼのように温和ではない。「わたしがいつ、おまえを馬鹿にしたり、喜んで勝どきをあげるような真似をしたというんだね」

「あからさまにいうより、もっと悪いやり方があるんですよ、旦那さま。みんなが正しくてわたしだけが間違っているみたいにいわれるより、いっそ面と向かって、おまえを馬鹿にしているといわれたほうがましですわ。なのに、あなたときたら、朝になればのうのうと朝食に起きてくる、わたしは夕べは一時間と眠れなかったのに、しかもこのわたしがあなたの足もとの泥かなんかのように、平然とふくれ面をなさる」

「ふくれ面をしたと？」とミスタ・グレッグは、呆れたようにいった。「あんたはまるで、自分のほかはみんなひどい酔っぱらいだと思っている酔っぱらいのようだな」

「このわたしに、そんなひどいことをおっしゃって、ご自分の品格を下げるような真似はなさらないでくださいましよ、旦那さま！　ご自分じゃわからないでしょうが、ご自分がたいそうちっぽけに見えてしまいますよ」とミセス・グレッグは、強い憐みをこめていった。「あなたのような地位にいる殿方は、人の手本になるようなことをなさって、もっと分別のある口のきき方をなさらないと」

「そうだな、だが、あんたは分別のあることに耳を傾けるかね？」とミスタ・グレッグが鋭く言い返した。「あんたにいってきかせられる分別のあることとは、ゆうべわたしがいったことだよ。ほうっておいてもかまわない金を取り立てるような真似はいかんな、そのままほうっておいたって安全なものさ、みんな少々不機嫌だったばかりのことでな。けさは気が変わったと思っておったがな。だがどうしても取り立てたいというなら、なにもいますぐやることはない、一族のあいだに確執を生むような真似はするな。せめてなんの悶着《もんちゃく》もなしに手に入る頃合いの抵当が見つかるまでな。投資物件を探すよう弁護士に頼んでも費用がかかるばかりだよ」

ミセス・グレッグは、この言葉には一理あると思ったものの、頭をふりあげ、自分の沈黙は和平を示すものではなく一時の休戦にすぎないと示すために、咳払いをしてみせた。そしてじっさいふたたび敵意をあらわにしたのである。

「お茶をいただければありがたいな、奥さん」とミスタ・グレッグはいった。お粥を食べおわったのに、奥方がいつものようにお茶を淹れようとはしなかったからだ。夫人は頭をちょっと振り上げるとティーポットを取り上げて、こういった。

「あなたが、ありがたいなんていってくださるとはうれしいですねえ、旦那さま。世間さまにわたしがなにをしてあげようと、感謝のお言葉などなかなかいただけないですものね。あなたのお身内には、まあ、わたしと肩を並べられるような方はひとりもいらっしゃいませんけど。わたしは臨終の床にいてもそう申しますよ。それでもわたしは、そちらのお身内にいつも礼儀正しく振る舞ってきましたよ。そんなことはなかったといえるお身内はひとりもいないのではないかしら、もっともわたしとは身分がちがいますしねえ、わたしにそんなことをいわせる人はだれもいませんよ」

「まあ、わたしの身内のあらさがしをするのはやめたほうがいいな、おのれの身内の争いに片がつくまではな、奥さん」とミスタ・グレッグは、いまいましげに皮肉をこめていった。「すまんが、牛乳壜を取ってくださらんか」

「あなた、よくもそんなことがいえますのね」と夫人はいって、いつもより多目に牛乳を注いだ、牛乳がほしけりゃたっぷりさしあげますよとでもいうように。「嘘だとご存じのくせに。わたしは、身内と喧嘩するような女じゃありません。あなたならなさるかも、たしかになさっていたことは知っていますよ」

「それじゃあ、昨日、あんたが腹をたてて妹の家を出しなにいったことはなんだというんだね?」

「わたしは妹と喧嘩したわけじゃありませんよ、旦那さま。そんなことというわけがない。タリヴァーさんは、わたしの血筋じゃありませんから。喧嘩を吹きかけてきたのは、あの人ですよ、わたしを家から追い立てたのもね。でもあなたは、わたしがその場にとどまって、罵声を浴びせられりゃいいと思ったんでしょう。ご自分の奥方に浴びせられる悪口雑言をもっと聞きたかったのに、それが聞かれなかったのでいらいらなすったんですね。でもいっておきますが、それはあなたの不名誉でもあるんですからね」

「この教区でこんなことをいわれる人間がいたかね？」とミスタ・グレッグはかっとしていった。「必要なものはなんでも与えられて、自分の金はしっかりと貯めこんでいるし、金に糸目をつけずに馬車の詰め物を取りかえたり内張りを新しくしたり、わたしが死ねば期待していた以上のものがもらえることになっておる……そいつが狂犬同然に噛みついてくる！　全能の神さまが女をこんなふうに造ったとは、途方もないこった」（この最後の言葉は、悲痛な口調で述べられた。ミスタ・グレッグは茶碗を押しやると、両手で食卓を叩いた）。

「まあ、旦那さま！　それがあなたのご本心なら、ぜひ世間に知らせてやってくださいな」とミセス・グレッグはナプキンを取ると、興奮した仕種でそれをたたみはじめた。「でも、わたしが、期待している以上のものをいただけるとおっしゃるなら、わたしには、当然していただくはずなのに、そうなっていないことがたくさんあるといいたいですね。そしてわたしが狂犬のようだとおっしゃるなら、わたしに対するあなたの仕打ちについて、世間さまから恥を知れといわれなければいいけれど、それだけはわたしも耐えられませんよ、とてもとても……」

ミセス・グレッグの声は、いまにも泣きだしそうになり、言葉を切ると、呼び鈴を烈しく鳴らした。

「サリー」夫人は椅子から立ち上がりながら、かすれ声でいった。「二階の火を起こして、鎧戸もおろしておくれ。旦那さま、昼食には、どうぞお好きなものをいいつけてくださいな。わたしはお粥にします」

ミセス・グレッグは部屋を横切って小さな本棚に近づき、バクスター師の『聖者の永遠《とわ》の憩《いこ》い』を取りだすと、それを持って二階にあがっていった。その本は、特別なときに目の前に広げておく書物だった。雨もよいの日曜日の朝とか――身内の者の死を知らされたときとか――あるいは、いまのように、旦那さまとの諍いが常より一段と烈しかったときにである。

だがミセス・グレッグはほかのものも二階に持っていった。『聖者の永遠の憩い』とお粥同様に、それは夫人の気持ちを徐々に鎮めてくれるもの、これがあればお茶の時間には一階に降りることもできようというものだ。そのひとつはミスタ・グレッグの提案、妻の五百ポンドは、よい投資先が見つかるまではそっと寝かしておくほうがよかろうという提案だった。その上、自分の死後は妻にはかなりのものを遺すと匂わせていた。ミスタ・グレッグは、世間のおおかたにならって、自分の遺言の内容を妻に漏らすことはなかった。そしてミセス・グレッグは、気分が沈んだときなど、夫は、噂に聞いたよそのご亭主と同じように、おのれの死後は、妻にはわずかなものしか遺さず、妻の悲嘆をいっそう深めてやろうという情けない魂胆ではあるまいかと勘繰ったりした。それならこちらも、帽子に喪章などつけてやるものかと、二番目の夫のためにこぼす程度の涙しかこぼしてやるものかと心に決めたのである。

だがもし夫が遺言に妻への思いやりを示してくれているならば、夫の死後には、かわいそうな人よと胸を痛めるだろう。夫が花や菜園の作物にやきもきしたり、カタツムリのことで意地をはったりしたことも、それが終わりを告げたとなれば、悲しい思い出になるだろう。夫より長生きをして、夫を誉めたたえるとしたらこういうだろう、弱点はたくさんあったし、貧乏な親族も大勢いたけれども、妻には正しいことをしてくれた人だったと。相当な利息もこれまでよりちょくちょく入ってきて、賢い泥棒の鼻をあかしてやろうと家にある方々のすみっこにそれを隠してやろう（ミセス・グレッグにとって、銀行とか金庫とかいうものは財産を所有する楽しみを損なうもので、食べ物だって薬用容器《カプセル》に入れて食べるようなものだと思っていた）。最後には、家族や近隣の人たちからも尊敬されるのだ、「たんまり遺産をもらった未亡人」という言葉にふくまれる過去や現在の威厳というものを持っていない婦人には望めないほどに。これらはすべて心地よく、また心慰められる未来を思わせるものだった。それゆえ、人のよいミスタ・グレッグがせっせと畑仕事をして機嫌をなおし、通りすがりに妻がすわっていない空っぽの椅子とすみのほうに転がっている編み物を見ると胸をつかれ、二階にあがって、モートンさんを弔う鐘が鳴ったよと妻に話しかけると、ミセス・グレッグは、傷つけられてなどいないかのようにおおらかに答えたのである。「ああ！　すると、どなたか、いいご商売にありつくというわけね」

もう五時に近いので、あのバクスター師の本は少なくとも八時間は開きっぱなしだったわけである。しじゅう喧嘩をする人は、喧嘩をいつまでもひきずらないものだという当然の結果になった。

グレッグ夫妻はその夜、タリヴァー家について和やかに話し合った。ミスタ・グレッグは、タリヴァー君は苦境に落ちやすい気の毒な男だ、あれでは財産を使いつくしかねない、と認めるほどだった。そしてミセス・グレッグは、その言葉が終わらぬうちに同意して、ああいう男のすることをいちいち気にかけるのは、自分の品位に関わるし、ここは妹のために五百ポンドはもうしばらく貸しておきましょう、抵当を取ってそれをよそに貸したって利息は四分しか取れないのだから、といったのである。

第13章　ミスタ・タリヴァー、人生の糸かせをさらにもつれさせる

ミセス・グレッグがこのように考え直したおかげで、翌日のミセス・プレットの仲裁の件も、いたってたやすいものになった。むしろミセス・グレッグは、妹が身内の問題をどう扱うか姉に忠告しなければと考えているのを見てとると、それをぴしゃりとさえぎったくらいである。身内のあいだに争いごとがあったと世間の人たちに触れまわられたりしたら、世間体が悪いというミセス・プレットの意見が、なんとも不愉快だというのである。ミセス・グレッグさえ口をつぐんでいれば、一族の名は決して汚されることはないというのなら、心配ご無用、ミセス・プレットも枕を高くして寝ればよい。

「まさかねえ」とミセス・グレッグは、問題に決着をつけるつもりでこういった。「ベッシーが来ないうちに、わたしのほうからもう一度製粉所に行くようにとか、わたしがタリヴァーさんの前でひれ伏して、どうかお情けをと懇願しろとかいうんじゃないでしょうね。わたしは、なにも恨みはしませんよ、タリヴァーさんが礼儀正しく話すなら、わたしだって礼儀正しく話しますよ。どうすればいいかなんて、教えてもらう必要はありませんね」

タリヴァー家のために自分が姉に嘆願する必要がないとわかると、プレット伯母の心配がいささか薄らいで、そこですこぶる不運な家の子たちから昨日こうむった腹立たしい出来事を思い出したのは当然であ

る。ミセス・グレッグはその顚末《てんまつ》を聞いた。ミスタ・プレットのきわだった記憶力が、さらにいくつかの出来事を提供した。そのあいだプレット伯母は、子供たちに不運な目にあわされているベッシーを哀れみ、マギーを遠く離れた寄宿学校に入れるための費用を自分が払うという計画が進行中であることを話した。それでマギーがこれ以上色黒になるのを防げるわけではないけれども、そのほかの欠点はいくらかでも直せるかもしれないというと、グレッグ伯母は、ベッシーの気の弱さを詰《なじ》り、タリヴァーの子供たちがろくなものにならなかったら、そのときまで生きていなければならない者たちに、こう訴えたのである。わたし、ミセス・グレッグは、はじめからどうなるかいっていたではないか、自分の言葉がすべて現実になるとは、自分でも驚いているのだが。

「じゃあ、わたし、ベッシーのところに行って、こういってやろうかしら、姉さまはなんとも思っていらっしゃらない、なにもかも以前のとおりだって?」とミセス・プレットは去りぎわにいった。

「そうね、そうしてちょうだい、ソフィ」とミセス・グレッグはいった。「タリヴァーさんとベッシーにそういってちょうだい。人から意地悪されたって、わたしは意地悪するつもりはないって。わたしは長姉としての立場はわかっているから、なにごともみなの手本になるようにするつもりだし、現にそうしている。そうしていないとはだれもいえませんよ、みながほんとうのことをいうなら」

ミセス・グレッグは、自分の高潔な度量にすっかり満足していたので、その夜、ミセス・プレットが帰ったあと、ミスタ・タリヴァーから届いた短い手紙が、ミセス・グレッグにどんな効果をもたらしたかは、読者のご想像におまかせしよう——その内容とはこうである。件《くだん》の五百ポンドについては、心配ご無用、利息ともども、遅くとも来月の期日までには返済いたす所存であると。なお、自分はグレッグ夫人に対してご無礼をはたらく所存は毛頭なく、いつなりと喜んで拙宅にお迎えしたいと思っているが、小生やわが子たちに対しては、気づかいはご無用であるとつけくわえたのである。

こうした結末をはやばやと招いたのは、かわいそうなミセス・タリヴァーであった。原因が同じであろうと異なる結果がもたらされるかもしれないという、抑えがたい願望がそうさせたのである。夫は、おまえにはそれはできまいと他人にいわれたり、無能であると哀れまれたり、あるいはおのれの自尊心を傷つけられたりすると、とんでもないことを仕出かすということは、これまで何度も経験している。それでも今日は、夫がお茶の卓にあらわれたら、プレット姉が、グレッグ姉のところにわざわざ赴いて、万事よいように計らってくれたので、借金の返済についてはもう心配せずともよいと話そうと思い、そうしたらきっと食事も楽しくなるだろうと考えたのである。ミスタ・タリヴァーは、金を調達しようという決心を揺るがせたことはなかった。だが妻の話を聞くと、行き違いのないようにミセス・グレッグに手紙を書こうと決心した。ミセス・プレットが、自分のためにお願いにいってくれただと！　ミスタ・タリヴァーは、手紙を書くのは苦手である、話し言葉と書き言葉、単に綴りとも呼ばれるものだが、その違いが、このわけのわからない世のなかで、もっともわけのわからないもののひとつであった。にもかかわらず、激烈な心情で書かれる手紙の例にもれず、いつもより早く書きおわってしまった。綴り字がミセス・グレッグのものとはちがっていたとしても――なにしろこの相手は、彼と同じく、綴り字というものは人それぞれなのだと考える世代に属していたのである。

ミセス・グレッグは、この手紙を読んだからといって遺言を書き変える気は毛頭なく、数千ポンドという財産の六番目と七番目の継承者という立場をタリヴァーの子から奪うつもりはなかった、自分が死んだとき、あの人は財産を自分の身内にまったく公平に分け与えなかったと、世間にいわせてはならない。遺言という問題は、個人の資質より、血縁という事実が優先されるものである。自分の気まぐれで財産を分け与え、血縁の程度によって財産を分け与えないとなると、その後の人生を辛くするような汚名を着せられるのである。これは、ドッドスン家における先祖伝来の信念であった。これは、こうした名家における誇るべき伝統であり、公正さであった――それがわれわれの地方社会の深慮というものであった。

だがあの手紙によって、ミセス・グレッグの信念を揺るがすことはなかったとはいえ、親族のあいだに生じたひびはますます繕いがたいものになった。また、タリヴァーに対するミセス・グレッグの意見に及ぼした影響はといえば、ミセス・グレッグは、この先、タリヴァーについてはもうなにもいうことがないことをご了解願いたいということだった。あの人の精神状態は腐りきったもので、もはや考えるのもいやであると。その後、ミセス・グレッグが妹のタリヴァーを訪問したのは、八月も初旬のトムが学校へ行く前夜がはじめてだった。道中ずっと二輪馬車にすわったまま、忠告やら批判めいたことをいうのは、いっさい謹しむことで不快感をあらわしていた、というのも、妹のディーンにはこういった。「ベッシーはあんなご亭主を持った報いを耐え忍ばねばならないのよ、かわいそうだけれど」ミセス・ディーンは、ベッシーはほんとうにかわいそう、と同意したのだった。

その日の夕方、トムはマギーにいった。「うえっ！　マギー、グレッグ伯母さんが、また来るんだってよ。さいわいおれは、学校に行くからな。こんどはおまえが、ぜんぶひっかぶれよな！」

マギーは、トムが行ってしまうと思うだけで悲しくてたまらなかったのに、こんな意地の悪い歓喜の声を浴びせられて、その晩は泣きながら眠りについた。

ミスタ・タリヴァーは、おのれの素早い処置のせいで、証文を差しだすだけで五百ポンドを貸してくれる都合のいい人間をすぐさま探し出さねばならない羽目になった。「それがウェイケムの依頼人であってはならんぞ」とタリヴァーは思った。それなのに二週間後には、その逆になってしまった。タリヴァーの意志が弱かったためではなく、外部の事情の方が強かったからである。ウェイケムの依頼人よりほかに都合のいい人間はいなかったのである。タリヴァーは、オイディプスと同様の運命を負わされていた、つまりこの場合、彼はオイディプスのように、自分の行為は、自らなしたことではなく、外から負わされたのであると弁解していたことだろう。

第二部　学校時代

第1章　トムの第一学期

　ウォルター・ステリング牧師の厳しい指導のおかげで、キングズ・ロートンにおける最初の四半学期、トム・タリヴァーはかなりひどい苦労を強いられた。ジェイコブズ先生の学塾はこれほど厳しくはなかった。遊び友だちも大勢いたし、トムは体力を要する競技は得意、ことに喧嘩はおおいに得意だったから、仲間の中では優位にたっており、そのことはトム・タリヴァーという人間から切り離せないように思えた。ジェイコブズ先生はというと、いつも眼鏡をかけていたから、綽名《あだな》はぎょろ目先生で、生徒を威圧するようなことはなかった。それに銅板刷りのような整った文字を書くし、署名にはアラベスク模様の飾りをつけて、文字はすらすら書けるし、「わが名はノーヴァル」と悲劇の台詞をよどみなく朗誦もする、これがこういう薄汚い老いぼれの偽善者の特性だとするならば、トムとしては、自分がそのようなくだらない危険を犯さずにすむのは喜ばしいと思っていた。トムは、薄汚い教師などになるつもりはない――父親のような立派な人間になるつもりだった。父親は若いころから見事な黒毛の雌馬――ざらには見られないような美しい馬――に乗って猟に出かけていた。その馬の長所については父親から百万遍も聞かされている。おれだって狩りにも行くし、世間の人たちから尊敬されるようになるんだ。だれでも大人になれば、書き方だの綴り字だの、そんなことをいちいち訊かれることもない。大人になってなんでもできる人間になり、好きなようにやる。学校生活がこれほど引き延ばされるなんて、そもそも考えもしなかったし、とても楽しいものだと思ってきた父親の仕事を引き継げるような教育もしてもらえないとなると、とうてい納得がいなかった。ひたすら馬を乗りまわし、指図をし、毎日市場に行くという仕事なのに。だが牧師は聖書についてひたすら教えるだけ、おそらく日曜日には、短い祈禱文にくわえて、福音書やら使徒の書を教えられるのだろう。だがその辺の事情にはうとかったので、学校や教師というものが、ジェイコブズ先生の学塾とはまったくちがうものだとは想像もしていなかった。だから気の合った仲間ができたときに困らぬように、雷管を小さな箱に入れて持ってきた。雷管を使ってなにかしようというのではなく、できたばかりの友だちに、自分が銃に詳しいという印象を与えたかったのだ。かわいそうなトムは、マギーの幻想なるものははっきり見破っていたのに、自分自身の幻想もないではなかった。だがキングズ・ロートンにおける数々の経験によって、そうした幻想は無惨にも消散してしまったのである。

ここへ来てから二週間もたたぬうちに、ここの生活は、ラテン語の文法ばかりか、国語の新標準発音法によってますます複雑になり、それに内気という厚い霧に包まれると、それがいっそうわけのわからぬものになったことが明らかになったのである。そしてすでにお気づきであろうが、トムも世の少年の例外ではなく、気軽に応対のできる少年ではなかった。ステリング夫妻に、はいとか、いいえとか簡単な返事をするのも苦手で、食卓でプディングをもう少しいかがと尋ねられるのはほんとうに怖かった。持ってきた雷管は、辛かったけれども近所の池に投げこむことにした。なにしろ生徒はトムひとりだけ、銃についてはある疑いを持つようになっていたし、自分の人生観というものがひそかに傷つけられたという感じがしていた。ステリング先生が、銃にも馬にもとんと興味がないのは明らかだった。それでもトムは、あのぎょろ目先生を軽蔑したようにステリング先生を軽蔑することはできなかった。たとえステリング先生に、まったく純粋でないところがあったとしても、トムがそれを探り当てるのは無理だった。それを探り当てることのできる人間は、大まかにいえば、もっとも賢い大人にしても、ごろごろ転がる大樽の音と、天から聞こえる雷鳴の音を聞き分けるには、さまざまな事実をあまねく比較する能力が必要なのである。

ステリング先生はがっしりした胸幅の広い人で、まだ三十にもなっていない、亜麻色の髪の毛は逆立っており、大きな目は明るい灰色、いつもぱっちりと見開かれている。声はあたりに響きわたる低音、その物腰には傲慢な自信が満ちあふれ、ともすれば図々しいと見られがちである。やる気満々で職につき、同輩をあっといわせようと思っていた。ウォルター・ステリング師は、下位の聖職者のあいだに一生とどまっているつもりはなかった。立身出世をしようという真《まこと》の英国人魂を持っていた。まずは学校の教師として。いくつかのグラマースクールに立派な教職の仕事があり、ステリング先生は、そのひとつに応募した。だが牧師としてもやっていきたかった、というのも、人の心に訴えるような説教をしたかったし、自分の教区が、近隣の教区からやってきた崇拝者たちでいつも満ちあふれるようにと願っていた。そして資質の劣った仲間の聖職者にかわってお務めをするときは、いつも大きな感動をもたらすように心がけた。ステリング先生が選んだ説教の形式は、即興的なものだが、キングズ・ロートンのような田舎の教区では、ほとんど奇跡に近いものと思われていた。マシヨンやブルダルーといった有名な説教者の数節を暗記し、それをステリング先生の低音で朗々と述べられると、たいそうな効果があった。先生自身の貧弱な主張も、同じような低音で厳かに述べられると、これもまた聴衆に深い感銘を与えた。ミスタ・ステリングの教義は、特別の宗派に属しているものではない。強いていうなら、福音主義的な気味があり、キングズ・ロートンが属する教区においては、それが当時の人々の心をうつものであったからである。要するにステリング先生は、自分の職業で功績を上げて出世しようという人間だった。まだ大法官にはなっていない有名な弁護士にどうやら伝手《つて》はあるものの、伝手といえばそれだけだったからだ。こうした強い意志を持つ聖職者は当然、はじめから少々の負債は抱えている。一生、副牧師のような貧しい暮らしに甘んじているとは思えない。そしてたとえ舅《しゅうと》のミスタ・ティンプスンが娘の財産として数百ポンドをくれたとしても、立派な家具や貯蔵用の葡萄酒やグランド・ピアノに費やす金、そして素晴らしい花壇の設計にかかる費用にはとうてい足りない。こうしたものはほかの手段で手に入れるか、さもなければ牧師ステリングは、そういうものは諦めねばならない——後者を選ぶとすれば、成功は確実であるのに、その果実の収穫はばかばかしいことに先延ばしという羽目になる。ステリング先生はいつも胸を張り、確固たる意志を持っていたので、なにごとにもそれに見合う力が自分にはあると思っていた。聴衆の良心を揺さぶり、世の人々から誉めたたえられるだろうし、ギリシャ劇に少しずつ手を入れ、新しい読本を創りだすかもしれない。その劇はまだ選んではいないのだが。二年足らず前に結婚したので、暇な時間は、妻への気づかいにもっぱら充てられていたからである。だがすでにこの佳人には、自分がしようとしていることを話していたし、その人は、夫はなにごとも理解している人物であると多大な信頼をよせていた。

だが将来の成功の第一歩として、この半年間、トム・タリヴァーを預かろうということになった。なぜかというと、単なる偶然ではあるが、トムの近隣に生徒志望者がいたからである、これは、ステリング先生が妻と内々で話し合ったことだが、あの躾《しつけ》の悪いタリヴァー家の息子が、短期間で驚くべき進歩をとげたとしたら、ステリング先生の信望はますます上がるであろう。先生がトムの課業について厳しかったのには、こういうわけがあった。この少年は、そうとう厳しくやらなければ、ラテン語の文法という手段だけでは能力を向上させることできないだろう。だがステリング先生は、厳格きわまりない人でも、意地悪な人というわけでもない――まさにその逆である。食卓では、トム相手にふざけてみせたり、トムの地方の習慣や言葉を、冗談を交えながら訂正してやったりする。だがかわいそうなトムは、厳しくされたり笑われたりするこの二重の新しい経験に、ますます怖じ気づき、混乱してしまう。ステリング先生が放つような冗談にはまったく慣れていなかったし、生まれてはじめて、自分はとにかくなにもかも間違っているのだという苦痛を味わったのである。ロースト・ビーフの皿のふたがとられ、そこでステリング先生がこういう、「さあ、タリヴァー君、ロースト・ビーフをご辞退《デクライン》なさるか、ラテン語を格変化《デクライン》なさるか、どちらにするかな?」トムは、もっとも冷静なときでも、洒落《しゃれ》というものは皆目わからなかったが、こんなふうにおどおどした状態に放りこまれると、とにかくラテン語だけは勘弁してもらいたいという気持ちだけが募るばかりで、ほかのことは見えなくなってしまった。それでもちろんトムは、「ロースト・ビーフ」と答えた。するとどっと笑い声があがり、料理に関する悪い冗談が飛び、それでトムは、自分がある不可解な方法でビーフを断わったのだということがわかったのである。そしてじっさい、自分を「バカ」に見せてしまった。もし仲間の生徒がこうした苦痛な扱いを受けたとしても、勇敢にそれを乗り越えるさまをトムが見ていたら、自分も当たり前のこととしてそれに耐えていただろう。教育には金のかかるふたつの方法があるが、そのいずれも、まず親は子供をただひとりの生徒として牧師に預けることによって子供にそれを与えることができる。ひとつは、立派な紳士たる牧師さまのたえまない放任を享受すること。もうひとつは、立派な紳士たる牧師さまのたえまないお節介に耐えること。ミスタ・タリヴァーが、キングズ・ロートンにおけるトムの数カ月のために支払った高額な授業料は、この後者の特権を得るためである。

このご立派な製粉業者にして麦芽製造業者は、トムをあとに残し、おおいに満足して家路についたのである。トムの教師についてライリーの助言を求めようと思いたったあのときは、幸せな瞬間だったと思った。ステリング先生は目を大きく見開き、いとも無造作にかつ率直にミスタ・タリヴァーのまわりくどい話に答えた。「なるほど、なるほど」とか「ごもっとも、ごもっとも」とか、「ご子息を、世間に通用する人間に育てたいとお思いですな」とかいうので、ミスタ・タリヴァーは、日常の問題にも詳しいお人だと、たいそう喜んだのである。この前の裁判で話を聞いた法廷弁護士ワイルド氏を除けば、これまで会っただれよりも賢いお人だと思った。じっさいワイルド弁護士に似ていないこともない——胴着の脇に両の親指をさしこむという癖も同じだった。ミスタ・タリヴァーは、厚かましさと鋭敏さを取り違えることにかけては例外ではない。おおかたの信者は、ステリング牧師を賢い人だと思い、世間に通用する力を持っていると思っている。むしろ愚鈍な人物だと思っているのは、おもに聖職者の仲間である。だが彼は、機械に仕事を奪われた労働者「スウィング」や放火にまつわるいくつかの話をミスタ・タリヴァーに話して聞かせ、豚の飼育法について尋ねたときは、いかにも実際的な思慮深い態度で、巧みな饒舌をもって答えたので、ミスタ・タリヴァーは、この人こそ、トムのために求めていたお方だと思った。一流のこのお方は、さまざまな方面に通じており、トムが、弁護士にひけを取らない人物になるために学ばねばならないことを心得ているお方だと思った——こういうことは、哀れなミスタ・タリヴァーが疎いことなので、彼は、こうしたおおまかな推論に頼らざるを得なかった。そんな彼を笑うのは穏当ではない、わたしが知るかぎりでも、彼よりはるかに高度な教育を受けた人間が、愚かしくも的はずれな推論をしているからである。

ミセス・タリヴァーについていうならば、下着に風を通すことや、育ち盛りの男の子がしばしば空腹を訴えることなどについて、ミセス・ステリングの意見が自分とまったく一致したこと、その上、ミセス・ステリングは、たいそう若いのに二度目の出産を控えており、産後ひと月付き添う看護婦の振る舞いや気性についても、自分とほとんど同じ経験をしているのが気に入ったのである――帰りの道々、トムをあの夫人のもとに置いてきたことについておおいに満足していると夫に伝えた。若いにもかかわらず思慮分別があって母親のような気づかいを示し、たいそう控え目にわたしに助言を求めてきたあの夫人のもとにトムを預けたことに満足していると。

「でも豊かな暮らしをしなさっているのねえ」とミセス・タリヴァーはいった。「だって家の内は、なにもかもきれいに整っているじゃありませんか、それに奥さんが着ていたあの波紋のある絹地は、たいそうお値段の張るものですよ。プレット姉さまもああいうのを持っていますもの」

「ああ」とミスタ・タリヴァーはいった。「副牧師のお手当てのほかになにか実入りがあるんじゃないか――おそらく奥さんの父親から援助があるんじゃないかね。そこへもってきて、トムの百ポンドが入るときている――牧師いわく、トムの世話に手がかかるわけじゃなし。教えるほうはお手のものだしな。これで万事が落着さ」とミスタ・タリヴァーはつけくわえると、頭をかしげ、物思いにふけるような按配で、乗っている馬の脇腹をくすぐるように撫でた。

おそらくそんなわけで、教えるということはステリング先生の身に生来そなわっていたのだろう。動物なら周囲のさまざまな自然から教えられて行動するということを忘れて、先生は四囲の情況などおかまいなく型どおりに教えるということにとりかかったのである。かの魅力的な博物学者ブロデリップが語っているように、氏のペットのビーバーは、ロンドンにある建物の四階の部屋のなかにいても、英領カナダにある河か湖に棲家《すみか》を作っているかのようにせっせと堰作りをしていたという。堰を作ることはビニーという名のこのビーバーの本能である。水がないとか子孫を持てないとかいうのは単なる偶発事であって、己に責任はない。同じような確たる本能によってステリング先生は、イートン校の文法書とユークリッド幾何学をトム・タリヴァーの頭に叩きこむという、先生にとっては当然の教育法にとりかかったのである。これこそが唯一確実な教育の基礎であると先生は考えた。このほかの教育法は、単なるペテンであると、生半可な学問をかじった者を生むだけであると。一方確実な基礎を叩きこまれた人間は、いい加減な教育によって得たさまざまな知識をひけらかす人間を哀れみの微笑をもって眺めることができるだろう。これはまことに結構なことではあるが、こうした人々が健全な意見を持つことは不可能である。こうした確信を持っているステリング先生は、そこらの家庭教師のように、いきすぎた正確さを求めたり、自分の学識の広さをひけらかしたりして、一方に偏《かたよ》るということはなかった。ユークリッドに対する意見はというと、これほど依怙贔屓から遠いものはない。ステリング先生は、熱心さのあまり道を踏みはずすことはないし、宗教の面でも知的な面においてもそれは同様である。一方では、すべてはまやかしであるというような秘めた信念を持っているわけでもない。宗教とはまことに優れたものであると思っているし、アリストテレスは偉大なる権威者、首席司祭の職や聖職録は有益な制度であり、大英帝国は神意によるプロテスタントの防壁であり、そしてまた信仰は、苦しめられている人々の目に見えぬ大きな支えであると思っていた。スイスのホテルの所有者が、周囲の景色の美しさを信じ、芸術を愛好する旅人にそれを提供する喜びに浸っているように、ステリング先生もまたこうしたことを信じていたのである。同じように先生は自分の教育法を信じ、ミスタ・タリヴァーの子息には最善のものを授けられると自信を持っていた。むろん製粉業者がおずおずと地図づくりとか算術などという話を持ちだしたときも、ステリング先生は、お望みのことはよくわかったと請け合って相手を安心させたのである。この人のいいご仁が、この問題について筋道だった判断ができるわけがないではないか。ステリング先生の務めは、あの少年をたったひとつの正しいやり方で教育することである――なにしろほかの方法は知らなかったから。基準外のことを習得しようと、時間を無駄にしたことなどなかったのである。

彼はこの哀れなトムをまったく頭の悪い子だとすぐに決めつけた。必死に勉強したおかげで、特定の語形変化は頭に叩きこむことはできたが、格と接尾辞との関係というようなきわめて抽象的なものはどうしても理解できなかったので、属格と与格を見分けることができなかった。このことを知ったステリング先生は、この子は単に頭が悪いだけではないと思い当たり、強情なのではないか、少なくとも無関心なのではなかろうかと疑い、勉強にまったく専念していないと厳しく説教した。「きみは、自分のやっていることに興味がないようだね」とステリング先生はいつもいうのだったが、その非難は痛いほど当たっていた。トムは犬のポインターとセッターを見分けるのは、その違いを一度教われればなんの苦労もなかった。その知覚力に決して足りないところはなかった。おそらくステリング先生の知覚力にも劣らなかっただろうと思う。なにしろトムは後ろを走ってくる馬の数を正確に言い当てることができるし、指示された波の中心に石を投げこむこともできた。運動場のさしわたしを自分の杖ではかることもできた。石版に、寸法をはかりもせずに正方形を描くこともできた。だがステリング先生はそうしたことには関心がなかった。ただ先生が見たところでは、トムの能力では、イートン文法書の頁に書かれた抽象概念をまったく理解できないし、二つの三角形が等しいということの証明もまったくできない――もっともトムはその三角形が等しいということは直感的に見抜いていたのだが。トムの頭脳はとくに語源学や証明というものに鈍感なので、文法や幾何というような道具を使って鋤き返す必要があると先生は断じていたのである。これは先生お気に入りの比喩である。つまり古典や幾何学はやがて実る作物を受け入れる準備をする心の糧だというのだ。わたしは、ステリング先生のお説に異を唱えるものではない。もしわたしたちが、あらゆる人々を、一度だけ訓練しなければならないとしたら、先生のやり方はなかなかいいものだと思う。ただトム・タリヴァーにとって、不愉快であることは間違いない。自分の消化力を妨げている胃弱を治すために無理やりチーズを食べさせられているようなものだから。比喩を変えることによって、どれほど結果が変わってくるか、それは驚くほどである！　頭脳を知的胃袋と呼び、古典や幾何学を鋤やまぐわにたとえても、なにごとも解決はしないだろう。だが、世の大家の言にならって、心を一枚の白紙、あるいは鏡にたとえるならば、消化云々という言葉はまったく不適切なものになる。駱駝《らくだ》を砂漠の船と呼ぶのはなかなか素晴らしい思いつきだが、だからといってあの便利な獣を訓練しようということにはならない。おお、アリストテレスよ！　もし貴下が、もっとも偉大なる古代人ではなく、もっとも新しい近代人であるという利点を持っているならば、比喩的な発言に対する己の賞賛を、高い知性のあらわれだとする知性は隠喩にあらわれないという嘆きとは一緒には語らないだろう。それはなになにのようだといわないかぎり、その真意を伝えることはできないからである。

トム・タリヴァーは、自分の話し方に自信がないから、ラテン語の性質というものについて意見を述べるにも比喩は使わない。ラテン語を拷問の道具などとは決していわない。半年もすると、ようよう比喩の使い方もわかるようになり、ラテン語作家抜粋集を、「うんざりするような」とか「ぞっとするくらいの」とかいえるようになった。いまのところは、ラテン語の語形変化や動詞の活用を学ぶべしといわれているが、トムには、自分の受難の原因とか傾向などについてはまったく想像もできない。まるで、牛の不自由な足を治すためにトネリコの木の幹の裂け目に押し込まれた罪のないトガリネズミのようだった。現在では暗愚の代表のような下層階級の出身でもない十二歳の少年が、ラテン語のようなものがいかにしてこの地上にもたらされたか知らなかったという事実は、いまの知識人にはたしかに信じがたいかもしれないが、それがトムだった。ラテン語という言語を使って、羊や牛を売り買いしたり、日常の出来事を処理したりする人間がいたという事実を、この少年に理解させるのは容易ではないだろうし、そうしたことが行われていないいま、なぜそんなものを学ばされるのか、トムにはなかなか理解できないだろう。ジェイコブズ先生の学塾でローマ人のことは多少学んでおり、その知識は正確ではあったが、新訳聖書に出てくるという事実どまりだった。そしてステリング先生は、事実を簡単にいい直したり、くどくど説明したりして生徒の頭脳を弱めるようなことはしないし、女の子に教えるような薄っぺらな知識を取りまぜて語源学の強力な効果を軽んじるようなことはなかった。

ところが、奇妙なことに、このような手強い扱いを受けていたのに、以前に比べトムはまるで小娘のようになってしまったのだ。これまでは自尊心もおおいにあったし、その自尊心は安泰だった。ぎょろ目先生を馬鹿にしても、詰《なじ》られるようなことはなかった。だがいまはその自尊心が傷つけられたり、つぶされたりしてさんざんな目にあっている。トムも目ははっきりと開いているから、ステリング先生の標準というものが、いままで一緒に暮らしてきた人たちのものよりずっと高いことに気づかないわけではない。だがこうして先生の標準で量られると、トム・タリヴァーは、たいそう不器用で愚鈍な少年ということになる。トムもこうした事実には無関心ではいられず、彼の自尊心は揺らぎ、少年時代の自己満足も消えてしまうような不安な状態におちいって、まるで小娘のような脆さが芽生えてしまったのである。トムは強情っぱりというよりは、たいそうしっかりした少年で、粗暴なところや無謀なところはなかった。感受性も豊かだった。先生の課業で聡《さと》いところを見せたい、先生にぜひとも褒められたいと思えば、辛いだろうに長いこと片足立ちをしたり、頭を壁にぶつけたりと、そんなことまでしたかもしれない。いやいや——トムは、そんな方法が理解を早めてくれたり、記憶力を強めてくれたりするとは思っていない。それに仮説とか実験が好きなわけでもない。トムの頭に浮かんだのは、お祈りをすれば助けになるかもしれないということだ。だが毎晩唱えているお祈りは、これまで諳《そらん》じていたもので、したこともないお祈りの文言を即席に唱えるということはとうていできなかった。だがある日のこと、ラテン語の第三活用の動名詞について五回も間違えてしまったとき、これは愚鈍ということではなく、注意散漫なのだと確信したので、ステリング先生は真剣に説教をし、もし動名詞を学ぶというこの素晴らしい機会をつかみ損ねたら、大人になってからきっと後悔するだろうと指摘した。トムは、いつもよりたいそう惨めな気持ちになって、ただひとつの方策を実行してみようと決心した。その夜、両親とかわいい妹のための（マギーが赤ん坊のころから、お祈りをしていた）いつものお祈りをし、神さまの戒めをいつも守れますようにと祈ってから、同じような低い声で、「どうか、ラテン語を覚えられますように」とつけくわえた。それからちょっと黙りこんで、ユークリッドの幾何についてはどう祈ればよいか考えた——幾何とはなんなのかとお尋ねするのか、幾何にふさわしい精神状態があるのかどうかお尋ねするのか。そしてトムはこういった。「もう幾何はやらなくてもいいとステリング先生がおっしゃるようにしてください。アーメン」と。

翌日、動名詞を間違いなくいえたので、追加のお祈りも続けるぞとトムは奮いたった。だがそれでもステリング先生が幾何の勉強をしろといいつづけるのはなぜかという疑問はいつしか消えていた。ところがいざ不規則動詞というものにとりかかると、お祈りもまったく効き目がないので、信仰心も消えてしまった。動詞の現在形の気まぐれな変化にぶつかったときのトムの絶望も、神さまにとっては助けてやるほどの難問《ノドウス》ではないとなると、いまのこれが彼の最大の難事だというのに、これ以上お祈りしてなんになろう？　トムは、物悲しい独りぼっちの夜、明日の課業の準備をしている勉強部屋でこう決心したのである。本の頁を追うその目はかすみがちだった——泣くのはいやだし、恥だとも思っていた。しじゅう殴り合いや言い合いばかりしていたスパウンサーでさえなつかしく思えた。相手がスパウンサーなら、自分のほうが優勢で、いくらでもいばっていられる。それからあの水車場、そして河、そしてぴんと耳をたてたヤップ、トムが「それ！」といえば、すぐさますっとんでくる。そんなときトムの指は、ポケットのなかの大きなナイフや巻いた鞭縄や思い出の品などをまさぐっている。以前のトムは決して女々しい少年ではなかったが、不規則動詞に悩まされたころ、勉強の時間外にも知能を発達させようという新しい試みによって、その魂はさらに抑圧されたのである。

ミセス・ステリングが最近ふたり目の赤ん坊を生んだ。これは少年にとって、自分が役に立つと自覚させるにはまことに好都合だったので、ミセス・ステリングは、子守が病気がちな赤ん坊の世話にかかりきりになっているあいだ、トムにかわいいローラの子守をしてもらおうと思いたったのである。日がさんさんとそそぐ秋の日に、かわいいローラを外に連れ出すというお役目は、トムにとってはたいそうけっこうな仕事だ。ロートン牧師館をわが家のように思わせ、自分も家族の一員だと感じさせることだろう。かわいいローラは、まだしっかりと歩けるわけではなかったので、ローラが歩こうという気になったときは、その腰にリボンを巻いて、小さな犬のように引いていく。だがめったに歩くことはないので、たいていはこの可愛い子供を抱っこして、ミセス・ステリングの窓が見える範囲の庭をぐるぐると歩きまわる、夫人の指図に従って。もしこれがトムにとっては不公平で酷なことだと思う方がいるとしたら、その方にはこう考えていただきたい。つまり、婦人のさまざまな美点というものは、たとえそれが相容れないものではないにしても、すべて両立させるには困難を伴うものだということを。貧しい副牧師の妻が、いろいろと不都合な家庭の事情があっても、思いきり盛装をしたり、子守が、貴婦人の侍女なみの仕事をせねばならぬような髪形にしようとしたり——その上、晩餐会にしても、客間にしても、ふつうの女性なら、よほど豊富な収入があるにちがいないと思うような、優雅で完璧なしつらえを見せるつもりなら、子守をもう一人雇うか、あるいはご本人も子守の役目まで引き受けるべきだというのは無理な話だ。ステリング先生にはよくわかっている。妻が驚くべきことをやっていることは承知していて、そんな妻を誇りに思っている。重い赤ん坊を抱いて歩きまわるのは、まだ年若いタリヴァーにとってありがたいことではないが、ふだんから長い散歩などして体を鍛えている。次の半年は運動の教師を雇おうとステリング先生は考えている。先生が仲間の大半より幸せになるために考えた方策のひとつとして選んだのは、自分の家では自分流の方策は通さないということだった。それはなにか？　先生は、ミスタ・ライリーによれば、〝たいそう心やさしい人〟と結婚したのである。ミスタ・ライリーは、ミセス・ステリングの少女時代からずっと、その金髪の巻き毛や愛想のよい振る舞いなどを知っているから、家庭内にいかなる争いが生じようと、それはまったく夫であるステリングのせいであると断言してはばからないのである。

もしトムがもっと性質の悪い子であったら、小さな可愛らしいローラを憎んだに相違ないが、彼はたいそう心の温かい少年であった――行く末は男らしさに変わるような、弱い者は哀れんで守ってやるような素質を充分そなえていた。どうやらトムはミセス・ステリングを憎んでいたようだ。しまいには夫人の淡い金色の巻き毛や太いおさげまで、他人ごとにしばしば口出しするような傲慢な態度と結びついて、憎くなったのではあるまいか。だがトムは、かわいいローラと遊んだり喜ばせたりせずにはいられなかった。あの大事にしていた雷管も、もうたいした使い途もあるまいと、この子のために使ってしまった――小さな閃光や爆音がローラを喜ばせるだろうと思ったからだが、結局は子供に火遊びを教えたといってミセス・ステリングからお目玉をくらったのである。ローラは、いうなれば遊び仲間だった――ああ、トムはどれほど遊び仲間がほしかったことだろう！　胸のうちでは、マギーがそばにいてくれたらと思っていた。忘れっぽいというマギーの腹立たしい癖も、いとおしく思えるようになった。もっとも家にいたときのトムは、お楽しみの遠出をするときには、小走りのマギーを横に従えて、恩着せがましい顔をしていたのだが。

そしてこのわびしい半年が終わる前に、マギーがほんとうにやってきた。ミセス・ステリングが、兄さんのもとに泊まってはどうかと、この少女に世間並みの招待を送ったのだ。ミスタ・タリヴァーが十月の終わりにキングズ・ロートンへくるとき、マギーも、大旅行をして、いよいよ世界を見るんだと勇みたって一緒にやってきたのである。ミスタ・タリヴァーがトムに会いにやってきたのは、これがはじめてだったが、あの子は、家のことなどあまり考えずに、勉強するべきだと思っていたからだった。

「よう、よう」とミスタ・タリヴァーは、ステリング先生が夫人に、客の到着を知らせに部屋を出ていき、マギーがトムに思いきりキスを浴びせはじめるのを見ると、こういった。「元気そうだな！　学校が性に合っているらしい」

トムは、体の具合が悪そうに見えればいいのにと思った。

「元気とはいえないんだよ、父さん」とトムはいった。「幾何はやらせないでって――ステリング先生に頼んでよ――おかげで歯が痛くなっちゃったんだよ」

（歯痛とは、トムがかかったことのある唯一の病いだった）。

「幾何だと――そりゃ、いったいなんだい？」とミスタ・タリヴァーはいった。

「知らないよ。定義とか公理とか三角形とか、そういうもんだよ。教科書があるんだけど――書いてあることがさっぱりわかんないんだ」

「おい、おい！」とミスタ・タリヴァーは、詰《なじ》るようにいった。「そんなことをいっちゃあいかん。先生が教えてくださることを学ばねばいかん。先生はおまえがなにを学べばよいかということを心得ていなさるんだ」

「あたしが手伝ってあげるよ、トム」とマギーが、ちょっと恩着せがましい調子でトムを慰めた。「ステリング先生の奥さまがいいっていえば、あたし、ずうっと泊まっててあげるよ。トランクもエプロンも持ってきたの、ねえ、父さん？」

「おまえが手伝うだと、馬鹿だなあ！」とトムはマギーの言葉を聞くと勢いよくいった。ユークリッドの教科書を見せてやってマギーがまごつくのを見るのはさぞ楽しかろう。「おまえがおれの問題を解くのを見てみたいよ！　おれはね、ラテン語も習ってるんだぞ！　女の子は、そういうものを勉強させてもらえないんだ。みんな、頭がとろいからな」

「ラテン語なんて、あたし、よく知ってるよ」とマギーは自信たっぷりにいった。「ラテン語は外国語よ、辞書にみんなのってるよ。ボーナスって言葉があるでしょ、これは贈り物のことよ」

「もう間違ってるよ、マギーさん！」とトムは、内心驚きながらいった。「自分はうんと賢いって思ってるんだろ！　けど、ボーナスっていうのは〝よい〟という意味なんだぜ――ボヌス、ボナ、ボヌム」

「あのね、だからといって、それが贈り物という意味じゃないって理由にはならないわ」とマギーは断固としていった。「いろんな意味があるのかもしれない。言葉ってだいたいそうよ。ローンって言葉があるでしょ――これは芝生という意味もあるし、ハンカチの材料っていう意味もあるの」

「いいぞ、おちび」とミスタ・タリヴァーが笑いながらいったが、トムのほうは、マギーの賢さが憎かった、もっとも一緒に泊まっていってくれることを考えると、うれしくてたまらない。トムの教科書をじっさい見れば、マギーの自惚《うぬぼ》れなどすぐさま消え去るだろう。

ミセス・ステリングは、泊まっていくようにと盛んにすすめてくれたけれども、一週間以上泊まれとはいわなかった。だが、ステリング先生のほうは、マギーを膝のあいだに引き寄せると、その黒い目はどこから盗んできたのかと尋ね、二週間は泊まっていきなさいといった。ステリング先生って素敵な人とマギーは思ったし、ミスタ・タリヴァーは、おちびを置いていくことがうれしかった、なにしろこの子の賢さを、他人さまにわかってもらえる機会があるわけだから。そこで、二週間たつまでは迎えにこないということになった。

「じゃあ、おれの勉強部屋にこいよ、マギー」とトムは、父親を乗せた馬が走り去るとそういった。「どうして頭を振ったり、振り上げたりしているんだい、おばかさん？」とトムは言葉を続ける。マギーの髪の毛は新しい髪形になって、耳の後ろにちゃんと梳かしあげてあるのに、まだ髪の毛を目から払いのけようという仕種をやめないでいるからだ。「そんなことしてると、頭が狂ってるみたいに見えるよ」

「だって、しょうがないんだもん」とマギーは苛立たしそうにいった。「からかわないでよ、トム。わあ、こんなに本が！」とマギーは、勉強部屋の本棚を見て、そう叫んだ。「こんなにたくさん本があるなんていいなあ！」

「けどな、おまえには一冊だってこいつが読めないんだぞ」とトムは勝ち誇ったようにいった。「みんな、ラテン語だからな」

「ううん、ちがうよ」とマギーはいった。「この背なかの字は読めるもん……ローマ帝国の衰亡史」

「じゃあ、それはどういう意味だい？　知らないだろ」とトムは頭を振りながらいう。

「すぐにわかるよ」とマギーはふんというようにいった。

「へえ、どうやって？」

「なかを見れば、なにが書いてあるかわかるもん」

「見ないほうがいいよ、マギーさん」とトムは、マギーの手が本にかかるのを見てそういった。「ステリング先生は、許可なくこの本にさわってはいけないといってるんだ、おまえが本にさわったら、おれが叱られるんだよ」

「ああ、そう！　じゃあ、お兄ちゃんの本、ぜんぶ見せて」とマギーはいい、トムの首に両腕を巻きつけ、ちいさな丸っこい鼻をトムの頬にすりつけた。

トムは、心のなかでは、口喧嘩をしたり、言い負かしたりできるかわいいマギーがきてくれて、うれしくてたまらなかったので、マギーの丸っこい腰をつかんで、書斎の大きなテーブルのまわりをぴょんぴょん跳びまわった。次第に勢いよく跳びまわったので、マギーの髪の毛が耳の後ろで飛びはね、勢いのよいモップのようにくるくるまわった。ところがテーブルを回る勢いがだんだん不規則になって、とうとうステリング先生の読書台にぶつかってしまい、あの重い辞書と一緒に、すごい音をたてて床に倒してしまった。さいわい、そこは一階で、書斎は家の袖の部分にあったので、それほどすごい音はたてなかったけれども、トムはびっくり仰天、数分のあいだ、いまにもステリング先生か奥さんがあらわれるんじゃないかとびくびくしながらその場に突っ立っていた。

「だから、いっただろ、マギー」とトムがようやくいいながら、読書台を起こした。「ここじゃ、静かにしてなきゃいけないんだよ。なにか壊しでもしたら、奥さんにペカウィさせられるぞ」

「なにそれ?」とマギーがいった。

「ああ、ラテン語さ、懺悔《ざんげ》するって意味さ」とトムはいったが、自分の知識をひけらかさないわけでもなかった。

「怒りっぽい人なの?」とマギーがいった。

「そうとも!」とトムはいって、勢いよくうなずいた。

「女の人って、みんな、男の人より怒りっぽいね」とマギーがいった。「グレッグ伯母さんは、グレッグ伯父さんよりずっと怒りっぽいもの、それにあたしをよく叱るのは、父さんじゃなくて母さんだもの」

「まあな、おまえだって、いつかはその女の人になるんだから」とトムがいった。「だからおまえはそんなこといえないよ」

「でもあたしは賢い女の人になるの」とマギーは頭を振り上げながらいった。

「へ、やだね、この自惚屋。みんなに嫌われるぞ」

「でもお兄ちゃんはあたしを嫌っちゃだめよ、トム。嫌うなんて、ひどいよね、だってあたしは妹なんだもん」

「そうさ、けどね、おまえがすごくやなやつになれば、嫌いになるさ」

「でもさ、トム、お兄ちゃんはならないってば！　あたしも、いやなやつにはならないよ。お兄ちゃんにも、いい子になる――あたしって、だれにもいい子になるんだもん。ほんとにあたしを嫌いになったりしないよね、トム？」

「ああ、うるさいな！　心配するな。おい、もうお兄ちゃんの勉強の時間だぞ。ここで見てろ！　おれがしなきゃなんないことを」とトムはいうと、マギーを引き寄せて、幾何の定理を見せた。マギーはというと、髪の毛を耳の後ろにかきあげて、お兄ちゃんのためにユークリッドのお手伝いをしようとはりきっている。そこで自分の学力には自信満々で読みはじめたものの、すぐに困ったような顔をして、苛立ちのあまり顔が真っ赤になった。もうどうしようもない――自分に能力がないことを白状しなければならない、でもそんな屈辱は味わいたくはない。

「くだらないよ！」とマギーはいった。「それにとっても変な問題――こんなもの、だれも解きたいなんて思わないよ」

「おや、そうですかい、マギーちゃん！」とトムは、教科書をひったくると、マギーに向かって頭をふった。「ま、自分が思ってるほど、賢いわけじゃないんですな」

「ふん」とマギーは口をとがらした。「あたしだってわかるよ、前にやったところがわかっていればね、お兄ちゃんみたいに」

「けどさ、それが無理なんだな、お利口さん」とトムはいった。「前にやったところがわかると、ますます難しくなるんだ。定理3とか、公理5とかわからないとだめだから。だけど、もうあっちへ行って、おれはこいつをやらなくちゃ。ここにラテン語の文法書があるからさ。わかるかどうか見てごらんよ」

ラテン語の文法を見ると、数学で屈辱を味わったあとなので、ほっとした。なにしろマギーは新しい言葉を見てうれしかったし、終わりのほうに英語の手引きがついているのをすばやく見つけた。これならたいした苦労もせずにラテン語がわかるようになるだろう。マギーはすぐに、構文論のいろいろな規則は飛ばそうと心を決めた――例文がとても面白かったのだ。未知の文章から抜粋された神秘的な文章は――獣の奇妙な角や見知らぬ植物の葉のように、どこか遠いところから運ばれてきたもので、マギーの想像力をどんどんふくらませた。それにこうした文章はその国の人の言葉で書かれているので、それがいっそう興味をそそられた。これを自分たちの言葉で解釈することもいつか学べるだろう。実におもしろい。女の子にはとても学習できないといっていたラテン語の文法も。それに興味が湧いた自分のことが鼻が高かった。たいそう短い例文がマギーのお気に入りだった。「モルス・オムニブス・エス・コムニス（死は万物に共通である）」という文章は面白みのないものだが、とにかくラテン語をわかりたかった。だがあんな気立てのいい息子を持っているからと、みなから賛辞を受ける幸運な紳士の話に、マギーは喜んでいろいろな推測をめぐらし、イートン文法書の例文にある「星の光も通さぬ密林」に迷いこんでいたとき、トムの呼ぶ声がした。

「おい、マギくん、その文法書を返してくれ」

「ああ、トム、これって、とってもいい本ね！」大きな肘掛け椅子から飛びおりて、それをトムに返した。「辞書よりずっと素敵。あたし、ラテン語ならじきに覚えられるな。ちっとも難しくないもん」

「ああ、おまえがなにしたかわかってるさ」とトムはいった。「おしまいの英語を読んでいたんだろ。ロバだってそれならできるさ」

トムは本をつかむと、事務的なきっぱりした態度でそれを開いたが、おれはロバになんかわかりっこない勉強をやっているんだぞ、といわんばかりだった。マギーはちょっと憤慨したような態度で本棚のほうに向きなおると、楽しそうに本の題名を判じ読みしていた。

やがてトムがマギーを呼んだ。「おい、マギくん、ここへ来て、おれがこれをちゃんといえてるかどうか聞いていてくれよ。テーブルのあっち側に立ってさ、そこはステリング先生がすわってるところなんだ、おれが読んでいるときに」

マギーはいわれるとおりにして、開いた本を受け取った。

「どこからはじめる、トム？」

「ああ、アペラティウァ・アルボルムからはじめるから、そこは今週ずっと何度も暗記してきたところだから」

トムは三行まではすらすらと進んだ。マギーは、台詞を教える役を忘れそうになって、二度も出てきたマスとはどういう意味かと考えていると、トムがスント・エティアム・ウォルクルムというところでさっそくつっかえてしまった。

「いうなよ、マギー。スント・エティアム・ウォルクルム……スント・エティアム・ウォルクルム……ウト・オストレア、ケトゥス……」

「ちがう」とマギーが、口を開け、首を振りながらいった。

「スント・エティアム・ウォルクルム」とトムはとてもゆっくりといった、まるで次の言葉が待っているこの強いヒントを与えれば、その言葉がすぐにも出てくるだろうとでもいうように。

「C、e、u」と焦《じ》れたマギーがいった。

「ああ、知ってるさ――口をつぐんでろ」とトムがいった。「ケウ・パッセル・ヒルンド・フェラルム……フェラルム……」トムは鉛筆をつかむと、その先端で本の表紙を何度もつついた……「フェラルム……」

「あら、あら、トム」とマギーがいった。「なんて時間がかかるの！　ウト……」

「ウト、オストレア……」

「ちがう、ちがう」とマギーがいった。「ウト・ティグリス……」

「そうか、あとはやれるよ」とトムはいった。「ティグリス、ウウルペス、忘れてたんだ。ウト・ティグリス・ウウルペス・エト・ピスキウム」

何度かつかえたり、同じところを繰り返したりして、トムは次の数行をいいおえた。

「さてと」とトムはいった。「次のところは、あしたの予習にやってたところなんだ。ちょっとその本くれない?」

しばらくのあいだ、拳でテーブルを叩きながら、ぶつぶつやってから、トムはその本をマギーに返した。

「マスクラ・ノミナ・イン・ア」トムは唱えはじめた。

「ちがう、トム」とマギーはいった。「それは次のところじゃないよ。そこはノメン・ノン・クレスケンズ・ゲニーティウォ……」

「クレスケンス・ゲニティウォだよ」トムは、嘲笑いながらそういった。なぜかというと、昨日の課業でこの一節はもう習っていたからである。若い紳士というものは、ラテン語をたいして詳しく知らずとも、発音の長短を間違えるというばからしさぐらいは感じることができるのである。「クレスケンス・ゲニティウォ、だよ! なんてばかなんだ、おまえは!」

「あら、笑うことないでしょ、トム、だって、お兄ちゃんは、ちっとも思い出せなかったじゃない。そう書いてあるんだから。そんなこと知るわけないじゃない」

「ひえーーだ! 女の子にラテン語がわかるもんか。そいつはノーメン・ノン・クレスケンス・ゲニテイウォというんだよ」

「ああ、そうですか」とマギーは口をとがらせる。「お兄ちゃんがいえるくらいのことなら、あたしだっていえる。それにお兄ちゃんは止めるところなんかおかまいなしでしょ。セミコロンのところは、コンマの二倍は止まってなくちゃいけないんだよ。それに、ぜんぜん止まっちゃいけないところで、いちばん長く止まってるじゃない」

「へっ、べちゃくちゃいうな。だまって見てろ」

ふたりはやがて、居間においでなさいといわれ、その夜はそこで過ごすことになった。マギーはステリング先生の前ではがぜん元気になった。先生ならきっとあたしの賢いところを褒めてくださるはずだと思ったから。トムは妹の大胆不敵なところにびっくりして不安になった。だがマギーは、ジプシーのところに逃げ込んだ女の子がいたんだってねとステリング先生がおっしゃったので、ふいにしゅんとなってしまった。

「きっと変わった子だったのね！」とミセス・ステリングが、冗談めかしていったが、変わった子とからかったところがマギーの気に入らなかった。ステリング先生は、きっとあたしのことを軽んじているんだと思うと、心が沈んだまま床についたのである。ミセス・ステリングは、あたしの髪の毛がまっすぐに後ろに垂れているのがとても醜いと思っているんだとマギーは思った。

そんなことがあったけれども、マギーにとって、トムを訪れたこの二週間はとても幸せだった。トムが課業を受けているあいだ、マギーも書斎にいることを許された。いろいろな本を読んだけれども、ラテン語の文法書に出てきたさまざまな例文にはたいそう詳しくなった。女の人たちが大嫌いだったという天文学者のことをいろいろ考えてみたけれども、ある日のこと、ステリング先生に訊いてみた、天文学者はみんな女の人を憎んだのか、それともこの特別の天文学者だけだったのかと。だがマギーは先生の答えを聞くまえに、こういった。

「あたしは、天文学者はみんなだと思います。だってあの人たちは、高い塔に住んでいるんでしょう、女の人たちがそこまでやってきて、お喋りしたりして邪魔したら、星を見ることができないでしょう」

ステリング先生はマギーのたわいもないお喋りがたいそう好きだった。ふたりはたいそう仲よしになった。あたしも、お兄ちゃんみたいにステリング先生に同じようなことを教えてもらいたいとマギーはトムにいった。幾何だってできるとマギーは思っていた、だってあれをもう一度よく見てみたら、ＡＢＣがなにかわかったからだ。あれは線の名前だった。

「いまはそんなこと、おまえにできるわけないさ」とトムはいった。「できるかどうか、ともかくステリング先生に訊いてみるけどな」

「いいわよ」と自惚れの強いお転婆娘はいった。「自分で先生に訊くから」

「ステリング先生」とマギーはその晩、居間にいるときにそういった。「あたしにも幾何とか、トムが受けている課業ができますか、トムのかわりに先生が教えてくれれば」

「ばか、おまえにできるもんか」とトムは憤然としたようにいった。「女の子に幾何なんかできるもんか。そうでしょう、先生？」

「すこしはできるかもしれんなあ」とステリング先生はいった。「女の子はうわっつらの賢さはいくらでもあるからなあ。深くまで入ってはいけないが。覚えは早いが、浅いところしか理解できないからね」

トムは、先生のこの意見には大喜びで、ステリング先生の椅子の後ろにいるマギーに向かって頭を振って自分が勝ったことを伝えた。マギーはというと、こんな口惜しかったことはない。これまでの人生は短いながら、「聡《さと》い」といわれるのが、自慢だったのである。それがいまは、「聡い」というのは、おばかのことだというのだから。トムのように、のみこみが遅いといわれるほうがよっぽどましだ、とマギーは思った。

「はっ、はっ、マギーちゃんよ！」とトムは、ふたりきりになるとそういった。「聡いなんて、そんないいことじゃないんだぜ。おまえはなんでも深く考えたことがないからなあ」

そしてマギーはこの恐るべき運命にすっかり怖じ気づいて、言い返す気力もなかったのである。

だがこの小さな聡いものが、ルークの馬車で運び去られてしまうと、書斎のトムはまたひとりぼっちになってしまったので、涙が出るほどマギーが恋しくなった。マギーが来てからというもの、トムは頭も冴えて課業もよくできるようになった。そしてマギーはというと、ステリング先生にローマ帝国についてどっさり質問をしたし、「われは、たとえ硬貨一枚、腐れ胡桃《くるみ》なりとひきかえでもそれは買わぬ」とラテン語で話していた人がほんとうにいたのかと質問したり、それはラテン語に翻訳しただけなのではないかと質問したりした――それでトムは、イートン文法という本で勉強しなくとも、ラテン語をわかっている幸運な人がこの世に実在していたことをおぼろげながら理解するようになったのだった。この輝かしい考えは、この半年でトムが得た歴史的知識に加える大きな収穫となった。さもなければ、その知識はユダヤ史の梗概の域を出なかったであろう。

だがこのわびしい半年もとうとう終わるときがきた。寒風にひらひらとはためく黄色の葉を見て、トムはどれほどうれしかっただろう！　薄暗い昼さがりも、十二月の初雪も、八月の陽光よりまぶしく見えた。自分をわが家へと運んでいく日が近づいていることがひしひしと感じられた。休暇まであと三週間というときになると、庭のすみに二十一本の棒を深く突き刺し、毎日一本ずつ力いっぱい引き抜いては遠くに放り投げた、もしその棒がどこまでも飛んでいけるものなら、あの世《リンボ》まで飛んでいけとばかりに。

だが、雪に覆われた橋の上を音もなく走っていく二輪馬車の上からわが家の客間の明るい灯火を見る幸せは、ラテン語文法書という大きな代価を払ったにしても、買う価値があった。冷気をかいくぐり、あの懐しい炉端の温もり、キスと笑顔へと帰る幸せ。見慣れた敷物の模様や火格子や炉辺道具は〝基本概念〟というもので、人が物体の実体や大きさをいちいちどうこういわないのと同様、批判の余地なく受け入れるものである。わたしたちが生まれた場所で味わうさまざまな光景ほど心やすらぐものはない。そこにあるのはどれも無条件に懐かしいもの、そこにいると、外にある世界は、われわれという存在の延長にすぎないように思われる。わたしたちは、自分という存在を自分の四肢を愛するように愛するものだ。わたしたちの生家の家具が競売にかけられれば、それはいかにも平凡なもの、醜いものに見えるかもしれない。家具商の肥えた目は、そんな家具など蔑《さげす》むかもしれないのに。そんな境遇にあっても、さらによいものを追い求めようとする努力は、人間と獣を——あるいは正確に定義するならば——英国人と蛮人を区別する最大の特長ではなかろうか？　だがそのように追い求める心がわれわれをどこへ導くかは神のみぞ知るであろう。われわれの愛情があのような古びたものにまといつく術を心得ていなかったら、そしてもしわれわれの生活にまつわる愛情や聖なる感情が、記憶のなかに深い根をおろしていなかったとしたら。えんえんと連なる生け垣の厚い葉むらがかぶさるニワトコの藪《やぶ》を、柔らかにうねる芝生に広がるゴジアオイやフクシアの花むらよりずっと素晴らしい眺めだと思う人は、庭師にとっては納得のいかぬ好みを持つ人に思えるだろう。あるいは、格別に優れたところもないものに愛着をおぼえるという弱点を持たぬ四角四面な人たちからすれば、まったく納得のいかない好みであろう。ニワトコの藪のほうを好むのは、それが幼いころの記憶を呼びさますからというだけで——これはなにも、形や色に対する現在のわたしの感受性に訴えかける物珍しさではなく、喜びがいきいきとしていたころの、その喜びのなかに織りこまれた、わたしの長年の友だからなのである。

第2章　クリスマス休暇

雪のような純白の毛髪に血色のよい顔だちの美しいクリスマスの老翁が、この年は実に見事なやりかたでその務めを果たし、温もりと彩りという豊かな贈り物を、霜と雪とで際立たせてくれた。

雪は、家のまわりの小さな畑や川の岸辺に、赤子の手足より柔らかそうなうねりを見せている。傾斜した家の屋根には、手際よく仕上げた縁どりをつけ、暗赤色の破風は、さらに深みのある色になって、ひときわ際立って見える。月桂樹や樅の木に深々と積もった雪が、ときおり大きな音をたてて落ちる。荒れた蕪畑は真っ白に覆われて、羊たちが黒いできもののように見える。門はどこも、斜めに積もった雪だまりでふさがれている。あちらこちらに見捨てられた四つ足の動物はかの田園詩が語るように、悲しみのあまり棒立ちになって、その場に凍りついている。そこにはかすかな光もなく影もない、天もまた一面、のっぺりした雲に覆われ——なんの音もなく動きもなく、見えるのは暗い河ばかり、その河はやすみなく悲しげに呻いている。だがクリスマスの老翁は、この外の世界に残酷とも見える呪文をかけた。新しい輝きで家を明るくしようと、家のなかの豊かな色をいっそう深めようと、そして温かな食べ物の香りをひときわ鋭い悦びの切っ先で引き立てようとした。身内の旧交をいっそう深めるような幸せな巣ごもりを用意して、日中に隠された明けの明星を迎えるように、親しい人々の顔を明るく輝かせようとした。そんな親切も、家なき人たちの身には及ばない――家があっても、炉端はさほど温かくはなく、食べ物の匂いもさほどしない、そんな家にはその親切も及ばない。そこにはどの顔にも明るい輝きはなく、なにも期待せぬ鉛色の空虚な目があるばかり。だが美しく老いた季節は、よかれと思ってそうしたのだ。もしそれが、人間を公平に祝福する秘密を知らなかったとしたら、それはいつも無慈悲な目的を持っている父なる「時」のせいであり、彼はその秘密を自分のゆっくりと力強く脈うつ胸に隠しているからである。

それでもこのクリスマスは、家に帰ってきたというトムのわくわくした喜びにもかかわらず、いつもの年ほど幸せではなかった。ヒイラギの木には赤い実がどっさりついていたし、クリスマス・イブにはトムとマギーが、家じゅうの窓や炉棚や額縁を、赤い実がびっしりついたヒイラギと黒い実がついたキヅタで、例年のように上手に飾りたてた。真夜中をすぎると、窓の外で歌う声が聞こえる――トムは、あれを歌っているのは、教会のパッチじいさんや教会の聖歌隊のやつらだと軽蔑したようにいうのだが、マギーにはいつも神秘的な歌声に聞こえる。夢を破ってクリスマス・キャロルが聞こえてくると、畏敬の念で身が震える。綿ビロードの服を着た男の人たちの姿は、雲の上に身を休めている天使の姿にいつもとってかわられる。真夜中の聖歌は、いつものように迎える朝を、ふだんより尊いものにしてくれる。そして朝食の時間になると、厨房から熱いトーストとビールの匂いが漂ってくる。好きな聖歌と常緑の枝と短い説教が、その日の礼拝をふだんとはちがう祝祭気分にしてくれる。教会に行ったマギーたちが戻ってきて、足の雪を払い落としていると、子供を七人みんなつれてきたモスの叔父叔母は、あかあかと燃える応接室の暖炉の火に照らされて輝いていた。プラム・プディングは例年どおり見事な丸みを見せ、象徴的な青い炎に囲まれてご登場だ。その炎は、消化不良の清教徒が投げ込んだ地獄の業火から敢然ととってきたもののようだ。デザートも、黄金のオレンジ、茶色のナッツ、そして水晶のように光り輝く部分と黒々とした部分のある林檎のゼリーとスモモのジャム。トムが物心ついてから、これが常に変わらぬクリスマスの定番である。強いてちがうところをあげれば、上達した橇《そり》遊びや雪合戦だろうか。

クリスマスは楽しい。だがミスタ・タリヴァーは楽しくなかった。機嫌が悪く、いきりたっている。トムはそんな父親の肩を持ち、父親の屈辱感をともに味わっていたものの、デザートの時間が長びくにつれて、父親がだんだん声高になり、片意地を張っているさまを見ると、ふさぎこんでいるマギーの気持ちがわからないでもなかった。ふだんならナッツや葡萄酒に気を取られていたトムにも、世間にはさもしい敵がいるものだという気持ち、そして大人の仕事には争いがつきものだという気持ちが湧いていた。もともとトムは争いごとは好まない、勝てそうな相手と正々堂々と闘ってすぐに決着がつくものでないかぎり。だが父親の苛立たしい話を聞いていると、不愉快になってきた。もっともなんで不愉快になるのかよくわからないし、父親に罪があるとは決して思わなかった。

いまタリヴァーの反抗心を断固としてあおっている悪の権化ともいうべき相手は、ミスタ・ピヴァートである。この男は、リプル川の上流に土地を持ち、その土地の灌漑《かんがい》について画策しており、ミスタ・タリヴァーの水の権利の正当な取り分を（水は水である、つまり下に流れるという原理で）侵害している、あるいは侵害するであろう、あるいは侵害せざるを得ないだろうとタリヴァーは危惧している。あの川に水車場を持っているディックスは、ピヴァートに比べれば、無力な悪魔の手先である。彼は裁判所で仲裁を受け、争うのはやめたが、ウェイケムの忠告がそこまで大きかったわけではない。いや、ディックスのやつに、とミスタ・タリヴァーは考えた、法律上では勝ち目はなかったのだと。だからピヴァートを憎悪すればするほど、ディックスのような、法律で負けた相手に対しては、いつしか軽蔑が、友情のようなものに変わってきたのである。

今日はモスのほかには男の聞き手がいなかった。そのモスは、〝製粉所ちゅうもん〟のことなどなんも知らないし、そもそも親類ではあるし、借金している義理もあるから、ミスタ・タリヴァーの意見に賛同するより仕方がないのである。だがタリヴァーは、聞き手を納得させようという空しい意図などまったくなかった――自分を安心させたいために喋っているだけである。そのあいだお人よしのモスは、激しい労働で疲れきった体にかくべつ上等の夕食というわけで、眠気に襲われていたが、目は精一杯、見開いていた。ミセス・モスは兄に関わることにはおおいに興味があり、子供の世話の隙を見ては、ちょくちょく口をはさんだ。

「ピヴァートなんて、この辺じゃ耳新しい名前じゃありませんか、兄さん?」とミセス・モスはいった。「父さんのころには、兄さんの代になっても、わたしの結婚する前までは、あの人、土地なんか持っていなかったわ」

「耳新しい名前だと? そうとも――たしかに新しい名前だよ」とミスタ・タリヴァーは、力みかえった。「ドルコート製粉所は、百年以上もうちのものなんだ。ピヴァートなんていうやつが川に手出しをしたなんて、聞いたこともないよ。そんなやつが、ビンカムの農場をいきなり買うとはな、だれも口をはさむすきもなかったのさ。だがこのおれさまが目にものをいわせてやるぞ!」とタリヴァーは、決心をはっきり態度で示すために、杯をあげてみせた。

「あの人を相手に裁判沙汰を起こすようなことにはならないでしょうね、兄さん?」とミセス・モスが、ちょっと心配そうにいった。

「どんなことにひきずりこまれるか、わからんがな——だがあいつをどうするか、わしにはわかっとるよ——やつの水路や灌漑のことはな——正しいほうを支持してくれる法律というものがあればな。あいつの裏にだれがいるか、ちゃんとわかっとるんだ。ウェイケムが後ろで唆《そそのか》しているのさ。あんたのしていることは法には触れないとウェイケムのやつが吹きこんでいるのさ。だがな、ウェイケムのほかにも、法律を操れる人間はいるんだ。やつを負かすには大物がいる、法律の裏表を心得とるやつがね、さもなきゃ、ウェイケムが引き受けたブラムリーの訴訟が負けるはずはないじゃないかね？」

タリヴァーは芯から正直な男で、正直なことを誇りにしているが、訴訟における正義とは、弱い者の裏をかくようなしぶとい悪党によって果たされるものだと考えている。訴訟とはいわば闘鶏のようなもの、まずしぶとい胆力と最強の蹴爪を持った鶏を手に入れることが、不当に扱われる正直者のなすべきことなのである。

「ゴアだって馬鹿じゃないからな——おまえさんにいわれんともわかっとるわ」とタリヴァーはすぐさま言い返した、相手が弁護士の才能を力説したとでもいうように。「だがな、やつはウェイケムほどには法律に強くないのさ。それに水というものは、特別なものなんだ——熊手ですくいあげるわけにはいかんのさ。だから、悪魔や弁護士がバカなことをするんだな。水の善し悪しを見分けるなんて簡単さ、まっとうに見るならな。川は川だよ。水車場を作りゃあ、水車をまわす水がいるわな。わざわざ教えてくれんでもいい、ピヴァートが水をひこうとなにをしようと、うちの水車を止めるわけにはいかんのさ。水にはなにがつきものか、わしは知っとる。技師たちがなんというか聞いてみろ！　こいつは常識だぞ。ピヴァートの水路がわしんところの邪魔をするのははっきりしとるんだ。だがそいつがやつらの工学技術というものなら、ゆくゆくはトムにそいつをやらせよう。そうすれば、いまのような土木工学よりもう少しましなものにしてくれるだろう」

トムは、自分の将来についてこんなことをいわれ、少々心配そうにあたりを見まわし、思わず知らず、赤ん坊のモスをあやしていた小さな玩具のがらがらをひっこめてしまった。それゆえ、自分の意志はしっかり持っている赤ん坊は、たちまちつんざくような金切り声をあげて自分の気持ちを主張したが、がらがらを取り戻してもその怒りは静まることはなく、自分からがらがらを取りあげたそもそもの間違いがまだ影響しているらしかった。ミセス・モスは赤ん坊を急いで別室に連れていき、あとからついてきたミセス・タリヴァーに、わが子が泣くにはちゃんとした理由があるんですよといい、この子はあのがらがらをほしがっているとみなすなら――この子を誤解していることになりますよ、とほのめかした。まったく正当な泣き声がしずまると、ミセス・モスは義理の姉を見て、こういった。

「兄さんがあの水路の件であんなにやきもきしているのは気の毒ねえ」

「あれが、あなたの兄《あに》さまのやり方なんですよ、ミセス・モス。結婚するまえは、こんなこととは知りませんでしたからねえ」とミセス・タリヴァーは、非難めいた口調でいった。話題にされている夫の行状があまり褒めたものではないときは、ミセス・モスには夫のことを「あなたの兄さま」という。人のいいミセス・タリヴァーは、生まれてこのかた怒ったことがないという人だが、それでも怒るという性質はそれなりに残っており、そうでなければ、ドッドスン家の人間とも、一人前の女ともいえなかっただろう。自分の姉妹に対してはいつも受け身の立場なので、夫の妹に対しては、たとえドッドスン一族ではもっとも弱い立場の者であろうと、自分の優位をはっきりと示していたのである。夫の妹は、貧しくて兄の〝お荷物〟になりがちな大柄な女、気立てはやさしくて従順だが、だらしなくて子だくさん、自分の夫や大勢の子供たちはむろんのこと遠縁の親戚にまで愛情をそそいでいた。

「お願いだから、訴訟などしないでほしいねえ」とミセス・モスがいった。「結果がどうなるかわからないのに。それに正しい者がいつも勝つとは限らんしねえ。そのピヴァートって人はどうやら金持ちらしいですね、わたしにいわせりゃ、金持ちってもんは自分の思いどおりにやっちまいますからねえ」

「そのことなら」とミセス・タリヴァーは、着ている服をなでおろしながらいった。「わたしの身内のあいだでも、金持ちがどういうものか見てきましたよ。わたしの姉さまたちは、好きなことはなんでもさせてくれるようなお金持ちの旦那さまに嫁ぎましたからねえ。でもわたし、思うの、法律だの灌漑だの、そんな話を聞いていると頭がおかしくなってね。姉たちはそれをみんなわたしのせいにするんですよ。あなたの兄さまのような男と結婚することが、どんなことか、あの人たちにはわかりゃしないから――わかりようもないわねえ？　プレット姉さまなんて、朝から晩まで、自分のやりたい放題にやってますからねえ」

「そうですねえ」とミセス・モスはいった。「うちの人に知力ってものがなくて、かわりにわたしがその知力ってものを持たなきゃならなかったら、それはごめんこうむりたいわ。なにをしたらよいのかと頭を悩ますより、旦那さまの喜ぶことをするほうがずっと楽ですもの」

「いつも旦那さまが喜ぶことをするというなら」とミセス・タリヴァーは、それとなくグレッグの姉の真似をしていった。「あなたの兄さまは、わたしみたいに自分の思いどおりにさせてくれる奥さんを見つけるのにそりゃあ苦労したはずよ。いまじゃ訴訟と灌漑のことばかり、朝起きてから夜寝るまでなの。それでもわたしはぜったい反対はしないわ。ただこういうだけ、『はい、旦那さま、お好きなようになさいませ。ただなにをなさろうとかまわないけど、訴訟だけはおよしなさい』って」

ミセス・タリヴァーという人は、これまで見てきたとおり、夫を動かす力がないではなかった。女とはそういうものだ。望む方向に、あるいはその反対にと、いつも夫を行動するようにさせるものである。夫を訴訟に走らせようとするさまざまな衝動には、ミセス・タリヴァーのおきまりの哀願もそれなりの力を持っていたにちがいない。これは、明らかにあの諺の一枚の羽、つまりごく軽量でも限界を超えて駱駝の背中をつぶしたという名誉、いや、不名誉をこうむったあの一枚の羽にたとえられるかもしれない。だがあの諺も厳密に公平な見方をすれば、その咎は、そのような差し迫った危険のなかで、すでに駱駝の背中にのせられていた多くの羽の重みに帰せられるのではなかろうか。さもなければ、罪のないあの一枚の羽がのせられてもなにごともなかったはずである。だが、ミセス・タリヴァーのかよわい懇願も、その独特の個性のおかげで、あの一枚の羽の重みを持ったわけではない。だがこの人が、夫の肩を持たぬときは、ドッドスン一族の典型が顔をあらわすのである。そんなときは、ドッドスン一族の者は、このわしに対して権勢をふるうべきではないことを、さらにいうならば――男タリヴァーは、ドッドスン家の四人の女たちまとめてよりも、たとえそのひとりがミセス・グレッグであろうと、はるかにまさっていることを知らしめるというのが、タリヴァーの指標だったのである。

だがタリヴァーが訴訟を起こすことに反対しているドッドスン家の典型であるご婦人の直言があろうと、彼はウェイケムのことを思い浮かべるだけで女たちのいうことなど聞くもんかという、その性癖が助長されて定期市の立つ日にあの敏腕の弁護士の姿を見れば、その思いは募るばかりである。ウェイケムは、知るかぎりではピヴァートの灌漑問題の、比喩的にいえば根っこのようなものだ。かつてウェイケムはディックスをそそのかして、堰の件を法廷に持ちださせようとした。タリヴァーが道路と橋の権利の問題で訴訟に負けたのは疑いもなくウェイケムのせいである。そのおかげで彼の土地は、まっとうに本街道を歩かないで、流れ者が私有の土地を荒らしまわる通り道になってしまった。弁護士というものは多かれ少なかれ悪人だが、ウェイケムの悪行はことさらにひどいもので、タリヴァーの利益や意見にはまったく添わないものである。くわえて苦々しいことに、ああした痛手をこうむったタリヴァーは、近ごろ五百ポンドの借金をしてしまい、そのためにウェイケムの事務所に出向く羽目となった。あのかぎ鼻のお喋り野郎め！　冷静に構えやがって——勝負はこっちのもんだという面をしやがって！　ゴアという弁護士がやつに似ているのはいまいましいが、こいつは禿げ頭のまるまる太った顔の男、人あたりのよい、ふっくらした手を持つご仁。闘鶏の闘士としてウェイケムにぶつけるにはまずい人物である。抜け目のない人間だが、その弱点は慎重さに欠けるところ。意味ありげなまばたきをいくらしてみせても、その目が石壁を見通せるわけではない。タリヴァーには水は水であるという持論があり、この灌漑問題に関してはピヴァートに勝ち目はないだろうという推論に自信を持っていたが、ウェイケムは自分が知らぬ反駁不能の法律を知っているのではないかという不愉快な疑いを抱いていた。だが、たとえウェイケムがそうした法律を持ちだすにしても、タリヴァーには、ワイルド法廷弁護士という強力な味方をつけて、ウェイケム側の証人が汗をかいてうろたえるさまを見ることができるかもしれない、かつてタリヴァーの証人がそうした目にあったように。因果応報をよしとする者にとって、これほどうれしいことはない。

タリヴァーは灰色の馬に乗って出かけるたびに、こうした難題について考えつづけた――心のなかで、裁判の勝ち目の天秤が上がったり下がったりするたびに何度も首をひねった。だが確かな結果はまだ見えず、家庭の内や世間づきあいのあいだで熱い議論をたたかわせて到達するしかない。親類、友人のあいだじゅうに本件に関するタリヴァーの見解を説明し主張するという論争の序幕には、当然時間がかかる。トムが学校に戻る二月のはじめになっても、ピヴァートの件に関する父親の見解にも新しい発展は見当たらなかった、というか、水は水なりという父親の主義に軽率にも違反するピヴァートに対してなにか手段を講じようと決めてはいたものの、これといった具体的な思案はなかった。反復というものは摩擦の力と同じように、ものごとを進歩させるより熱を生じさせるものである。タリヴァーの熱はますます高まってきた。ほかに新しい証拠がなかったにせよ、ピヴァートはウェイケム弁護士とべったりな仲だという新しい証拠はあがったのである。

「父さん」休日も終わりに近いある晩、トムは声をかけた。「ウェイケム弁護士は、息子をステリング先生のところにやるつもりなんだって、グレッグ伯父さんがいってたよ。あれはほんとじゃなかったんだね――フランスに行かされるっていう話は。父さんは、ぼくがウェイケムの息子と同じ学校に行くのはいやだよね?」

「そんなことは気にせんな」とミスタ・タリヴァーはいった。「悪いところを真似しなきゃいいんだよ。かわいそうに体つきの変わった子だからね、顔は母親そっくりだ。父親にはあまり似ておらんと思うな。あいつが、息子をステリング先生のところにやるというのは、先生を尊敬している証拠だな、ウェイケムというやつにも、ものの善し悪しはわかるんだ」

タリヴァーは、胸のうちでは、息子がウェイケムの息子と同じ立場にあるということがむしろ誇らしかった。だがトムは、その点については、心穏やかではいられなかった。弁護士の息子の体が不自由でなかったら、事態はもっと明白だったにちがいない。もしそうだったらトムは、高潔な道徳的制裁を名目に、あの息子を思うぞんぶんやっつけることができたであろうから。

第3章　新しい学友

トムが学校に戻ったのは、冷たい雨もよいの一月。トムの運命のこの厳しい情況にふさわしい日だった。もしそのポケットに、かわいいローラにあげようと思う氷砂糖の袋と小さなオランダ人形を入れていなかったら、この憂鬱な気分を引き立ててくれるようなわずかな楽しみもなかっただろう。だがトムは、氷砂糖がほしいと、ローラが唇をすぼめ、小さな手を突きだすさまを思い描くだけで幸せだった。そしてこうした想像の楽しみをいっそう引き立てようと、包みを取りだして、紙袋に小さな穴をあけ、氷砂糖をふたつとりだして齧ってみると、二輪馬車に閉じ込められて湿っぽい匂いに包まれている身にはたいそうありがたく、トムは道中、何度もこれを繰り返した。

「やあ、タリヴァー、戻ってきてくれてうれしいよ」とステリング先生が心からいった。「外套を脱いで、夕飯まで書斎にいるといい。あそこには暖かい火と新しい仲間が待っているよ」

トムは毛糸の襟巻きを取って外套を脱ぎながら、不安な動悸をおぼえた。フィリップ・ウェイケムはセント・オグズで見かけたことはあるが、いつもすぐに目を逸らしていた。フィリップがたとえ悪人の息子ではないとしても、体の不自由な子と友だちにはなりたくなかった。悪人の息子がよい子かどうかトムにはわからない。自分の父親はいい人だが、そうではないという人がいたら、すぐにやっつけるつもりでいる。ステリング先生のあとについて書斎にいきながら、トムの心は、当惑と挑戦的な気持ちとが入り乱れていた。

「さあ、新しいお仲間だよ、握手をしたまえ、タリヴァー」とステリング先生は書斎に入るとそういった。「フィリップ・ウェイケム君だ。お互い、仲よくするように。きみたちは、もう顔見知りなんだろうね――家が近所なんだから」

トムが、困ったようにもじもじして相手を見ていると、フィリップは立ち上がって、おずおずとトムを見た。トムは近づいて手を差しだすのがいやだった、こんなにいきなり、「よろしく」なんていえない。

ステリング先生は賢明にも背を向けると、後ろ手にドアを閉めた。大人がいなければ少年たちのはにかみも消えるだろう。

フィリップはきわめて自尊心が高く、臆病でもあったので、トムに近づくことができなかった。彼は思った、というか感じたのである、トムは自分を見るのが嫌なのだろうと。たいていの人が、自分を見たがらない。彼の体の障害は、歩くとよけい目立つ。だからふたりはじっと立ったまま握手もせず話もしなかった。そのあいだトムは、暖炉に近づいて体を温め、ときおり、フィリップのほうをこっそりうかがうと、フィリップは自分の前に置いた紙の上に、ぼんやりとなにやら描いているらしい。ふたたび椅子に腰をおろして絵を描きはじめたが、トムになんといえばよいのかと迷い、自分のほうから言葉をかけるのはいやだという気持ちをなんとか抑えようとしていた。

トムはフィリップの顔をしげしげと、また前より長く見るようになった、背中の瘤《こぶ》に目をやらずに、顔を見ることができたからだ。その顔は決して不愉快な顔ではなかった――ずいぶん大人みたいな顔だ、とトムは思った。そしてフィリップは自分よりいくつ年上なんだろうと考えた。解剖学者なら——あるいは単なる人相学者でも——フィリップの背骨の異常は、生来のものではなく、幼児のころの事故によるものだと見てとっただろう。だがトムにそのような差がわかるわけがない。トムにとって、フィリップはただの病的な猫背なのだった。ただウェイケムの息子の不格好な形状は、父親の弁護士の悪行に関係があるのではないかとぼんやりと考えていた。その悪行については、父親が声を荒らげて話していたのをよく聞いていた。だからトムも、あいつはたぶん意地の悪いやつで、まともに殴り合いもできないから、きっとずるがしこいやり方でこちらを騙すのではないかとなかば決めつけて恐れていた。ジェイコブズ先生の学塾の近所にも背中の曲がった服屋がいた。この人物はたいそう無愛想だと思われており、道義心に欠けるというだけの理由で正義を重んじる少年たちからさかんに野次られていた。だからトムがこう考えたのも根拠がなかったわけではない。それにしてもこの憂愁をおびた少年の顔とあの醜い服屋の顔ほど似ていないものはないだろう。頭を取りまく茶色の髪は女の子の髪のように波うって、先が縮れている——まったく哀れむべきことだとトムは思った。このウェイケムは、青白い顔をした弱々しいやつで、ろくな運動もできないだろう。だが羨ましいほど器用に鉛筆を動かして、らくらくといろいろなものを描いていく。いったいなにを描いているのだろう？　体もすっかり温まったので、トムはなにか目新しいことをやりたいと思った。雨の日に、書斎の窓から外を眺め、ひとりぼっちで幅木を蹴飛ばしているより、たとえ背中の曲がったひねくれた子でも仲間になってくれたら楽しいだろう。きっと毎日なにかが起こるだろう——喧嘩でもなんでも。そしてトムは考えた、意地の悪い策略をおれにはしかけぬほうが身のためだと、フィリップに見せつけるほうがいいのではないかとトムは思った。そしていきなり暖炉の前を横切って、フィリップの紙をのぞきこんだ。

「へえ、そいつは荷籠を積んだロバじゃないか——それからこいつはスパニエル、それから麦畑にいるヤマウズラだね！」とトムは叫んだ。驚きと感嘆のあまり、トムの舌はすっかりほどけた。「わあっ！　おれもこんなふうに描ければいいなあ。今学期は、絵を習うことになってるんだよ——犬やロバが描けるようになるかなあ！」

「ああ、習ったりしなくても、描けるよ」とフィリップがいった。「ぼくは習ったことはないんだ」

「習ったことがないって？」とトムは驚いていった。「おれさ、犬や馬を描いても、頭とか脚がうまく描けないんだ。どういうふうに描けばいいかわかるんだけどな。家とか、煙突なんかはうまく描けるんだけど——煙突はずっと壁沿いに上から下へついてるだろ。屋根にある窓とか、そういうのはみんな描けるんだ。でも犬や馬は、もっと稽古すればうまく描けると思うな」とトムはつけくわえる、自分の絵がうまくないとあまり素直にいってしまうと、自分が降参しているみたいに受け取られるかもしれないと考えて、そうしたのだ。

「うん、そうだね」とフィリップはいった。「とても簡単なんだ。ものをじっくり見ればいいだけなんだ。そして何度も何度も繰り返して描くんだよ。一度間違えても、つぎはそれを直せるだろう」

「だけどさ、きみはなにも教わったことはないのかい？」とトムはいいながら、フィリップの曲がった背中は、この素晴らしい才能の源ではないかと怪しんだ。「きみは長いこと学校に行っていただろう」

「うん」とフィリップは微笑んだ。「ラテン語とギリシャ語と数学なんかも教わったよ……それから習字なんかもね」

「へえ、だけどラテン語なんか嫌いだろ?」とトムは声をひそめていった。

「嫌いじゃないよ——あんまり好きでもないけどね」とフィリップはいった。

「ふうん、でもプロプリアエ・クアエ・マリブスはまだやっちゃいないだろ」とトムはいいながら首を振った。「あれで力が試されるのさ、あそこにくるまではおやすいご用なのさ」

フィリップは、この体格のいい活発な顔をした少年の末たのもしい愚鈍さを思い、ちょっぴり苦々しい満足感をおぼえた。だが、この少年と仲よくしたいという気持ちと、きわめて繊細な感受性もあったので、ここは礼儀よくしようと思い、笑いたいのを我慢して、静かにこういった。

「文法はすんでしまったんだ。だからもうやらないんだよ」

「じゃあきみは、ぼくと同じ課業は受けないんだね」とトムは、ちょっとがっかりしてそういった。

「うん、でもきみの手伝いはできると思う。ぼくにできることなら、喜んで手伝うよ」

トムは「ありがとう」といわなかった。なにしろ、ウェイケムの息子が、思っていたほど意地の悪いやつではなさそうだなと、考えこんでいたからである。

「あのねえ」とトムはやがていった。「きみは、お父さんが好きかい?」

「うん」とフィリップは、顔を真っ赤にしながらいった。「きみは、お父さんが好きじゃないの?」

「ああ、好きさ……ちょっと知りたかっただけなんだ」トムは、顔を赤くして戸惑っている様子のフィリップを見て、ちょっと恥ずかしくなったのである。ウェイケム弁護士の息子を、どう扱えばよいやら困っていたので、もしフィリップが父親を嫌っているなら、自分の困惑も薄らぐかもしれないと考えたのだった。

「これから絵を習うのかい?」とトムは話題を変えた。

「ううん」とフィリップはいった。「うちの父さんはね、これからはほかのことをやれっていうの」

「ラテン語とか、幾何とか、そんなものかい?」とトムはいった。

「そう」とフィリップは答えた。鉛筆を使うのはやめ、片手に頭をのせている。トムは両肘をついて前に乗り出し、犬とロバの絵をほれぼれと眺めている。

「きみはそれでもいいのかい?」とトムは烈しい好奇心に駆られてそう訊いた。

「そう。ぼくはみんなが知っていることを知りたいんだよ。自分の好きなものは、そのうちに勉強できるからね」

「ラテン語を勉強しなくちゃいけないなんて、考えられないな」とトムはいった。「なんの役にも立たないもん」

「あれは、紳士を育てる教育のひとつなんだよ」とフィリップがいった。「紳士はみんな、同じ教育を受けるんだ」

「へえ、猟師の達人ジョン・クレイク卿がラテン語を知ってるっていうのかい?」ジョン・クレイク卿のようになりたいとよく考えていたトムはそういった。

「子供のころに習ったんだよ、もちろん」とフィリップはいった。「でももう忘れているだろうね」

「へえ、そうなの、だったらおれにもできるよ」とトムはいったが、これはなにも警句のつもりでいったわけではなく、ラテン語については、自分がジョン・クレイク卿のようになるのを邪魔するものではないと、かなり満足していったのである。「ただ学校にいるあいだに、よく覚えておかないとな、さもないと、『雄弁術読本』をいっぱい覚えなきゃならないぜ。ステリング先生ってうるさいからな――知ってたかい？　イアムをナムなんていったら、十回もいい直させるぜ……一字だって間違えたら、許してくれないんだからな」

「ああ、かまわないよ」とフィリップはいったものの、笑わずにはいられなかった。「ぼくはなんでもかんたんに覚えられるんだ。それに大好きな課目もいくつかあるんだよ。ギリシャ史はとっても好きだし、ギリシャのことならなんでも好きなの。ギリシャ人に生まれて、ペルシャ人と戦いたかったな。家に帰ったら、悲劇をいっぱい書くとか、さもなきゃソクラテスみたいに自分の知識をみんなに話して聞かせてね、最後には堂々と死ぬんだ」（フィリップは、お察しのとおり、自分の頭のよさを、この筋骨たくましい野蛮人に見せつけたかったのである）。

「へえ、ギリシャ人って、強い戦士だったのかな？」とトムはいった。その方向に話を持っていきたかったのである。「ダビデとゴリアテとか、サムソンみたいのが、ギリシャの歴史には出てくるの？　ユダヤ人の歴史のなかでおれが好きなのは、あいつらだけなんだ」

「ああ、ギリシャにはそういう面白い話がいくつもあるんだよ。サムソンみたいに猛獣をやっつけた大昔の英雄たちの話がね。『オデュッセイア』には――これは美しい詩なんだけど――ゴリアテよりもっと素晴らしい巨人が出てくるよ――ポリュペモスというんだけど、目が額のまんなかにひとつあるだけなんだ。それからオデュッセウスは、小男だけど、とても賢くて策略家でね、真っ赤に焼いた松の木を、そいつの目に突き刺してね、千頭の牛が吠えるみたいな唸り声をあげさせてやったんだ」

「そいつは面白いな！」とトムはいうと、テーブルから離れて片足ずつぴょんぴょんと跳んだ。「ねえ、そういう話、もっとしてくれない？　だっておれはギリシャ語は習わないもの……そうだろ？」とつけくわえると、突然ぎょっとしたように足踏みをやめた、その反対のことが起こったらどうしようと思ったのである。「紳士というものは、みんなギリシャ語を習うのかい？……ステリング先生は、おれに習わせるつもりなのかな、きみはどう思う？」

「ううん、そうは思わないな──たぶんそうはならないよ」とフィリップはいった。「でもギリシャ語を知らなくたって、そういう話は本で読めるよ。ぼく、英語の本は持っているんだ」

「うん、でも本を読むのは嫌いなんだ。きみに話してもらうほうがいいな。でも戦いの話だけだよ。妹のマギーのやつは、いつもお話をおれにしたがるんだよ──でもくだらない話ばっかりでさ。女の子のお話ってやつは。きみなら、戦いの話はたっぷりしてくれるかな」

「もちろん」とフィリップはいった。「たくさんあるよ、ギリシャの話のほかにも。リチャード獅子心王やサラディンとか、それからウィリアム・ウォレスとか、ロバート・ブルースやジェイムズ・ダグラスとかね──いくらでも知ってるよ」

「きみはぼくより年上だな？」とトムはいった。

「きみはいくつなの？　ぼくは十五だよ」

「おれは、十四になったばかり」とトムはいった。「でもジェイコブズ先生のところの連中はみんなぶち負かしてやったんだ──ここに来る前にいたところだけど。ホッケーや木登りだって、みんな負かしてやったんだ。ステリング先生が、釣りに行かせてくれるといいんだけどな。どうやって釣りをするか教えてあげるよ。釣りはできるよね？　立っているか、静かにすわっているだけだから」

トムは、こんどは天秤の分銅を自分のほうに下げようとしたのである。この背中の曲がったやつが、戦いのお話を知っていることで、自分をトム・タリヴァーのような現実の闘いの英雄と同等だと思ってはならないのである。フィリップは、おまえにはこうした活発な運動は不向きだというほのめかしにたじろいで、いかにも不機嫌そうに答えた。

「釣りはぼくには無理だよ。何時間も釣り糸をじっと見ていたり――釣り糸を投げてもなにも釣れないなんて阿呆みたいだよ」

「ああ、だけどね、でっかいカワカマスを釣り上げたときなんか、阿呆みたいだなんていえないぞ」とトムはいった。生まれてこのかた、そんな大物を釣ったことはなかったが、釣りの名誉を汚された憤怒のあまり、想像力がそこまで及んだのである。ウェイケムの息子が不愉快な意見を持っているのは明らかだ、そんな者をのさばらせてはならない。さいわいなことに、そのとき夕食ですよと呼ばれたので、この最初の対話はぶじに終わった。そしてフィリップは、釣りに関する不健全な見方をこれ以上発展させるわけにはいかなかった。だがトムはこう思った。これこそまさに背中の曲がったやつのいいそうなことだと。

第4章　若き精神

フィリップと交わした最初の会話のおかげで変わったトムの気持ちは、それから何週間も、お互い生徒として親密になったあとも、そのまま残っていた。トムは、フィリップが悪人の息子であるから自分にとっても天敵だとみなしていたし、フィリップの変わった体つきにも嫌悪を抑えることができなかった。それにトムは最初に受けた印象に固執する少年だった。人の心というものは、考えや感情より知覚が先に立つので、相手の外形も、第一印象としてしっかり頭に刻みつけられた。だがフィリップが機嫌のいいときには、一緒にいたいという気持ちは抑えられなかった。フィリップは、ラテン語の勉強をよく手伝ってくれた。あれはパズルのようなもの、幸運に恵まれなければ解答は得られないパズルのようなものだとトムは思っていた。フィリップは、たとえば、ウォルター・スコット作のハル・オブ・ザ・ワインドが出てくる素晴らしい戦争の話をしてくれたし、相手を手当たりしだい殴り倒すという、トムが格別お気に入りの英雄たちの話もしてくれた。半月刀でクッションを真っ二つに切ったというサラディンの話は好きになれなかった。クッションなんかだれが切りたいものか？　なんとも愚かしい話なので、トムは二度と聞きたくはなかった。だがロバート・ブルースがバノックバーンの戦いで、黒の子馬にまたがり、鐙《あぶみ》にかけた足を踏んばって、戦斧を巧みに振りかぶり、軽率な騎士の頭蓋骨を兜《かぶと》ごと打ち砕いたという話を聞いたとき、トムはすっかり共感して胸をとどろかせ、ココナッツが手もとにあったら、すぐさま火かき棒でぶち割ってやろうと思ったくらいだった。フィリップは気分のいいときであれば、さまざまな修飾語や比喩を駆使して、あちこちの戦闘の激突、猛攻といった凄まじい場面をいきいきと語って、トムをおおいに楽しませた。だがいつも機嫌よく幸せな気分でいるわけではない。はじめて会ったときも、つい短気な気性をのぞかせてしまったが、これは、彼の心に絶えず湧きあがる不安のせいだった——ひとつは神経症的な苛立ち、ひとつは自分の異常な体つきに対する辛さだった。こうした気分が嵩じてくると、自分を見る人々の視線に、こちらの気に障るような哀れみや、押し隠した嫌悪が見えるような気がするのだ——少なくとも冷淡な眼差しとも感じられた。南国の子供が北国の春の空気に冷たさを感じるときのような冷淡さとも。ふたりが一緒に戸外に出るときの、トムの不器用なかばい方に苛立って、ときどきこの善意の少年に辛く当たってしまうこともあって、ふだんは悲しげで静かなその目が、決して冗談ではなく、ぎらりと光るのである。トムが弓なりに曲がっている背中について疑惑を持ちつづけているのも当然だった。

だがフィリップの独学で身につけた絵の技能は、ふたりを結びつけるもう一つの絆だった。なぜならトムにとっては、いまいましいことに、こんどの新しい絵の先生が与える画題が、犬やロバではなく、小川とか鄙《ひな》びた橋とか廃墟のようなもので、先生は自然というものはむしろ感覚的なものだといわんばかりに、全体を黒鉛でぼかしたように描くのである。ところが風景画の美的特質というようなものは、いまのところトムには理解しがたく、グッドリッチ先生の作品にいっこうに興味が湧かなかったのも無理はないであろう。ミスタ・タリヴァーは、トムがゆくゆくは、設計図や地図を描くような仕事につくだろうと漠然と考えていたので、マッドポートでミスタ・ライリーに会ったとき、トムがそうした勉強はなにもしていないらしいと不満を述べたのである。それに対してこの親切な助言者は、トムに画の勉強をさせるべきだといったのだった。そのためには、画の課業を受けさせるための余分の出費を惜しんではならないと。トムを優秀な製図家にすれば、鉛筆がいろいろな方面に役立つだろうといった。そこでタリヴァーは、トムに画の課業を受けさせてもらいたいと申し出た。そこでステリング先生としては、キングズ・ロートンの十二マイル四方では、その道の名人と考えられているグッドリッチ先生を選ぶよりほかはなかった。こうしてトムは、鉛筆の先をうんと細く削ることと、風景をおおざっぱに捉えて描くことを学んだが、細かいところにこだわるトムとしては、まことに退屈なものであった。

こうしたことはすべて、製図学校というものが存在しなかったあの暗黒の時代、教師というものがすべて実直かつ誠実な人間だとは限らなかった時代、そして広い心を持ち、さまざまな文化を身につけた牧師がいなかった時代にあったことなのである。このようなさほど恵まれない時代には、教養は狭いのに欲は大きい、しかもその収入は、運命をつかさどる神が女性である上に目隠しをされていたために倫理的な混乱がよく起こり、彼らの欲望ではなく、その知力に釣り合わされてしまったのである――あきらかに収入は、持って生まれた知力に左右されるべきではないのに――というステリング先生のような牧師がほかにも存在したというのは決して作り話ではない。こうした紳士たちが処理せねばならぬ問題とは、欲望と収入との釣り合いの調整である。欲望は容易に死に絶えるものではないから、調整の方法は簡単である――すなわち収入を増やすことである。そうするには方法はひとつしかない。低賃金でよい仕事をしなければならぬ低級な職業は、牧師には禁物だ。ではどうすればよいかといえば、高い賃金でお粗末な仕事をすることである、それが彼らの罪といえるだろうか？　ステリング先生が、教育とはきわめて繊細な難しい仕事であると認識しているなどと期待するのは誤りではなかろうか？　岩石に穴をうがつ能力のある動物は、穴掘りについていっぱしの見解を持っていると考えるのと同じではないだろうか。ステリング先生の能力というものは、若いころに叩きこまれた、まっすぐに穴を掘ることで、それ以上の能力はなにもない。トムの仲間たちのなかには、父親がせっかく牧師の手に息子を委ねたのに、何日たっても無知のままであったという、トムよりはるかに不運な者たちもいたのである。教育とはほとんど運——たいていは不運——というのが、当時いわれていたことだった。玉突き《ビリヤード》のキューやさいころの筒を手にした人間の心理というものは、ミスタ・タリヴァーのように、息子のための学校や家庭教師を選んだ旧弊な父親たちの心理に比べれば、まともなものである。優秀な人間たち、つまり一生を通して発音どおりに綴った文字を書かされてきた人間、そしてそうした無能力にもかかわらず事業には成功した人たち、息子たちにはよりよい教育を与えられる資金を持つ親たちは、教師の能力や良心に当然期待することになる、そしてたまたま教師の生徒募集のちらしが手に入り、自分たちが要求する以上のものが約束されているのを発見する——たとえば持っていったリネンやフォークやスプーンまで返してくれるというようなきまりごとを。あの野心的な織物商にしても、息子を牧師にしなければ、そしてその息子が二十四歳のとき無分別な結婚をして学費にあてた金を無駄にしたりしなければ、それはそれで幸せだったろう。さもなければ、息子のために最善をつくそうとするこうした無知な父親たちは、織物商の息子のような愚を繰り返さぬために、まだ監察官が訪れていないようなグラマースクールに息子を入れた。その堂々とそびえたつ建物のなかには、生徒が三人ほどいるばかり、ともに住む校長はといえば、歯は抜け、目はかすみ、耳は遠く、学識といえばいかにも頼りない、そんなところに、ひとりあたり三百ポンドという大金が支払われている——たしかに就任した当初は老練な学者であったろう。だが太陽のもとで熟しきった果物は、市場ではたいした値はつかないものである。

そういうわけでトム・タリヴァーは、同世代の英国の青少年の多くに比べれば、さほど不幸だったとはいえない。彼らは、少なくともそれ相応の知識の断片と、それ相応の無知に育まれながら人生を送ってきたのだから。ステリング先生は、紳士らしい物腰の、胸の厚い健康な人物で、育ち盛りの少年は、充分な牛肉が必要だという確信を持ち、トムが健康で夕食を楽しんでいるさまを見たいと思うような温かい心の持ち主であった。また純粋な道義心があるわけではなく、日常の務めには限りない義務が伴うということを深く考える人でもなかった。自分の高尚な職務に対応するのに充分な能力もなかった。だが無能な紳士も生きねばならず、資産がないとなれば、教育や政治に関わらねば、お上品な生き方をするのは無理であろう。その上トムの能力が、ステリング先生が教えねばならぬような知識では育てられないとすれば、それはトムの精神構造の問題である。生まれながら、記号や抽象概念を理解する力のない少年は、生まれつき片方の足が短い者と同じようなもので、この生まれついた欠陥の報いを受けねばならない。尊敬するわが先祖たちが長いあいだ培ってきた教育法というものは、ただ現在に生きているにすぎない少年の格別の愚鈍さの前にくじけたりはしないのである。そしてステリング先生は、記号や抽象概念がわからない少年は、ほかのこともすべてわからないのだと決めつけていた、たとえこの尊敬すべき師がほかのすべてを教えてやったにしても。尊敬するわが先祖たちは、親指締めつけ具というかの素晴らしい拷問具を使って、存在しない事実を無理やり引き出した。先人たちは、白状させる事実は存在するという確たる意見を持っていたので、彼らがなすべきことは、親指締めつけ具を締めることだったのではなかろうか？

同じようにステリング先生は、知的能力を持つ少年たちはだれしも規則どおりのことを教わっているのだから、それを覚えられぬはずはないと思っている。覚え方が悪ければ、親指締めつけ具を締めねばならぬ――勉学をますます厳しくさせねばならぬ、そしてラテン語の詩歌をうとましいとする生徒には、ウェルギリウスの一頁が、罰として与えられるのである。

そうはいっても、親指締めつけ具は、この半年のあいだはあまりご用がなかった。フィリップは才能があり、勉学のほうも順調に進んでいたので、ステリング先生は、手を貸すこともないその才能のおかげで、トムの愚鈍さを克服するという面倒な仕事よりはるかに容易に面目をほどこすことができたのである。野心家の堂々とした紳士でも成功せず、友人知己を失望させることがある。彼らが成功を遂げるには、貴重な獲物に対する飽くなき欲望のほかに、なにか特別な資質が必要なのだろうか。おそらく、こうした信念の堅い紳士たちは、むしろ怠惰であり、食欲がたいそう旺盛なために、ホラティウスのいうディウィナエ・パルティクラム・アウラエ（聖なる息吹のかけら）が、舞い上がれずにいるのだろうか。ステリング先生がなぜ多くの活気ある計画を頓挫させたのか――ギリシャ戯曲の編纂や、余暇にやるはずのさまざまな学問的研究をなぜはじめなかったのか。たいそうな決意を持って書斎に鍵をかけたあとは、くだらないセオドア・フックの小説なんぞをひたすら読んでいたのはなぜだろう。それにはなんらかの理由があったのである。トムは近ごろたいした苦労もせずに課業をこなすようになった。それはフィリップの助けがあったからで、まごついたり、へまをしたりしながらも、しっかりやっているように見えたので、実は心ここにあらずだということを先生に追及されずにすんでいた。こんなふうに情況が変わったので、これなら学校も我慢できるぞとトムは思うようになった。そして教育とは無関係なものを、手当たり次第これは教育だとして取り入れていた。トムが考えている教育とは、読み方と書き方と書き取りの練習で、理解できない考えを無理やり詰めこまれる、丸暗記する努力は無駄なるままに続いていった。

こうした教育をされていても、トムの進歩は目に見えていた。おそらくトムは誤った教育の悪い例にあげられる存在ではなく、血と肉でできた少年、環境のなすがままにはならぬ性格を持っている少年だったのである。

たとえばトムの態度には著しい進歩が見られた。これについては村の教師であるポールター先生に負うところが大きい。先生は、往年のイベリア半島戦争に従軍した兵士で、トムを厳しく鍛練するために雇われたのである——これはふたりにとっておおいなる楽しみになった。ポールター先生は、酒場〈黒い白鳥〉の飲み仲間からは、かつてフランスの心臓部に恐慌をもたらした人物として知られているが、もはや恐るべき人ではなかった。全体に萎びたような感じで、朝のうちはいつもぶるぶると体が震えているが、これは年齢のせいではなく、キングズ・ロートン小学校のたいそうひねくれた生徒どもを相手にするには、ジンの助けがぜひとも必要だったのである。それでも先生はいつも軍隊式にぴんと直立し、服にはきちんとブラシをかけ、ズボンはしっかり吊り上げている。トムのところにやってくる水曜日と土曜日の午後には、いつもジンと思い出話で気を引き立たせ、そのおかげで、太鼓の音を聞いた老いぼれ軍馬のようにかくべつ元気がよい。教練のときはいつも、戦争の武勇伝で引き延ばされ、トムには、フィリップの『イリアス』の話よりずっと面白かった。『イリアス』には大砲は出てこないし、ヘクトールとアキレウスはたぶん現実に存在しなかったと知って、嫌になっていたのである。だがウェリントン公爵は実在の人だし、ナポレオンが死んだのはそう遠い昔ではない——したがってポールター先生のイベリア半島戦争の思い出話には、曖昧なところはまったくなかった。ポールター先生はどうやら、タラベラでは群を抜いた存在だったらしい。彼の属する歩兵連隊が敵から特別に恐れられていたのには少なからず彼の貢献があったのである。思い出話にいつもより油がのったときには、ウェリントン公爵が（嫉妬心をあおらないように、きわめて内々に）好漢ポールターに尊敬の念をあらわしたことを思い出して話したりした。銃創を負ったさいに、彼を診た病院の外科医は、ポールター先生の素晴らしい肉体に感銘したという。当時、このように目覚ましい快復をとげた者はいなかった。先生が従軍した重要な戦役に関することでは、自分に関係のないことは、多くを語らず、戦史に関わる不確かな情報に自分の確かな意見をくわえようとはしなかった。バダホス包囲戦の実状について知ったかぶりをする連中は、ポールター先生の無言の憐れみの対象であった。そういうおしゃべり野郎は、しょっぱなですぐ追いつめられて、息の根をとめられてしまえばいいのだ、彼自身がそうしてやったように――そうすれば、自分がバダホス包囲戦について話してやる！　トムは、ときどきこの体操の教師を苛立たせずにはいられない、先生の個人的な体験なんかよりほかの戦争の話に興味があったからである。

「それでウルフ将軍は、ポールター先生、素晴らしい戦士だったんですか？」とトムはいった。居酒屋の看板になっている戦争の英雄たちは、みんなナポレオンと戦ったものだとトムは思っている。

「とんでもないよ！」とポールター先生は軽蔑したようにいった。「とてもとてもだ！……頭をあげろ！」先生が厳しい命令口調でそういったので、トムは自分が連隊の一員になったような気がしてうれしかった。

「いかん、いかん」とポールター先生は、教練の合間に話を続けた。「ウルフ将軍のことは、わたしに話をさせないほうがいいな。手傷を負って死んだだけのことさ。くだらんよ。わたしが負ったような傷を負えば、だれでもみんな死んだにちがいないさ……わたしの受けた剣の切り傷ひとつで、ウルフ将軍のような手合いは死んだだろうよ」

「ポールター先生」とトムは、話が剣のことに触れるといつもこういった。「先生の剣を持ってきて、剣術を教えてください」

長いあいだ、この要求に対してポールター先生は意味ありげに首を横に振りつづけ、セメレーに真の姿を見せてほしいと強くせがまれたときのユピテルのように勝ち誇ったような笑みを浮かべた。だがある日の昼さがり、激しいにわか雨にポールター先生は、いつもより二十分も長く居酒屋の〈黒い白鳥〉に足止めをくらったとき、剣が持ちだされたのである——ただトムに見せるだけのために。

「これはじっさいに戦争で使った本物の剣なんですか、ポールター先生」とトムは柄をいじりながらいった。「こいつはフランス人の首を切ったことがあるんですか?」

「首を切ると? ああ! 頭が三つあったら、三つとも切っただろうさ」

「でもこれのほかに、銃剣も持っていたんでしょう?」とトムはいった。「ぼくなら、銃剣がいいな、だって最初に撃って、それから剣で突けるでしょう。バーン! ブスッ!」トムは、引き金をひいて剣先でつくという二重の楽しみを、身振りでしてみせた。

「ああ、剣というものは、接近戦で使うものでね」とポールター先生は、心ならずもトムの熱心さに引き込まれて、いきなり剣を抜いたので、トムはいかにも敏捷に飛びのいた。

「ああ、でも、ポールター先生、剣術を見せてくださるなら」とトムは、英国人にふさわしくその場に踏み止まらなかったことがちょっと気になって、そういった。「フィリップも呼んできますよ。あいつも見たいでしょうから」

「なんだと！　あの背中の曲がった若者が？」とポールター先生は考えこむようにいった。「あの子が見て、なんの役に立つというのかね？」

「でも戦争のことはよく知っているんですよ」とトムはいった。「弓矢や斧をどう使って戦ったかというようなことも」

「じゃあ、連れてくるがいい──あの子の知っている弓矢の使い方とはちがうものを見せてやろう」とポールター先生は咳ばらいをしたり、反り身になったりして、手首にも少々予備運動をしてみせた。

トムはフィリップのもとに走っていくと、彼は居間のピアノで休日の午後を愉《たの》しんでいて、自分の作った曲に合わせて歌っていた。高い腰掛けの上に、不規則な形をした塊のように、それは幸せそうな顔をして座っており、頭は後ろに反らし、目は向かいの蛇腹《じゃばら》をじっと見つめ、口を大きく開けてできるかぎり前に突き出し、想像力をかきたてた作曲家アーンの調べに合わせ、全力を傾けて即興の歌を幸せそうに歌っていた。

「こいよ、フィリップ」とトムは、部屋に飛び込んでいくとそういった。「こんなところでラーラーなんて怒鳴ってないでさ──ポールターじいさんが馬車小屋で剣術を見せてくれるんだ」

この突拍子もない邪魔──フィリップが身も心も震わせていた調べをかき乱すトムの乱暴な口調はフィリップの気分をぶち壊すのに充分だった、たとえ教練の受け持ちのポールター先生に問題がなかったとしてもだ。そしてトムはといえば、先生の剣の前から飛びのいたとき、自分が剣をこわがっているとポールター先生に思われないように、なにかいわなくちゃと考えたとき、ふっと思いついたのがフィリップを連れてこようということだった——フィリップが教練のことなんか聞きたくないことは充分承知していたのにだ。トムは、自分の自尊心が傷つけられるようなときでなければ、こんな思いやりのないことはしなかっただろう。

フィリップは、ピアノの手をとめると、ぶるっと身を震わせた。それから顔を赤くすると、激しい口調でこういった。

「出てけよ、このやかましい阿呆が！ そんなふうに怒鳴らないでくれ——きみは、荷馬車の馬と話すのがお似合いなんだよ」

フィリップがトムに腹を立てるのははじめてではないが、トムは、これほどわかりやすい言葉の飛び道具で撃たれたことはかつてなかった。

「ああ、おまえみたいな臆病な小鬼なんかに話しかけてやるんじゃなかった！」とトムは、フィリップに火をつけられ、たちまち燃え上がった。「ぼくは、おまえを殴るつもりはないぞ——おまえなんか、女の子みたいなもんだからな。けどぼくは正直者の息子だぜ、おまえの父親はペテン師だ——みんながそういってるぞ！」

トムは部屋から飛び出し、怒りのあまりふだんの注意を忘れてドアを乱暴に閉めた。この音が、そう遠くないところにいるミセス・ステリングの耳に入れば、罰としてウェルギリウスの詩を二十行も暗唱することになる。じっさい夫人はすぐに部屋から降りてきた、物音と、そのあとフィリップの音楽がとだえたことに不審をいだいて。夫人は、フィリップが脚のせ台の上に固まったようにすわって、悲痛な声で泣いているのを発見した。

「いったいどうしたの、ウェイケム？　あの物音はなんだったの？　だれがドアを乱暴に閉めたの？」

フィリップは顔を上げ、いそいで涙を拭いた。「タリヴァーが来たんです……一緒に来ないかといいに」

「それでなにを揉めているの？」とミセス・ステリングがいった。

フィリップはふたりの生徒のうちでは、お気に入りの生徒ではなかった。トムはいろいろなことで役に立ってくれるが、フィリップにはそれほど頼めなかったからである。それでもフィリップの父親は、ミスタ・タリヴァーより高額な支払いをしてくれるので、お坊ちゃまを特別扱いにしているように夫人は振舞っている。しかしながらフィリップは、夫人のほうから仲よくしようと好意を示されたりすると、貝類が殻から出てきてごらんとやさしくされたような心持ちがするのである。ミセス・ステリングは、愛情深い優しい心の持ち主ではない。スカートはぴったりと体に合っているし、人にお達者ですかと尋ねるときでも、着ている服を気にしたり、心ここにあらずで巻き毛を軽く叩いたりしている。こうしたことは疑いもなく、おおいに社交力を示すものだが、愛の力ではない——愛の力なくしては、フィリップの引っ込み思案を消し去ることはできない。

夫人の質問に答えて、フィリップはいった。「歯が痛くて、またかっかとしちゃったんです」

実際、一度だけこういうことがあったので、フィリップはそれを思い出してよかったと思った——まるで霊感のように、泣いていることの弁解ができたのだから。その結果、オーデコロンを受け入れなくてはならなかったが、クレオソートは拒否したので、そんなことは苦にならなかった。

一方、フィリップの心臓にはじめて毒矢を放ったトムが、馬車小屋に戻ってみると、そこではポールター先生が目を見据えて、剣術の妙技を見せようと稽古にはげんでいたが、見学者といえば鑑賞力もない小ネズミどもだけで、せっかくの妙技が無駄になっていた。だがポールター先生にとっては自分が主役だった。つまり大勢の見物人の賞賛に劣らぬほど、自画自賛していたのである。重々しく、一、二、三、四と、切る突くという所作にすっかり夢中になっていたのでトムが戻ってきたことに気づかなかった。トムはといえば、ポールター先生のじっと見据えた目や、空気のほかになにかを切りたがっている飢えたような剣に少なからぬ驚きを感じなかったわけではなく、できるだけ遠くのほうからその技を感心したように眺めていた。ポールター先生が剣をおろし、額の汗を拭うころには、トムは剣術の技にすっかり魅入られて、もう一度見たいと思った。

「ポールター先生」とトムは、剣が鞘におさめられるのを待って、そういった。「ほんのちょっとでもいいから、その剣を貸してもらえませんか」

「だめ、だめ、お若いの」とポールター先生はきっぱりと首をふった。「おまえさんは、こいつでなにかいたずらをやるつもりだろうが」

「いいえ、ぜったいそんなことはしませんよ。うんと注意して、怪我なんかしないようにします。ぜったい鞘から出しませんから、降伏のしるしとして、ただ剣を地面に置くだけですよ」

「だめ、だめ、ぜったいだめだ、いいか、ぜったいだめだからな」とポールター先生は、帰り支度をしながらいった。「ステリング先生がなんというだろうね？」

「ああ、お願いです、ポールター先生。その剣を一週間貸してくださったら、五シリングさしあげますから。ほら！」とトムはいいながら、それは大きな銀貨を差しだした。この若い犬めは、哲学者面《づら》をして、その効果を計算していたのである。

「そうだな」とポールター先生は、いっそう重々しい口調でいった。「人の目に触れないところに置いておくんだ」

「ああ、もちろん、ベッドの下に置いておきますよ」とトムは気負いこんでいった。「さもなきゃ、大きな箱の底に」

「それでは見せてもらおうか、きみが、自分を傷つけないように、剣を鞘から抜くことができるかどうか」

一度ならず行われたこの所作を見たポールター先生は、自分がこの上なく慎重に事を運んだと思ったので、こういった。「さてさて、タリヴァー君、わたしがこの銀貨を受けとるからには、おまえさんは、その剣でいかなるいたずらもしてはならんぞ」

「ああ、やりませんとも、ポールター先生」トムはうれしそうに銀貨を先生に手渡し、それから剣をつかんだが、こいつはもっと軽いほうがよかったなと思った。

「だがおまえがそれを持っているところをステリング先生に見られたらどうする」とポールター先生は銀貨を一応ポケットに入れながら、新たな疑問を投げた。

「ああ、先生は土曜日の午後はいつも二階の書斎にひきこもっていますよ」とトムはいった。ここぞと人目をしのぶのはいやだったが、立派な理由があるなら、少々策略をめぐらしたってかまわない。そこでトムは、恐れまじりの勝利感を味わいつつ――ステリング先生夫妻に会うかもしれないとびくびくしながら――自分の寝室に剣を持っていったのである。そこでいろいろ考えた末に、戸棚のなかの吊るしてある服の陰にそれを隠した。その晩は、マギーが来たら驚かしてやろうと思いながら眠りについた。自分の赤い襟巻きで、剣を腰に結びつけ、この剣は自分のもので、自分は兵士になるつもりだとマギーを騙してやろう。そんな言葉を信じるほど馬鹿なやつはマギーしかいないし、自分が剣を持っていることをマギーなら知られてもかまわないと思っていた。それにマギーは来週、ルーシーと一緒に寄宿学校に入る前にトムに会いにくることになっている。

もしあなたが十四歳にもなった少年がこれほど子供じみているはずはないと考えるなら、あなたはたいそう賢いにちがいない、しかも相手に畏敬の念を起こさせるより、温和に見えるほうがいいという民間の職業にたずさわっている方にちがいない。すでに髭をたくわえているからといって、鏡の前で軍人の真似をするようなことはしない。しかし自分を兵士だと安全な地で平和に想像してみるような人間が存在しなかったら、はたして軍隊は維持できたか疑問である。戦争も、ほかの大仕掛けの見世物のように、見物人がいなければ続かないだろう。

第5章　マギーの二度目の訪問

ふたりの少年のあいだのこの直近の仲違いはすぐには修復されず、しばらくのあいだは必要がなければいっさい口をきかなかった。ふたりの気質のちがいが、怒りを容易に憎悪に変えてしまう。そしてフィリップの心のなかでは、すでに変化がはじまっていた。その気質に悪意というものはなかったが、感受性が強かったために嫌悪という激しい感情を生じやすかった。牡牛というものは――偉大なる古典の権威に従ってあえていうならば――攻撃の道具としてその歯を与えられたのではない。そしてトムは、きわめて牛に似た若者だったので、問題のある対象に向かってまさしく牛のごとくに突進した。だがトムはフィリップのもっとも弱いところをうっかり突いて、相手に激しい痛みを与えてしまった、まるでその方法を、もっとも毒のある悪意とともに、きわめて正確に学んだかのように。トムとしては、これまでのようになにくわぬ顔で仲直りをすればいいと思っていた。トムはこれまでフィリップに、おまえのおやじは悪党だといったことはなかったが、この思いは、いつも自分とこの好きでも嫌いでもないどう位置づけたらよいかわからない学友とのあいだにつきまとっていた。その思いを自分が口にしたからといって、フィリップがあのように動転するとは思いもしなかった。しかし自分にはそれをいう権利がある、フィリップのほうが自分を脅しつけ、罵ったのではないか。だがこちらから仲直りをしようといっても、相手が応じなかったので、フィリップに対する少しばかりの好意も失せてしまい、もう絵や課業について助けを求めるのもぜったいやめようと思った。ふたりとも自分たちの不仲をステリング先生に悟られないようにするために、互いに節度は保っていた。先生はきっと、こんな馬鹿げたことはおよしときつく言いわたすだろうから。

しかしながらマギーはやってくると、この新しい生徒を興味津々に眺めずにはいられなかった。自分の父親を怒らせたあの悪徳弁護士のウェイケムの息子だったけれども。ちょうど授業時間の最中に着いたので、フィリップがステリング先生の授業を受けているあいだ、ずっとそばにすわっていた。トムが数週間前に手紙をくれて、フィリップは、マギーの知っているようなばかばかしいやつじゃない物語をいっぱい知っていると教えてくれたのだが——自分の目で観察した結果、フィリップはとても賢いにちがいないと確信したのである。あとで彼と話すようになったら、自分のことも少しは賢いと思ってくれればいいのにと思った。それにマギーは、体に障害のあるものには思いやりがあった。羊にしても首の曲がった羊のほうが好きだった、なぜかというと、体のしっかりとしたとても強い羊は、それほどかわいがってもらいたくはないらしいからだった。自分にかわいがってもらうのをとても喜ぶものがとくに好きだった。マギーはトムをとても愛していたが、トムがもっとそれに気をとめてくれればよいのにとたびたび思っていた。

「フィリップ・ウェイケムって、いい子みたいね、トム」とマギーは、夕食までの時間を過ごすために書斎から庭にそろって出ていったとき、そういった。「あの人、自分の父親を選ぶわけにはいかないものね。あたしね、いい息子のいるとても悪い人のお話を読んだことがあるの、悪い子を持ったいい親の話もだけど。もしフィリップがいい子なら、父親がいい人じゃないのは、かわいそうと思わなくちゃね。お兄ちゃんは、あの人のこと好きなんだよね？」

「へっ、あいつは変わりものなんだ」とトムは素っ気なくいった。「おれと一緒にいるときは、そりゃ、不機嫌な面してんだよ。おまえの父親は悪党だといってやったからな。おれにはそういう権利がある、だってほんとうのことだもの——そしたらあいつのほうが先に喧嘩を吹っかけてきて、おれを罵ったんだ。おまえ、ちょっとここで待っててくれないか、マギー？　二階でやりたいことがあるんだ」

「あたしも一緒に行っちゃだめ？」とマギーはいった。トムと再会した最初の日は、ずっとトムにくっついていたかった。

「だめ、いまはね、そのうちに話してやるから」とトムはいうなり、小走りにいってしまった。

午後、少年たちは明日の課業の準備のために書斎で本を読んでいた。夜は、マギー来訪の歓迎をすることになっていたからである。トムはラテン語の文法にかじりついており、無言で唇を動かしているが、それはまるで、厳格だが気の短いカトリック教徒が主の祈りを繰り返しているようだった。一方、部屋の向こう端にいるフィリップは、二冊の本を開いて読みふけっているが、その満ち足りた表情を見て、マギーの好奇心はかきたてられた。それは予習をしているような表情ではなかった。マギーはふたりとほぼ直角になるように置かれた低い腰掛けにすわって、ふたりをこもごもに眺めている。フィリップは、一度だけ本から目を離して暖炉のほうを眺めると、物問いたげな黒い目が自分をじっと見つめているのに気がついた。そしてタリヴァーのこの妹は、兄貴には似ず、とってもかわいいと思った。ぼくにも妹がいればなあ、とフィリップは思った。あれはなんの話だっけ、マギーの黒い目が思い出させるあの話、王女さまが獣の姿に変えられてしまう話は？……これはきっとこの子の目が、満たされぬ知力と、満たされぬまま探し求める愛情にあふれているからだろう。

「ねえ、マギくん?」とトムがとうとう口火を切った。勉強を途中でやめる名人らしく、勢いよく閉じた本をさっさと放り出してこういった。「勉強はもう終わったよ。二階にこないか?」

「なんなの?」とマギーは、ドアの外に立つとそういった。トムがさっき二階に行ったことを思い出して、かすかな疑問が頭をよぎったのである。「あたしになにか、いたずらするんじゃないわよね?」

「いや、いや、マギー」とトムは、なだめすかすような調子でいった。「おまえがとっても喜びそうなことだよ」

トムはマギーの肩に腕を回し、マギーはその腕をトムの腰に回して、ふたりは仲よく二階に上がっていった。

「ねえ、マギくん、だれにもいうなよ、わかったな」とトムはいった。「さもないと、おれ、ラテン語を五十行も暗記させられるんだから」

「それって、生きもの?」とマギーはいった。トムが毛長イタチを飼っているんじゃないかと、ちらりと想像したのである。

「まあ、待てよ」とトムはいった。「すみのほうにいって顔を隠しておいで、そいつを出すまで」とつけくわえながら、寝室のドアの鍵を後ろ手に締めた。「こっちを向けというからな。悲鳴をあげるなよ、わかったな」

「でも驚かしたら、悲鳴あげるからね」とマギーは真顔で答えた。

「驚かすもんか、この馬鹿」とトムはいった。「さあ、顔を隠して、のぞいたらだめだぞ」

「もちろん、のぞきっこないよ」とマギーは、軽蔑するようにいった。そして高潔な人のように寝台の枕に顔をうずめた。

だがトムは用心深くあたりを見まわしながら戸棚に歩みよった。それからその狭いすきまに踏みこむと、扉をほぼ閉めてしまった。マギーは、道義心に頼らずとも、そうやって顔を隠しつづけていた。なにしろ、そんな夢に引きこむような姿勢を取っていると、自分がどこにいるのかたちまち忘れてしまって、あの背中の曲がった、そしてとても賢いかわいそうな少年のことがしきりに思い出された。そのときトムの呼ぶ声が聞こえた。「さあ、いいぞ、マギくん!」

マギーが顔を上げたとき、その前にあらわれた驚くべきトムの姿は、前もって考えに考えて用意しなければ、これほどの効果はあげられなかっただろう。うっすらと見えるだけの亜麻色の眉毛、愛くるしい青灰色の目、桃色のふっくらした頰、いくら鏡の前で顔をしかめてみても、とうてい恐ろしい形相とはならない自分の温和な顔が苛立たしかった——(フィリップが前に、馬蹄型の眉を持つ人の話をしてくれたことがあったので、トムも、眉が馬蹄型になるように苦心した)——そしてあの焼きコルクの恐るべき効果にたよったのである。そのおかげで、鼻の上方に八の字をよせた黒々とした眉毛があらわれ、顎のあたりをざっくりとぼかした黒によく似合ったのである。赤いハンカチを布製の帽子に巻いてターバンのような雰囲気をだし、赤い毛糸の襟巻きは、飾り帯のように胸に斜めにかけた——これほどたくさんの赤い色は、その恐ろしげにしかめられた顔と、剣を握り、切っ先を床に置いたその決然たる姿は、血に飢えた恐るべき気性を充分に伝えていた。

マギーは一瞬、戸惑ったような顔をし、トムはそれをおおいに愉しんだ。だが次の瞬間、マギーは笑いだして手を叩きながらこういった。「わあ、トム、まるでお芝居の青髭《あおひげ》みたい」

マギーが、剣の存在に驚いていないことは明らかだった――まだ剣を鞘から抜いてはいなかったのだ。マギーのたわいない心には、恐怖感をあおりたてるものが必要だった。だからトムは、お得意の神技をちゃんと用意していた。思いきり眉を八の字にして顔をしかめてみせると、（ちゃんと用心しながら）鞘から剣を抜いてマギーに突きつけた。

「わあ、トム、おねがい、やめて」とマギーは、恐ろしさにすくみながら、トムから離れて部屋のすみに逃げこんだ。「大声を出すわよ――ほんとに出すったら！　ああ、やめて！　二階なんかに来なければよかった！」

トムの口は満足そうな笑みを浮かべかけたが、偉大なる戦士の威信に関わるとばかりすぐに消えた。トムは、音をたてぬようにそろそろと鞘を床におろすと、厳めしい口調でこういった。

「われはウェリントン公爵なり！　進め！」剣先はマギーに突きつけたまま、右足の膝をすこし曲げて前に踏み出す。マギーはトムから精一杯距離をとろうと、目に涙をためて震えながらベッドに飛びあがっていた。それがふたりの間隔を広げる唯一の手段だったのだ。

たとえ観客はマギーひとりだとしても、トムは、この見事な軍人ぶりを見てくれる人間がいることにすっかりいい気分になり、ウェリントン公爵ならかくもあらんというような、切る突くの技を披露したのである。

「トム、あたし、もう耐えられない――大声を出すわよ」とマギーは、剣が動き出すやそういった。「自分が怪我をするよ、自分の頭を切っちゃうよ！」

「いち――にい」とトムは決然といったものの、にいといったところで、手首がちょっと震えた。「さん」はさらにやっとのことでくり出され、それとともに剣が弧を描いて落ちた。マギーは金切り声をあげた。剣が落ち、切っ先がトムの足先に当たり、次の瞬間、トムは倒れた。マギーは金切り声をあげながら、ベッドから跳びおりた。たちまちこの部屋に向かってくる足音が聞こえた。二階の書斎にいたステリング先生がまっさきに飛びこんできた。子供がふたり床に倒れているのが見えた。トムは気を失っており、マギーは狂ったような目をしてトムの上着の襟をつかんで揺さぶり、悲鳴をあげている。かわいそうに、トムが死んだと思ったのである！　それでもこうすればトムが生き返るとでもいうように、マギーは揺さぶりつづけた。すると、マギーの声はうれし泣きに変わった。トムが目を開けたからである。足を怪我していたけれども、まだ悲しくはない――トムが生きていることだけで幸せだと思われたのである。

第6章　愛の場面

哀れなトムは、雄々しくも激痛に耐えた、そしてポールター先生とのことは、避けられるかぎり話すまいと決心した。五シリング銀貨のことはマギーにも秘密にしている。だがその心には恐ろしい不安がどっしりと居すわっていた。運命を左右する「そうだ」という答えが返ってくるかもしれない、あまりにも恐ろしいその質問を、トムはどうしても口にすることができなかった――外科医にもステリング先生にも「ぼくはふつうに歩けなくなるんですか」と聞けなかったのである。激しい痛みにも泣かぬよう我慢したけれども、足に包帯が巻かれ、寝台の脇にすわっているマギーと一緒に取り残されると、ふたりはそろって同じ枕に頭をのせてすすり泣いた。トムは、どこぞの車大工の息子みたいに自分が松葉杖をついて歩いているところを想像し、マギーは、兄がなにを考えているのかわからぬまま、一緒になってすすり泣いた。医者にもステリング先生にも、トムの心にこんな恐ろしい考えが浮かんでいようとは思いもよらず、希望をもたらすような言葉をかけて励ましたりはしなかった。だがフィリップは医者が家から出ていくのを見届けてから、ステリング先生を待ち伏せ、トムがどうしても訊けないあの質問を放ったのである。

「すみませんが、先生、お医者のアスカーンさんは、タリヴァーの足が不自由になるとおっしゃったんでしょうか?」

「いや、いや」とステリング先生はいった。「そんなわけはない。ほんのしばらくのあいだのことだよ」

「先生は、タリヴァーにそういったんでしょうか？」

「いや、そのことについてはなにもいってはいないよ」

「じゃあ、ぼくがそのことを教えてやってもいいでしょうか？」

「ああ、いいとも。きみがそういったからいうんだが、きっとそのことを心配してると思うよ。寝室へいって話しておやり、でもいましばらく静かにしているようにね」

フィリップがこの事故のことを聞いたとき、まっさきに頭に浮かんだのはこのことだった。「タリヴァーは足が不自由になるのかな？　もしそうなったら、辛いだろうな」。そう思うと、これまでのトムの許しがたい侮辱の数々も、憐れみの情で洗い流された。もはやお互いが嫌悪の対象ではなくなり、同じ苦しみと同じような不自由の悲しみにひきこまれるだろう。フィリップの想像力は、トムの将来の生活に及ぼす不幸や将来への影響などまでには及ばなかった。だがトムがいまどんな気持ちでいるかということははっきりわかった。フィリップはまだ十五年を生きてきたにすぎないが、その大半は、だれの想像も及ばぬほど険しいものであった。

「きみはもうじきよくなるってアスカーン先生がいってたよ、タリヴァー、きみ、知っていたかい？」とフィリップは、トムのベッドに近寄りながらおずおずといった。「いまさっきステリング先生に訊いたんだけど、きみはだんだんと元どおりに歩けるようになるんだって」

トムは、突然喜びがこみあげて一瞬息が止まる思いで相手を見上げた。それから深い溜め息をつくと、青灰色の目をまっすぐにフィリップの顔に向けた、そんなふうにフィリップを見ることは、この二週間あまりなかったのである。マギーにしてみれば、いままで考えもしなかったことを聞かされて、急に心配になった。トムがいつも足をひきずっていると考えるだにおそろしい。そんな不運がトムの身に襲いかかることはないといわれても、頭が追いつかなかった。マギーはトムにしがみつくと、また泣きだした。

「おばかさんだな、マギくん」とトムはやさしくいい、なんだか急に勇気が湧いてきたような気がした。「すぐによくなるよ」

「じゃあね、タリヴァー」とフィリップはいって華奢な小さい手を差しだした。トムはフィリップより頑丈な指でその手をすぐさま握った。

「ねえ」とトムがいった。「ステリング先生に頼んでくれないか、きみにときどきここに来てもらえるように、ぼくが起き上がれるようになるまでね、ウェイケム――そいでロバート・ブルースの話をしてくれよね」

それ以後フィリップは、放課後はトムとマギーと一緒に過ごすようになった。トムは、戦いの話をいくらでも聞きたがったが、話を聞きおわると、偉大な戦士たちが素晴らしい手柄をたてながら無傷で帰ってきたのは、足の先から頭まで素晴らしい鎧で身をかためていたからだと言い張った。自分ももし鉄で作った靴をはいていたら、足を傷つけずにすんだはずだと。トムは、フィリップの新しい話をとても興味深く聞いた。その話というのは、足にひどい傷を負った男の話で、痛みに耐えかねて大声で泣き叫んだそうだ。仲間たちは、そんなやつに我慢できず、食用にする獣を射殺するよう不思議な毒矢だけもたせて、どこかの無人島に置いてきたというのである。

「おれは、泣きわめいたりはしなかったよな」とトムはいった。「おれの足は、そいつの足ぐらいひどい傷を負ったのにさ。泣きわめくなんて臆病なやつさ」

だがマギーは、ひどい怪我をしたときには、泣くのは当たり前、それに耐えられないまわりの人間は残酷だといった。そしてそのピロクテテスには妹はいなかったのか知りたがった、もしいたなら、なぜ兄について無人島にいって世話をしてあげなかったのかと。

ある日のこと、フィリップがこの話をしてまもなく、トムが傷の手当てをしてもらっているあいだ、マギーはフィリップと書斎でふたりきりになった。フィリップは本を読んでいたし、マギーはトムのところにすぐ行くつもりだったから、なにをするでもなく部屋のなかをぶらぶらと歩きまわったあと、フィリップの近くのテーブルに寄りかかり、フィリップがしていることを眺めていた。ふたりはすっかり仲よしになっていたので、互いにすっかりくつろいでいた。

「ギリシャ語のなんの本を読んでるの？」とマギーはいった。「それは詩ね――見ればわかるわ、だって行がみんな短いんだもの」

「これはピロクテテスの話――昨日話してあげた、あの足の不自由な人」とフィリップは答えながら、頰杖をついてマギーを見つめた、邪魔されたというような様子はまったくない。マギーはぼんやりとした様子で、前かがみのまま両の腕をテーブルにのせ、足を動かしていた。そのあいだマギーの黒い目は、フィリップのことも本のこともすっかり忘れたように、なんだかぼんやりと、ひとつところにじっと当てられていた。

「マギー」とフィリップが、二、三分してから、片肘をついたままマギーを見つめながら、こういった。「もしきみにぼくみたいな兄さんがいたら――トムと同じように愛してたと思う？」

物思いを破られたマギーはちょっと驚いて、こう聞き返した。「え、なに？」フィリップは問いを繰り返した。

「ええ、もちろん、もっともっとよ」とマギーはすぐに答えた。「ええっと、もっとじゃないな、だってあたし、あなたのこと、トムより愛せるとは思わないから。でもお気の毒に思うわ——とってもお気の毒ね」

フィリップの顔が赤くなった。マギーにはほんとうはこういうつもりだったのだ、こんな変な体つきだけど愛してもらえるかと。とはいうもののマギーがあからさまにそのことに触れると、その同情するような言葉にはひるんだ。マギーは、幼いながらも自分の誤りにすぐ気づいた。これまではフィリップの体つきにはまったく気づかないようなふりをしてきた。その鋭敏な感受性にくわえて、親類じゅうから容赦ない批判を浴びせられてきた経験が、申し分のない育ち方をしたかのように、マギーにこうしたことを学ばせたのである。

「でもあなたってとっても賢いでしょ、フィリップ、それにピアノも弾けるし、歌もうたえるし」とマギーは急いでつけくわえた。「あなたが、あたしのお兄ちゃんだったらよかったのに——あたし、あなたが大好きよ、トムがいないとき、あなたがうちであたしと一緒にいてくれたらいいな、あなたならなんでも教えてくれるもの、ね？　ギリシャ語だってなんだって」

「でもきみはもうすぐここを出ていくんでしょ、そして学校に行くんだね、マギー」とフィリップがいった。「そしたらぼくのことなんかすっかり忘れてしまって、気にもかけなくなるんだろうな。そして、きみは大人になってぼくに会っても、ぼくに気づきもしないと思うな」

「まさか、あなたのことは忘れないわ、ぜったいよ」とマギーはいい、真顔になって首を振った。「あたしは、なんだって忘れないわ、離れてしまった人たちのことはずうっと思っているわ。あたし、かわいそうなヤップのことも考えてるの――喉に塊ができちゃって、もうじき死ぬって、ルークのおじさんがいうの。トムには話さないでね、きっと心配するから。あなたは、ヤップを見たことないわね、変てこりんな子犬なの――あの子にかまってやるのはトムとあたしぐらいなんだ」

「ヤップと同じくらい、ぼくのことも思ってくれるかな、マギー?」とフィリップはちょっと悲しげな笑みを浮かべた。

「もちろん、そうする」とマギーは笑いながらいった。

「きみのことがとっても好きなんだ、マギー。きみのことはぜったい忘れない」とフィリップはいった。「うんとみじめになったときには、いつもきみのことを思いだすよ、そして、きみみたいな黒い目の妹がいたらいいなあって思うんだ」

「どうしてあたしの目が好きなの?」すっかりうれしくなったマギーはそういった。この目を褒めてくれたのは父親だけ、ほかに褒めてもらったことは一度もなかった。

「どうしてかなあ」とフィリップはいった。「ほかのどんな人の目ともちがうんだよ。なんだか話しかけてくるような感じがする――親切に話しかけてくれるような。ほかの人に見つめられるのはいやなんだ、でもきみが見てくれるとうれしいんだよ、マギー」

「ふうん、トムよりあなたのほうが、あたしのことを好きなのかな」とマギーがちょっと悲しそうにいった。そして背中が曲がっていても、トムと同じくらい好きだと、どうすれば相手を納得させられるだろうかと思った。

「あなたにキスしてもいいかしら、トムにするように？　あなたがよければ、あたし、キスしたいの」

「うん、いいとも。だれもぼくにはキスしてくれないんだよ」

マギーは相手の首に腕を回し、思いをこめてキスをした。

「ほら」とマギーはいった。「あたし、ずうっとあなたのことを思ってるわ、また会ったときにはキスしてあげる、ずーっとあとになっても。でももう行かなくちゃ、だってアスカーン先生がトムの足の手当をしてくださったと思うから」

父親が再度やってきたときに、マギーはこういった。「ねえ、父さん、フィリップ・ウェイケムは、トムにとってもよくしてくれるの——とっても賢い子なんだよ、あたし、あの人のこと好きだな。お兄ちゃんだって、あの人、好きでしょ、ね、トム？　好きだっていいなさいってば」マギーは頼みこむようにいった。

トムは父親の顔を見ながら、ちょっと顔を赤らめてこういった。「学校が終わったら、もう友だちでいるつもりはないんだよ、父さん。でもいまは仲よくしてるんだ、だっておれ、足を怪我しただろ、そんとき、あいつが、チェッカーのやり方、教えてくれたんだ、あいつを負かしてやったけどさ」

「そうか、そうか」とミスタ・タリヴァーはいった。「おまえによくしてくれるんだったら、おまえもそれなりによくしておやり。あの子はかわいそうに背中が曲がっておってな、死んだおふくろさんによく似とるよ。そうかといって、仲よくしすぎるのもいかんな——しょせんは父親の血をひいとるからな。灰色の子馬だって、黒い親馬と同じように、蹴とばす機会を狙っとるかもしれんぞ」

このふたりの少年の相容れない性格によって、ミスタ・タリヴァーの訓戒だけだったら、そうまでならなかっただろう情況になった。フィリップが近ごろ見せた親切や、このたびの椿事《ちんじ》にあたってトムが見せた感謝の気持ちにもかかわらず、ふたりは親友になることはなかった。マギーが去り、トムがふだんどおりに歩けるようになると、同情と感謝によって燃えさかっていた友情の火も次第に消えていき、ふたたび、かつてのふたりに戻ってしまった。フィリップは、しじゅう不機嫌になり、トムを軽蔑するようになった。トムが受けた格別の温かな印象も、背中の曲がった変人で悪党の息子という、これまでの疑いと嫌悪という感情に呑み込まれてしまった。もし子供でも大人でも、一時の白熱した感情の火によって溶け合うということになるには、それぞれがまじり合える金属で作られていなければならない。さもなければそれは、火が消えれば必ず離ればなれになってしまうものである。

第7章　黄金の門をくぐる

そんなわけでトムは第五学期まで――十六歳になるまで――キングズ・ロートンで過ごした。一方マギーも成長し、その成長の速さを伯母たちからおおいに非難されながら、フロス河ぞいのレイスハムという古い町にあるミス・ファーニスの寄宿学校に従妹のルーシーと勉強仲間として入った。当初トムに出した手紙には、いつもフィリップによろしく伝えてと書いて、その消息をいろいろと尋ねたのに、返ってくる返事は、トムの歯痛のこととか、芝生に小屋を建てるときに手伝いをしたこととか、そんなたぐいの話ばかりだった。休暇で帰ってきたトムから、フィリップがまた変人に逆戻りして、しじゅう機嫌が悪くなるという話を聞いて辛かった。ふたりはもう仲よしじゃないんだと感じたマギーは、怪我をしたときにあんなに親切にしてもらったんだから、フィリップにはよくしてあげなくちゃいけないというと、トムはこう答えた。「こうなったのはおれのせいじゃないよ。おれは、あいつになにかしたわけじゃないんだ」その後の学生時代、マギーはフィリップに会うことはほとんどなかった。夏休みには、フィリップはいつも海に行ってしまうし、クリスマス休暇には、セント・オグズの町でたまに見かけるぐらいだった。フィリップに出会うと、マギーは接吻してあげるといった以前の約束を思い出すのだが、寄宿学校に通う若い女性としては、そんな挨拶はできるはずもなく、フィリップも期待してはいなかっただろう。そんな約束は、わたしたちの幼年時代のさまざまな甘くはかない約束のように消えてしまった。まだ四季というものが作られていなかったころ、あのエデンの園で交わされた約束のように、星のような花が熟した桃の実のそばで咲き誇っていたころに交わされた約束のように――黄金の門をくぐってしまったあとには、もはや果たされることはかなわなかった。

だがふたりの父親が、長いあいだ脅かされていた訴訟事件にじっさいに関わるようになると、たちまちピヴァートと悪魔の手先となったウェイケムが攻勢に出たので、マギーでさえ、もうフィリップと親しくすることはかなわないのだと悲しくなった。ウェイケムの名前が出るだけで、父親は怒りだすし、一度はこんなことをいっているのをマギーは耳にした。あの背中のひんまがった倅《せがれ》が、おやじの不当に稼いだ金を引き継ぐようなことがあったら、あいつは呪われるだろうと。「学校じゃ、あいつにはできるだけ関わらないようにしろよ」と父親はトムにいった。この命令はいともたやすく守られた、というのはステリング先生のところに新しい生徒がふたり加わったからである。先生のああいうぶっつけ本番の弁舌を崇める人たちは、自分の声があまねく届くようにと願う牧師を期待し、流星のような速さで立身出世するだろうと思っていたのだが、いまだにそれは実現していなかった。それでも懐のほうは豊かになったので、牧師としての収入に不釣り合いな出費が増えても大丈夫なのだった。

トムの学業のほうはというと、水車のような単調さで続いており、その心は、興味もなければ理解もできないさまざまな知識のおかげで、いまにも窒息しそうな鼓動をのろのろと響かせていた。だが休みのたびに持ち帰る絵は次第に大きくなり、それはつややかに描かれた風景画だったり、鮮やかな緑を使った水彩画だったりしたが、それと一緒に持ってきたのは練習問題がたくさん書き写された帳面だった。その筆跡がどれも前よりきれいなのは、稽古にはげんだからである。休暇のたびに新しい本を一、二冊、持ち帰ってきたが、それはどれも歴史やキリスト教の教義やラテン文学における彼の進歩を示していた。その進歩とは、単に書物を持っているという以上の成果である。トムの耳と舌は、学のあるしるしとされるさまざまな言葉や言い回しに慣れてきたのである。もっともトムはどの課業にも本気で取り組んだことはなかった、課業は、漠然とした、断片的で無駄な考えを詰めこむだけのものだった。ミスタ・タリヴァーは、もはや自分の手のとどかぬところまで息子が学問を習得したと見て、トムの教育はうまくいったのだろうと思った。たしかに地図を書いたことはなかったし、計算のほうも充分に習得したとは見えなかったけれども、ミスタ・タリヴァーは、ステリング先生に面と向かって文句をいったことはなかった。教育というものは、わけのわからない仕事である。トムをこの学校から連れだしたとして、ほかにもっとよいところがあるだろうか?

キングズ・ロートンの最後の学期を迎えるころ、トムがジェイコブズ先生の学塾から戻ってきた日からここ数年間の歳月は、彼に驚くべき変化を与えていた。いまや長身の若者になり、立ち居振る舞いのぎごちなさも消え、自信のなさと自尊心がいりまじったような話し方をするものの、はにかみはしない。燕尾服を着て立ち襟をつけ、毎日じりじりした様子でまだ使ったことのない剃刀《かみそり》を眺めながら、くちもとの産毛を眺めている。剃刀はこのまえの休日に自分で買ってきたのである。フィリップはすでに――秋学期に帰っていた――体のため、冬に備えて南へいくのである。それもあってトムは、いつも学校を去る最後の月に感じる、あのわくわくするような喜びに浸っていた。それにこの学期のうちに、父親の訴訟に決着がついているかもしれなかった。だからこんどの帰省はほんとうに待ち遠しかった。トムは父親から話を聞いていたので、この件については自分なりの予測をして、ピヴァートが負けるのは疑いないと思っていた。

この数週間、家からはなんの便りもなかった――それは別に驚くことではなかった。なにしろ両親ともに、わざわざ手紙を書いて愛情を伝えるような人たちではない――十一月も末近い、寒い曇り日の朝、たいそう驚いたことに、九時に書斎に入ってすぐに、妹が居間にきていると知らされたのである。書斎にいるトムにそう告げにきたのはミセス・ステリングだった。彼女がすぐに出ていくと、トムはひとりで居間に入った。

マギーはすっかり背が高くなり、編んだ髪を頭のまわりに巻きつけている。まだ十三歳なのに、身の丈は、トムとさほど変わらない。それにそのときはトムよりずっと年上のように見えた。ボンネットを脱いで放り出すと、太く編んだ髪の毛は、その特別の重荷に耐えられないとでもいうように後ろに押しやられていた。その目が心配そうにドアのほうに向けられたとき、その顔は妙にやつれているように見えた。トムが入っていっても、マギーは口を開かず、ただトムのそばに寄っていき、両腕をトムの首に巻いて、思いをこめてキスをした。トムは、さまざまに変わるマギーの気分には慣れていたので、いつもとはちがうマギーのまじめくさった挨拶にも驚かなかった。

「ねえ、こんな寒い朝にこんなに早くやってきたのはどうしてなの、マギー？　馬車で来たのかい？」

とトムがいうと、マギーはソファのほうにさがり、トムを自分のかたわらに引き寄せた。

「ううん、乗合馬車できて――通行料取り立て門のところからは歩いてきたの」

「学校にも行かずに、いったいどうしたんだ？　休みはまだはじまっていないんだろう？」

「父さんはあたしに家にいろといったの」とマギーは、かすかに唇を震わせていった。「四日ほど前に、家に帰ってきたの」

「父さんの具合でも悪いのかい?」とトムが心配そうに聞いた。

「あんまりよくないの」とマギーはいった。「とても不幸せなのよ、トム。訴訟が終わったの。それであたし、お兄ちゃんに話しにきたの。家に帰ってくる前に知ったほうがいいと思ったから、手紙で知らせるだけじゃいやだったの」

「父さん、まさか負けたのか」とトムは勢いこんでいうと、ぱっとソファから立ち上がり、両手をポケットにつっこんで、マギーの前に立ちはだかった。

「うん、そうなの、トム」マギーは震えながらトムを見上げた。

トムは、一、二分黙りこみ、床をじっと見つめている。それからこういった。

「すると父さんは、これから大金を払わなければならないんだな?」

「そう」とマギーは、いまにも消えいりそうな声でいった。

「まあ、どうしようもないさ」とトムは雄々しくいい、大金の損失が現実にどんな結果をもたらすか、考えてみようともしなかった。「でも父さんはひどく腹を立ててるだろうな」とトムはつけくわえてマギーを見つめ、動揺しているその顔は、女の子らしいものの見方のあらわれというだけだろうと思った。

「そうね」とマギーはふたたび弱々しくいった。それから、なにもわかっていないトムにわからせようと、言葉が口から噴きだしてくるような調子でマギーは大声で早口にいった。「ああ、トム、父さんは、水車場も土地も、なにもかも失くしてしまうのよ。父さんにはもうなにひとつ残っていないの」

トムの目が、きらりと光って、驚愕の表情をマギーに向け、それから蒼白になると、ぶるぶると身を震わせた。ひとこともいわずに、ソファに腰をおろすと、向かいの窓の外をぼんやりと眺めた。

将来に対する危惧など、トムの心に入りこんできたことはなかった。自分の父親はいつも良い馬に乗り、立派な家があり、頼るべき資産はじゅうぶんあるという、陽気で自信たっぷりの人物。トムは父親が破産するとは夢にも考えたことはない。破産はたいへんな不運であり、不名誉なことだと聞かされてきた。そのような不名誉を、親族はおろか、父親と結びつけて考えたことはなかった。家族の体面というものは、トムの生まれ育った家では空気のようなものだった。セント・オグズの町には、金もないのに見栄をはる人たちがいるのは知っている。そんな連中が友人たちから軽蔑と非難を浴びせられているのも聞いている。トムの堅い信念は、生まれながらの習性のようなもので、確かな証拠などはいらない。父親は望みさえすれば、金はいくらでも使える。ステリング先生のところで教育をうけるようになり、これまでより高い水準の生活があることを知ったので、トムは、大人になったら、馬や犬を飼い、立派な鞍を持ち、紳士のような身なりをし、セント・オグズの町の仲間たちに負けぬようにしよう、と心に決めたのである。連中は、父親が知的な職業についていたり、大きな搾油工場を持っていたりするので、世間ではトムより格が上だと見ている。トムの伯父や伯母たちが首を振りながら、トムの将来の見通しについて助言しても、そんなものはどこ吹く風、伯父や伯母たちときたら、まったく不愉快な連中だとトムに思わせるだけだった。トムが覚えているかぎりでは、あの連中はいつも同じような調子でトムのあら探しをするだけだった。父親のほうが、あの連中よりよっぽど物を知っていた。

柔らかな毛がトムの鼻の下に生えてきたころ、トムの考えることと期待することとは、三年前のころに抱いていた子供らしい夢が形を変えたにすぎなかった。ところがいま激しい衝撃を受け、目を覚まされた。

トムが青ざめ、震えながら黙りこんでいるので、マギーは怖くなった。トムにはまだ話さねばならぬことがある——もっと悪いことだ。とうとうトムの首にすがりつくと、マギーはすすり泣きながらこういった。

「ああ、トム——お兄ちゃん、お兄ちゃん、あんまり心配しないで——なんとか耐えてね」

トムはマギーに頬を向け、懇願するようなそのキスを受けたが、その目には涙がじわりと湧いてきて、あわててそれを拭いた。そうしたことがトムを奮いたたせたらしく、こういった。「一緒に家に帰ろう、マギー？ 父さんは、帰ってこいといわなかったのかい？」

「うん、トム、父さんは、そうはいわなかったの」とマギーはいった。トムの気持ちを案ずる気持ちが自分の動揺を抑えた。なにもかも話したところで、トムになにができるだろう。「でも母さんが帰ってほしいって——かわいそうな母さん——そういって泣くの。ああ、トム、家ではほんとにたいへんなことになってるのよ」

マギーの唇はみるみる白くなり、トムのように震えだした。哀れなふたりは、しっかりと抱き合った——ふたりとも震えながら——一方は形のない恐怖に、もう一方は恐るべき現実の恐怖に。マギーが話しだしたとき、その声はささやきのようだった。

「そして……そして……かわいそうな父さんは……」

マギーはその先がいえなかった。だがマギーの言葉を待つ身のトムには耐えられなかった。借金のせいで刑務所に入れられるという漠然とした考えが、恐怖のあまり形を取りはじめたのである。

「父さんはどこにいる？」とトムは苛立たしそうに訊いた。「いってくれ、マギー」

「いまはお家にいる」とマギーは、その質問に返事をするほうがたやすいと思った。「でも」とマギーは、ちょっと間をおいてから言葉をついだ。「正気じゃないの……馬から落ちたのよ……それからずっとあたしのことしかわからないの……正気をなくしてしまったみたいなの……ああ、父さん、父さん」

この言葉をいいおわると、それまで泣くまいと我慢していただけに、マギーはいっそう、わっと激しく泣きだした。トムは胸を締めつけられて涙も出なかった。ふたりを襲っている災難というものが、家にいたマギーのようにははっきりとわかってはいなかった。真の不運と思われるものの押しつぶしてくるような重みを感じるだけだった。トムは、泣きじゃくっているマギーをぎゅっと抱きしめたものの、その顔は硬く、涙もこぼれていなかった——その目に生気はなかった——雲のような黒い幕が行く手にふいに下ろされたようだった。

だがマギーは突然身をすくめた。ある考えが、大きな音でもしたかのようにマギーをはっとさせたのである。

「すぐに出発しないと、トム——ここにはもういられない——あたしがいないと父さんは淋しがるわ——乗合馬車に乗るには十時には通行料取り立て門まで行ってなくちゃ」マギーは慌ててそう決めると、涙を拭き、ボンネットをつかんで立ち上がった。

トムもすぐさま同じ衝動に駆られて立ち上がった。「ちょっと待ってくれ、マギー」とトムはいった。「ステリング先生に断わらないと、それから出発だ」

先生に会うために、生徒たちのいる書斎に行こうと思ったが、その途中でステリング先生と行き合った。先生は夫人から、マギーがトムを迎えにきたけれど、なにか心配ごとがあるらしいと聞いていたのだが、ふたりになってからもう長い時間が経っていることだし、事情を訊いて助力を申し出ようと思いたったのである。

「お願いします、先生、ぼく、家に帰らなければならないんです」と廊下でステリング先生と出会ったトムは、いきなりそういった。「妹と一緒にまっすぐ帰ります。父が訴訟に負けて——全財産を失って——とても具合が悪いんです」

ステリング先生は、親切な人らしい同情を抱いた。自分自身はおそらく授業料が入ってこなくなり、金銭的な損失をこうむることになるだろうとわかったが、そのことは、いま湧いてきた感情に入っていなかった。青春と悲哀が同時にはじまったこの兄妹を深い同情をおぼえて見つめた。マギーの来た様子から一刻も早く家に帰らねばならないということを見てとると、ふたりの出発を急がせ、先生のあとについてきていた夫人になにごとか耳打ちすると、夫人は急いで部屋を出ていった。

トムとマギーが出かける準備をすませ、玄関の階段に立っていると、ミセス・ステリングが小さな籠を手にやってきて、その籠をマギーの腕にかけ、こういった。「途中でちゃんとお食べなさいよ」マギーは、いままでどうしても好きになれなかったこの夫人の言葉に心をうたれて無言で接吻した。これは、悲しみがこの哀れな子にもたらした繊細な心情の最初のあらわれだった。ほんのわずかな心づかいでも、深い友情の絆を生みだすものである、氷山に取り残されてやつれはてた人間が、ごくふつうの仲間がただそこにいるというだけで深い愛情の泉をかきたてられるように。

ステリング先生はトムの肩に手を置いて、こういった。「神のお恵みを、わが子よ。その後のことは知らせてくれたまえよ」それからマギーの手を握った。だがだれもさよならの言葉を口にしなかった。トムは、学校を〝永久に〟去るときは、どんなにうれしかろうとよく考えたものである。それがいまやその学校生活が、終わりを迎えた休暇のように思われた。

若いふたりのか細い姿は、早くも遠い道のむこうにおぼろげに見えるだけになり――高い生け垣の陰に隠れて見えなくなってしまった。

こうしてふたりはともに、悲しみの新しい生活へと踏みこんでいった、そしてこれからは、思い返す不安が影を差すことのない日光を見ることはもうあるまい。ふたりは茨だらけの原野に踏みこんだのである、そしてふたりの子供時代の黄金の門は永久に閉ざされてしまった。

第三部　没　落

第1章　わが家で起こったこと

ミスタ・タリヴァーが、自分が訴訟に負け、ピヴァートとウェイケムが勝ったという事実を最初に知ったとき、たまたま彼を観察していた人たちはだれしも、自信たっぷりの血気盛んなあのタリヴァーが、ああした打撃によくも耐えたと思ったものである。彼自身もそう思った。ウェイケムにしろだれにしろ、わしのことをさぞや打ちひしがれているだろうと思っている連中に、それは間違いだと思い知らせてやるつもりだった。長びいたこの訴訟の費用が、自分の持てるものでは支払いきれぬという事実は否定しようがないが、そこはなんとか取り繕って、破産したと世間に悟られぬような方策を彼としてはしっかりと立てているようだった。頑固一徹で挑戦的な心は、古い水路を押し流されて自然と出口にたどりつき、そこで難局を乗り越えてドルコート製粉所のタリヴァー氏という体面を保つための方策を考えたのである。さまざまな方策が頭のなかにやつぎばやに浮かび、弁護士のミスタ・ゴアと話し合いをしたあと、リンダムから馬で帰宅の途についた彼の顔は間違いなく紅潮していたはずである。土地の抵当証書を握っているのはファーリーという男だった──これは思慮分別のある人物で、おのれの損得には敏感な男だとタリヴァーは踏んでいた。製粉所を含めた家屋敷を買いとってくれるばかりか、タリヴァーを借家人として受け入れてくれるだろうし、製粉所の収益金に高い利子をつけて返済するということで、金の前貸しもしてくれるだろう。タリヴァーには、自分と家族が食べていけるだけのものは手に入るというわけである。だれがこのような有利な投資を見逃すだろうか？　ファーリーが見逃すはずはない、なぜならタリヴァーは、ファーリーがすぐにも自分の計画に応じるよう画策していたからである。世間には訴訟に負けても、かっかとのぼせあがるようなこともない人物もいるもので、そういう連中は、他人の行動の動機を、自分に都合のよいように見るものである。ファーリーという人間は、まさにこちらが望ましいと思うことをするだろうと、タリヴァーは心中で疑わなかった。そしてもしファーリーがそうするならば——なにごとも、これ以上悪くなることはあるまい。タリヴァー一家はこれまでよりは惨めな暮らしをしなければならないだろう。だがそれも商売の収益があがるようになり、ファーリーに借りた分を支払ってしまうまでのことだ。タリヴァーがまだまだ存命のうちにそれは叶えられるはずである。裁判の費用は、わが家を追い出されて零落の身とならずとも、払うことはできるだろう。たしかにいまの情況は好ましくない。哀れな友人、ライリーのために保証人になっているといういきさつがある。この四月ライリーは急死し、二百五十ポンドの借財を友人タリヴァーに負わせることになった。タリヴァーの銀行通帳の残高は、クリスマスを前にした者が望むほどにはなかった。さてさて！　タリヴァーは、この不可解な世界をさまよう旅の道連れに助けの手を差しのべることを拒むような気の弱い卑怯者ではない。彼がほんとうに困ったことというのは、数カ月前に、ミセス・グレッグに借金を返済しようと、五百ポンドを借りた相手が、貸した金について（むろんウェイケムの差し金だろう）不安をおぼえたことだった。タリヴァーは、いぜん訴訟に勝つという自信があったので、訴訟の決着を見るまで、その金をこしらえるのは無理だと見て、軽率にも相手の要求に応じ、借用証書の担保として家財の売り渡し証書を与えてしまったのである。どうせ同じことだ、と彼は思った。金はすぐに返すことになるのだから、売り渡し証書を渡したところで差し支えはあるまい。ところがいまやこの売り渡し証書が新たな問題になったのである。借りた金を返済できなければ、この証書が執行される期限が迫ってくることに彼は気づいた。二カ月前なら、妻の身内なんかに世話になるものかときっぱり言い切っていただろう。だがいまや、妻のベッシーをプレット家にやって、事情を説明させるのは当然だろうと思った。まさか連中は、ベッシーの家財道具が売り払われるのを黙って見すごすはずはない、プレットが金を貸してくれれば、家財道具はプレットの担保物件になる。つまりお恵みや施しを受けるわけではないのだ。タリヴァーはこれまで、この臆病なご仁に頼みごとをしようと思ったことはないが、ベッシーはその気になれば、そうするだろう。

こうして突然これまでの立場を変え、いきなりいままでの自分を否定するような人間は、まさに自尊心の強い強情な人間である。自分たちの完全な負けを認めて新しい人生をはじめねばならぬという単純な事実に向きあうのは、彼らにとってはなにより難しいのである。そしてタリヴァーは、お察しのとおり、遣《や》り手の製粉業者で麦芽酒販売業者というにすぎないが、たいそう高位の名士であるかのように尊大で頑固な人間でもあった。こうした気質は、高位の人のものならあのめざましい反響をよびおこす悲劇のもとになるかもしれず、王のローブをまとって舞台をさっそうと歩き、ごく退屈な年代記作者ですら、それを卓越した作品にすることができるだろう。日ごろ路上でそれと知らずすれちがう製粉業者や、然《さ》もない人々の自尊心とか強情さにも、それなりの悲劇がひそんでいるが、それは、だれも嘆き悲しむことのない隠されたもの、世代から世代へ受けつがれ、なんの記録も残さないものである――それはたとえば、おそらく突如厳しい運命に襲われ、喜びに飢えた若者の魂の相剋のなかにひそんでいるような悲劇である。朝がやってきても希望は運んできてはくれない家のわびしさ。そんななかでやつれはて失意に沈んだ親たちの諦め、満たされぬ思いは、どんよりと湿った空気のように子らの上にのしかかり、生命の機能はことごとく衰えてしまっている。あるいは傷つけられた情熱の果てに訪れる緩慢な死、あるいは突然の死にひそんでいる悲劇である。そんな死は教区の簡素な葬式でのみ弔ってもらえるものかもしれない。地位に固執することが生存の掟であるという生き物がいるようだが——彼らは、ひとひねりされれば、二度と立ち上がることはできない。またおのれの優越ということが、生存の掟であるという人間もいるが、彼らは屈辱を受けてもそれを信ぜずにいられるかぎり、その屈辱に耐えることができるし、自分の頭のなかでは、自分の優越を信じることができるのである。

タリヴァーは、帰路の途中、セント・オグズの町に近づくうちにも、いぜんとして自分の優越という想像をたくましくしていた。だがレイスハム行きの乗合馬車が町に入っていくのを見ると、いったいなんでそんなことをしようと思ったのか、そのあとについて発着場までいき、そこで事務員に頼んで、翌日すぐに家に帰れというマギー宛ての手紙を書いてもらった。タリヴァー自身は興奮のあまり手がひどく震えて書くことができなかったのだ。その手紙を、朝のうちにミス・ファーニスの学校に配達してもらうよう乗合馬車の馭者に渡してくれと頼んだ。マギーにそばにいてもらいたい、〝即刻〟あした乗合馬車で帰ってきてもらわねばならぬという、自分でも説明しがたい欲求に駆られたのである。

帰宅したとき、妻には面倒なことになったとはまったくいわず、訴訟に負けたと聞いてわっと泣き出した妻を、なにも悲しむことはないのだと叱りつけた。その夜は家財の売り渡し証書についても、ミセス・プレットに資金の調達を頼む件についてはなにも触れなかった。なにしろあの取り引きがどういうものか、妻には知らさずにおいたし、家財の目録を作る必要があるのは、自分の遺言書に関わる問題だと説明してあったからである。知力において自分より劣る妻を持つことは、そのほかの特権と同様に、多少の不都合を伴うものであり、ときに多少のごまかしが必要になるものである。

翌日の昼すぎ、タリヴァーは、ふたたび馬上の人となり、セント・オグズにあるゴア氏の事務所を訪れた。ゴア氏は、午前中はファーリーと会うことになっており、タリヴァーの件について打ち合わせをするはずだった。だがタリヴァーが道のなかばも行かぬうちに、タリヴァー氏宛ての手紙を持ってきたゴアのところの事務員に出会った。ゴア氏は、急用ができ、約束どおりタリヴァー氏を事務所で待つことができなくなったが、翌日午前十一時には事務所でお待ちしているというのである。そこで、ある重要な情報を記した書簡をこの事務員に持たせたのだった。

「そうか!」とタリヴァーはいうと、書簡を受け取ったが、その場で開きはしなかった。「じゃあ、明日十一時に伺うとゴアに伝えてくれ」そういうとタリヴァーは馬首を返した。

事務員は、タリヴァー氏のぎらぎら輝く興奮した目に驚き、ほんのしばらく後ろ姿を見送っていたが、やがて走り去った。書簡を読むということは、タリヴァーにとって即座にできることではない。記された、あるいは印刷された文字というものを通して、その内容をゆっくりと理解するのである。だから書簡はポケットに入れ、家の肘掛け椅子にすわってから開こうと思った。だがそのうちに、彼の脳裏に浮かんだのは、この書簡には妻には知られてはならぬことが記されているのかもしれぬということ、もしそうなら、妻に知られないところで開くほうがよいのではないか。彼は馬を止め、書簡を取りだすと、それを読んだ。ほんの短いものだった。内容はこうである。ゴア氏は確かな筋から秘密裡につぎの事実を突き止めた、すなわちファーリーは近ごろたいそうな金詰まりに見舞われ、持っていた抵当物件を手放したそうで、そのなかには、タリヴァー氏の土地の抵当権もふくまれ、彼はこれを――ウェイケムに譲渡したのだという。

それから半時間経って、タリヴァー氏お抱えの荷馬車ひきが、道端で気を失って倒れている氏を発見したのである、そのそばに開いた書簡が落ちており、灰色の馬が不安そうに主のまわりをくんくんと嗅ぎまわっていたという。

マギーが、父親の呼び出しに応じて、その夜、家にたどりついたときには、父親は意識を回復していた。一時間ほど前に、意識を取り戻し、ぼんやりと周囲を見まわし〝手紙〟がどうしたというようなことを呟いたといい、それからいらいらしたように何度もその言葉を繰り返したという。医者のターンブル先生のすすめによって、ゴア氏の手紙が持ってこられ、ベッドの上に置かれると、それまでのいらいらした様子がおさまったという。打ちひしがれたこの人物は寝たまま、しばらくのあいだその手紙にじっと目をそそいでいた、まるでこの手紙の助けを借りて、ちりぢりになった考えをまとめようとしているようだった。だがほどなく新たな記憶の波が襲いかかり、取り戻したものを押し流してしまった。彼は目を手紙から逸らし、不安そうにドアのほうを見た。そしてかすんだ目にはよく見えない何かを必死に見ようとしながら、こういった。「おちびは」

彼はときおり、もどかしそうにこの言葉を繰り返したが、このやむことのない願いのほかは、妻をはじめ、ほかのだれをもわかるような様子はなく、かわいそうなミセス・タリヴァーは、にわかに襲った数々の災難にその弱いおつむはほとんどはたらかず、まだその時間ではないのに、レイスハムからの乗合馬車がもう見えはしないかと、門を出たり入ったりしていた。

だがようやく馬車がやってきて、かわいそうな傷心の少女を降ろしたが、もはやその「おちび」という面影も、父親の懐かしい記憶に残っているだけで、見当たらなくなっていた。

「ああ、母さん、いったいどうしたの？」とマギーは、泣きながら近づいてきた母親に向かってそういったが、その唇は青ざめていた。受け取った手紙は父親が口述してセント・オグズの発着場から送るよう手配したものだったから、父親が病気だなんて思ってもいなかったのである。

ところが医者のターンブル先生がマギーを出迎えた。先生はこの不安に包まれた家に訪れた天使だった。マギーは物心ついてからずっと知っているこの親切な古い友人のもとに駆けよったが、その表情は物問いたげにわなないていた。

「そんなに驚くことはないんだよ、きみ」と先生はいい、マギーの手を取った。「お父さんは急な発作に襲われてね、まだ記憶が完全には回復していないんだ。だがずっときみを呼んでいてね、きみの顔を見たら、きっとよくなるよ。できるだけ静かにしているように。着替えをしたら、わたしと一緒に二階に行こう」

マギーは先生の言葉に従ったが、心臓の鼓動は激しく、体じゅうが痛いほどに脈うっていた。先生の話し方がいやに低かったので、感じやすい想像力をいよいよ脅かした。部屋に入っていくと、父親の目は不安そうに扉のほうに向けられていたが、自分をぼんやりと追い求めているような奇妙なおぼつかぬ表情を浮かべていた。父は突然床の上に半身を起こした――マギーは父のもとに駆けよるとその体を抱きしめ、激しいキスを浴びせた。

哀れな子よ！　人生における究極の瞬間のひとつを知るにはマギーはあまりにも幼すぎた。わたしたちが望み、おおいに楽しんできたことのすべてが、また、わたしたちが恐れもし、耐え忍びもするすべてが、とるにたらぬものとしてわたしたちの心から離れ、消え去ってしまう瞬間――わたしたちのもっとも身近な人たちが、無力なときや苦痛にさいなまれているときに、わたしたちを結びつけるあの根源的な単純な愛情のなか、ささいな記憶のように失われてしまう、そんな瞬間を味わうには。

だが一瞬マギーに気づいたものの、その衝撃はあまりにも大きく、父親の傷つき衰えた気力では耐えきれるものではなかった。ふたたび麻痺と硬直状態におちいり、それは何時間も続き、ただときおりちらちらと意識が戻るのだった。そんなときには、与えられるものは素直に口にし、マギーがそばにいることに、子供のような満足感をおぼえているようだった――まるで乳母の膝に戻された赤子のような満足感を。

ミセス・タリヴァーは姉たちに使いを送った。やがて階段の下には、両手をあげて嘆き悲しむ人々の姿があった。伯父や伯母たちが予言していたとおり、ベッシーとその家族の破産は明らかだった。そして一族の気持ちとしては、タリヴァーに裁きが下ったからには、あまり親切を示しては、神の裁きに逆らうことになるだろうということだった。マギーの耳にはこんないきさつは入らなかった、というのも父親のそばをほとんど離れず、父親の手を握ったまますわりこんでいたからである。ミセス・タリヴァーはトムを家に連れ戻したがっており、夫の身より息子のほうが気がかりらしかった。だが伯父と伯母たちはこれに反対した――トムは学校にいるほうがいい、ターンブル先生の話では、すぐに危険が迫っているわけではないのだからということだった。だが二日目になり、マギーも父親の失神の発作にも慣れてきて、いまに回復するだろうという希望もあったので、トムに帰ってきてほしいという気持ちが高まってきて、母親が夜なかに起き出して、しみじみと泣きながら、「かわいそうな倅は……家に帰ってくるのが当然なのにねえ」というのを聞き、マギーはこういった。「このことを知らせに、トムを迎えにあたしをいかせて、母さん。父さんがあたしのことがわからないとか、あたしにご用がないようなら、明日の朝、迎えにいきます。トムにしたら、このことをなにも知らずに帰ってくるのは辛いことだと思うの」

こうして翌朝マギーが出かけたのは、わたしたちが見てきたとおりである。家に帰る乗合馬車の座席にすわった兄妹は、悲しそうな口調でときおりささやきあった。

「みんなの話だと、ウェイケムさんが、土地を抵当かなにかにとったという話なの、トム」とマギーはいった。「父さんが病気になったのは、その報《しら》せの書いてあった手紙のせいなんだって」

「あの悪党めは、父さんを破産させるようにちゃんと仕組んでいたんだよ」とトムは、ごくごく曖昧な印象から、一足飛びに確かな結論にとびつき、こういった。「おれがおとなになったら、あいつに思い知らせてやる。フィリップとは二度と口をきくなよ」

「ええっ、トム！」とマギーは悲しげな抗議の声をあげた。だがそれ以上反論する気力はなく、トムに抵抗していらいらさせる元気もなかった。

第2章　ミセス・タリヴァーの家神さま、あるいは家に伝わる大事な品々

乗合馬車がトムとマギーを降ろしたのは、マギーが家を出てから五時間後だった。父親が自分のいないことに気づき、「おちび」はいるかと空しく訊いているのではないかと、身の震えるような思いをしていた。そのほかの変化が起きていようとは考えてもいなかった。

砂利道を急ぎ足で歩いて、トムより先に家に入っていったが、玄関先で、強い煙草のにおいがしたので驚いた。客間の扉が少し開いていた――においはそこから漏れてきた。たいそう奇妙なことだった。こんな時間に客がきて、煙草を吸っているなどということがあるだろうか？　母さんはいるのだろうか？　もしいるならば、トムが帰ってきたと知らせなくては。マギーはちょっと驚いて扉を開けようとしていると、トムがやってきたので、ふたりして客間のなかをのぞいた。そこには、がさつでみすぼらしい男がいた。その顔はぼんやりとだがトムの見知っている顔だったが、父親の椅子にすわって、かたわらに酒壜とジョッキを置き、煙草をふかしていた。

トムの頭には即座に真相が閃いた。〝執達吏《しったつり》に踏みこまれる〟とか〝競売にふせられる〟というような言葉は、小さな子供でも聞きなれている。それは不名誉で惨めなことで、全財産を失って破産の憂き目にあい――貧しい労働者の境遇に落ちるということなのだ。父親が全財産を失ったのであれば、こうなるの

は当然のことだろう。このような特別な形の不運が襲った原因は、訴訟に負けたということ以外には考えられないだろう。だがこうした不名誉を目前に見せつけられると、トムにとっては、たいそう身にしみる経験だったので、自分の現実の苦難がたったいまはじまったかのように感じられた。それは無意識に感じる鈍い痛みより、いらつく神経にじかに触れられたような感じだった。

「やあ、やあ、坊ちゃん」とその男がいい、戸惑ったような荒っぽい仕種でパイプを口から離した。ふたりの若者の驚いたような顔に、いささか居心地の悪さをおぼえたのである。

だがトムは口もきかず、さっと背を向けた。その光景はまさしくおぞましいものだった。トムはすぐさま理解したが、マギーは、この見知らぬ人物がなぜここにいるのか理解できなかった。そしてトムのあとについていきながら、「あの人、いったいだれなの、トム？　いったいどういうことなの？」とトムにささやきかけた。そのとき、この見知らぬ人は、父親になにか変化があったのでここにいるのではないかという、なんともいえない恐怖が湧いて二階へ駆けあがった。だが寝室の扉の前で立ち止まり、ボンネットを脱いでから忍び足でなかにはいった。部屋はしんと静まりかえっていた。父親は横たわったまま、周囲の物音にも気づかぬふうで、その目は、マギーが立ち去ったときのまま閉じられていた。召使がそばにいたが、母親はいなかった。

「母さんはどこ？」とマギーはささやいた。召使は知らなかった。

マギーはあわてて部屋の外に出てトムにいった。「父さんは静かに寝ている。母さんを探さなきゃ。いったいどこに行ったのかしら」

ミセス・タリヴァーは階下にはいなかった——ほかのどの部屋にもいなかった。あと探すところといえば、屋根裏の下の部屋だけだった。そこは収納部屋で、母親がリネン類や、特別のときだけ包みをといて取りだす大事な極上の品がしまってあった。マギーの先に立って歩いていたトムはこの部屋の扉を開けると、いちはやく「母さん！」と声をかけた。

ミセス・タリヴァーは、自分の大事なお宝と一緒にそこにすわりこんでいた。リネンを入れた櫃《ひつ》がひとつ、蓋が開いている。何重もの包み紙をはがされた銀のティーポットが置いてある。極上の陶器は、リネン用の櫃の閉じた蓋の上に並べてある。スプーンや木べらや杓子は棚の上に並んでいる。哀れな母親は、膝の上に置いたテーブルクロスのすみにある「エリザベス・ドッドスン」の名の上に屈みこみ、頭を振りながら口を歪めて泣いている。

母親は、トムの声を聞くと、膝の上にあったものを取りおとし、ビクッとしたように立ち上がった。

「ああ、ああ、おまえ」と母親はトムの首に抱きついて叫んだ。「こんな日を迎えるために生きてきたなんてねえ！　わたしら、破産するのよ……いっさいがっさい売り立てにあうの……父さんと結婚したばかりに、こんな目にあうと思うとねえ！　わたしら、一文なしなの……みんな乞食になるのよ……あとは救貧院に行くより仕方ないわねえ……」

母親はトムに接吻すると、ふたたび腰をおろし、別のテーブルクロスを膝にのせ、その模様を眺めようと、少しずつ広げだした。子供たちは言葉もなく惨めな思いを味わいながら、母親のかたわらに立っていた——子供たちの心は、乞食とか、救貧院という言葉でいっぱいになっていた。

「この布は、わたしが自分で紡いだものなの」と母親は言葉をつぎ、その布地を取りあげると、興奮した様子でそれをせわしなくひっくりかえしては見ている。このずんぐりとした無気力な婦人は、ふだんはとても穏やかなだけに、いっそう奇妙で痛ましかった。これまでは、たとえ取り乱すことがあったにしても、それは表面だけのことだったのだ。「ジョブ・ハックシーが織ってくれてねえ、背中にしょって届けてくれたの、あの人がくるのを、わたし、玄関に立って見ていたのを覚えている、あんたたちの父さんと結婚するなんて考えてもいなかったころよねえ！　柄はわたしが選んだの——そりゃきれいに漂白もしたし——だれも見たことのないような刺繍で名前を入れたの——これを取るには布を切らないとね、だって特別な縫い方だもの。これがみんな売られてしまって——他人のものになるなんて。きっと鋏で切られてしまうのねえ、わたしの死ぬ前に、ぼろぼろになってしまうんだ。こういうものがなにひとつ、おまえのものにはならないの、坊や」と母親はいうと、目にいっぱい涙をためてトムを見上げた。「おまえにあげるつもりだったのにねえ。この柄のものはみんなおまえにあげたかったの。マギーにはあの大きい縞柄をと思ってたんだよ——お皿をのせるとそりゃ引き立つの」

トムは母親の言葉が身にしみたが、たちまち怒りが湧いてきた。顔を真っ赤にしたトムはこういった。

「だけど伯母さんたちは、これが売られるのを黙って見てるっていうの、母さん？　このことはなにも知らないの？　母さんのテーブルクロスだのなんだのが売られるのを黙って見てるわけないと思うけど？　このことはみんなに知らせたのかい？」

「ええ、ルークをすぐに行かせたの、執達吏がくるとすぐに。プレット伯母さまなんか——それはそりゃあ、ひどく泣いたの、おまえの父さんが、わたしら一族を世間の笑いものにしたって。水玉模様のテーブルクロスを買ってくださるって、あの模様のものはもっと欲しいからって。人手に渡しちゃいけないって。でも縞柄のほうは、使いきれないほどたくさん持っているって」（ここでミセス・タリヴァーは、テーブルクロスを無意識にたたんだり、撫でたりしながら、櫃に戻しはじめた）。「それでグレッグ伯父さまも来てくださってね、わたしらが寝るためのものは買わなくてはいかんと、といってくださってね、でも伯母さまに相談しなければってね、それでみなさん、相談しに来てくださるって……でも、わたしの陶器類は、だれも買ってはくれないわね」というと茶碗と皿のたぐいを振り返って見た。「だってわたしが買ったときに、みんなもう欠点を見つけていたから、お花のあいだに小さな金の小枝が散らしてあるのがだめだって。でもだれも、これより上等のものを持っているわけじゃないのにね、プレット伯母さまだってね――これは十五のときからずっと貯めていたお金で買ったの、それからあの銀のティーポットもね――あんたたちの父さんは、自分では決してお金を払わなかった。それなのに、わたしと結婚して、わたしをこんな目にあわせるなんてねえ」

ミセス・タリヴァーはふたたびわっと泣き出し、ほんのしばし、ハンカチを目に当ててすすり泣いていたが、やがてハンカチを取ると、まだ話もできないのに話せと命じられたとでもいうように、非難めいた口調でこういった。

「わたしはね、何度も何度も父さんにいってやったの、『なにをしてもいいけど、訴訟だけはおよしなさいよ』って――このわたしにできるのは、せいぜいそれぐらい。自分の財産がなくなっていくのを、すわって見てるしかなかった、わたしの子供たちのものになるはずだったものもねえ。おまえのものは、一ペニーもないのよ……でもそれはかわいそうな母さんのせいじゃない」

母親はトムのほうに片腕を伸ばし、頼りなげな、幼じみた青い目で哀れむようにトムを見上げた。哀れな息子は母親に近づいて口づけをし、母親は息子をかきいだいた。トムははじめて父親を非難したい気持ちになった。非難をするという持ち前の気質は――これまではトム・タリヴァーの父親であるという単にそれだけの理由で、父は常に正しいのだと思っていたのだが――母親の嘆きを聞いているうちに見方が変わった。そしてウェイケムに向けた怒りには別の種類の怒りが加わった。おそらく父親のせいで、一家はこのように零落し、世間から軽蔑の目で見られるようになったのだろう。だがトム・タリヴァーが、いつまでも世間に軽蔑されるようなまねはさせない。伯母たちに対する怒りと、自分は一人前の大人のように振る舞い、母親の面倒を見なければならぬという二重の刺激に触発されて、その生来の力と確固とした性格が、持ち前の力を発揮しはじめたのである。

「くよくよするなよ、母さん」とトムはやさしくいった。「ぼくがすぐに金を稼げるようになるからね。なにか仕事を見つけるよ」

「まあまあ、トム！」とミセス・タリヴァーは、すこしほっとしたようにいった。それから悲しそうにあたりを見まわして、「母さんの名前のついたものを人手に渡さずにすむのなら、それほど心配はしないんだけどねえ」

マギーは、怒りがこみあげるのを感じながら、この場の光景を眺めていた。父親に対するそれとない非難――息をしているだけで死んだも同然に横たわっている父親に対する非難を聞かされると、テーブルクロスや陶磁器を失うという悲しみにくれる母親への同情もすっかり消えてしまい、父親のためを思うマギーの怒りは、母親と一緒になって、一家に降りかかるこの不幸な出来事から自分を除《の》け者にしようというトムの魂胆に対していくらか自己本位な憤りもあって、いよいよ増したのだった。母親が日ごろから自分を軽視することはほとんど気にならなかったのだが、控え目ながら、その軽視をトムがよしとしているかもしれないということには敏感だった。哀れなマギーは、純粋無垢な献身の権化というわけではないが、自分がたいそう愛しているものに対しては、求めるものも大きかった。マギーはとうとう、激した口調でこう叫んだ。「母さん、なんでそんなことがいえるの？　自分の名前が記されているものだけが大切で、父さんの名前のついているものはどうでもいいなんて！　それに大切な父さんを放ったらかして、ほかのことばかり気にかけて！――あそこに臥せってて、もう二度とわたしたちに話しかけることもできないかもしれないのに。トム、あなただってそうよ――父さんに落ち度があったなんて、人にいわせてはならないわ」

悲しみと怒りが錯綜し、マギーはいまにも息が詰まりそうな思いをしながら部屋を出ていき、父親が寝ている部屋に戻った。だれもかれも父親を非難するという思いに突き動かされ、急いで父親に近づいた。マギーは非難というものを忌み嫌っている、自分は生まれてからずっと非難されつづけているが、そこに生じたのは癇癪《かんしゃく》だけだった。父親はそんな娘をいつも守ってくれ、大目に見てくれたので、その優しさはいとしい思い出となり、父親のためならなんでもできる、なんでも耐えられるという力を育んでくれたのである。

トムはマギーの感情の爆発にいささか驚き苦々しく思った――マギーは自分と母親に対してなにをなすべきかという説教をしてくれたのである！　こんな空威張りの、でしゃばりな態度なんかよりもっとましなことを、これまでに学ぶべきだったのだ！　だがやがて父親の部屋に入っていき、そこで見た光景に、さきほどの印象など取るに足らぬと消し飛ぶような衝撃を受けた。トムが心を動かされている様子を見ていたマギーは、寝台の脇にすわったトムのそばに行き、その首に腕を巻きつけた。そしてふたりの子供は、自分たちにはただひとりの父親がいるということ、そしてただひとつの悲しみがあるということのほかはなにもかも忘れていた。

第3章　家族会議

翌朝の十一時に、伯父伯母たちが相談するために集まった。広い客間には火が焚かれ、哀れミセス・タリヴァーは、まるで葬式のようなおおごとがあるとでもいうようにあたふたして、呼び鈴の飾り房を袋から出したり、カーテンの留針をはずして襞《ひだ》をきちんと整えたりした――あたりを見まわし、テーブルの磨き上げた面や脚を見て、悲しげに首を振った。これならプレットの姉さまが見ても、磨き足りないなどと文句はいわないだろう。

ミスタ・ディーンは来なかった――用事があって出かけたからである。だがミセス・ディーンは、時間どおりにあの立派な幌のついた新調の馬車を、お仕着せを着た下僕に手綱を取らせてあらわれたから、セント・オグズの町にすむ女友だちの目にも、彼女の性格のあれこれを見せつけたにちがいない。ディーンは、タリヴァーが落ちぶれたのと同じくらいの速さで栄達をとげていたし、その家にあるドッドスン家のリネン類や食器類は、近年買いととのえた同じような種類の見事な品々の付録とでもいうような位置を占めていた。こうした変化は、ミセス・ディーンとミセス・グレッグのあいだの姉妹づきあいのあいだにも、ときどき冷たいものを感じさせた。ミセス・グレッグは、スーザンが世間並みの人間になってしまったと感じたし、真のドッドスン気質も、自分のほかには、いよいよ廃《すた》れていくのだろうと思った。ただ残る望みは、遠くウォルズにある父祖の土地で、ドッドスンの名を継いでいるあの甥たちに託せるだろうということだ。遠くの地に住んでいる人たちは、いまわたしたちの目の前にいる人たちより、当然欠点は少ないだろう。エチオピアが地理上は遠い位置にあることを思えば、ギリシャ人がエチオピア人と関わりを持つことがいかに少なかったかを考えれば、ホメロスが『イリアス』で、なぜ彼らを〝罪なき人々〟といったのかなどと詮索をするのは無駄なことではあるまいか。

まっさきに到着したのはミセス・ディーンだった。広い客間の椅子に腰をおろすと、ミセス・タリヴァーが、見目のよい顔を、泣いてでもいたかのようにちょっと歪めて入ってきた。いよいよ自分の家具を失う羽目になったというようなときでもないかぎり、わあわあ泣くような婦人ではなかったが、このような情況のもとで、冷静でいるのはいかにも不似合いだと感じていたのである。

「ああ、あなた、いったいなんという世の中だろう！」入ってくるなり、ミセス・タリヴァーはそういった。「とんだ災難だわねえ、あなた！」

ミセス・ディーンは唇の薄い婦人で、なにか特別な場合には、いつも練り上げた短い演説をするのだが、あとでそれを夫に聞かせ、しかるべき話ができたかどうか尋ねるのである。

「ほんにねえ」とミセス・ディーンは慎重にいった。「世の中、どんどん変わっていくから、明日になにが起こるかわかったもんじゃない。なにごとにも、ちゃんと準備をしておかなくては。もしなにか揉め事が起きたら、それには必ず理由というものがあるんですからね。妹として、ほんとうにお気の毒だと思うわ、もし旦那さまにゼリーをあげるようにと、お医者さまがおっしゃるなら、どうかわたしに知らせてちょうだい。喜んで届けますからね。病気のあいだは、しっかりと看病するのが、まっとうなことだから」

「ありがとう、スーザン」とミセス・タリヴァーは、こころなしか弱々しくいって、自分のふっくらとした手を妹の細い手から引き抜いた。「でもまだゼリーのお話は出ないの」ちょっと間をおいてから話をついだ。「二階にゼリーを入れるカット・グラスがたくさんあるの……あれにゼリーを入れることはもう二度とないのね」

最後の言葉をいうときは、声がちょっとうわずったけれども、車輪の音に気を取られていた。グレッグ夫妻があらわれ、そのすぐあとにプレット夫妻がやってきたのである。

ミセス・プレットは、泣きながら入ってきた、いつもながら、人生というものに対するおおかたの見方というものを表明するために、そして簡単にいえば目の前のこの事態に対する自分の意見というものを表明するために。

ミセス・グレッグは乱れた前髪をつけ、着ているものは、くしゃくしゃにつっこんでおいたものを最近とり出したもののようだった。衣裳というものは、完璧な謙遜の情を示すという高い道徳的な目的で選ぶべきだということをベッシーやその子供たちに教えてやるために選んだ服である。

「奥さんや、もっと火の近くにおいででないか?」と夫はいった、妻にすすめずに自分がすわり心地のよい席にすわるのは気がひけたのである。

「わたしはもうすわっていますよ、旦那さま」とこの高慢な婦人は言い返した。「あなたこそ、お好みならご自分を炙《あぶ》り焼きになさったら」

「そうさなあ」とミスタ・グレッグは、冗談ごかしにいいながら腰をおろした。「ところで二階の気の毒なご仁はいかがかな?」

「ターンブル先生のお話だと、けさはだいぶよくなったそうですよ」とミセス・タリヴァーはいった。「こちらがわかるようになって、わたしに話しかけましたからねえ――でもまだトムのことはわからないんです――まるで見知らぬ人のようにあの子を見ているんです、でも一度だけ、トムや子馬のことを、なにかいったようですけど。お医者さまがおっしゃるには、ずっと昔のことしか覚えていないんだそうですよ。トムのことがわからないんです、小さいときのトムしか覚えていないんですよ。ああ、どうしよう、ああ、どうしましょう！」

「きっと脳に水が入ったんだと思うわ」憂鬱そうな面持ちで姿見の前に立って室内帽の具合を直していたプレット伯母が振り返ってそういった。「起き上がれるようになってもたいへんだわねえ、たとえそうなっても、きっと子供のようになってしまうわ、カーさんがそうだったでしょ、気の毒にねえ！　三年のあいだ、赤子のように匙で食べさせてやっていたんだから。手足が使いものにならなくなったのね、それでも車椅子に乗せて、だれかが押していたわ。よもや、そんなふうにはならないでしょうね、ベッシー？」

「プレットさん」とミセス・グレッグは厳しい声でいった。「わたしの考えが正しいとしたら、わたしたちが、けさこうして集まったのは、一族にふりかかったこの不名誉をどうすればよいか相談して、助言するためで、わたしたちに関係のない人たちの話をするためじゃないわね。カーさんは、わたしたちの血縁でもなんでもないし、わたしたちにはいっさい関係のない人だわね、わたしが聞いているかぎりでは」

「グレッグ姉さま」とミセス・プレットが哀願するような口調でいい、手袋をはめなおし、興奮した様子で指をこすった。「もしあなたが、カーさんの名誉に関わるようなことをいうつもりでも、どうか、わたしにはいわないでちょうだい。わたし、あの人のことはよく知っているの」ためいきをつきながらミセス・プレットはいった。「息づかいが激しくて、部屋をふたつへだてていても聞こえてきましたよ」

「ソフィ！」とミセス・グレッグは、憎々しげにいった。「あんたは、他人の病気の話を我慢ならないほどするんだね。でももう一度いうけど、前にもいいましたけどね、他人の息づかいが長いか短いかなんてことを話し合うために、わざわざここにやってきたんじゃないんですよ。妹とその子供たちを教区の世話にならずにすむように、なにができるか話し合うために来たのに、そうじゃないというなら、わたしは帰ります。お互いに助け合わなければ、なにもできやしないのよ。わたしひとりで、なにもかも引き受けるのは無理というものですからね」

「あら、ジェイン」とミセス・プレットはいった。「あなたが先に立ってなにかやっていたわけじゃないわよねえ。執達吏がこの家にやってくるのを知らされてから、あなたがここに来たのは今日がはじめてじゃないの。わたしは昨日ここに来て、ベッシーのリネンだのなんだのを見せてもらったわ、それで水玉模様のテーブルクロスは、わたしが買いとることにしたの——わたしにできそうなことはそれくらい。他人に渡したくないというあの銀のティーポットだって、ふたつもあっても困るってわかってるんですよ、たとえまっすぐでない注ぎ口だったとしてもね——でもあの水玉のダマスク織りは前から好きだったから」

「できれば、ティーポットや陶器類や上等の薬味入れは売り立てに出さないようにしてもらえればと思ってねえ」と哀れなミセス・タリヴァーは手を合わさんばかりにいった。「それから角砂糖ばさみとか、自分で買ったいちばんのものなんかもねえ」

「それはどうしようもないんですよ」とミスタ・グレッグがいった。「身内の者が買おうと思えば買えますけどね、どれもこれも必ず入札しなければなりませんからな」

「そう、無理な話ですな」とプレット伯父が、いつになく自信たっぷりにいった。「身内の者も、余分の金を払わねば、自分の手には入らないんだから。競売では捨て値で売られてしまいますからね」

「ああ、なんてことなの、なんてこと」とミセス・タリヴァーはいった。「わたしの陶磁器がそんなふうに売られてしまうなんて――姉さまたちもそうだったでしょ、ジェインとソフィ、あれは、結婚するときに自分で買ったのよ。姉さまたちはあれが気に入らなかったのよねえ、小枝模様だからって、でもわたしは好きだったの。それに欠けたところはひとつもないの、自分で洗ってましたから――それに茶碗にはチューリップや薔薇の模様があって、みんな目の保養に見にきたっていいくらいよ。あなたたちだって、自分の陶器が二束三文で売られて、こなごなに割られてしまうのはいやでしょう、でもあなたたちのものには色がついていないわね、ジェイン――みんな白くて、縦みぞがついているものばかり、わたしのものほど高価じゃないわねえ。それからあの薬味入れがあるわ――ディーンさんは、あの薬味入れが欲しいでしょ、いつだか、あれはきれいだっていっていたわねえ」

「まあ、いいものなら買ってもいいわね」とミセス・ディーンは、やや尊大な口調でいった。「うちなら、余分なものがあっても邪魔にならないもの」

「いいものですって！」とミセス・グレッグが大声をあげた。長いあいだ黙りこんでいたので、口調はいよいよ厳しかった。「あんたたちが、銀器や陶器を、いいものだのなんだのといって、あれを買う、これを買うと騒いでいるのを聞いていると腹が立ってくる。ベッシー、あんたは、自分の身の上を考えなくてはね、銀器だ陶器だと、そんなことをいってる場合じゃない、それより寝るための寝台や毛布や、すわるための椅子が手に入るかどうか考えるべきよ。あんた、ちゃんと頭に叩きこんでおきなさいよ、そういうものが手に入るのは、親身になってくれる人たちがあんたのために買ってくれたおかげということをね。なにもかもその人たちに頼っているんですからね。なんといったって、あんたの旦那さまは、寝たきりでなにもできない、自分のお金といえるものは一ペニーもありゃしない。こんなことをいうのもあんたのためを思ってなんだから、あんたのいまの立場がどんなものか、あんたの旦那さまがあんたの身内にどんな恥をかかせたか、あんたがなにもかも人さまを頼りにしなければならないか、あんたはきっと身にしみて感じているだろうね――心のなかでは頭を下げなくちゃいけないよ」

ミセス・グレッグは一息ついた。人のためによかれと思って真剣に話していると、おのずから疲労困憊してくるものだ。ミセス・タリヴァーは、ジェイン姉の身内支配には常に圧倒されており、幼いころから妹という軛《くびき》をかけられているので、訴えるようにいった。

「わたしはね、姉さま、だれにもなにも頼んだりはしていませんよ、ただみんなに愉しんでもらえるような品を買ってちょうだいといっただけですよ、そうすれば、赤の他人の家に買われて粗末にされるようなこともないだろうから。わたしや子供たちのために、ああいうものを買ってちょうだいと、だれにも頼んだ覚えはありませんよ。わたしが自分で紡いだリネンがあるけれど、トムが生まれたときに、わたし、こう思ったんですよ――あの子が揺り籠に寝ているときに最初に思ったことのひとつでね、みんな自分のお金で買ったんだし、たいそう大事にしてきたんだから、先ゆきあの子に渡せるようにってね。でもわたしは、自分のために買ってくださいなどと姉さまたちに頼んだりはしなかった――うちの旦那さまが自分の妹にこっそりとしてやったことといったら、お金を貸したきりぜったい催促しなかったというんですからねえ、そんなことがなかったら、わたしたちも今日までもっとましな暮らしができていたのにねえ」

「まあ、まあ」とミスタ・グレッグが親切にいった。「あまり暗く考えすぎないようにな。すんだことはすんだことで、取り返しがつかないんだから。わたしらもお互いやりくりしあって、あなたに充分なものが入るように買いましょう。もっともグレッグの奥さんのおっしゃるとおり、買うものは、役に立つもの、地味なものですな。必要のないものを買うわけにはいかん。テーブル一つに椅子を二脚ほど、それから台所用品とか寝心地のいい寝台とか、そんなようなものですな。まあ、わたしらにも、床じゃあなく麻布の上に寝たりすると、なんだか落ち着かないような時代があったものですな。身のまわりに無駄なものを置いとるのも、わたしらに余分の金があるからで」

「あなた」とミセス・グレッグがいった。「わたしの口を封じないで、わたしに話をさせてくださるなら、こういいたいですね。ベッシー、なにか買ってくれとはわたしたちには頼まなかったというのはご立派だけどね。わたしにいわせてもらえば、あんたは、わたしたちに頼むべきだったたね。いったいどうやって食べていくというの、あんたの身内が助けてやらなかったら？　身内に助けてもらわなかったら、あんたたちは救貧院のお世話になるしかないんだよ。そのことを心得ていなくちゃ、それをずっと頭にとめて、わたしたちにできることを、頭を下げてお願いするべきですよ、わたしたちにはいっさい頼んでいないなどと、大口をたたくのではなくて」

「さっきモス家のことが話に出ましたね、タリヴァーさんが助けなすったとか」とプレット伯父が口を出した。借金というような話になると、ふだんとちがって口出しをしたがるのである。「あの人たちも、近親ではなかったかな？　ほかの連中と同じように、なにかするべきじゃありませんかね。もしタリヴァーさんが金を貸しているなら、その金を返すべきだな」

「ええ、そうですとも」とミセス・ディーンがいった。「わたしもそう思っていたんですよ。モス夫婦がここにやってこないとは、どういうことかしらねえ？　あの人たちだってちゃんと役割を果たすのは当然ですよ」

「あれまっ！」とミセス・タリヴァーがいった。「うちの人のことは、あの人たちには知らせなかったわ、なにしろバセットの、そりゃ奥のほうに住んでいなさるから。モスさんが市場にでも来なきゃ、消息ひとつ入りませんからね。それにしてもあの人たちのことは、考えもしなかった。でもマギーは考えたはず、だってあの子は、モス叔母さんが大好きでしたからねえ」

「子供たちはどうして入ってこないの、ベッシー？」とミセス・プレットが、マギーの名が出たところで、そう訊いた。「あの子たちも、伯母さまや伯父さまがいったことを聞くべきでしょう。それにマギーはね――あの子の学費の半分はわたしが出しているのだから、モス叔母さまのことより、プレット伯母さまのことを考えるべきじゃないの。わたしだって、うちに帰ったら急に意識がなくなるかもしれない――わかりゃしませんよ」

「わたしの思いどおりにしていたら」とミセス・グレッグがいった。「子供たちは、最初からこの部屋にいましたよ。あの子たちも、この先だれを頼らねばならないか、知っていいときです。だれかがあの子たちに話すべきですよ、自分たちの暮らし向きや、どんなに落ちぶれてしまったかということや、父親のせいで、苦労する羽目になったことを教えるべきですよ」

「じゃあ、姉さん、わたしちょっと行って連れてきます」とミセス・タリヴァーは諦めたようにいった。

すっかり打ちひしがれてしまって、収納部屋のあのお宝のことを考えても、ただただ空しい絶望が湧くばかりだった。

ミセス・タリヴァーがトムとマギーを呼びに二階にあがると、ふたりとも父親の部屋にいた。ふたりを連れて階下に降りるとちゅう、収納部屋の扉が見えると、ふと新しい考えが浮かんだ。自分は扉のほうに近づき、子供たちだけで階下へ降りていかせた。

兄妹が——ふたりしておそるおそる部屋に入っていくと、伯父や伯母たちは、議論の真っ最中のようだった。トムは、昨日からこちら味わっていた新たな感情の烈しい刺激によって目覚めさせられた現実的な判断力をはたらかせ、ある計画を思いつき、それを伯母か伯父のだれかひとりに持ち出してみようかと思っていたが、彼らに対しては決して穏やかな気持ちではなかったので、いちどきにみなに会うのはいやだった。同じ薬でも濃縮されたものを一度に大量にのまされるのは恐ろしいが、少量なら耐えられるのと同じである。マギーはといえば、けさはいつになく沈みこんでいた。ちょっと休んでから午前三時には起こされて、日の出前の薄明のときから明け方までの冷え冷えとした数時間、病室の付き添いをしていたので、妙に眠たいような疲労に襲われていたのである——病室の外の昼間の生活などなんの意味もない、暗い部屋のほんの余白でしかないように思われた。ふたりが入っていくと会話がとぎれた。握手は、憂鬱な沈黙の儀式だった。プレット伯父は、トムが自分に近づいてくるのを見守った。

「やあ、お若いの、おまえさんの読み書きの才が必要だなと話しておったところだよ。これだけ学校生活を送ったのだから、さぞや上手に書けるだろうと思ってな」

「そう、そう」とグレッグ伯父が、親切心から戒めるようにいった。「おまえさんの教育の成果を見ねばな、なにしろおまえの父さんは、いままでさんざん金をかけたんだからな。

土地を失い、金を消尽したときは
学びこそ、尊きものとなる――

という金言もあるぞ。さて、トム、おまえさんの学問の成果を見せてもらおうじゃないか。おまえが、わたしよりできるかどうか見せてもらおう、わたしは学問がなくとも財産をつくることはできたがな。だがわたしはそろりそろりとはじめたんだよ。鉢いっぱいの粥とチーズパンの皮で生きてきた。だが豊かな暮らしと学問ちゅうもんが邪魔をして、おまえさんにはそういう生き方が辛いだろうよ、お若いの」

「でもそれをやらなければならないのよ」とグレッグ伯母が威勢よく口をはさんだ。「辛かろうが、辛くなかろうが。辛いということがどういうことか、この子は考えたことがないの。これからはぶらぶらと贅沢に暮らすのに、身内の者を当てにするわけにいかないの。父親の失敗の後始末をしなきゃならない、しっかりと心構えをして、せっせと働かなくてはいけない。そうして伯母や伯父たちが、母親や父親のために尽くしてくれたことをありがたく思わなければいけないのよ、身内の助けがなかったら、あんたは、物乞いに出たり、救貧院に行ったりせねばならないの。それにあんたの妹も」とミセス・グレッグは、真顔になってマギーを見た。マギーはルーシーのお母さんという気持ちで長椅子のディーン叔母の隣にすわっていた。「あの子だって心を決めて、謙虚に働くことを考えなくてはね。あの子に仕える召使はもういないんだから――そのことを頭に叩きこんでおかなくては。家事だってやらなくちゃいけない、そして伯母たちを尊敬して愛さなくてはいけない、あの子のためにいろいろとしてやって、甥っ子や姪っ子に残してやろうとお金を貯めているんだから」

トムは一座の真ん中にあるテーブルの前にまだ立っている。顔は紅潮し、謙虚な顔つきにはほど遠かったが、前もって考えておいたことを丁重な口調で述べようと思っていた、そのとき母親がふたたび入ってきた。

かわいそうにミセス・タリヴァーは、小さな盆を掲げており、その上には銀のティーポットと見本の茶碗と皿と、そして砂糖壺と角砂糖ばさみも並べてあった。

「見てちょうだいな」とミセス・タリヴァーはいって、ミセス・ディーンを見ながら、盆をテーブルに置いた。「わたし、考えたのよ、たぶんこのティーポットを見たら——だいぶ前に見たきりでしょうけど——この模様がいっそう好きになると思う。お茶がきれいに出るのよ、これをのせる台もちゃんと揃っている。毎日使ってもいいし、さもなきゃ、ルーシーが所帯を持つようになるまでしまっておいてもいいしね。〈金獅子亭〉で売られるのを見るなんてたまらない」と哀れな人はいった。胸がいっぱいになって、涙があふれてくる。「結婚したときにわたしが買ったティーポット。傷だらけになって、旅人や世間の人たちの前に置かれるなんて——わたしの頭文字が入っているの——ほらここに——E. D. って——みんながこれを見るかと思うと」

「ああ、かわいそうに!」とプレット伯母がいい、それは悲しそうに首を振った。「ひどいことだわねえ——一族の頭文字がほうぼうを流れていくなんて。こんなことはこれまで決してなかった。あんたはほんとうに不幸せな人ねえ、ベッシー! でもティーポットを買ったってしょうがないわよ——リネンだのスプーンだの、なにもかも売らなくちゃならないのに、そのなかにはあんたの姓と名がしっかり入っているものもあるのよ——それにあのティーポットの注ぎ口はまっすぐときているんだから」

「一族の不名誉というなら」とミセス・グレッグがいった。「ティーポットを買ったぐらいじゃどうにもならない。この不名誉は、一族の者が、ひどい貧乏にさせるような殿方と結婚したということです。この不名誉は、家財道具が競売に付せられるということですよ。この事実を世間さまに隠すことはできませんよ」

マギーが、父親に当てつけたこの言葉を聞いてソファから立ち上がろうとしたが、いちはやくそれを見たトムは顔を赤くしてマギーが口を開くのをかろうじて止めた。「お黙りよ、マギー」とトムは決然といってマギーを押しのけた。これは十五歳の若者の素晴らしい自制心のあらわれであり、現実に沿った判断だった。グレッグ伯母が口を閉じると、トムは静かな丁重な態度で話しはじめたが、声がわなわなと震えていたのは、母親の言葉が急所を突いていたからである。

「じゃあ、伯母さん」とトムは、まっすぐにミセス・グレッグを見据えた。「うちが競売に付されるのが、一族の恥だと思うなら、みんなで力を合わせて、それを防げばいいじゃないですか？　そしてもし伯母さんや、プレット伯母さんが」とトムは、こんどはプレット伯母を見ながら言葉をついだ。「ぼくとマギーに少しでもお金を遺そうと考えていらっしゃるなら、それをいまくだされぱいい、そしてそれでうちが抱えている借金を払えばいい、うちの母が自分の家具を売らなくてすむようにね？」

しばし沈黙があった、マギーもふくめ、一座の者は、急に男らしくなったトムの口調に驚いていた。グレッグ伯父がはじめに口を開いた。

「よし、よし、お若いの——まあまあ、待ちたまえ！　おまえさんは、いい考えを教えてくれたな。だがな、それには利子がつくということを、思いださんとな——伯母さんたちの、その金には五分の利子がつく、それを前払いしてしまえば、伯母さんたちの手にその利子は入らない——おまえさんは、そのことを考えなかったたな」

「ぼくが働いて、毎年それを払いますよ」とトムはすかさずいった。「母さんが自分の持ち物を売らずにすむように、ぼく、なんでもやります」

「よくいった！」とグレッグ伯父が、感心したようにいった。伯父は、トムの申し出が実際どんなものになるか考えるよりも、トムにこういわせるように仕向けていたのである。だが連れ合いを苛立たせるという不運な結果を招いてしまった。

「ええ、ええ、旦那さま！」と夫人は、嫌味たっぷりにいった。「おまえの金は、おまえに任すなんていっておきながら、それを人さまにやってしまえというのは、さぞかし気持ちがいいでしょうよ。あのお金は父がわたしに遺してくれたもの、あなたのものじゃないんですよ、旦那さま、それをせっせと貯めて、自分で毎年増やしてきたんです。それが人さまの家具のために使われて、自分の口も養えない連中に贅沢や浪費をさせようというんですからねえ。わたしは、遺言を書きかえるか、遺言補足書をつくらせますよ、わたしの死後、残っているのは二、三百ポンド減っているということにね——わたしはね、いつだって正しいことをやってきた、慎重にね、そしてわたしは一族の長、それなのにわたしのお金は、みんなに浪費されてしまうの、わたしだって同じように使えたのにね、ただあの人たちは根性が曲がっていて、無駄遣いはいくらでもする。プレットさんや、あんたは、自分のやりたいようにおやんなさいな、あんたの旦那さまが、あんたにあげたお金を取り返すのを黙って見てるしかないね、でもわたしゃ、そうはさせない」

「おやおや、ジェイン、なんとまあ凄まじいこと！」とミセス・プレットはいった。「きっと頭に血がのぼったんだわ、吸い玉をつけて血を吸いとらなきゃ。ベッシーと子供たちはほんとうにかわいそう――眠れない夜には、この人たちのことが気になってねえ、こんどの新しいお薬では寝つきが悪くてねえ――でもどうすりゃいいかわたしが考えたって詮ないことですよ、姉さまが同意する気がないんじゃねえ」

「まあ、こいつは考えねばなあ」とミスタ・グレッグがいった。「この負債を払って、家具を売らずにすんだとしても、そのあとに訴訟の債務が残っているからねえ。金をぜんぶ使ったって、土地や株を売り払っても足りるもんじゃない、なにしろゴア弁護士から聞きましたからなあ。あの哀れな男を養うための金を、こちらも貯めておかないとね、飲むことも食べることもできないんだから、家具なんぞに金を使うよりは、あのご仁を養う金を用意する必要がありますな。あんたは早とちりをするからな、ジェイン――なにが道理にかなっておるか、わたしが知らんとでもいうようにな」

「じゃあ……それなりにお話しなさったら……旦那さま！」と細君はゆっくりと大声を張り上げ、意味ありげに、ご亭主のほうに頭を突き出した。

こうしたやりとりのあいだに、トムの表情は沈み、唇は震えていた。だがここで引き下がるまいと心に決めていた。一人前の男のように振る舞ってやろうと思った。マギーは、反対に、トムの言葉にちょっとうれしくなったものの、そのあとは、怒りに身を震わせていた。母親はトムの横に立ち、トムが話しおわるまでトムの腕にすがりついていた。マギーは突然立ち上がると、一座の前に立った。その目は、女獅子のように光っている。

「それじゃ、どうしてみんな来たんですか」とマギーは声を張り上げた。「おしゃべりをして、つまらない口出しをして、お説教するだけなのね。かわいそうな母さんを助けようともしない――姉妹なのに――困っている母さんに同情する気もないのね、そんなものいりもしないくせに。何も手放そうともしない、苦しい母さんを助けるために。それなら、あたしたちに近寄らないで、父さんのあら探しをしに来ないで――父さんは、伯母さまたちのだれよりもいい人だわ――親切だったし――父さんなら、伯母さまたちが困っていれば、助けてあげたでしょうね。トムもあたしも、伯母さまたちのお金なんか欲しくない、母さんを助けるつもりがないなら。もらわないほうがましだわ！　伯母さまたちがいなくても、あたしたちでやっていきますから」

マギーは、伯母や伯父に、このような反抗的な言葉を投げつけると、じっと立ったまま、大きな黒い目でみなを睨みつけた、どんな結果も覚悟しているという様子で。

ミセス・タリヴァーは仰天した。この狂ったような感情の爆発にはなにか不吉なものをおぼえた。こんなあとで、どんな生活が待ち受けているのか見当もつかなかった。トムはいらついていた。こんなことをいうなんて無駄なことだ。伯母たちは驚きのあまり、しばし黙りこんでいた。やがて、こうした常軌を逸した展開の場合、どんな答えよりも当をえた意見が出た。

「あんたもこの子には一生苦労するわねえ、ベッシー」とミセス・プレットがいった。「まったくずぶとい、恩知らずな子だわねえ。恐ろしいこと。あの子の学費なんぞ出さなかったほうがよかった、だって前より悪くなったんだもの」

「わたしが、しじゅういってたとおりねえ」とミセス・グレッグがあとをついだ。「みんなは驚くかもしれない、でもわたしは驚かない。これまで繰り返しいってきたことだもの——数年前に、わたし、こういったのよ——『わたしの言葉を覚えておおき。あの子はきっとろくなものにはならない、身内らしさがかけらもない』あの子があんなに学問をすることだって、決していいとは思わなかった。学費を出すつもりはないと、わたしがいったのには理由があったのよ」

「まあ、まあ」とミスタ・グレッグがいった。「お喋りをしている暇はないんだ——仕事にかかろう。トムや、ペンとインクを持ってきなさい……」

ミスタ・グレッグが話している最中に、長身の黒っぽい影が、窓の外を急いで通りすぎるのが見えた。

「あら、モスの奥さんですよ」とミセス・タリヴァーがいった。「じゃあ、悪い報せが届いたのね」そういうと扉を開けにいったので、マギーも急いでそのあとを追いかけた。

「好都合だったわね」とミセス・グレッグがいった。「買ってもらう品物の目録に目を通してもらえるわ。なにしろご自分の兄さんなんだから、それなりのものを引き受けるのは当たり前ですよ」

辛い思いをしながら着いた早々に、大勢の人のなかに連れこむのは穏当ではないと考えるいとまもなく、機械的に客間に引き入れようとするミセス・タリヴァーに抵抗することもできないほど、ミセス・モスはひどく興奮していた。長身の黒い髪のやつれた婦人は、ドッドスン一族の姉妹たちとはまったく対照的だった。みすぼらしい服に、ボンネットと肩掛けをあわててひっかけたというような格好で、災いを身にしみて感じて見た目を気にするどころではないようだった。マギーはその腕にすがりついたが、ミセス・モスはトムのほかは目に入らぬようで、つかつかとトムに近づき、その手を取った。

「ああ、可愛い子供たち」とミセス・モスは叫んだ。「あんたたちは、わたしのことなんぞ、よく思ってやしないでしょうねえ。貧乏な叔母だもの、いただくばかりで、なにもあげられやしない。かわいそうなわたしの兄さんはどんな具合なの？」

「ターンブル先生は、よくなってきているって」とマギーはいった。「どうかすわって、グリッティ叔母さん。心配しないで」

「ああ、やさしい子ねえ、体が二つに裂かれるようだわ」とミセス・モスはいうと、マギーに導かれるままソファに近づいたが、ほかの客がいるのにまだ気づかなかった。「兄さんのお金を三百ポンドもお借りしていてねえ、兄さんがそれが必要だというのに、みんなが必要だというのにねえ——でもそれを返すには、家財を売らなくちゃならない、うちにもかわいそうに、子供たちがいるの——八人もねえ、末っ子はまだ口もきけないの。でもわたし、自分が泥棒みたいな気がしてねえ。でも思いもしなかった、わたしの兄さんがねえ……」

哀れな婦人は、こみあげる涙にそれ以上言葉が出なかった。

「三百ポンドも！　まあ、まあ、なんてこと」とミセス・タリヴァーはいった。連れ合いが自分の妹に、内緒で融通してやったといったときには、それがどれほどの金額が知らなかったが、それを知らずにいたことに腹が立った。

「とんでもないこった、まったく！」とグレッグ伯母がいった。「家族持ちの男が！　そんなふうに金を人に貸すなんて。きっと担保も取らずにだ、きっとそうだよ」

ミセス・グレッグの声が、ミセス・モスの注意をひき、顔をあげるとこういった。

「いいえ、担保はあったんです。うちの人はちゃんと証文も書きました。わたしたちはそんな人間じゃない、夫婦ともども、兄さんの子供たちから盗むような真似はいたしません、お金はちゃんと返すつもりでした。もし少し景気がよくなれば」

「しかしなあ」とグレッグ伯父がやさしくいった。「お連れ合いは、その金をひねりだす算段ができないんじゃありませんか？　タリヴァー君が破産の憂き目にあわずにすむならねえ、なにしろそいつは、この人たちにはひと財産だもの、お連れ合いは、家畜なんぞはお持ちだろう。なんとか金をひねりだすのが当然かと思いますがねえ――同情しないわけじゃないが、モスさん」

「ああ、あなたはご存じないんでしょうが、うちの人は、家畜で失敗しましてねえ――農場のほうは、家畜が足りないおかげでさんざんな目にあいました、小麦はすっかり売り払って、地代も滞っている始末で……やるべきことをやらないわけじゃないんですよ、わたしは夜なべ仕事をしていますし、なんとかしようと思いましてね……でも哀れな子たちがおりまして……ちびたちが四人も……」

「そんなに泣かないで、叔母さん――そんなに気を揉まないで」とマギーは、ミセス・モスの手を握ったまま、そういった。

「うちの人は、そのお金をいっぺんに貸したのかしらねえ？」とミセス・タリヴァーは、自分の知らぬ間に進んでいた出来事にすっかり心を奪われていた。

「いいえ、二度に分けて」ミセス・モスは目を拭いて、なんとか涙をこらえながらそういった。「あとのほうは四年前です、わたしが患ってなにもかもうまくいかなくて、そのときに新しい証文を書いたんです。病気やら不運やら、人さまのご厄介になるばかりで」

「そうねえ、モスさん」とミセス・グレッグがきっぱりといった。「おたくはほんとうに不幸せな家族だわ——でもわたしは自分の妹がかわいそうなの」

「わたし、事情を聞いてすぐさま馬車でこちらに伺ったんです」とミセス・モスはいって、ミセス・タリヴァーを見た。「わたしに知らせてくだされば、すぐにでも来ましたのに。自分たちのことばかり考えて、兄さんのことは知らぬ顔なんてするわけがないじゃありませんか——ただあのお金のことはずっと気になっていましたから、つい口に出てしまったんです。連れ合いもわたしも、正しいことをしたいのですよ」ミセス・モスは、ミスタ・グレッグを見つめながら、こうつけくわえた。「わたしたち、なんとかやりくりして、なんとしてもあのお金はお返しします、兄がどうしてもそれを望むのでしたら。わたしたち、苦労には慣れていますし、多くを期待はしていませんしね。ただ哀れな子たちのことを思うと、身を引き裂かれる思いがするんですよ」

「まあ、これは考えねばなりませんよ、モスさん」とミスタ・グレッグがいった。「あなたに警告するのが筋でしょうな。もしタリヴァーが破産したらですがね、お連れ合いが借りた三百ポンドの約束手形がこちらにあるとすると、あなた方は、その金を支払わなければならない。管財人がお宅にそれを取りに行くでしょうな」

「それは、それはたいへん!」とミセス・タリヴァーはいったものの、頭にあるのは自分の破産のことばかり、ミセス・モスの困った情況など考えも及ばなかった。かわいそうなミセス・モスは、身を震わせながら黙りこんでいるが、マギーは戸惑ったようにトムを見た。トムはこの騒ぎの事情がわかっていて、かわいそうなモス叔母さんを気づかってくれているのではないかと思ったのである。トムはテーブルクロスに目をやって、なにか考えているような様子をみせるばかりだった。

「それに破産はしないまでも」とミスタ・グレッグは言葉をついだ。「さっきもいったように、三百ポンドは、あの人にとってはひと財産だからなあ、かわいそうに。たとえ回復したとしても、体が不自由になるかもしれない。あなたにはお辛いでしょうがねえ、モスさん――わたしの意見としては、こちらの事情を考えれば、なんとかあなたのほうでその金を工面するのが筋だと思いますよ。別の見方をすれば、あなたのほうに金を支払う義務があるでしょうな。事実を述べたからといって、わたしを悪く思わないでくださいよ」

「伯父さん」とトムが、考え込んだように見ていたテーブルクロスからふいに顔を上げた。「モス叔母さんがその金を払うべきだとは、ぼくは思わないな、叔母さんに払わせることを父が望んでいないとしたら」

ほんのしばし、驚いたような顔をしていたミスタ・グレッグはこういった。「いや、いや、そんなことはあるまいよ、トム。もしそうなら、おやじさんは、約束手形を始末しているだろう。約束手形を探すべきだよ。おやじさんの意志に反すると、どうして思うんだね?」

「だって」といったトムの顔は紅潮していたが、子供らしく声を震わせていたものの、しっかり話そうと一生懸命だった。「ぼく、よく覚えているんですよ、ステリング先生のところに行く前に、ある晩、父さんがいったんですよ、ふたりきりで暖炉のそばにすわって、部屋にはだれもいませんでした……」

トムはちょっと口ごもったものの、先を続けた。

「父さんは、マギーのことでなにかいってから、こういったんです。『わしはね、妹にはずっとよくしてやってきたんだよ、わしの意志に逆らって結婚したがね。モスに金を貸してやった、だがあのご亭主に金を返せというつもりはない。もうないものと思っている。わしの子らは、そのために貧しくなったと考えてはならんぞ』って。そしていま父さんは病気で、口もきけませんが、ぼくは、父さんがぼくにいったことに背くようなことをやるつもりはありません」

「なるほど、しかしだな、おまえ」とグレッグ伯父はいった。トムに好感を持っていたのでトムの望みに添ってやりたいと思う気持ちはあったものの、証文を破るとか、人の財産に目に見える変化を生じさせるような重要なものを譲るといった無茶はぜったいしたくないという常々の思いを伯父はすぐには振り払えなかった。だがこういった。「おやじさんが破産するとしたら、その先に起こりうることを防ぐには、その手形を始末するほかはないということだよ」

「旦那さま」と夫人が真剣な面持ちで口をはさんだ。「口にすることには注意なさらないとね。あなたは、人さまの問題に首をつっこんでいるんですよ。早まったことをいっておいて、それはわたしのせいだなんておっしゃらないでくださいね」

「そんな話はいままで聞いたこともありませんなあ」とミスタ・プレットがいった。驚いたあまり、咳止めドロップを思わず呑みこんでしまった。「証文を始末するとはなあ、そんなことをすれば、だれだってお宅に警官をさしむけますな」

「でもねえ」とミセス・タリヴァーがいった。「その手形が額面どおりの価値があるものなら、それを使って、わたしのものが売られずにすむようにできないもんでしょうかねえ。モスの叔父さんや叔母さんに余計なお節介をする必要はないんだからね、トム、父さんがよくなったら怒るかもしれないというなら」

ミセス・タリヴァーは、手形の問題には詳しくなかったので、この問題について、いい考えはないかと頭をしぼっていた。

「いやはや！　あんたたち女子《おなご》には、こういうことはわからんからな」とグレッグ伯父がいった。「モス夫婦を安全にする手だてはほかにないのさ、手形を始末するほかにはな」

「じゃあ、その手だてをぼくに教えてくださいよ、伯父さん」トムが、身を乗り出した。「父さんがよくならないとしたら、避けることができたのに父さんの意志に反したことをしては、ぼくとしては無念です。あの晩、父さんは自分がいったことはしっかり覚えておけというつもりだったんです。父さんの財産については、父さんの望みに従うべきです」

ミセス・グレッグでさえ、トムの言葉に逆らうことはできなかった。ドッドスン家の血が、トムにそういわせているのだと思ったのである。もっともその父親がドッドスン家の人間であったなら、こんな不埒な金のやりとりはなかっただろうが。マギーはトムの首に飛びつかずにはいられなかったにちがいない、もしモス叔母にさえぎられなかったら。モス叔母は立ち上がってトムの手を取り、声を詰まらせてこういったのである。

「このために、あんた方が貧しくなるようなことはないわ、トム、神さまが天にいらっしゃるなら。あのお金が、あんたたちの父さんにぜひとも必要ならば、モス叔父さんとわたしとで、必ず返しますからね、担保があったのと同じように。してもらっただけのことはしますよ。うちの子たちは運には恵まれていないかもしれないけれど、正直者の父と母はいますから」

「さてさて」とミスタ・グレッグはいった。トムの言葉のあと、ずっと考えこんでいたのである。「おやじさんが破産したとしても、債権者たちに悪いことはなにもしていないはずだよ――それをずっと考えていたんだよ、わたし自身も債権者になったことがあるから、いかさまはいくらでも見てきたよ――おやじさんが、あの情けない訴訟沙汰を起こさぬうちに、おまえの叔母さんに金をあげるつもりだったとしたら、おやじさん自身が手形を破棄したのも同然だ――だって、自分はそれだけ貧乏になることは承知の上だったんだから。だが考えねばならぬことがいろいろあるんだな、お若いの」とミスタ・グレッグはつけくわえて、トムを諭すように見た。「金の貸し借りということでは考えねばならんことがいろいろある、つまり、おまえさんはだ、一方の夕食を取り上げて、もう一方の人間の朝食にするようなことになるのさ。そこまでは理解できまいがね」

「いえ、わかります」とトムはきっぱりといった。「ぼくがある人に金を借りて、それをほかの人にあげる権利はありませんよね。でも父さんが、負債をかかえる前にあの金を叔母さんにあげようと思ったのだったら、父さんにはそうする権利があるわけですね」

「よくいった、お若いの！　おまえさんがそんなに頭が切れるとは思わなかったな」とグレッグ伯父は、ざっくばらんにいった。「だがおやじさんはおそらく、手形は破棄してしまってるよ。文箱のなかにあるかどうか調べてみよう」

「それなら父さんの部屋にあるわ。一緒に行きましょう、グリッティ叔母さま」とマギーがささやいた。

第4章　消えゆくひらめき

ミスタ・タリヴァーは、落馬したところを発見されて以来、何度も繰り返す痙攣性硬直の発作の合間も、たいてい無感動な状態なので、部屋を出入りすることは、さほど大きな問題にはならなかった。けさも目を閉じてじっと横たわっているだけなので、マギーは、父親が自分たちに気づくと期待してはだめですよとモス叔母さんにいったのである。

ふたりはとても静かに入っていき、ミセス・モスは、ベッドの頭の近くにすわり、マギーはというと、ベッドのいつもすわる場所にすわって父親の手を取ったが、父親の顔にはなんの変化もあらわれなかった。ミスタ・グレッグとトムは一緒に足をしのばせて入っていき、トムが父親の書き物机から取り出した鍵束のなかから、古い樫の文箱の鍵を選びだした。文箱の蓋は首尾よく開いた――文箱はベッドの裾の反対側に置いてあった――あまり音を立てずに、その蓋を鉄の棒で支えた。

「錫《すず》の箱がある」とミスタ・グレッグが声をひそめていった。「証文のような小さなものはよくこういうところに入れておるもんだ。開けてごらん、トム。いやこちらの証書をめくってみよう――こいつは家と水車場の証書だろう――その下になにかないかね」

ミスタ・グレッグが羊皮紙の束を持ちあげ、すこしばかり戻そうとしたとき、鉄の支え棒がはずれてしまい、重い蓋が大きな音をたてて落ち、その音は家じゅうに響きわたった。

おそらくその音には強い振動以上のものがあったのだろう、病人の体に即座に影響し、一時的にだが麻痺という障害を完全に吹き払ってしまったにちがいない。その文箱は父親とそのまた父親のもので、それを開けることは常に荘重な儀式だった。長いあいだのお馴染みのものは、たとえただ窓を締める掛け金であろうと、特別な扉の掛け金であろうと、そうしたものは馴染み深い声に似た音をたてるものだ――それが心の奥深くにひそんでいる琴線に触れると、その体を興奮させ、目覚めさせるのである。部屋じゅうの人の目がいっせいに父親に注がれるやいなや、父親はむっくり起き上がり、文箱やミスタ・グレッグの手にある羊皮紙の文書や、錫の箱を持っているトムに、完全に生気を取り戻した目を向けた。

「いったいそんなものをどうしようというんだ?」と父親はいった。それは苛立っているときに放つ詰問のような口調だった。「ここにおいで、トム。わしの文箱など開けて、いったいどうするつもりだ?」

トムはかすかに震えながら、いわれるとおりにした。父親はここではじめてトムに気づいたのである。だがトムにそれ以上なにもいわずに、ミスタ・グレッグの行為を明らかに疑いの目をもって見つめていた。

「いったいなにごとかね?」と父親は鋭い声でいった。「その証文をいったいどうするつもりだね? ウエイケムがなにもかも差し押さえるというのか?……あんた、自分がなにをしているか、なぜいわんのか?」ミスタ・グレッグが口を開かぬままベッドの裾に近づいてくるのを見ると、父親は苛立たしげにそうつけくわえた。

「いや、いや、タリヴァーさんや」とミスタ・グレッグは、なだめるような調子でいった。「だれもまだ、なんにも差し押さえたりしていませんよ。ただ文箱のなかになにがあるか調べておこうと思いましてね。

具合が悪かったんだしね、わたしらに少しでも手伝えることがあればと思いましてね。しかし、早くよくなって、なにもかも自分で面倒が見られるように願ってますよ」

ミスタ・タリヴァーは、考えこむようにあたりを見まわした――トムを、ミスタ・クレッグを、そしてマギーを。それからふいに、寝台の頭のほうにだれかがすわっているのに気づいたらしく、さっと振り向き、妹の姿を見た。

「ああ、グリッティか！」とちょっと悲しそうな、愛情のこもった調子でいった。いつも妹に話しかけるときの口調だった。「どうした、おまえがここにいるとは？　子供を置いてよくこられたなあ」

「ああ、兄さん！」と人のよいミセス・モスは一時の感情に駆られて、前後の見境もなくいった。「正気になられた兄さんに会えて、ありがたいと思ってますよ――二度とわたしたちのことがわからないかと思っていたもんだから」

「なんと、わしは脳卒中でも起こしたのか？」とミスタ・タリヴァーはいいながら、気づかわしそうにミスタ・グレッグを見た。

「馬から落ちなさってね――ちょっとばかり体を打った――それだけのことですよ」とミスタ・グレッグがいった。「なあに、じきに回復しますよ、大丈夫」

ミスタ・タリヴァーは、掛け布団の上に目を注ぎ、二、三分ほど黙りこんでいた。新しい影がその顔を覆った。まずマギーを見上げると、低い声でこういった。「じゃあ、手紙を受け取ったんだな、このちびめは」

「ええ、父さん」とマギーはいうと、思いのたけをこめて父親に接吻した。父親が死の床から甦ったような気がした。そして自分がどれほど父さんを愛しているか伝えたいという常日頃の思いが果たされたと思った。

「母さんはどこにいる？」と父親はいった。そのことがひどく気になっていたので、マギーの接吻も、おとなしい動物が受けるような受け身の形で受け入れたのである。

「伯母さまたちと下にいますよ、父さん。呼んできましょうか？」

「うん、うん、かわいそうなベッシー！」マギーが部屋を出ていくと、その目はトムに向けられた。「わしが死んだらな、ふたりの面倒はおまえが見るんだぞ、トム。暮らし向きも悪くなるだろう。だがみんなの面倒を見て、支払いもきちんとするんだぞ。それから、いいか――わたしが事業につぎこんだルークの金が五十ポンドある。少しずつ都合してくれたんだが、あいつはその見返りをなにも受け取ってはいないんだ。やつにはまず支払っておくれ」

グレッグ伯父は、知らず知らずのうちに首を振って、いっそう心配そうな顔になったが、トムはしっかりと答えた。

「はい、父さん。それからモス叔父さんの三百ポンドの手形は持っていませんね。それを探しにここに来たんです。それをどうすればいいんでしょうか、父さん」

「ああ！　おまえが、そこまで考えてくれるとはうれしいよ」とミスタ・タリヴァーはいった。「あの金のことはどうでもいいと思っている、叔母さんのことを考えるとな。向こうが払えなくても、損したなどと考えちゃいかん――まず、払えないだろうな。手形はその箱のなかに入っているからな！　わしはいつだって、おまえにはよくしてやろうと思っているんだよ、グリッティ」とミスタ・タリヴァーはいいながら妹のほうを向いた。「だがなあ、モスと結婚したいといったときから、おまえはわしを困らせてなあ」

そのとき、マギーが母親を伴って部屋に入ってきた。母親は夫が意識を取り戻したと聞かされてひどく動揺していた。

「まあな、ベッシー」と妻の口づけを受けながら、タリヴァーはいった。「おまえが期待していたようなわけにいかなくとも、わしを許しておくれ。だがな、これは法律のせいなんだ――わしの責任じゃないんだよ」とタリヴァーはいまいましそうにいった。「悪党どものせいなんだ！　トムよ――このことは肝に銘じておけ――機会がきたら、ウェイケムに思い知らせてやれ。なんとしてもやるんだ。あいつは馬の鞭で叩きのめしてやったっていいくらいだ――だがあいつは法律に訴えるだろう――法律ってやつは、悪党の味方だからな」

ミスタ・タリヴァーは、次第に興奮してきて、顔には不安になるほどの赤みがさしていた。ミスタ・グレッグは、なにか落ち着くような言葉をかけようと思ったが、ミスタ・タリヴァーがふたたび奥方に話しかけたので、それもならなかった。「なにもかも支払うよう、みなさんがやりくりしてくださるだろうよ、ベッシー。それに、あんたの家具はあんたの手許に残してくれるだろうしな、姉さまたちもあんたのためになにかしてくださるだろうよ……それにトムも大人になるんだし……先ゆきなにをやるかは、わしにもわからんがな……わしのできるかぎりのことはしてやった……教育もしてやったしなあ……それからおちびもいるし、あの子はそのうちに嫁にいくだろう……だが情けない話だなあ……」

あの強い振動のもたらした治癒力ははや尽きて、この言葉をいいおわると、哀れな男はふたたび身を倒して硬直し、意識を失ってしまった。これはさいぜん起こったことが再発したにすぎないが、死が訪れたかと並みいる人たちを驚かせた。それは完全な回復を見せたときとは様子がまったくちがい、語った言葉もすべて死の近いことを思わせたからである。だが哀れなタリヴァーにとって、死は瞬時に訪れるものではなく、次第に濃くなる影のなかをえんえんと降下していくことだった。

ターンブル先生が呼ばれた。先生は病人の経過を聞くと、このような完全な回復は、一時的なものかもしれないが、完全な回復を妨げる永久的な障害がないことの希望の兆候だといった。

この病める人物はさまざまな過去の糸をたぐりよせたが、売り渡し証書があることは抜け落ちていた。一瞬ひらめいた記憶は、際立つ考えに光を当てたにすぎず、おのれが受けた屈辱も知らぬげにふたたび忘却の淵に沈んでしまった。

だがトムにとって、二つの点が明らかになった――モス叔父さんの手形は破り捨てねばならないこと、ルークの金は返済しなければならないこと、ほかに方法がなければ、銀行に預けてある自分とマギーのお金から、それを払うべきだということである。お察しのとおり、トムはこういうことについては、古典作品の微妙な解釈とか、数学の証明問題などより、頭のめぐりがよかったのである。

第5章　トム、牡蠣《かき》にナイフを当てる

翌日の十時に、トムはディーン叔父に会うため、セント・オグズの町に向かった。叔母の話では、昨夜帰宅しているとのことだった。トムは、職につくについて助言してもらうにはディーン叔父がもっとも適した人だと思ったのである。叔父は、大規模に事業をやっていた。グレッグ伯父のような狭い考え方はしない。トムの野心と同じような上昇志向で出世してきたのである。

いまにも雨が降りだしそうな、暗くて肌寒い霧のたちこめる朝だった——たとえ幸せな人であろうと、希望に逃げこみたくなるような朝だった。そしてトムはとても不幸だった。この先こうむる苦難と屈辱が、誇り高い性格ゆえにひしひしと感じられた。そして父親に従おうという揺るぎない従順さはあっても、そこには、このような不幸を自分にもたらした父親に対する抑えがたい怒りがまじっていた。それでいっそう、不当で耐えがたいと思わせられた。こうしたことは、父が訴訟に訴えた結果であり、伯母や伯父たちが日ごろからいっていたように、すべては父親が悪いのである。またこれは、トムの性格をよくあらわすものだが、伯母たちが母親を少しでも助けてくれればいいのにと思いはしたものの、思いやりひとつ見せない伯母たちに向けたマギーの烈しい怒りのようなものは感じなかった。要求してしかるべきとは思いもしない権利を他人に求める衝動は、トムには生まれなかった。金の管理をまともにできなかった人間に、なんで自分の金を与えなければならないのか？　そうした伯母たちの厳しさは、トムには当然だと思えた――それにそうした厳しさに直面するようなことは、自分は決してしないという自信があったので、なおのことそう思った。父親の思慮分別のなさによって、こんな不利な立場に置かれねばならなかったことはたいそう辛いことだが、かといって、ものごとを自分にやりやすいようにしてくれなかったからと不平を唱えたり、人のせいにしたりすることはなかった。それに人に助けを求めることもなかった、ただ仕事を与え、報酬を払ってくれと頼むだけである。かわいそうなトムは、わが家の災難のかたわれのように思われるこの冷たく湿っぽい十二月の霧に包まれていても、避難所を得る望みがないわけではなかった。十六歳では、現実派のその心も、幻想や自惚《うぬぼ》れから逃れることはできない。そしてトムは、自分の将来を描くにも、自分の現実を整理してくれる指南役はおらず、おのれの果敢な自信の示すところに頼るほかはなかった。グレッグ伯父もディーン叔父も、ふたりとも昔はとても貧乏だったと聞いている。トムはグレッグ伯父のようにお金をこつこつと貯め、まずまずの資産を作ってから引退するようなことは望んではいないが、ディーン叔父さんのようになりたいと思っている。大きな店に入って、はやばやと出世したい。トムは、ここ三年ほどのディーン叔父の動向についてはなにも知らない――二つの家族はだんだん疎遠になっていたので、それだからこそトムは、この叔父に相談するのが望ましいことだと思っていた。グレッグ伯父さんは、どんなに勇ましい計画でも励ましてくれるような人ではないのは確かだが、ディーン叔父さんには、自分の思いのままになる財力があるのではないかと漠然と思っていた。ずっと以前、父親がこういったのを覚えている。ディーンは、ゲスト商会に多大な貢献をしたのでたいそう喜ばれて、会社の株をもらったとか。これこそトムが自分もそうなろうと決心したことだった。貧乏になって、一生人から見下されるのは耐えられない。自分は母親と妹を養うつもりだし、自分を素晴らしい人格者だと世間の人にいわせてやろう。トムはこう考えて年月を一足飛びに進めてしまったし、強靱な目的と希望に急《せ》かれるままに、それが、ゆっくりと進む日々であり時間であり分秒であることがわからなかった。

フロス河にかかる石橋をわたり、セント・オグズの町に入るころ、トムは、自分が金持ちになったら、父親の水車場と土地を買い戻し、家を改装して、そこに住もうと考えていた。どんなに洒落た新しい家よりも、トムはあの家が好きだったし、それに好きなだけたくさんの馬や犬を飼うこともできるから。

こんなことを考えながら、しっかりとした早い足どりで通りを歩いていくと、知らぬ間に通りを横切ってきた人物に驚かされた。その人物は聞き覚えのある荒っぽい声でトムに声をかけた。

「よう、トムさん、けさは、おやじさまの調子はどうです？」それはセント・オグズの居酒屋の主人だった——父親の顧客のひとりである。

トムはいま話しかけられたくはなかったが、礼儀正しくこういった。「ありがとうございます、まだま だ具合が悪いままなんです」

「そうか、それは心配でしょうなあ、お若いの——あの訴訟に負けなすったからなあ」と居酒屋の主人は、親切のつもりだったのに、ビールに酔っていたので見当ちがいなことをいってしまった。

トムは顔を赤らめ、そのまま通りすぎた。それが、彼のいまの境遇に対してきわめて礼儀正しい思いやりのある言葉だったとしても、トムには傷口を手で触られたように感じられたであろう。

「あれは、タリヴァーの倅だよ」と居酒屋の主人は、隣の玄関先に立っていた食品雑貨屋にいった。

「ああ！」と食品雑貨屋はいった。「顔に見覚えがあると思ったよ。あの子は、母方の一族に面立ちが似ておるな。母方はドッドスン家だったがね。あれはよくできた信用できる若者だよ。どういう育て方をされたのかねえ?」

「ああ! 父親のお得意さんに威張りちらすようなご立派な紳士になろうってさ——そんなところだろうさ」

将来への夢からさめて、現在の情況を思い知らされたトムは、ゲスト商会の倉庫にある事務所におもむくべく急いでいた。ディーン叔父がそこにいると思ったからである。だがミスタ・ディーンは午前中は銀行に行くことになっていると、トムの無知を軽蔑するように事務員がいった。ミスタ・ディーンは、木曜日の午前は、リヴァー・ストリートにいるわけがないのだと。

銀行で名を告げると、すぐさま叔父がいる私室に案内された。ディーン叔父は会計検査の最中だったが、トムが入っていくと、顔を上げて手を差しのべた。「やあ、トム——家では何事もないだろうね? 父さんの具合はどうだね?」

「あまり変わりはありません、ご心配いただいてありがとう、叔父さん」とトムはいったものの、落ち着かなかった。「でも叔父さんにお話ししたいことがあるんです、お暇なときに」

「おすわり、おすわり」とミスタ・ディーンはいうなり、ふたたび仕事に戻った。それから半時間というもの、叔父と担当の事務員は仕事に専心していたので、トムは、銀行が閉店するまでこんなふうにここにすわっていることになるのかと不安になりはじめた——このように物腰が柔らかく成功している実務家のまったく単調な仕事ぶりになかなか終わる様子は見えなかった。ディーン叔父は、この銀行に自分を入れてくれるだろうか? 退屈きわまりないつまらない仕事だろうな、とトムは思った。時計のチクタクという大きな音を聞きながら、ここにすわって書き物をしているなんて。金持ちになるには、もっとちがう仕事のほうがいいと、トムは思った。だがようやくのこと、変化があった。叔父はペンを取りあげてなにか書くと、最後のところに署名をした。

「いますぐトリーのところへ行ってくれないか、スペンス君?」とミスタ・ディーンがいった。そのときトムの耳には、時計の音が急に低くなり、遠のいていくように聞こえた。

「さて、トム」とふたりきりになるとミスタ・ディーンはそういい、椅子の上で恰幅のいい体を少々ひねると、嗅ぎ煙草入れを取りだした。「なんの用かい、坊や、なんの用なんだ?」とミスタ・ディーンは、前日の出来事を妻から聞いていたので、トムが競売を避けるための方法はないかと訴えるためにやってきたのだと思った。

「お邪魔して申し訳ありません、叔父さん」とトムは顔を赤らめてそういったものの、震え声とはいえ、誇り高い自尊心がこめられた口調だった。「ぼくがどうすればよいか、助言してもらうには、叔父さんがいちばんだと思ったんです」

「ほう?」とミスタ・ディーンはいい、嗅ぎ煙草をひとつまみした手を止めると、トムをあらためてじっと見た。「聞かせてもらおうか?」

「勤め口がほしいんです、叔父さん、そうすればいくらかでも金を稼げますから」とトムはいった、まわりくどいことはいわぬたちだった。

「勤め口だと?」とミスタ・ディーンはいうと、嗅ぎ煙草をひとつまみずつ公平に鼻孔に吸いこんだ。嗅ぎ煙草とはまったく腹の立つ習慣だと、トムは思った。

「ふむ、それではと、おまえはいくつかね？」とミスタ・ディーンはいいながら、椅子の背に寄りかかった。

「十六歳です——もうすぐ十七になります」とトムはいいながら、だいぶ濃くなっている自分の顎鬚《あごひげ》に叔父が気づいてくれればいいと思った。

「それでと——おやじさんは、おまえを技師にするつもりだったんじゃないのかね？」

「でも技師なんていってちゃあ、当分お金は稼げないでしょう？」

「そのとおりだ。しかし、たった十六じゃあ、たいした金は稼げやしないぞ。だが学校教育はたっぷり受けていたじゃないか。経理なんかはたっぷり勉強したんだろう、ええ？　簿記はできるのかね？」

「いいえ」とトムは、口ごもりながらいった。「算術はやりました。でもステリング先生は、書き方はうまいといってくれましたよ、叔父さん。これがぼくの書いたものです」そういってトムは、昨日つくったリストの写しをテーブルの上に置いた。

「ああ！　うまいもんだ、うまいもんだ。だがね、世界でいちばん字がうまいといったって、せいぜいありつける仕事は、筆耕屋ぐらいのもんだぞ、簿記も会計も知らないようじゃな。筆耕屋の実入りなんぞ知れたもんだ。ところで、おまえさん、学校じゃなにを習ったんだい？」

ミスタ・ディーンは、教育法というものに詳しいわけではなかったし、高額な月謝を取る学校ではなにを教えるかということについては、なにも知らなかった。

「ラテン語を習いました」とトムはいい、挙げていく課目のあいだに間をおいた、それは記憶を甦らせるために、学校の机にのせた本の頁をめくっているようだった。「おもにラテン語を。去年は作文をやりました、一週間ずつ交互にラテン語と英語の作文を。ギリシャとローマの歴史も。それから幾何。それから代数もはじめたし。でもそれは止めにしました。週に一度、算術をやって。絵の稽古もしたし。それから最後の半年は、それから読んだり学んだりした本も何冊かあります、英詩とか、神学者ペイリーの『ホラエ・パウリナエ』とか、ブレアの『修辞学』とか」

ミスタ・ディーンは嗅ぎ煙草入れを叩きながら口をねじまげた。大勢の尊敬すべき人々が、新しい関税表に目を通してみたら、自分たちのまったく知らない多くの商品が輸入されていたことを発見したときのような気分だったのである。用心深い商人なら、自分たちが扱ったこともない原材料についてとやかくいうことはあるまい。だがここで察するに、もしそれがきわめて良質なものであれば、自分のような成功者がそれについて知らないということはありえないと思うだろう。ラテン語については、彼なりの意見があった。つまり新たな戦争がはじまるころには、もう髪の毛に粉を振りかけるような者はいまいから、上流階級がふける贅沢というラテン語に税金をかければよし、そんなのは船会社の知ったことではないというのである。だがミスタ・ディーンが知るところでは、『ホラエ・パウリナエ』などというものは、毒にも薬にもならない。つまるところ、この習得した学問のリストは、かわいそうなトムに対する反感のようなものをこの叔父に抱かせたのである。

「なるほど」と、とうとう叔父は、やや冷たい嘲弄的な口調でいった。「そういうものに三年も費やしたのだな。そういったものには、さぞかし強いのだろう。そういうものが役立つような方向に進んだほうがよくはないかね?」

トムは顔を紅潮させ、あらたに気力を奮い起こして大声でいった。

「そういう種類の職業はいやなんですよ、叔父さん。ぼくは、ラテン語だの、なんだの、そういうものは好きじゃないんです。学校の助教師にでもならないかぎり、あんなもの、役には立ちませんから。助教師になれるほど、勉強はしてないし。そんなものより荷籠でも担いだほうがよっぽどましですよ。ぼくは、ああいう種類の人間にはなりたくない。成功できるような商売がしたいんです――男らしい仕事ですよ、自分が監督するような仕事で認められたい。そうして母親と妹を養いたいんです」

「ああ、お若いの。いうは易く行うは難し――いうは易く行うは難しだよ」とミスタ・ディーンは、若者の希望をくじくような調子でいった。それが、でっぷり太った成功した五十男としては、まず果たすべき役割と考えていたからだ。

「でも叔父さんも、そんなふうにやってきたんでしょう?」とトムは、ディーン叔父が自分の考えを早く汲みとってくれないので、じりじりした。「つまりこういうことですよ、叔父さんは、自分の才能と努力でだんだんに出世してきたんでしょう?」

「ああ、うむ、そうだな、君」とミスタ・ディーンは、椅子の上で少々そりかえり、自分の出世街道を回顧する準備に入ったのである。「まずわたしがどんなふうにやってきたか話してあげよう。杖にまたがって、長いことそのままでいれば、杖が馬に変わると思っていたわけじゃないぞ。わたしは目と耳をずっと働かせてな、わたしは、骨身を惜しまなかった。主人の利益は、自分の利益だと思った。そしてな、製粉所のなかでやっていることを見るだけで、年に五百ポンドの無駄があることに気づいたのさ。そりゃわたしも、はじめは慈善学校の生徒ほどの教育しか受けてなくてな、こりゃあ、経理というものを学ばないといかんと気づいたわけさ。そこで荷揚げをしたあとの、仕事の合間に勉強したわけさ。これを見てごらん——ミスタ・ディーンは本を開いて、ある頁を指さした——わたしだって文字は上手に書くしな、どんな計算でも暗算ならだれにも負けないぞ。どれもみんな懸命に勉強したんだ、それにかかった費用はみんな自分の稼ぎで払った——ときには夕食や昼食を食べずに倹約したのさ。そして店で扱わねばならない物品の性質をじっくり研究してだな、仕事をしながら知識を集めて、それを頭に叩きこんだんだよ。まあ、わたしは機械工ではないし——そんなふりをしたこともないが、機械工が考えも及ばないようなことを、一つや二つは思いついたときもあるぞ。それはわたしらの収入をおおいに増やしたのさ。わたしらの波止場で出入りする品物で、わたしがその性質を知らんものはないんだ。わたしがさまざまな地位を得たのも、わたし自身がそれにふさわしいことをやってきたからだ。もし丸い穴のなかに転がりこみたいと思うなら、自分を毬にしなけりゃいかん——それがこつというものさ」

ミスタ・ディーンはふたたび箱を叩いた。自分の話にすっかり夢中になっていたので、この回顧談が、聞き手にどんな意味を持つかということはすっかり忘れていた。これまでも何度か同じ話をした覚えがあり、葡萄酒を片手に出世話をしているのではないということをはっきりとは意識していなかった。

「ええ、叔父さん」とトムは、わずかな不満をまじえていった。「それこそがぼくのやりたいことなんですよ。このぼくにも、同じようにできませんか?」

「同じようにだと?」とミスタ・ディーンはいい、考えこむようにトムを見た。「それには二、三、問題があるな、トム君。まずおまえがどんな種類の人間かということ、それからおまえが、しかるべく仕込まれてきたかということだ、叔父さんが教えてやろう。おまえのかわいそうなおやじは、おまえの教育の仕方を間違えたんだよ。それはわたしの知ったことじゃないからな、口出しはせなんだがね。だがわたしが心配したとおりだった――ここのスティーヴン・ゲストさんのような若者に最適の教育を、おまえは受けたんだよ。一生小切手に署名していりゃあいいだけの、ラテン語もほかのものと同じように頭のなかに詰めこんでおけばいい連中と同じようにな」

「でも叔父さん」とトムは勢いこんでいった。「どうしてラテン語が、商売をする妨げになるのかわかりません。だってすぐに忘れちゃうでしょうから――ぼくにはなんの違いもありませんよ。学校ではラテン語の勉強をしなければならなかった。でも、こんなもの、先ゆきなんの役にも立たないなって思ってましたよ――あんなものどうでもよかったんですよ」

「うん、うん、そりゃ、結構だがな」とミスタ・ディーンはいった。「それでわたしがいおうとしたことが変わるわけではないんだよ。ラテン語だのなんだのくだらんものは、すぐに忘れちまうだろうがな、そうなるとおまえはただの棒切れにすぎんのさ。その上おまえの手は白くなり、荒っぽい仕事もできなくなる。で、おまえはなにを知っている？　まあ、まず簿記などはまったく知らない、並みの店員ほどもできない。いわせてもらえば、おまえは梯子《はしご》のいちばん下の段からのぼっていかなけりゃならん、成功しようと思うならな。父親が金を払った教育を忘れたってしょうがない、自分自身で新しい道を探さんとな」

トムは唇をぎゅっと噛んだ。涙がこみあげてくるのを感じたが、涙など見せるくらいなら死んだほうがましだと思った。

「おまえさんは、わたしに勤め口を世話してくれという」とミスタ・ディーンは言葉をついだ。「それについて文句はない。喜んでなにかしてやろうとは思っているよ。だがおまえたち、いまの若い者は、まずいい暮らしをして楽に働こうと思っとる――馬の背に乗る前に、地道に歩こうという考えがない。そこでだ、おまえは、自分が何者であるか思い出さねばならない――十六歳の少年、特別なことはなにも仕込まれてはおらん。おまえのようなたぐいの若者はわんさといる、なんの役にも立たん小石のようにな。まあ、なにかの商売の見習いにでもなればよかろう――薬剤師とか薬屋とかな。おまえのラテン語もそこならいささか役に立つかもしれん……」

トムが口を開きかけたが、ミスタ・ディーンは片手をあげてこういった。

「まあ、待て！　わたしのいうことを聞け。見習いなどはいやなんだな――そうとも、そうとも――おまえは先を急いでいるのだな――それに勘定台の後ろに立つのはいやなんだな。だがおまえが筆耕屋になるというなら、机の後ろに立ってだな、一日じゅう、インクと紙とにらめっこさ。そんなところには前途の見込みなどないしな、一年たっても、前より賢くなってるはずもないのさ。世界はペンやインクや紙でできてるわけじゃない、おまえさんがこの世界で出世したいというのであればだ、お若いの、この世の仕組みを知っておかねばならんぞ。いまのおまえにとって絶好のチャンスといえばな、波止場とか倉庫に職を見つけることだよ、あそこなら、ものの臭いというものが学べるがね――だがそれはいやなんだな。寒かろうと雨が降ろうと外に立って、荒くれどもに肩で押しのけられることになるんだ。おまえさんのような洗練された紳士どのに、それは無理だなあ」

ミスタ・ディーンは黙りこむと、トムを厳しく見つめた。トムはたしかに心穏やかならず、返事ができないでいた。

「ぼくは、結局自分にとって最善であることをやりたいんです。どんなに嫌なことでも耐えるつもりです」

「そりゃ、けっこうだ、それが実行できるならな。だがこれだけは覚えておき、綱につかまっているだけじゃいかん――そいつを引っ張りつづけなければいかん。上着を汚さず、売り子の娘に立派な紳士だと思わせるようなところにかじりついていれば、世間に立派に乗り出せると考えるのは、頭の中身もポケットのなかも空っぽの若者たちが冒す間違いさ。わたしの出だしはそんなものじゃなかったよ、お若いの。十六のときのわたしの上着はタールの臭いがしたしな、チーズだって平気でいじっていたものよ。いまのわたしが上質の黒ラシャの服を着ていられるのも、セント・オグズの立派な会社のお偉方と同じテーブルにつけるのも、そのおかげなのさ」

ディーン叔父は、嗅ぎ煙草入れの箱をぽんと叩き、椅子にすわったまま肩をいからせたので、チョッキの下がちょっとふくらんだように見えた。

「いま叔父さんが知っているところで空きはありませんか、ぼくが働けるような？　ぼくはすぐにも働きたいんです」とトムは、わずかに声を震わせていった。

「ちょっと待った、ちょっと待った。そんなに急いでことを進めてはいかん。ようく心得ておくんだ、まだ若すぎるおまえを、たまたまわたしの甥っ子だからと頼みこめば、わたしがいっさい責任を負わねばならん。おまえは、わたしの甥っ子だというだけで、なあ、ほかにこれといった理由はないんだ。役に立つかどうかは、先ゆきわかることなんだからね」

「叔父さんに恥をかかせるようなことはぜったいしないつもりです」とトムは、自分を信用する根拠がないという人たちがいるという不愉快な事実を聞かされて、だれしもが傷つくように傷ついた。「ぼくは自分の名誉はしっかり守りますよ」

「でかしたぞ、トム、でかした！　それがまともな考え方だ。常に公明正大に振る舞う人間なら、援助はいくらでもするぞ。わたしが目をかけている二十二になる青年がいるがな――その若者には、できるだけのことをしてやるつもりだよ――やつには気力がある。それに、自分の時間を有効に使っておるしな――計算にかけちゃあ一級だな、立方体の容積なんぞ、たちどころにいえるしな、スウェーデン産の皮なめし用樹皮の新しい市場も教えてくれたもんさ。製品についちゃあ、とびきりの知識があるんだよ、あの若造は」

「すぐにも簿記の勉強をしたほうがいいですね、叔父さん？」とトムはいい、自ら努力することを叔父に示そうとした。

「そう、そう、簿記の勉強をして損はないからな。しかし……ああ、スペンス君、お帰り。さて、トム、おまえに、いまはこれ以上いうことはないと思う、そろそろ仕事に戻らんとな。母さんによろしくいっておくれ」

ミスタ・ディーンは、愛想よく、じゃあこれでという仕種で手を差しだした。トムはこれ以上の質問をする勇気はなかった、ことにミスタ・スペンスのいる前では。そこでふたたび湿っぽい寒々とした外気のもとに出たのだった。トムはこれから、貯蓄銀行に預けてあるお金について尋ねるためにグレッグ伯父を訪問しなければならなかった。ようよう外に出るころには、霧は深くなり、遠くまで見通しがきかなかったが、ふたたびリヴァー・ストリートぞいに歩いていたトムはびっくりした。店のウィンドーの突き出している側面まで二ヤードというところまでやってきたとき、彼は驚いた。自分を睨みつけるかのように置かれたちらしにでかでかと書かれた「ドルコート製粉所」という文字に。それは来週おこなわれる競売のカタログだった──一刻も早く町を出たいという気になったのは、これが理由だった。

哀れなトムは、家に向かいつつも、遠い未来の光景は描けなかった。ひたすら感じられるのは、現在がとても厳しいということだった。ディーン叔父が自分をまったく信頼していないということや──自分がうまくやってのけるだろうということがすぐにわかってもらえないのは不当に感じた、トム自身には、お日さまのようにはっきりわかることなのに。どうやら、彼、トム・タリヴァーは、世間ではたいしたものではないと思われているようで、生まれてはじめて彼は、自分がほんとうに無知であり、ろくなこともできない人間だと知って、心が沈むのを感じたのである。あの羨むべき若者はいったい何者なのだろう、立方体の容積を即座に示し、スウェーデン産の皮なめし用樹皮について進言できるというあの若者は？　スウェーデン産の皮なめし用樹皮だと！　それまでトムは幾何の証明に失敗したり、ヌンク・イラス・プロミーテ・ウィレス（今や力を出そう）を「さあ、これらの人々に約束せよ」と解釈したりしても、自分に満足しきっていることに慣れていた。だがいまやトムはふいに自分の不利な立場を感じた、なぜなら自分は、ほかの人たちが知っていることもろくに知らないのだ。スウェーデン産の皮なめし用樹皮に関わりのあるような世界というものがあるにちがいない。自分がそれを知っていたなら、出世の助けになるかもしれないのだ。威勢のよい馬に新しい鞍をおけるような大物になるのははるかにたやすかったにちがいない。

二時間前、セント・オグズの町へと歩いていたトムには、おのれの遠い前途が見えていた、小石まじりの浜のむこうに、さらさらした砂浜がさしまねいているように見えた。あのときは草の生えた土手に立っていたのだが、小石まじりの浜はすぐに越えていけるものと思っていた。だがいまやトムの足は、ごつごつした石を踏んでいる。砂利の原は幅を増し、砂の浜はすっかり縮んでしまった。

「ディーン叔父さまは、なんていったの、トム？」とマギーがトムの腕に手をかけながらいった。トムは厨房の火のそばで、ひとりわびしく体を温めていたのである。「お勤め口を世話してくださるっていったんでしょ？」

「いいや、そんなことはいわなかった。なんの約束もしてくれなかった。ぼくには、そんなにいい勤め口は見つからないって思ってるらしいんだ。若すぎるって」

「でも親切にお話はしてくれたんでしょ、トム？」

「親切に？　ふん！　話なんかしてなんになるんだい？　勤め口が見つかるんなら、親切に話してくれたかどうかなんて、どうでもいいんだ。だけどほんとに嫌になっちゃうな――おれは学校にいるあいだに、ラテン語だのなんだのいっぱいやってきたけどね――そんなもの、ちっとも役に立ちゃしないのさ――叔父さんはこういうんだ、簿記とか計算の仕方とかそういうものを習わなきゃだめだってさ。叔父さんには、ぼくがまったくの役立たずにしか見えないらしいんだ」

火を見つめながら、苦々しい言葉を吐くトムの口は歪んでいた。

「ああ、あの本のドミニー・サンプスン先生がいなかったのは、ほんとに残念だなあ」とマギーは冗談をいい、沈みがちな心を引き立てずにはいられなかった。「あの先生がルーシー・バートラムに教えたように、あたしにも、複式の、イタリア式の簿記を教えてくれていれば、あたしがお兄ちゃんに教えてあげられたのにねえ、トム？」

「おまえが教えるって！　まあ、そうさな。おまえはいつもその調子だからな」とトムはいった。

「ねえトム！　冗談いっただけよ」とマギーはいうと、トムの上着の袖に頰をすりよせた。

「だけどね、いつもそうなんだよ、マギー」とトムは、ちょっと眉をよせていった。ほんとうに真剣になったときにみせる癖である。「おまえは、ぼくにも、ほかのだれにでも、自分が上に立とうとするんだ。いままで何度か、そのことはいいたかったんだ。伯父さんや伯母さんたちに向かって、あんな言い方をしちゃいけないんだよ――母さんやおまえの世話はぼくがすべきなんだから、おまえがしゃしゃり出ることはないんだ。おまえはだれよりも自分が利口だと思ってるけど、たいていは間違ってる。ぼくはおまえよりましな判断ができるんだ」

かわいそうなトム！　ついさっき説教されて、劣等感を味わわされたところなのだ。その自己主張の強い性格の反動が出るのは当然だが、ここに自分の優勢を示すことのできる相手がいたのである。マギーの頰が赤く染まり、唇が震えているのは、トムに対する怒りと愛情、そしてトムのしっかりとした、たいそう有能な性質に対する誇り、それと同時にある種の畏《おそ》れも感じているからだった。マギーはすぐには答えなかった。烈しい怒りの言葉が唇にのぼってきたが、ふたたび押しやられ、そしてようやくこういった。

「あたしのこと、自惚れが強いってよく思うのね、トム、あたしがそんなつもりでいったわけじゃないときだって。自分がお兄ちゃんより上だなんて思ったことない――お兄ちゃんは、昨日のあたしより、ちゃんとしてた。でもあたしには、いつも辛く当たるのよね、トム」

最後の言葉とともに、ふたたび怒りがこみあげてきた。

「おれは、厳しくなんかないよ」とトムは、きっぱりといった。「おまえにはいつだって親切じゃないか。これからだってそうするよ。おまえの面倒はいつだって見てやってるぜ。おれのいうことをしっかりと頭に入れろよ」

そのとき母親が入ってくるのを見ると、マギーは飛び出した、涙がどっとあふれそうになり、二階にぶじにたどりつくまでは泣いてはならないと思ったのだ。とても苦い涙だったから。世界じゅうの人たちが、マギーには厳しくて不親切であるように思われた。自分の頭のなかで新しく世界をこしらえるときに想像するような、あの寛大さもやさしさもない。本のなかに出てくる人は、だれもがいい人でやさしくて、ほかの人を幸せにするようなことを喜んでしてくれる。そしてその人たちは、人のあらさがしをして親切ぶるようなことはしない。でも本の外の世界は、幸せではないとマギーは思う。愛情を感じるはずの近しい人でも身内でもない相手にいちばん親切になる連中がどうやら住んでいる世界らしい。そしてその世界に愛というものがなかったら、マギーにはほかになにがあるだろう? 貧乏と母親のつまらぬ愚痴のおつきあいだけ――そしておそらく父親の胸のつぶれそうな子供じみた甘えのおつきあい。心は満たされない欲望でいっぱいで、過去の経験、記憶は乏しく、他人の生活に生きがいを見出すこともないという、若者にとってこれほど悲惨な絶望はない。しかし傍観者としてのわれわれには、こうした若いときの絶望もそれほど深刻に見えない。まるでわれわれの抱く未来への展望が、先の見えない盲目に悩む者の現在を明るくするかのように。

茶色のワンピースを着たマギー、目を赤くして厚い髪の毛を後ろになであげ、父親の横たわるベッドから、いまは自分の世界の中心となったこのわびしい部屋の暗い壁に目をうつしたマギーは、美しいものや喜びを与えてくれるものに烈しい憧れを抱き、あらゆる知識に飢えている生き物。いまは消え去って、二度と訪れようもない夢のような音楽に耳をそばだてているマギー。この神秘的な人生の素晴らしい印象をつなぎあわせ、そこを魂の安住の場所としてくれるはずのものをやみくもに求めている。

当然のことだが、外と内とのあいだにこのような対比があるときは、烈しい衝突が発生するのである。実際立った容姿でもなく、ギリシャの詩人サッフォーやフランス革命で活躍したロラン夫人のような、世界がおおいに注目するような人物でもない少女は、いまもその身のうちに、生きている植物の種子が持つような力、しばしば凄まじい勢いで自ら伸びていこうとする力を秘めているのである。

第6章　ポケット・ナイフの贈り物に対する世間の偏見に論駁《ろんばく》する

　十二月というあの暗い時期に、家具の売り立ては、翌日の昼すぎまで続いた。ミスタ・タリヴァーは、意識のあるときは苛立ちを示すようになり、それがしばしば痙攣性の硬直と人事不省を引き起こす直接の原因になった。売り立ての物音が部屋の間近まで響いてくるような危機的な時期にも、こうした生きながら死んでいるような状態で床に横たわっていた。お人好しのルークは、ご主人さまが売り立ての騒音で意識を取り戻してはまずいから、うちに来なさらないかとミセス・タリヴァーに申し出たのだが、ターンブル先生は、病人をルークの小屋に移すより、そのままにしておいたほうが危険は少なかろうと判断した。そんなわけで奥方と子供たちは、静かな部屋に閉じこめられ、寝台に臥せっている巨体を見守っていたのだが、自分たちの耳にも聞こえるあの執拗な物音に、その無表情な顔がいつ反応するかとびくびくしていた。

　だがそれもようやく終わった——正確性をうるさく求められ、目をこらす緊張のいっときが。なにかいうのに続き叩かれる槌《つち》の音にも劣らず硬く鋭い売り立ての声もやんだ。砂利を踏む足音もやんだ。ミセス・タリヴァーの色白の顔は、ここ三十時間のあいだに十年も年を取ったようにみえた。哀れな夫人の心は、愛用の品々が恐ろしい落札の槌の音がするたびに落ちこんだ。自分のものだった品々が、〈金獅子亭〉

に集まった憎むべき世間さまの目にひとつひとつさらされていくことを思うと心が震えた。こうしたあいだも、夫人は、すわったまま、胸のうちの葛藤を面に出すことはなかった。このような事態は、ふっくらと丸い顔に皺を刻み、かつては日光に浸《ひた》されたのではないかと思われるような髪にも白いものが増えてしまった。

もう三時になったので、人はよいが不機嫌になっているキザイアは、売り立てにやってきた人々はみんな自分にとっては敵で、その足についている泥はかくべつ不愉快な代物だと見なして、床をごしごしこすってては水で洗い流していた。〝ひとさまの品を買い占めにきて〟、もっと上等な人間が汗水たらして磨いてきたマホガニーのテーブルの面に平気でひっかき傷をつける連中に対し、ずっとぶつぶつ文句をいうのでいっそう力が入った。キザイアは意味もなくごしごしこすっていたわけではない、買った品々をまだ運びださねばならない人たちが同じように凄まじい泥を運び込むだろうとわかっていたから。だがパイプをくわえた執達吏のブタどもがすわっていた客間をできるかぎり掃き清め、ご一家が新しく買いいれたわずかばかりの家具を並べて、少しでも慰めになるようにと努めたのである。女主人とお子たちには、今夜はここでお茶を召し上がっていただこうと、キザイアは心に決めていた。

いつものお茶の時間に近い五時と六時のあいだに、キザイアは二階へ行き、トムさまに会いたいという方がこられましたと告げた。トムに会いたいという人物は厨房にいた。乏しい火と蠟燭の光で、一瞬トムには、相手が知り合いかどうかもわからなかった。肩幅の広い敏捷そうな男で、おそらくトムより二歳ぐらい年上だろうか。そばかすだらけの顔にはめこまれた青い目でトムを見つめ、深い敬意を示しながら赤い縮れ毛をかきあげた。防水仕様の山の低い帽子や、うっすら筆跡が残るも読みとれない石盤のように脂光りしている服は、船に関係のある職業を思わせるが、それもトムの記憶を甦らせる助けにはならなかった。

「トムさま」と赤髪の男は、無理に装っていた憂愁を突き破るような笑みを浮かべた。「まだ、おれがわかんねえんですかい」と男は、怪訝そうに自分を見ているトムに向かっていった。「あんたさんとふたりきりで話したいんで」

「客間に火が入ってますで、トムさま」とキザイアがいった。トーストを焼いている最中に厨房を離れたくはなかったのである。

「じゃあ、こちらに来てください」とトムはいいながら、この若者はゲスト商会に勤めている人間なのだろうかと思った。なぜかというと、トムの想像力は、あの特別の地点に絶えず向かっていたからである。ディーン叔父が、いつなんどき、空いている勤め口があるといってくるかもしれないのだ。

客間で赤々と燃える火だけが、そこにある数脚の椅子と書き物机と、絨毯の敷かれていない床とテーブルひとつを照らしだしている——いやいや、ひとつではない、すみのほうに二つ目のテーブルがあり、その上に大きな聖書と数冊の本が置いてあった。この奇妙ながらんとした部屋の様子にトムははじめて気づき、そして同じように火に照らし出された顔をこっそり眺め、いぶかるような視線をその相手に投げると、まったく聞き慣れない声がこういった——

「へえ！　ボブを覚えておらんのかね、ポケット・ナイフをくれなすったろ、トムさん？」

不細工な柄のついたポケット・ナイフがすぐさまとりだされ、恐ろしいほど大きな刃が待ちかねたように開かれた。

「やあ！　ボブ・ジェイキンか？」とトムはいった――心からうれしかったわけではない、というのも、このポケット・ナイフに象徴される、かつての親密さが、ちょっぴり恥ずかしかったからで、ボブがこのナイフを思い出した動機が果たして立派なものなのかどうか確信がなかったのである。

「そう、そう、ボブ・ジェイキン――いかにも苗字はジェイキンで。だって一緒にリスを追っかけたときは、ボブってやつが大勢いたもんなあ。あの日はさ、おれ、枝からどっしん落っこって、向こう脛をやられたけど、あのリスはしっかり捕まえたなあ。えらくひっかくやつでよ。そいでこのちっこい刃が欠けちまって、けんど新しい刃に替えなかった、だってあいつらこっそり、ほかのナイフと取っ替えちまうからな、なにしろあんな刃はほかにないもんな――手にも馴染んでたしな。それにな、おれになにかくれたやつはひとりもおらんで、おれはみんな自分の才覚で手に入れた、くれたのはあんただけですよ、トムさん。もっともビル・フォークスが、テリアの子犬を水に放りこむかわりに、おれにくれたけどな、おれがさんざんやつに頼みこんだんで」

ボブは甲高い声でべらべらと喋りまくり、長い話をさっさとすますと、ナイフの刃を服の袖で念入りに拭いた。

「ところでね、ボブ」とトムは、いささか恩きせがましい口調でいった。彼の思い出話を聞いているうちに、ある程度打ち解けた気持ちになったのである、もっとも、ふたりが別れぎわにした喧嘩の原因ぐらいしか覚えていなかったのだが。「おれにできること、なにかあるかな？」

「めっそうもない、トムさん」とボブは答えると、ナイフの刃をぱちんと折ってポケットにしまいこんだが、そのポケットのなかで、なにかほかのものを探っているようだった。

「心配ごとがあんなさるちゅうに、会いにきたりしちゃあいけなんだけんどな、人の話じゃ、旦那さんが具合が悪いってな、おれ、よく頼まれて鳥をおどして追っ払ったもんだがな、おれが蕪を食らってるとこ見つけると、旦那さん、面白がっておれをちょっくらぶちなすったもんですよ。噂じゃ、旦那さんは二度と起きあがれねえちゅうことで——昔ナイフをもらったからって、もう一丁おくれとねだりにきたりはせんですよ。だれかがおれの目に黒痣をつけりゃあ、それでもうけっこう、こっちからおかえししないうちは、二度と殴れとは頼まねえってことさね。恩を返すのもあだで返すのも同じこった。おれはもう二度と悪《わる》さはしねえ。トムさん、あんたは、おれがガキのころにいちばん好きな友だちだったな。ディック・ブランビーってやつがいるけどな、あんなやつは思いきり鞭でひっぱたいてやるな。けんどなあ、いくらひっぱたいたって相手がびくともせんときちゃあ、いいかげんひっぱたくのもいやになるわな。木の前に立って、大枝をじっと見つめてるやつがおったがな、目玉がとびでるくらい見つめておらんと、鳥の尾っぽと木の葉っぱの見分けがつかんのよ。そういうくずどもと一緒に働くのは情けないもんでね——だがあんたは的当てなんかはとびきり巧かったな、逃げてくネズミやイタチなんかに、あっというまに棒を投げつけて仕留めておった、おれが獲物を藪から追いたててるあいだにね」

ボブは、汚らしいズックの袋を目の前にとりだしていた、そこにマギーが入ってきて、怪訝そうな目をボブに注がなかったら、そのまま話しつづけていただろう。そこでボブは赤い巻き毛をふたたびうやうやしく引っ張って敬意を示した。ところが次の瞬間、マギーは、その部屋の変わりように胸をつかれ、ボブの存在など消しとんでしまった。ボブに注がれた視線はすぐに本棚が吊るされていた場所に注がれた。そこにあったのは、色あせしていない壁の横長の空間だけで、その下に置かれた小さなテーブルに、聖書と数冊の本がのっているばかりだった。

「ああ、トム」とマギーは両手を握りしめて叫んだ。「本はどこにあるの？　グレッグ伯父さまが、本は買ってくださるっていったでしょ――そうじゃなかった？――あの人たちが残していったのはこれだけ？」

「そうなんじゃないか」とトムは、やけぎみな口調でいった。「家具だって少ししか買ってくれないのに、本をたくさん買ったりするもんか」

「だって、トム」とマギーはいい、目に涙をいっぱいためてテーブルに駆けよった、どの本が救い出されたのか見るために。「あの大切な『天路歴程』、あれは、お兄ちゃんが絵具で色を着けてくれたでしょ、マントを来た巡礼のあの絵、亀そっくりだったじゃない――ああ、なんてこと！」マギーはすすり泣きながら、わずかに残っていた本の頁をめくった。「あたしたちが生きているかぎり、あの本を手放すことなんかないと思ってたのに――なにもかもなくなってしまった――あたしたちが一生を終えるときは、始まったときと同じように、なにひとつないのね！」

マギーはテーブルに背を向けると、椅子に身を投げた、大粒の涙がいまにもこぼれおちそうだった――ボブの存在はまったく目に入らなかったのだが、そのボブは、理解力より完璧な知覚力のある、口のきけない賢い動物の追いすがるような目でマギーを見つめている。

「なあ、ボブ」と、本の問題はこの場にはふさわしくないと感じたトムがいった。「うちが困っているからと、ぼくに会いにきてくれたんだよね？　ほんとうにいいやつなんだね、きみは」

「ちゃんとお話ししますよ、トムさん」とボブはいうと、ズックの袋を開きながらいった。「あのな、おれはこの二年、荷船に乗っていたんで——それで食っていたんで——そうでないときは、トリーの製粉所で炉の火を焚いておったがね、二週間ほど前に、めったにない幸運に恵まれた——おれって、いつも運のいいやつだと思うんだけんどな、罠なんぞしかけないのに、獲物を捕まえるんだな——だけんど、こりゃあ、罠じゃない、トリーの製粉所で火事があってよ、おれが水をぶっかけたんだな、さもなきゃ、油に火がつくところだった、そいで旦那がおれにソブリン金貨を十枚くれることになって——先週そいつをくれたんだ。旦那はまずこういったな、おまえは勇敢なやつだって——そんなこと、おれはとっくに知ってたさ——そうして金貨を十枚くれたんで、なかなかないことでな。ここにそれが全部あるんでさ——一枚だけ残してな！」ここでボブは、ズックの袋の中身をテーブルにあけた。「こいつをもらったときにゃあ、頭んなかは、スープ鍋の中身みてえに煮え立っててね、これからどんな暮らしをすりゃあいいかと思ってなあ——考えとった商売はどっさりあった、だってな、荷船の仕事にはもう飽き飽きしとったからな、まったく豚の腸みてえに日が長く感じられてね。そいで最初は、毛長イタチや犬を飼ってネズミ捕りになろうかと思ったけんどね、もっとでっかいことがやりてえと思いなおした、よくは知らなんだがね。ネズミ捕りなら裏の裏まで見ちまったからね。そいで考えに考えてさ、とうとう行商人になろうと決めたんで、あの連中は物知りなんで、行商人てやつは——いっとう軽いやつをかついでまわりゃいい——そいから舌先をうまく使えばいい、ネズミ捕りゃ荷船商売にゃいらんもんだ。まあ、国じゅうあちこち歩きまわらねばならんがな、舌先三寸で女を口説きおとしてさ、居酒屋で熱い晩飯を食ってさね、素晴らしい生き方じゃねえですか！」

ボブはいったん口をつぐみ、それからきっぱりとこういった、まるであの天国のような絵にきっぱりと背を向けるとでもいうように。

「けんどそんなのどうでもいいんだ、これっぽっちもな！　そいでおれは、金貨を一枚くずして、お袋が晩飯に食うガチョウを買ってさね、そいから青いプラシ天の胴着とアザラシの皮の帽子を買った——行商人になるならお上品にならんとな。けんどそんなことはどうでもいい——まったくな。おれのおつむは阿呆じゃねえから、そのうちにまた火事に水をかけるようなことが起きるだろうよ——おれは、幸運な野郎だからな。それでだ、あんたがこの九枚の金貨を受け取ってくれりゃあ、ありがたいんだがな、トムさん、とにかくこいつでなんとかやりなおしてくださいよ、旦那さんが文無しになっちまったというのがほんとなら。これじゃ、とても足らんかもしれんが——すこしは役に立つがな」

トムは、自尊心や猜疑心を忘れてしまうほど、いたく心を打たれた。

「きみは、とっても親切なんだな、ボブ」トムは顔を赤くし、おどおどしたようにちょっと声を震わせていった。それはトムの自尊心や厳しさにすらある魅力を与えたのである。「ぼくは、もう二度とおまえを忘れない、今夜はおまえがわからなかったけど。だけどその九枚の金貨は受け取れないよ。おまえのわずかな財産を取りあげるようなことはしたくない、それにぼくの役にもたいして立たないしね」

「そうなのかい、トムさん？」とボブは残念そうにいった。「おれにこの金が必要だなんていわないでおくれよ。おれはもう貧乏じゃねえんだよ。おふくろもさ、鶏の羽をむしったりしていくらか稼いでるし、パンと水しか口に入れなくたって、そいつもみんな脂になるしな。おれは運がいいんだ——あんたはそう運がいいとはいえないな、トムさん——年とった旦那さんも、そうだしな——だからあんたに、おれの幸運をちょっぴり分けたって、どうということはないんだ。ああ！　いつだったか、おれ、河で豚の足を見っけてさ――そいつは船尾の丸いオランダの船から転げおちたにちげえねえんだ。なあ、考えなおしてくださいよ、トムさん、古馴染みっていうことで――さもないと、あんた、おれに恨みでもあるんじゃないかと思いますぜ」

ボブは金貨を前に押し出したが、トムが口を開くまえに、マギーが両手を組んで握りしめ、ボブをすまなそうに見て、こういった。

「ああ、ごめんなさいね、ボブ――あなたがこんなにいい人だって、わたし、思ったことなかったの。あなたって、世界でいちばん親切な人なのね」

ボブは、マギーが、心から後悔しているほど、自分が悪く思われていたとは知らなかったのだが、このような素晴らしい賛辞を、ことにかわいい少女から受けたことがうれしくて笑顔を見せた。その晩ボブは、母親にこう報告したのである、「その子の、そりゃめったにねえ目でじいっと見つめられてな、なんだかぼうっとなりそうだった」と。

「いやいや、ボブ、ほんとにそれは受け取れないよ」とトムはいった。「だからといって、おれが、おまえの親切を無にしていると思わないでくれ。いまはだれにも助けてもらいたくない、自分なりのやり方で働こうと思ってる。それにこの金貨は、いまのおれにはあまり役に立たないんだ――ほんとなんだよ――それをもらったにしてもね。そのかわり、おれと握手してくれないか」

トムは薄赤い手のひらを差しだした。そしてボブも躊躇せずに、硬く汚れた手のひらをその手にのせた。

「その金貨を袋に入れさせて」とマギーがいった。「そして行商の荷がそろったら、またきてちょうだいね、ボブ」

「これじゃ、おれ、金貨を見せびらかしにやってきたみたいだなあ」とボブは、マギーが袋を返すと、不満げにいった。「こんなふうに持ち帰るんじゃあな。おれは、たしかにペテン師みてえなもんだけど、こういうペテンはやらないよ。相手が大物の悪党やひどい間抜けなら、ちょっぴり騙すけどな」

「これからは、そんな悪さはするなよ、ボブ」とトムはいった。「さもないといつかは、流刑地に送られる羽目になるぞ」

「いや、いや、おれは大丈夫さ、トムさん」とボブは、自信たっぷりにいった。「ノミの食いあとみてえなちっぽけなことを取り締まる法律はないんでね。愚か者はときどきこらしめてやらんと、賢くならんのさ。だけんどなあ！　金貨の一枚ぐらい、ほんの記念にとっておいてくれんかなあ――おれのポケット・ナイフのお返しにさ」

ボブはそういいながら、金貨を一枚テーブルの上に置き、袋の口をまたきっちりと閉めた。トムはまた金貨を押し返してこういった。「いや、だめだよ、ボブ。心から礼をいうよ、でもこれは受け取れない」

そしてマギーは、指で金貨をつまんで、ボブのほうに掲げてみせると、さらに説得するようにこういった。

「いまはだめ――でもいつかはね。トムや父さんにあなたの助けが入り用になったときには、あなたに知らせるわ――そうよね、トム。そのほうがあなたもいいでしょ――いつでもお願いにいける友だちとして、あなたを頼りにしているほうが――そうじゃない、ボブ？」

「そうだね、嬢ちゃん、ありがとう」とボブはいうと、しぶしぶながら金貨を受け取り、「おれもそう願ってる――あんたたちのしたいようにしてくれ。じゃあ、これで、さよなら、嬢ちゃん、そいから幸運をな、トムさん。おれと握手してくれてありがとよ、金は受け取ってもらえなかったけど」

険悪な表情をしたキザイアが、お茶を運んできてはいけないか、トーストが煉瓦みたいに硬くなってもいいのかと訊きに部屋に入ってきたものだから、ボブはとめどない言葉をちょうどさえぎられて慌てて別れの会釈をすることになった。

第7章　雌鳥はいかにして策略を用いたか

数日が過ぎて、ミスタ・タリヴァーは、少なくとも医者の目にも、日一日と正常の状態に戻る徴候を示していた。麻痺の障害も少しずつ、その粘り強さを失っていき、その下に埋もれていた意識は、断続的な努力で回復しつつあった、それは生き物が、繰り返し雪が滑りおちては新しく開いた出口をふさいでしまう大きな雪の吹きだまりの下から這い出してくるようだった。

ベッドのそばに付き添う者たちにとって、時間はじりじりと這っていくかのように感じられたであろう、もしこの部屋で過ぎていく時間が、はかない望みによって測られるだけなら。だがそこにいる人たちは、迫りつつある恐怖によって時を測っていたので、夜はたちまちやってきた。ミスタ・タリヴァーがゆっくりと意識を取り戻しつつあるなかで、彼の運命はもっとも過酷な変化を迎えようとしている。訴訟費用に関わる役人は、てきぱきとその仕事を果たしていった。腕ききの鉄砲鍛冶が、勇敢な手で正しく狙いを定めれば一人や二人の命はきっと奪えるようなマスケット銃を入念にこしらえるように。費用査定書、大法官庁の債権訴状、競売の布告などなど、こうした法的な銃弾ないしは爆弾は、ひとつの的に命中するだけではなく、広範囲に破壊をもたらすものである。この人間の世界では、人はだれしも互いの罪のために苦しまねばならず、それゆえこのような災難はだれしも避けがたいものであり、正義といえどもその犠牲者を作りだす。懲罰というものが、その的ばかりか、それを越えて身に覚えのない苦痛の波動を広げぬとは限らないのである。

一月の第二週のはじめには、競売を知らせる大法官庁の布告が貼りだされた。タリヴァー所有の農具や農産物の売り立て、つづいて製粉所と所有地の売り立てが、夕食後の時間に、〈金獅子亭〉で行われることになった。製粉所の主は、時間の経過には気づかず、自分はまだ不運に襲われたばかりで、さっそく応急の処置をせねばならぬと思いこんでいた。意識がはっきりしているときには、弱々しい声で、〝快復したら〟やろうと思う計画などについてとりとめなく話した。妻も子供たちも、少なくとも父親が住みなれた場所を去って、まったく不慣れな生活をするようなことにならぬようにという望みを持っていないわけではなかった。というのもディーン叔父が、この情況に興味を持ちはじめていたからである。ドルコート製粉所を買いとって、その事業を引き継ぐことは、ゲスト商会にとって悪くない投資だし、蒸気の力が加われば、収益はもっとあがるだろう。その場合、タリヴァーは支配人として置いておけばよい。それでもディーン叔父は、この件についてはっきりしたことをいおうとはしなかった。ウェイケムが土地の抵当権を持っている以上、この土地をぜんぶ手に入れようと考えるかもしれないし、情にほだされた商売はしない慎重なゲスト商会より高値をつけるかもしれないのである。ディーン叔父は、ミセス・グレッグを伴って帳簿を調べに製粉所まで馬車で行ったとき、ミセス・タリヴァーにその辺の事情をやむなく話さなければならなかった。というのはミセス・タリヴァーが、以前こんなことをいっていたからである。「ゲスト商会がこのことを考えてくださるといいんですがねえ、なにしろうちの旦那さまの父さまと祖父さまが、ドルコートの製粉所を仕切っておいででしたからねえ、お宅の会社の搾油場が広く世間に知られるようになるずっと前のことですが」ミスタ・ディーンは、果たして歴史のあるなしが、二つの工場を投資の対象としての価値を決める基準になるのか疑わしいと答えた。グレッグ伯父にとって、事はまったく自分の想像を越えていた。人のいいこの人物は、タリヴァー一家に心から同情をよせていたものの、その金はすべて、優良な抵当権に注ぎこまれていたので、とても危険は冒せなかった。それは自分の身内に対して不公平になるだろう。だがタリヴァーには新しいフランネルのチョッキをやろうと心に決めていた。もっともそれは、自分がもっと伸縮性のある品がいいと考えて不用になったものではあるが。それからミセス・タリヴァーには、ときどき紅茶を一ポンドばかり買っていってやろう。いちばん上等の紅茶だといわれてあの人が喜ぶ顔が見られるなら、それはおのれの慈悲の心を満たす旅になるはずである。

そうはいっても、ミスタ・ディーンがタリヴァー一家のために親切に事に当たってくれるのは明らかである。ある日のこと、ミスタ・ディーンはルーシーを連れてきてくれた。ちょうどクリスマス休暇で家に帰っていたのである。小さな金髪の、天使のような頭がマギーの浅黒い頰に押しつけられ、たくさんのキスと涙が注がれた。このようなほっそりとした美しい娘たちは、立派な商会の立派な経営者たちの胸にも温かな灯《ともしび》をともすものである。そしておそらくかわいそうな従兄姉たちについて心を傷めているルーシーに質問を浴びせられ、さすがのディーン叔父も、トムにも一刻も早く倉庫の臨時雇いの職を探してやらねばと、そして夜学で簿記や計算を勉強をさせねばと考えたのである。

こうした叔父のはからいは、父親が結局は破産に追いこまれねばならないという恐るべき衝撃がなかったら、この若者の心を奮いたたせ、わずかながら希望ももたらしてくれたかもしれない。少なくとも、債権者たちには、当然支払うべき額より減らしてほしいと頼まねばならないだろうし、専門的なことはなにも知らないトムにとって、これは破産も同然であった。父親は、財産を失ったといわれるだけではなく、失敗したといわれるにちがいない。失敗という言葉は、トムにとっては最悪の汚名だった。なぜなら、被告側の費用請求が満たされても、ミスタ・ゴアへの謝礼が残っており、それにほかの負債があるうえに、銀行も残高不足になっており、したがって資産は確実に減ってしまう。「返済の減額率は一ポンド、つまり二十シリングを十シリングから十二シリングにというところだろう」とミスタ・ディーンは口を引き締め、きっぱりと予言した。この言葉はトムの上に熱湯のように降りそそぎ、鋭い痛みをいつまでも残した。

トムは、居心地の悪い新しい立場にあっても、少しでも心が引き立つようことはないかと考えた――ステリング先生の授業ののんびりとした退屈な時間からひきはなされ、最後の学期のあれこれや夢想にふけっていた自分からひきはなされ、大きな袋や獣皮にかこまれて、大声で怒鳴り散らす人足が重い荷物を肘めがけて投げつけてくる世界に入ったのだ。世の中で身を立てる最初の一歩は、冷たさと埃っぽさとざわついた雰囲気だった。それはまた、セント・オグズの町の、安煙草の強烈な臭いがたちこめる部屋で片腕の年配の書記から夕刻の課業を受けるには、お茶を飲む暇もないということだった。トムの若々しい薄紅をはいたような顔も、家に帰りついて帽子を脱ぎ、空きっ腹を抱えて夕食の席に向かうころには、すっかり色あせていた。母親とマギーに話しかけられて、少々不機嫌だったとしても不思議はない。

だがこうしたあいだも、ミセス・タリヴァーは、ほかならぬ自分ひとりの力で、もっとも恐れている結末を回避しようと策をめぐらしていた。つまりウェイケムに製粉所を買いとろうという気を起こさせまいというのである。たいそう気丈で気立てのよい雌鳥が、なんと思案などめぐらし、自分の首をひねらないでくれと、自分とひよっこたちを市場に売り払わないでくれと農夫を説得しようというようなものである。

その結果はといえば、せいぜいこっこと鳴いたり、ばたばた羽ばたきしたりするくらいのことだろう。ミセス・タリヴァーは、あらゆることが悪いほうに向いていると思い、自分がこれまでの人生で、あまりにも受け身であったと思うようになったのである。そこで、もし自分が事業に専心し、ときに応じて強い決心をしていたならば、自分にとっても家族にとっても、運が向いていたのではあるまいかと考えた。だれひとり、製粉所の問題についてウェイケムと話し合おうと考えている者はいないらしい。そしていまも、とミセス・タリヴァーは考えていた、これこそ正しい結果を手に入れる最短の方法だろうと。夫が行ったところでなんの役にも立たない――たとえあの人にその意志と実行力があったとしても――なにしろこれまでずっとウェイケムを相手に訴訟沙汰を起こし、この十年のあいだ、彼の悪口をいいつづけてきたのだから。ウェイケムも夫にはずっと恨みを抱いているらしい。そこでミセス・タリヴァーは、夫が自分をこんな揉め事に引き込んだのはほんとうにひどいという結論に達し、ウェイケムに対する夫の意見は間違っていると思いたくなった。たしかにウェイケムは、この家に執達吏を送りこみ、〝なにもかも競売に付して〟しまった。だがミセス・タリヴァーはこう思った。彼は夫にお金を貸した人間を喜ばすためにそうしたのだと。なにしろ弁護士というものは、満足させてやらねばならぬ人間はひとりばかりではないし、自分に対し訴訟を起こしたミスタ・タリヴァーを、世界じゅうのだれよりも上に見るということはありそうにもなかったからである。弁護士はたいそう思慮分別のある人なのかもしれない。そうだろう?

たしかミス・クリントと結婚したはずで、ミセス・タリヴァーがその結婚の話を聞いたのは夏だったので、自分は青いサテンのジャケットを着ていて、その頃はミスタ・タリヴァーのことなど、まだ考えたこともなかったし、ウェイケムの悪意など知りようもなかった。たしかに自分に対しては悪意などなかった

——なにしろドッドスン家の令嬢であると知っていたから——悪意など抱きようもないのである、彼女は訴訟を起こすことは望んでいなかったし、当面の問題については、夫よりミスタ・ウェイケムの意見に傾いているとひとたび知れば、あの人が自分に好意以外の感情を抱くことはありえないだろう。じっさい彼女のような上品な奥方が、彼のことを褒めたいと思っているのを知れば、その申し出に耳を傾けぬわけがないではないか？　ミセス・タリヴァーは、この問題を彼の前にはっきりと持ち出そうとしているのである。これまではだれもしたことがないのだが。そうすれば彼女を、あの純真無垢な女性を苦しめる目的で、製粉所に入札するようなことはしないだろう。若いころ大地主ダーリーの屋敷で彼と踊ったこともあるのだと思っているあの純真無垢な女性を。ああいう大きな舞踏会で、彼女は名前も忘れてしまった若者たちとしじゅう踊っていたものだった。

ミセス・タリヴァーは、こうしたことは自分の胸に隠しておいた。なぜなら、自分がウェイケムにじきじき話しにいってもいいと、ミスタ・ディーンとミスタ・グレッグにそれとなくいってみると、ふたりは、「いかん、いかん、いかん」とか「ばかな、ばかな」とか、「ウェイケムなどほっときなさい」とか言い出し、それ以上の説明をしたとしてもちゃんと耳を貸してくれそうになかったからである。ましてこの計画をトムとマギーに話すつもりはなかった。なにしろこの子供たちは、母親のいうことにはことごとく刃向かってきたからである。それにトムは、父親とほとんど同様に、ウェイケムには反感を持っていた。だがこうした常にない熟慮は、ミセス・タリヴァーに、策略をめぐらし決意を固めるという常にない力を与えたのである。そして〈金獅子亭〉で行われる競売の二日ほど前、自分が考え出した策を実行するには、もはやいっときの猶予もならないというときだった。ピクルスの問題があったのだ——ミセス・タリヴァーのもとには、ピクルスとケチャップがどっさり貯蔵されており、もし自身がじかにかけあえば、食料品屋のミスタ・ハインドマーシュが引き取ってくれるだろうと当てにしていた。そこでその朝、トムと一緒にセント・オグズの町まで歩いていこうと思った。そしてトムが、ピクルスなんか、いまはほうっておけばいいといったとき――母親はまだ外を歩きまわらないほうがいいとトムは思っていた――息子のこの言葉にいたく傷ついたようだった。なにしろあのピクルスは、自分が小さなころに死んでしまったあんたの祖母さまから受け継いだ製法で漬けたものだというので、トムも諦めた。それから一緒に歩き、ハインドマーシュの小売店のあるデイニッシュ・ストリートで曲がったが、そこはミスタ・ウェイケムの事務所までそう遠くはなかった。

かの紳士はまだ事務所には来ていなかった。私室の暖炉のそばにすわって待っていたものだろうか？　さほど待たぬうちにやってきた几帳面な弁護士は、立ち上がってうやうやしく頭を下げたでっぷりと太った婦人に眉をひそめて、物問いたげに目をやった――鷲鼻の灰色の髪の豊かな中背の男である。みなさんはミスタ・ウェイケムを以前に見たことがないから、この男が果たしてとびぬけた悪者で、世間一般の正直者にとって、ことにミスタ・タリヴァーにとって悪賢い無情な悪者なのだとは思えなかっただろう。ミスタ・タリヴァーの心のなかに存在するこの男の幻、あるいは肖像をわれわれはすでに見てきたのだが。

ここで明らかなのは、あの短気な製粉業者は、たまたま自分をかすめていった弾丸でも、まさしく自分の命を狙ったものと解釈するような人間で、この不可解な世界に紛糾を起こしがちだったが、自分はぜったい誤っていないという確信を持っており、それを説明するためには、非常に活動的な悪魔的存在がいるせいだという仮説が必要になってくるのである。しかしこの弁護士が、タリヴァーに対してそれほどの罪はないと信じることも可能なわけだ。つまり常に規則正しく動いている優秀な機械は、たまたまそれに近づいた人間がはずみ車かなにかに巻きこまれ、突然思いがけずミンチにされてしまったことに対して罪はないのと同じようなものだから。

だがその風貌をひと目見て、この疑問に答えるのは不可能である。人間の顔の皺とか目つきなどは、象徴のようなものだ——手がかりなくしてそれを読むのは容易ではない。ミスタ・タリヴァーを不快にさせるウェイケムの鷲鼻は、見たところ、ワイシャツの硬い襟の形と同じく、悪党めいたところはない、もっともこれも、その鼻と同じように、いったん悪党であると決めつけるなら、きわめて不利な意味を持つことになる。

「ミセス・タリヴァーですね？」とミスタ・ウェイケムはいった。

「はい、さようで、その昔はエリザベス・ドッドスンでございましたよ」

「どうぞ、おかけになってください。なにかわたしにご用がおありですか？」

「はあ、さようです」とミセス・タリヴァーはいいながら、この恐ろしい人物の前にほんとうにいる自分の勇気に驚きながら、自分がどう切り出すべきか考えていなかったことを思い出した。ミスタ・ウェイケムは、チョッキのポケットを探りながら、黙って相手を見つめている。

「あのですね」と彼女はついに口をきった。「あのですね、夫が訴訟に負けたからといって、わたしがあなたを恨んでいるとお思いではないでしょうね、執達吏がまいりまして、リネンも売られてしまいました——ああ、なんてこと！……わたしは、そんな育ち方はいたしませんでしたから。わたしの父を覚えておられるでしょう、大地主ダーリーとは親友でございましたから、わたしたち、いつもあちらの舞踏会には行っておりました——ドッドスン家の娘たちは——ずいぶんとみなさんの関心を集めましたのよ——正確に申しますと、四人おりましたの。ご存じでしょうが、ミセス・グレッグとミセス・ディーンは、わたしの姉妹です。夫が訴訟を起こしたり、お金を失ったり、生きているあいだに売り立てにあったりしましてねえ、結婚する前も、結婚してからもこんな目にあったことはございませんでしたのにねえ。家を出て家風のちがうところに嫁にいった悪運も、わたしのせいではないんでございますよ。それによそさまとご同様、わたしがあなたさまの悪口をいうなんて、決してございませんよ。わたしが悪口をいったなどと、だれにもいわせません」

ミセス・タリヴァーはかすかに頭を振り、ハンカチの縁をじっと見つめた。

「おっしゃることになんの疑いも持ってはおりません、タリヴァーの奥さま」とミスタ・ウェイケムは冷ややかに、あらたまった口調でいった。「しかし、わたしにお尋ねになりたいことがおありなんですね？」

「はあ、そうです。でもそれはわたしひとりが考えたことですの——あなたには人情というものがおありなさると思いまして。連れ合いは、この二月《ふたつき》ほど、意識がございませんで、なにも連れ合いをかばっているわけではないんですが、なにしろ灌漑の件でやきもきしておりましたので——あれほどいい人はいないというわけじゃございませんが、連れ合いは、一シリングはおろか一ペニーだって人さまにご迷惑をかけたことはございませんよ——それに連れ合いがすぐにかっとすることや、訴訟を起こしたりすることなんぞは、わたしにはどうしようもないんです。それにあなたさまが、土地を手に入れるかもしれないというお手紙を頂戴したときには、死ぬかと思うほど打ちのめされましてねえ。でもあなたさまは紳士らしくお振る舞いなるだろうと、わたしは思っているんですよ」

「それはいったいどういうことなんでしょうか、奥さん?」とミスタ・ウェイケムは、ちょっときつい口調でいった。「いったいわたしになにをお尋ねになりたいんですか?」

「まあ、それは、あなたさまがよいお方なら」とミセス・タリヴァーは、ちょっと驚いたように、いっそう早口になった。「製粉所や地所を買わないでいただけると思いまして——地所のほうはたいしたものじゃないんですが、ただ連れ合いは、あなたの持ちものになると聞いたら、そりゃ狂ったようになるでしょうから」

口を開いたウェイケムの顔に、ある考えが閃いた。「わたしが買うとだれからお聞きになったんです?」

「あら、これはなにも、わたしの作りごとではないですよ、このわたしがこんなことを思いつくはずありません、なにしろ連れ合いは法律に詳しいもんですから、いつもこう申しておりましてね、弁護士というものはなにも買う必要がない——土地にしろ家にしろ——なんでもほかの方法で手に入れるからって。それでわたし、思ったんですよ、あなたもきっとそうなさるんだろうって。あなたはそんなことはなさらない方だなんて、わたし、申しておりませんよ」

「ああ、じゃあ、そんなことをいったのはだれなんです?」とウェイケムはいいながら、机の引き出しを開け、かすかに口笛を吹きながら、なかのものをかきまわしている。

「それはね、グレッグとディーンなんですよ、いっさいの処理をしてもらっているものですからね。ディーンがいうには、ゲスト商会が製粉所を買って、うちの主人にそこを任せてくれるというんですよ、あなたが入札して値をあげたりなさらなければね。暮らしてさえいけるなら、うちの主人はいまのままでいるのがなによりですからねえ。なにしろあそこは主人の父親のものでしたし、祖父があの製粉所を建てましてね。結婚したころは、あの騒音がたまりませんでしたよ、わたしの実家には――ドッドスン家には――製粉所などありませんでしたからねえ――製粉所がこんなふうに法律と関わりを持つものとわかっていましたら、わたしも、ドッドスン家のなかで最初に製粉所に嫁にいった人間にはならなかったでしょうにねえ。でもわたしはやみくもにとびこんでいって、灌漑だのなんだの、苦労いたしましたよ」

「なんですと――ゲスト商会があの製粉所の面倒を見ていくというんですか、そしてあなたのご主人に給料を払うと？」

「ええ、ええ、考えられないことですわねえ」と哀れなミセス・タリヴァーはいい、わずかな涙が頬をつたう。「うちの人がお給料をもらうなんてねえ。でもよそにいくより製粉所にいられるなら、これまでどおりの暮らしをしているように見えますものね。ですからあなたさんが、ちょっとお考えになってくだされば――もしあなたさんが、製粉所の値をせりあげて、お買いになるようなら、うちの人はいっそう打ちのめされて、二度と立ち上がれないでしょう」

「では、もしわたしが製粉所を買い、ご主人にそこの支配人になってもらったら――どうでしょうね？」

とミスタ・ウェイケムはいった。

「さあ、あの人にはとてもそれは無理でしょう、たとえ水車がじっと動かずに、うちの人のために祈ってくれたとしてもねえ。だってあなたのお名前はうちの人には毒のようなものですよ、以前にも増してねえ。きっとうちの人は、あなたが自分を破滅させたせいだと思うでしょうからね、牧場を通る道のことであなたが訴訟を起こしたときからというもの――もう八年になりますよ、あれからこちらずうっとやりつづけていますから――あんたが間違っていると、わたしはいつもいっているんですがねえ……」

「まったくつむじ曲がりの、口の悪い阿呆だ！」とミスタ・ウェイケムは、われを忘れて怒鳴りだした。

「まあ、そんな！」とミセス・タリヴァーは、自分が思いこんでいた結末とはまったくちがう展開に仰天した。「わたしは、なにもあなたを責めにきたんじゃないんですよ、でもこの病からこちら、うちの人が心を変えたような気がしましてねえ――これまで話したこともすっかり忘れているようなんですの。あの人が死にでもして、ご自分のせいで死なせたなんてお思いになるのはあなたもおいやでしょうし。それに世間は、ドルコート製粉所の所有者が変わると、かならず不幸が起きる、あの水もみんな逃げていってしまうなんて噂しますしねえ……わたしは、おたくの不幸を望んでいるわけじゃありませんから。そうそう、お話しするのを忘れておりましたけど、あなたさまの結婚式は、昨日のように覚えておりますよ――ミセス・ウェイケムは、ミス・クリントとおいいでしたねえ――それからうちの倅《せがれ》は、思いやりもあるし顔だちもいいし、正直者で、あなたの息子さんと同じ学校に通っておりましたんです……」

ミスタ・ウェイケムは立ち上がって扉を開け、事務員に声をかけた。

「お話の途中で申し訳ありませんが、ミセス・タリヴァー、片づけねばならない仕事がありましてね。それにもうこれ以上、おっしゃることもないでしょうし」

「でも、どうかこのことはしっかり心に留めておいてくださいましな」ミセス・タリヴァーは立ち上がりながらそういった。「わたくしや子供たちを困らせるようなことはなさらないでくださいましな――うちの人に非があったことを否定はいたしませんが、あの人はもう充分、報いを受けました。それにもっと悪い人たちはいますよ。うちの人は他人さまにすぐ親切にしてしまうのが、弱みでしてねえ――自分や家族たちのほかは、どなたにも迷惑はかけておりませんよ――それがいっそう哀れでしてねえ――わたしは毎日、空っぽになった棚を見にいきまして、わたしの持ち物が、いったいどこにのっていたのかしらと考えるんですよ」

「はい、はい、それはよく承知しておきましょう」とミスタ・ウェイケムはせわしなくいうと、開いている扉のほうに目をやった。

「それから、どうぞ、わたしがお話しにまいったことは口外なさらないでくださいな、こんな恥ずかしいことをわたしがしたと息子が知ったら、そりゃ怒るでしょうから、それはたしかですの、子供たちに叱られなくとも、充分に心配ごとがありますのにねえ」

哀れなミセス・タリヴァーの声はかすかに震えていた。弁護士の別れの挨拶に答えることもできず、ちょっと腰を屈めただけで、黙然として歩み去った。

「ドルコート製粉所の売り立ては何日かね？　告示はどこに出ている？」とミスタ・ウェイケムは、二人きりになると事務員に訊いた。

「来週の金曜日です。金曜日の六時」

「ほう、競売人のウィンシップのところにひとっ走りして――家におるかどうか見てきてくれ。やっと話し合いがしたい。ここに来るようにいってくれ」

ミスタ・ウェイケムがこの朝、事務所に入ってきたときは、ドルコート製粉所を買うつもりなどさらさらなかったのだが、心はもう決まっていた。彼が、そうした決心をするいくつかの決定的な動機をミセス・タリヴァーが示してくれたのである。彼の心の眼はすばやく動いた。軽率になることなく、素早くことを運べる人間だった。なぜなら、そうした人間の動機というものは、定められた軌道を走っていくもので、相容れぬものを融和させる必要はないのである。

ウェイケムが、タリヴァーの抱いているのと同様な執念深い憎しみを彼に抱いているとしても、それは、カワカマスとローチが、同じような見方で互いを見ているようなものである。ローチは、カワカマスの餌のとりかたを当然嫌悪するはずだし、カワカマスは、どんなに憤慨しているローチであろうとも、これはたいそうなご馳走だと思うだろう。ローチのおかげで喉が詰まったりすれば、カワカマスは相手に強い恨みを抱くはずである。もしミスタ・タリヴァーがウェイケムを本気で傷つけたり、邪魔をしたというなら、ウェイケムは、彼をきわめつきの復讐の相手だといってはばからなかったであろう。だがミスタ・タリヴァーが、市場の昼食の席でウェイケムを悪人よばわりしても、この弁護士の依頼人たちが仕事の依頼をやめるということにはならないのである。そしてたまたまウェイケムがその場に居合わせたとしても、どこかのおどけた牛飼いが、ブランデーとその場の勢いに乗せられて、婆さま方の遺言書にごまかしがあったなどと攻撃したとしても、彼は完璧に冷静沈着を保ち、同席しているおおかたの裕福な連中が、「さすがはウェイケムだ」と、つまり常に弁護士という泥沼稼業を上手にわたっていくための足がかりを知っている人物であると満足することがわかっていたのである。たいそうな身代をこしらえ、トフトンの林のなかに堂々とした屋敷を構え、セント・オグズの町のあたりでは、もっとも素晴らしい葡萄酒を蓄えているような人物は、自分が世論と同じ価値観に立っていると感じているものらしい。法律とは闘鶏のようなものだと常々考えている正直者のミスタ・タリヴァーでさえ、逆の立場に立たされれば、「さすがウェイケム」という意見はもっともだと思ったかもしれない。歴史に精通している人々から聞いたところによれば、人間というものは、勝利が正しいものと認められれば、その勝者の行為をあれこれ詮索はしないものだそうである。それゆえウェイケムにとっては、タリヴァーなどなんの障りにもならなかった。逆に、弁護士が何度かやっつけた哀れなやつである――癇癪《かんしやく》持ちで、相手に常に反撃の口実を与える人間である。この製粉所の主に、いくたびか策略を弄したからといって、ウェイケムの良心が揺らぐことはないのだ。あの不運な原告を憎む理由がどこにあろう――網の目にからめとられたあの哀れむべき狂暴な牛を。

そうはいうものの、いかなる道徳家であろうと、人間の本性がはからずも犯してしまう、あの度を超えた数々の行為のなかに、自分をあしざまに罵る相手を好きになるという行為は加えないはずである。たとえば、オールド・トッピング市で当選した黄色新聞（ホイッグ党）の候補者は、自分（トーリー党）を売国奴だと、私生活を脅かす悪魔だと毒々しい言葉を並べたてて読者におもねる青色新聞の編集者に対して、それ相応の深い憎悪を感じることはないのである。だが、法律が許し、機会があるのであれば、かの青新聞の編集者を足蹴にして青痣を食らわせ、そいつの好きなもっと濃い青に喜んで染めてやるだろう。富裕な者は、ときに小さな復讐をするものである、その機会が容易に訪れ、仕事に支障がないかぎりだが。そしてそのような冷静にしてささやかな復讐は、人生にすこぶる大きな影響を与え、いい気味だという思いを生み出すのである。たとえば適任である者がその地位につけぬようにしたり、ふとした話のなかで人を貶《おと》めたりするのである。さらにその上に、さほど気にも触ることのなかった人たちが、なぜか貧しくなったり、辱められたりするのを見るのも、溜飲が下がるものである。神か、あるいは反対におられるお方が、われわれに代わってこのような報復を下してくださったのではあるまいか。じっさいものごとの好ましい決まりによって、われわれの敵が繁栄することはないのである。

ウェイケムは、あの無礼な製粉所の主に対して、いくばくかの復讐心がないわけではなかった。そしていまミセス・タリヴァーが、ああした話をしてくれたので、ミスタ・タリヴァーにもっとも致命的な屈辱を与えるという楽しみ、純粋な敵意によるものではない独善的にして複雑なる楽しみが、ウェイケムの頭におのずと浮かんできたのである。敵に屈辱を与えられれば、ある種の満足感は得られるものだが、自分の利益のために譲歩した慈悲深い行動によって、相手に屈辱を与えるという得《え》もいわれぬ満足感に比べれば、さほどのことではないのである。これは徳という範疇に入れられる一種の復讐であり、ウェイケムは、その範疇を逸脱するつもりはなかった。彼はかつて、昔の敵をセント・オグズの救貧院に放りこむという楽しみを味わったことがある。この救貧院の改築費用として彼は多大な寄付を行っていたのである。そしてここでふたたび彼は、往年の敵を自分の雇い人にするという楽しみを味わうことになった。こうした情況は、おのれの隆盛を完璧なものにするものであり、先も見えずに興奮しすぎる執念深い人々には思いもよらぬ楽しさを味わわせてくれるものである。それに乱暴な口のききようも、こちらに恩義を感じれば、おのずから改まるだろうし、腰を低くして職を求める連中よりたちのいい使用人になるだろう。タリヴァーが正直者であることは周知の事実であり、ウェイケムは、正直者を信じるほどの見識は持っている。しかも人を見る目はあり、行動原則によって人を判断するようなことはなかった。そして、人はみな自分と同じではないことを彼ほど知る者もなかった。そして土地や製粉所の仕事については、かなり慎重に監督しようと考えていた。こうした実際的な農業には興味があったのである。だがドルコート製粉所を買い入れるについては、タリヴァーに対する慈悲深い復讐とはまったく別の理由があった。これはじっさい優れた投資であった。しかも、ゲスト商会がそれに入札しようとしているのである。ミスタ・ゲストとミスタ・ウェイケムは、食事を共にするような親しい間柄ではあったが、弁護士は、食卓での会話も町の噂についても少々うるさいあの船主、そして製粉所の持ち主になろうというこのご仁より幅をきかせたかったのである。なにしろウェイケムは単なる実務家ではない。セント・オグズの上流階級では愉快な人物として通っており、葡萄酒を飲みかわしながら話にも興じたし、ささやかながら素人園芸もするし、たしかによき夫であり父親であった。教会に行けば、亡き妻のために作られた素晴らしい追悼レリーフの下に腰をおろした。おおかたの男性は、彼のような情況に置かれれば、再婚したであろう。だが立派な体格の息子を持つおおかたの父親とはちがい、彼には体に障害のある息子がおり、その子をたいそうかわいがっていたのである。フィリップのほかにも息子はいたのだが、その息子たちとは無難な親子関係を保ち、自分の身分にふさわしくない低い費用しかかけていなかった。こうした事実を考えあわせると、ドルコート製粉所を買いとるという彼の強い動機が見えてくる。ミセス・タリヴァーが話をしているあいだ、この俊敏な弁護士は、ほかのことはさておいて、とにかくこれを買いとれば、数年のうちに世に送りだそうともくろんでいるご贔屓の若者のために誂《あつら》え向きの地位が提供できると考えたのである。

以上が、ミセス・タリヴァーが説得を試みて失敗した相手の心理状態である。毛鉤《けばり》で釣りをする人が魚の考え方を知らなければ、魚をおびきよせる擬餌鉤《ぎじばり》のつけ方もわからないのだと述べた、かの偉大なる哲学者の言葉から読者はなにか得られるかもしれない一事実である。

第8章　難破船に射す日の光

ミスタ・タリヴァーがはじめて階下に降りてきたのは、よく晴れた凍えるような寒さの日であった。栗の木の枝や窓の向かいの屋根に注がれる輝くばかりの日光が、もう閉じ込められているのはごめんだと、彼をいきりたたせたのである。こんなに日光のさすところはどこだっておれの寝室より活気があるだろうと彼は思った。がらんどうになった階下の様子を彼はなにも知らないのである。あそこに降りれば、あふれるばかりの日光はわずらわしいと感じられるだろうことを。がらんどうになった部屋が、かつては見慣れたものがそこにあったという痕跡を嬉々としてさらけだすかのような日の光もわずらわしく感じられることを。彼が、ミスタ・ゴアの手紙を受け取ったのはほんの昨日のことだと思い込んでいるのは、話のはしばしから感じられる。あれから何週間という時が経ち、さまざまな出来事があったということを伝えようとしても、それもけろりと忘れられてしまうし、ターンブル先生でさえ、予備知識を与えた上で事実に直面させることには絶望的になっていた。現在の情況を理解させるには、じっさいに経験させるより仕方ないだろう。言葉というものは、過去の経験から受けた印象より弱いものだから、現実を言葉だけで伝えるのは不可能だろう。階下に降りるというこの決心を、妻もふたりの子供も震えながら聞いていた。ミセス・タリヴァーはトムに、いつもの時間にセント・オグズに行ってはならないと言いわたした——父親が階下に降りてくるのを見届けてから出かけるようにと。トムは母親の言葉に従ったものの、父の痛ましい姿を見るのは辛かった。この三日のあいだに、三人ともますます気力を殺《そ》がれていた。というのはゲスト商会が製粉所を買わなかったからである。製粉所も土地も、ウェイケムによって競《せ》り落とされた。彼は家屋敷を見てまわったのち、ミスタ・ディーンとミスタ・グレッグの前で、そしてミセス・タリヴァーも同席するなかで、ミスタ・タリヴァーが快復したあかつきには、この事業の支配人として喜んで雇いたい旨を告げたのである。この申し出は、親族会議でおおいに論議されることになった。伯父や伯母たちは、ミスタ・タリヴァーの胸のなかの気持ちのほかには、なにひとつこれに反対する理由はないのであるから、せっかくの申し出を断わるべきではないと、口をそろえていった。ミスタ・タリヴァーの気持ちというものは、伯父にも伯母にもとうてい理解しがたく、まったく理不尽で子供じみていると考えられていた――生来の喧嘩好きとか、ことに法的手段に頼りたがる癖とか、本来は自分を責めるべきものを、ウェイケムにぶつけるようなことは。これは、自分の妻子の先ゆきを妻の親族に頼らずにすむ機会であり、一族の零落した者たちに道で出会うことは、しかるべき地位にある者にとっては忌まわしいことだが、そんな貧困に陥らずにすむ機会でもあった。ミセス・グレッグはこう考えていた。ミスタ・タリヴァーが正気に戻ったあかつきは、いくら謙虚になってもなりすぎることはないと思い知らせてやらねばならない。というのも、頼りにしなくてはならない最良の友である自分たちに、彼がいかに無礼をはたらいてきたか思い知る日が来ると、ミセス・グレッグは予見していたのである。ミスタ・グレッグとミスタ・ディーンは、それほど厳しい見方はしていなかったが、両人とも、タリヴァーは、癇癪持ちでおかしな考え方のおかげで、これまで充分に迷惑をかけてきたのだから、生活の手段を与えられたいま、そんな考え方は当然捨てるべきだ、ウェイケムがこの問題について示した感情はまともなものである——彼はタリヴァーを恨んではいないのだから、と考えた。トムは、父親を雇うというウェイケムの申し出には反対だった。父がウェイケムの下で働くなんていやだった。とてもあさましいような気がした。だが母親がなによりも苦にしているのは、夫に〝ウェイケムに対する意見を変えさせる〟ことや、道理に従ってもらうことがまったく不可能なことだった——これ以上穏当な処置はだれにもできないということをしてくれたウェイケムに意固地になって敵対するなら、家族そろって豚小屋で暮らすほかはないだろう。たしかにミセス・タリヴァーの心は、この不可解な悲しみという奇妙な環境のなかに暮らすうちにますます混乱していった。それに対して彼女は絶えず、こう自問しつづけた。「ああ、このわたしが、だれよりもひどい目にあうような、いったいなにをしたっていうの？」マギーはこうしたことを見聞きして、哀れな母親は気が変になったのではあるまいかと思いはじめた。

「トム」とマギーはいった。父親の部屋からそろって出てきたときであった。「父さんが階下《した》に降りる前に、これまでのことを少しでもわかってもらうようにしなければね。でも母さんは近づけないようにしないと。きっとまずいことをいってしまうから。キザイアに頼んで階下に連れていってもらって、お台所でなにか仕事をしてもらうようにすればいいわね」

キザイアはこの仕事には適任だった。ご主人さまがよくなられるまでは、お給金をいただかなくともここに置いていただくと宣言してからは、〝女主人がくよくよ悩んで〟いたり、一日じゅう室内帽を変えもせずに動きまわっていたり、〝しょげかえって〟いたりすると、遠慮なく小言を浴びせるのを報酬と心得ていたのである。総じて今回の揉め事は、キザイアにとってはしたい放題のお祭りのようなものであった。

だれからも非難されることなく自由にご主人さまたちを叱ることができたのだから。ちょうどこんなときに、取り入れなければならない乾いた洗濯物があった。たった二本の腕で、家の内と外のあらゆることができるだろうかと思いながら、ここは、奥さまに帽子をかぶっていただいて、必要な仕事をしていただきながら、新鮮な空気を吸っていただくのがよいのではないかと考えた。哀れなミセス・タリヴァーは、おとなしく階下に降りていった。召使に命令されるのも、彼女の家政に示す権威の最後のなごりであった――もうじき、自分を叱ってくれる召使もいなくなってしまうだろう。

ミスタ・タリヴァーは、着替えをして疲れたので、椅子に腰をかけていた。マギーとトムがそのそばにすわっていた。そこへルークが入ってきて、ご主人さまを階下にお連れしましょうかと尋ねた。

「うん、うん、ルーク、ちょっと待て、腰をおろせ」とミスタ・タリヴァーはいって、手に持った杖で椅子のほうを指した。そして快方に向かっている病人が、看護をしてくれている人たちを追うような目つきで相手を見たが、それは乳母のあとを追う幼児の目を思い起こさせた。なにしろルークは、夜じゅうご主人さまに付き添っていたのだから。

「水のほうの具合はどうかね、ええ、ルーク?」とミスタ・タリヴァーはいった。「ディックスがまた、水路をふさいでおるんじゃないかね、ええ?」

「いいえ、大丈夫でございますよ」

「そうか、わしもそう思っておった。ライリーが話をつけたんだから、やつはあのことでもう二度と急《せ》くようなことはあるまいよ。わしは昨日、ライリーにそういっておいたから……わしはこういったんだ……」

ミスタ・タリヴァーは、肘掛け椅子に両肘をのせて前に乗り出し、なにかを探すような様子でずっと床を眺めている――居眠りをすまいと踏んばっているかのように、消えゆく幻を追い求めるかのように。マギーは、悲痛な面持ちでトムを見つめた――父親の心は現在から遠く離れたところにあり、その現在がいまやさまよう意識のもとに次第に割りこんでくるだろう。トムは苦しい感情に耐えられずにほとんど逃げ腰になっていた。これは若者と乙女、男と女のちがいのひとつである。

「父さん」とマギーは、父親の手にその手をかさねていった。「ライリーさんが亡くなったのを覚えていないの?」

「死んだ?」とミスタ・タリヴァーは鋭い口調でいうと、探るような奇妙な目でマギーの顔をのぞきこんだ。

「ええ、もう一年ほど前に、卒中で亡くなったの。父さんが、あの方にお金を払わなければならないといっていたのを、あたし、覚えています。残された娘さんたちはたいそう困っていらっしゃるの――おひとりは、あたしが通っていたミス・ファーニスの学校で助教師をしているの……」

「ほう?」と父親は疑わしそうにいい、娘の顔をじっと見ている。だがトムが話しはじめると、同じ物問いたげな視線を彼に向けた、まるでこんな若者がふたり、こんなところにいるのに驚いたとでもいうように。心が遠い過去をさまよっているあいだは、こうしたふたりのじっさいの顔を忘れてしまうのである。目の前にいるふたりは、あの遠い過去に存在していた小僧とおちびではなかった。

「ディックスと争ったのは、もうずっと前のことだよ、父さん」とトムはいった。「三年前に父さんがそのことを話していたのを覚えている、ぼくがステリング先生の学校に行く前に。ぼくはあの学校に三年いたんだよ、覚えていませんか？」

ミスタ・タリヴァーはふたたび椅子にもたれた、数々の新しい考えに襲われて目の前の印象から気が逸らされたため、あの子供っぽい、感情が露わな視線は失われてしまったのである。

「ふむ、ふむ」と、二分ほどたったあとでこういった。「わしは金をたくさん使ったな……息子にいい教育を受けさせねばならんと決心したんだ。自分は教育を受けておらん、それを悔やんでおった。それにあの子はほかの幸せは望みはせんさ……わしのいいたいのはそこだ……もしウェイケムがまたわしを出しぬくようなことがあったら……」

ウェイケムのことを思い出すと、新たな動揺が生じ、ちょっと間をおいてから、着ていたものを見つめ、ポケットのなかを探りはじめた。それからトムのほうを向いて、持ち前の鋭い口調でこういった。「ゴアの手紙はどこにやった？」

それは手近の机の引き出しに入っていた。以前にもしじゅう、そのことを尋ねたからである。

「この手紙になにが書いてあるか知っているよね、父さん？」とトムはいいながら、それを父親に手渡した。

「知っているとも」とミスタ・タリヴァーは怒ったようにいった。「それがどうした？　ファーリーがうちの土地を手に入れられなければ、ほかの人間が手に入れるさ。世間にゃ、ファーリーのほかにも大勢人がおるのさ。だがこいつは困ったな――おれが病気じゃ――馬車に馬をつなぐようにやつらにいえ、ルーク。セント・オグズなら、おれだっていけるから――ゴアが待っているからな」

「いいえ、父さん！」とマギーが訴えるように叫んだ。「あれはみんな、ずっと前のことなの。父さんはもう何週間も病気だったの――二カ月以上も――なにもかも変わってしまったのよ」

ミスタ・タリヴァーは驚いたように、三人をこもごもに見た。自分がなにも知らないあいだに、いろいろなことが起こったらしいということは、これまでもしばしば感じてはいたが、いまやまったく新しい事実として一気に彼を襲ったのである。

「そうなんだ、父さん」とトムは、見つめる目に応えるようにいった。「具合がすっかりよくなるまで、仕事のことは心配しなくていいんだよ。いまのところ、なにもかもうまくいっているんだから――製粉所や土地や負債のことはね」

「なにがうまくいっているんだ」と父親は腹立たしそうにいった。

「そんなに心配なさらんでください、旦那さま」とルークがいった。「旦那さまは、払えるなら、みんなにお払いなすったはずだ――トムさまにもそういったんですがね――できるものなら、だれにも払いなすったって」

人のよいルーク、不平ひとついわず、一生を使用人として励んできたルーク、人はそれぞれ分にあった生き方をするものだと思っている彼にとって、旦那さまの没落は、悲劇としか思えなかった。不器用ではあるが、一家の悲嘆を自分も分けあっているということをいわずにはいられなかった。そしてお子たちの貯えのなかから、五十ポンドという自分の給金をそっくりいただくのは辞退したいと思ったとき、トムに繰り返しいった言葉も、さっそく口にのぼったのである。それは、ご主人の途方にくれた心をなによりも痛ましくつかんだのである。

「みんなに払う?」ミスタ・タリヴァーはひどく不安そうにいうと、顔を紅潮させ、目を光らせた。「どうして……なんで……やつらはわしを破産させたんだ？」

「ああ、父さん、ねえ、父さん！」とマギーはいった。破産という恐ろしい言葉が、なによりも事実を物語っていると、彼女は思った。「しっかりして――あたしたち、父さんを愛してる――父さんの子供たちはいつだって父さんを愛しつづけるわ――トムがぜんぶ払ってくれるの――そうするってトムはいってるの、一人前になったら」

父親が震えだすのを、マギーは感じた――ほんの少し間をおいてからいった父親の声も震えていた。

「ああ、おちびよ、わしは二度は生きることはでけんな」

「でもたぶん父さんは、ぼくがみんなに支払いおわるまで生きて見届けてくれますよ」とトムは、気力を振りしぼっていった。

「ああ、倅や」とミスタ・タリヴァーは、ゆっくり頭を振りながらいった。「壊れちまったもんは、二度ともとには戻らんよ。それはおまえがやることだ、わしにはできないんだよ」それからトムを見上げ、「おまえはまだ十六になったばかりだ――おまえには骨の折れる仕事だよ――だが父親を責めちゃいかんぞ、なんせ悪党どもが多すぎたんだよ。おまえには立派な教育は受けさせてやった――そこから世に出るんだな」

なにかが喉もとにこみあげて最後の言葉が詰まってしまった――顔にさす赤みは、麻痺の再発の前兆なので、子供たちはいつも恐れていたが、赤みは消えて、顔は青ざめ震えていた。トムは無言だった、その場を逃げ出したいという思いと闘っていたのである。父親は、一、二分ほど黙りこんでいたものの、その心が、ふたたびさまよいだしたようには見えなかった。

「じゃあ、連中がうちの財産を競りにかけたんだな?」と父親は、ますます冷静にいった。まるで、起こったことを知りたいという欲求だけに囚われているようだった。

「なにもかもですよ、父さん。だけど製粉所と土地のほうは、どうなるのかわかりません」とトムは答えたものの、ウェイケムが買い手になったという事実につながるような質問はかわそうと懸命だった。

「階下のがらんどうになった部屋を見て、驚かないでくださいね、父さん」とマギーがいった。「でも椅子と机はあるわ——あれだけは残っているから」

「じゃあ、階下に行こう——手を貸してくれ、ルーク——階下に行って、この目ですっかり見るよ」とミスタ・タリヴァーはいい、杖にすがると、残る手をルークのほうに差しのべた。

「はい、旦那さま」とルークはいって、片腕を主人に差しだした。「なんもかも見なさりゃあ、少しは腹も決まりますすで。そのうちに慣れますすで。うちのおふくろもそんなふうなことをいっておったな、息ぎれするようになってからですがね——いまじゃ、そいつと仲よくやっとりましてね、はじめてそうなったときにゃあ、えれえ、難儀しましたがな」

マギーは、わびしい客間がちゃんとなっているかどうか確かめるために、先に駆け下りていった。暖炉の火は、凍てつくような日光のおかげで寒々と見え、部屋全体のみすぼらしさをきわだたせているようだった。父親の椅子の向きを変え、テーブルを押しやって、父親が通りやすいようにし、それから心臓をどきどきさせながら、入ってきた父親が、はじめてあたりを見まわすのを見ていた。トムは父親より先に足台を持ってくると、暖炉のそばにいるマギーの横に立った。ふたりの若者の胸はというと、トムの胸は、きりきりとした痛みをおぼえていたし、マギーはというと、その鋭い感受性にもかかわらず、悲しみが、かえって愛情が流れ込む余地を広く空けてくれて、その熱情的な性格に一息つく場所を与えてくれたように感じた。真の少年であれば、そんな感じ方はしない。自ら征服することができない悪に対しては憐れみを乞うようなことはせず、ヘラクレスが課された試練であるネメアの獅子を自ら殺しにおもむくような、英雄的な行為を繰り返し行うだろう。

ミスタ・タリヴァーは部屋のなかに入ると、そこで立ちどまり、ルークに寄りかかって、なくなってしまった家財、日常の仲間であったものたちの影であふれている、がらんとした部屋をぐるりと見まわした。このように五感を働かすことによって、その体の機能も甦ったように思われた。

「ああ!」と彼はいって、ゆっくりと椅子のほうに近づいていった。「わしのものはぜんぶ売り払われてしまったんだな……ぜんぶ売り払われてしまったんだ」

それから椅子に腰をおろし、杖を置いた。ルークが部屋を出ていくと、彼はまたあたりを見まわした。

「連中は、あの大きな聖書は置いていったんだな」と彼はいった。「あれにはなにもかも書きこんであるんだよ——わしが生まれたときのこと、結婚したときのことも——ここに持ってきておくれ、トム」

四折り判の聖書は巻頭の頁が開かれて、彼の前に置かれた。彼がゆっくりと追うような目でそれを読んでいるところに、ミセス・タリヴァーが入ってきたが、夫がすでにこの部屋に降りていて、しかも大きな聖書を目の前に置いているのを見ると、驚いて、ものもいえずにいた。

「ああ」とミスタ・タリヴァーはいうと、指先が指している点を見つめてこういった。「わしの母親は、マーガレット・ビートンだ。四十七のときに亡くなった——母親の家系は長命ではなかったんだよ。わしらはこの母親の子だ——グリッティとわしは——わしらも、遠からず臨終の床につくだろうよ」

彼は、妹の誕生と結婚の記録をじっと見つめている、まるでそこからなにか新しいことを思いつくとでもいうように。それからふいにトムを見あげると、警戒するように鋭い口調でこういった——

「連中は、わしが貸した金をモスに要求したりはせなんだな?」

「ええ、父さん」とトムはいった。「手形は燃やしてしまいましたよ」

ミスタ・タリヴァーは聖書の頁にふたたび目を戻したが、やがてこういった。

「ああ……エリザベス・ドッドスン……わしが、あの人と結婚してからもう十八年も経ったのか……」

「次の聖母マリアの祝日がくれば」とミセス・タリヴァーは、夫のそばに寄って、聖書の頁を見つめた。

夫は、妻の顔をじっと見つめた。

「かわいそうにな、ベッシー」と夫はいった。「あのころは可愛い娘っ子だった——みんな、そういいおった——だからわしは、よそ様に比べておまえさんがずうっと器量よしでいるなあと思ったものよ。だがおまえもひどく年を取ったなあ……わしを悪く思うでないぞ……おまえにはいい目を見せようとしてきたんだよ……よきにつけ、悪しきにつけ、お互いそう誓ったんだよ……」

「でもねえ、これほど悪くなるとは思いもしなかった」と哀れなミセス・タリヴァーはいい、近ごろよくあらわれるあの奇妙な怯えたような表情を浮かべ、「亡くなったわたしの父さまが、わたしをあなたのところにかたづけなすったんですよ……それが、突然こんなことになって……」

「ああ、母さん」とマギーはいった。「そんなふうにいわないで」

「ええ、わかってる、おまえは、この哀れな母親に話をさせたくないのね……わたしの一生はずっとそんなふうだった……おまえの父さんは、わたしがなにをいおうとお構いなし……わたしがどれほどお頼みしようが、素知らぬ顔して……いまでも同じこと、たとえわたしが這いつくばってお願いしたって……」

「そんなことをいうでない、ベッシー」とミスタ・タリヴァーはいった。このような屈辱を受けて、さすがの自尊心も、妻の非難の正当さの前に膝を屈したのである。「このわしにおまえに償いができるものがなにか残っているなら、わしはいやとはいわん」

「じゃあわたしたちは、ここに残って生きていかれるかもしれませんね、そしてわたしは、姉妹たちと離れずにいられるかもしれない……わたしは、あなたのいい奥さんで、あなたに逆らったことなど一日たりともありませんでしたよ……世間じゃみんないってます……それで正しかったんだって、世間さまはいってますよ……ただあなたが、ウェイケムを敵に回したのがね」

「母さん」とトムが厳しい声でいった。「そんなことを話すときじゃないよ」

「いわせておき」とミスタ・タリヴァーはいった。「いいたいことをおいい、ベッシー」

「ええ、いまじゃ製粉所も土地もみんなウェイケムのものですよ、あの人がなにもかも手に入れたんですよ、いまさら逆らってなんになるでしょう?――あなたはここにいてもいいといっているし、そりゃ、穏当にはからってくれて、あの仕事を続けてもいい、週に三十シリングを払う、市場に乗っていく馬も用意するといってくださってるんですよ。こちらにどんな言い分があるでしょう? 村の小さな家に移らねばなりませんが……わたしや子供たちはそこまで落ちぶれてしまうんですよ……これもみんな、あなたが、なんでも人に逆らうことばかりしなさるからですよ」

ミスタ・タリヴァーは椅子の背にぐったり身を沈めて震えている。

「わしのことはどうしてもらってもかまわんよ、ベッシー」と彼は声を落としていった。「おまえを貧乏にしてしまったのはこのわしだ……この世界は、もうわしの手に余るな……破産して、無一文になってしまった――いまさら踏んばってみたところで、どうしようもない」

「父さん」とトムはいった。「ぼくは、母さんや伯父さんたちには賛成できない、父さんがウェイケムのもとで働くべきだとは思わない。ぼくは、週に一ポンド稼いでいるし、父さんだって、元気になれば、なにかほかにすることが見つかりますよ」

「もういい、トム、もういいんだ。今日は、もうこれでたくさんだよ。接吻しておくれ、ベッシー、わしらは、互いに悪く思わんようにしよう。もう若くはなれないんだ……この世は、わしには、荷が重すぎたなあ」

第9章　家族記録簿に加えられたある項目

断念と屈伏の思いが最初に訪れてから数日というもの、製粉所の主の心には烈しい葛藤が生じたが、徐々に体力が快復するにつれ、自分の置かれた難局をすべて受け入れる能力も戻ってきたのである。弱った四肢は、拘束されることを簡単に受け入れてしまうものだが、病によって弱気になると、かつての活力があれば容易に破ってしまう誓約ですら守れるような気がしてくる。哀れなタリヴァーはかつて、ベッシーとの約束を果たすのは、人間の性《さが》としてはきわめて難しいと考えていた。もともとベッシーがなにを望んでいたのか知らずに約束してしまったのである――重さが一トンもあるものをその背に負えといわれてもやむを得ず受け入れていただろう。だがそればかりではなく、ベッシーのほうは、彼との結婚によって生活が苦しくなったというほかに、さまざまな感情が彼女に味方をしてくれた。彼のほうは暮らしを切り詰め、給料の一部を割いて、二度目の割賦金として債権者たちに支払おうと考えた。自分に務まるような職を得るのは容易ではないだろう。これまでは安易な生活を送り、おおかたのことは命じ、少しばかり働くばかりで、新たな事業を起こす才覚はなかった。自分はおそらく日雇い仕事をし、妻は姉妹たちから援助を受けねばならないだろう。彼にとって、先行きは二重に過酷なものだった。いまや妻の姉妹たちは、ベッシーに大事なものを手放すようにすすめている。おそらく夫によってこのような窮地に追いこまれたとベッシーに思い知らせ、夫に背を向けるよう仕組んだのである。妻の姉妹たちがやってきて、かわいそうなベッシーのためにおまえはどうすべきかと諫言《かんげん》したとき、彼は目を逸らせながらその説教を聞いていた。姉妹たちが背を向けると、その目はときおりきらりと光った。姉妹たちの援助を受けるくらいなら、その助言に従う方がましなのである。

だがなによりも彼の心を動かしたのは、自分を追いかけまわしていたころのトムと同じように、少年のころ駆けまわっていた土地への愛着であった。なにしろタリヴァー家は、何代にもわたってこの土地に住んできたのである。冬の夜には低い腰掛けにすわって、あの大洪水の前からあった木骨造りの古い製粉所について語る父親の話に耳を傾けたものだ。製粉所は、洪水によって大きな被害を受けたので、祖父がそれを壊して新しく建てなおした。彼がよちよち歩きができるようになり、昔から馴染みのあるあれこれを見るにつけ、父はこの古い家屋敷には、自分の人生の一部、自分自身の一部としてすこぶる愛着を感じるようになったのである。ほかの土地に住むなど、考えるのもいやだった。ここでは、あちこちの門や扉を開け閉めする音も聞き分けられるし、どの屋根も、その色や形や雨風が残した汚れまで知っているし、でこぼこした小山も好きだった。なにしろ育ち盛りの五感は、こうしたものによって育まれてきたのである。ところが生け垣のまわりをそぞろ歩きする暇も持たぬわれわれの夢想は、すぐに熱帯地域へと飛んでいき、椰子の木やベンガル菩提樹《ぼだいじゅ》に親しみを感じているのである——そうした知識はさまざまな旅行記によって培われ、その夢想の劇場は遠いアフリカのザンベジ河にまで広がっていくのだが、タリヴァーのような古風な人間には想像もつかない。あらゆる記憶がこの古い土地に集中し、そこでの生活は、手に馴染んだ道具のような、自分の指がそっとそれをつかむ道具のような感じがする。そして彼はいまや、病気が快方に向かうときの、あの無抵抗の時期に甦る古い記憶のなかで生きていたのである。

「なあ、ルーク」と、ある日の午後、彼は果樹園の門の前に立って、向こうを眺めながらそういった。「あの林檎の木が植えられた日を思い出すなあ。おやじは苗木を植えることにかけちゃすごい人だった――荷車に苗木をどっさり積んでな、もうお祭りさわぎだったなあ――寒かったがな、わしはおやじのそばにくっついておった、まるで犬みたいにあとをついてまわってなあ」

それから向きを変えて門の柱に寄りかかり、向かいの建物を見つめた。

「あの古い水車も、わしがおらんで淋しかろうな、ルーク。水車の持ち主が変わると、河が怒るという言い伝えがあったなあ――おやじからさんざん聞かせられたよ。言い伝えがほんとかどうかわからんがな、なにしろわけのわからん世の中だ、悪魔が指をつっこんでおるからな――そうなりゃあ、わしにはどうしようもないわなあ」

「へえへえ、旦那」とルークが、慰め顔でいった。「なにしろ、わしの若いころにも、小麦がさび病にかかったり、麦わらの山が燃えちまうようなことがあったがな――まったくときどきおかしなことになりますさあ。こないだつぶした豚の脂ときちゃあ、バターみてえに溶けちまってね――残ったのは滓《かす》だけでさ」

「まるで昨日のことみたいだなあ」とミスタ・タリヴァーは言葉を続ける。「うちのおやじが、麦芽作り《モルト》をはじめたのは。覚えておるがな、麦芽製造所が仕上がった日のことを、なにか、こうでっかいことが起こるような気がした。だってあの日は、プラム・プディングを食べたりして、ちょっとしたお祭り騒ぎだったよ、それでおふくろにいったんだ――あの人はきれいな黒い目をしていた、おふくろは――うちのおちびは、きっとおふくろそっくりになるぞ」ここでミスタ・タリヴァーは、杖を両足のあいだにはさみこんで、この話をもっと楽しんでやろうと嗅ぎ煙草入れを取りだした。なにしろひとこと話すたびに幻想にとらわれて断片的になってしまうようなこの思い出話をもっと楽しもうと思ったからである。「わしはな、背丈がおふくろの膝ぐらいのガキだったよ――おれたち子供を、おふくろは、そりゃかわいがってくれたよ、グリッティとわしをね――それでわしはいってやったんだ、『母さん、麦芽製造所ができあがったら、プラム・プディングが毎日食えるのかい？』ってね。おふくろは死ぬまで、この話をしてくれたもんさ――若くして死んだがね、おふくろは。だが麦芽製造所ができてから、もう四十年にもなるよ。わしが毎朝まず最初にあそこの中庭を眺めなかった日は数えるほどしかなかったよ――どんな天気であろうとな、年の始めから終わりまでな。新しい土地なんぞに行ったら、頭がどうかなっちまうな――きっと迷子みたいになっちまうだろうな。どっちを向いても、辛いことばかりさ――雇い主に首輪つけられて働くのはしんどいだろうよ――だから、新しい知らぬ道を行くより昔馴染みの道を行くほうがましなのさ」

「そのとおりで、旦那さま」とルークはいった。「新しい土地にいくよりか、ここにいるほうがよっぽどましだで。わしだって、知らぬとこなんぞごめんですよ。なにもかも変てこなんで――荷車の車輪はせまいだろうし、踏み越し段の作り方だってまるきり違うだろうしな、フロスの河上のほうのどこかじゃ、大麦でこさえた菓子を食うつうしな。住む土地を変えるなんて、つまらんことです」

「だけどなあ、ルーク、あいつら、きっとベンを追い出して、おまえにゃ、小僧っこを当てがうつもりかもしれんぞ――それにわしは、製粉のほうをちいっとばかり手伝うことになるだろうしな。おまえにとっちゃあ、ひどい職場だぞ」

「心配しねえでくださいよ、旦那さま」とルークはいった。「わしゃあ、そんなことで困りゃせんですから。旦那さまとは、二十年も一緒にやってきたんだしな、口笛をひゅっとひと吹きしたって、二十年という年月はそうたやすくやってきちゃくれない、木だって望んだところでそう簡単には伸びやしませんよ。全能の神様がそうしてくださるのを待っとらんとな。わしゃあ、見も知らない食べ物や人間は真っ平でね、わしゃあ、いやだ――そんなもん、どんなに苦しめられるか、わからんでね」

そしてこのあとはふたりとも黙りこんだまま散歩は終わった。なにしろルークは、思いのたけをすっかり話してしまったので、話の種は尽きていたのである。そしてミスタ・タリヴァーは、思い出話からふたたび、目の前の苦難をどうするかという苦々しい思いに沈んでしまった。マギーは夕刻のお茶のとき、父親が妙にぼんやりしているのに気づいた。お茶のあと、父親は椅子にすわって前屈みになり、床を見つめながら唇を動かしたり、ときどき首を振ったりしていた。それから向かいにすわって編み物をしているミセス・タリヴァーを、そしてマギーをじっと見つめた。縫い物の上に屈みこんでいるマギーは、父親の心のなかで進行しているドラマに意識を集中していた。突然父親が火かき棒を取りあげて、石炭の大きな塊を乱暴に砕いた。

「おやまあ、あなた、いったいなにを考えているんです?」と妻がいい、驚いた顔をして夫を見上げた。「なんて無駄なことをなさるんです、石炭を砕いちまうなんて、もう大きな塊は残っちゃいませんよ、この先、そんなものが、いったいどこから来るんでしょうかね」

「父さん、今夜はあまり気分がよくないようね?」とマギーがいった。「なんだか落ち着かないみたい」

「ああ、トムはなんでまだ帰ってこんのだ?」とミスタ・タリヴァーは苛立たしそうにいった。

「おやおや! もうそんな時間ですか? あの子の夕食を支度しとかなくちゃ」とミセス・タリヴァー

はいうと、編み物を置いて部屋を出ていった。

「そろそろ八時半だぞ」とミスタ・タリヴァーはいった。「もうじき帰ってくるだろう。さあ、さあ、大きな聖書を持ってきておくれ、そしてなにもかもが書き記してある、あの最初の頁を開いてくれ。それからペンとインクを持っておいで」

マギーは戸惑いながら、その言葉に従った。だが父親はそれ以上なんの指示も与えず、すわったまま、砂利を踏むトムの足音がしないかと耳をすませているが、どうやら風がいつの間にか吹きはじめ、ほかのさまざまな音をのみこむばかりに唸っているその風の音に苛立っているらしい。父の目にたたえられた奇妙な光が、マギーをなぜか脅かした。トムが早く帰ってきますようにと、マギーも願った。

「やつが帰ってきたぞ」とミスタ・タリヴァーが興奮気味にいったちょうどそのとき、ノックの音がついに聞こえた。マギーが扉を開けようと立ち上がると、あわてて厨房から出てきた母親がこういった。

「ちょっと待ちなさい、マギー、わたしが開けるから」

ミセス・タリヴァーは近ごろ少々息子に気を使うようになっていたのだが、ほかの人間に息子の世話をさせたがらなくなっていた。

「お夕食は、お台所の炉端に用意してあるからね」と、帽子と外套を脱いでいる息子に声をかけた。「好きなように、ひとりでおあがり、話しかけたりはしませんよ」

「父さんはトムとお話ししたいのよ、母さん」とマギーはいった。「まず客間に行かなくちゃ」

トムは夕どきになるといつもする悲しげな顔をして入ってきたが、その目はすぐに、開かれている聖書とインク壺に落ち、そして心配そうな驚きの表情で、口を開いた父親をちらりと見た。

「やあ、やあ、遅かったな──待っていたぞ」

「なにかご用ですか、父さん?」とトムはいった。

「おすわりよ、みんな」とミスタ・タリヴァーは有無をいわさず、そういった。

「それから、トム、おまえはここにすわれ、聖書に書いてもらいたいことがあるんだよ」

三人はそろってすわり、父親を見つめた。父親はゆっくり話しはじめ、まず妻のほうを見た。

「わしは決心したよ、ベッシー。わしはちゃんとおまえにいったとおりにするぞ。わしらは一緒に入る墓はあるしな、お互いに意地を張り合ってはいかん。わしはこの昔馴染みの場所に残って、ウェイケムの下で働くつもりだ。正直者として、やつに仕えるつもりだ。タリヴァー家の人間はみんな正直者だからな、いいな、トム」ここで声が高くなる。「わしが、破産清算を分割で支払ったと、世間のやつらは悪くいうだろうが──それはわしの罪じゃない──世間にゃ、悪者がおるからなあ──相手の数が多すぎて、諦めざるを得なかった。わしはこれから使われる身になるがな──わしがおまえさんを厄介ごとに巻きこんだといわれても仕方がないよ、ベッシー──あいつは悪漢じゃないと思って、わしは正直にやつに仕えるつもりだ。わしは正直者だ、もう二度と意気揚々と顔を上げることはできんがな──折れちまった木だよ──折れちまった木さ」

彼は口をつぐむと、床を見つめた。そしてふいに頭をあげると、前よりも低い大きな声でこういった。

「だがわしは、あいつを許さん! 世間のいうことはわかっとる──あいつには、わしを痛めつけるつもりはなかったとな──それが、悪魔のやつめが悪者をそそのかす方法なんだよ──なにごとも、あいつが張本人なのさ──それなのにやつは立派な紳士だと──そうとも、そうとも。わしは訴訟など起こすべきではなかったと、世間はいう。だが仲裁してくれる者もおらん、正義を勝ちとることもでけんように、だれがしたんだ。あいつにとっちゃあ、そんなことは問題じゃないんだ――そんなことはわかっとるよ――あいつは自分より貧しい者のために仕事をしてやって金を稼いどる立派な紳士なのさ、そうしてやつらを乞食にしておいてから、慈善を施すんだ。わしはあいつを許せん！　あいつの息子でさえ父親のことを忘れたくなるほど、あいつに恥をかかせてやりたいんだ。やつが何かしでかして、奴隷のように踏み車を踏む羽目になりゃいいのに！　だがそうはならん――法律の手もすり抜けるような大悪党だ。これだけは覚えておけ、トムよ――おまえはぜったいやつを許しちゃいかんぞ、わしの倅なら。いつかその時はくる、おまえがやつに思い知らせてやる時が――わしにはもうそんな時はこない――わしはもう手も足も出ない。さあ、書くんだ――聖書にいまいったことを書くんだ」

「ああ、父さん、なにを？」とマギーが青ざめ震えながら、父親の膝にすがりついた。「だれかを呪ったり恨んだりするなんて、いけないいわ」

「いかんことであるもんか」と父親は荒々しくいった。「悪いやつが栄えるのがいかんのだ。それが悪魔のやり口だ。いったとおりにしろ、トム。書くんだ」

「なにを書くんですか、父さん？」とトムが、しぶしぶいった。

「こう書くんだ、おまえの父、エドワード・タリヴァーは、自分を破滅させることに手を貸した男、ジョン・ウェイケムに雇われることとなった。なぜならば、わが妻にかけたその災いをできうるかぎり取り除くと約束したからであり、またわしは、おのれが生まれた、そしてわが父が生まれたこの地において死ぬことを望むからである。間違いのない言葉で書くんだぞ――書き方はわかるな――それからこう書け、わしはなんとしてもウェイケムを許さぬ。あいつのためにいかに誠実に働こうとも、あいつに罰が当たるように望む。こう書くんだ」

トムのペンが紙の上を動くあいだ、重い沈黙があった。ミセス・タリヴァーは怯えた顔をし、マギーは木の葉のように震えていた。

「さあ、書いたものを聞かせておくれ」とミスタ・タリヴァーはいった。トムは声に出して、ゆっくりと読み上げた。

「こうも書け――自分は、ウェイケムが父親にしたことを忘れないと書け、そしていずれそのときが来たら、やつとその子孫に思い知らせてやるとな。そしておまえの名前を、トーマス・タリヴァーと署名しろ」

「ああ、だめよ、父さん、父さん！」とマギーは恐ろしさに喉が詰まりそうになった。「トムに、そんなことを書かせてはだめ」

「静かにしろよ、マギー！」とトムはいった。「おれは書くよ」

著者紹介

ジョージ・エリオット（George Eliot　1819-1880）

イングランド中部のウォリックシャー生まれ。兄一人、姉二人がいる。土地差配人の父は、聡明な娘に学校教育を受けさせたが、母が亡くなり、一家の主婦役を担うことになってからは独学に励む。やがて、ロバート・オーウェン、ハーバート・スペンサー、ラルフ・ウォルド・エマソンらの知己を得る。24歳でシュトラウスの『イエス伝』の英語訳を手がける。1851年から〈ウェストミンスター・レビュー〉誌の編集者となり、自らもエッセイや批評を寄稿する。当時女性作家は軽い読み物しか書かないと見なされていたため、男性ペンネームを用いた。1854年、妻帯者のジョージ・ヘンリー・ルイスと事実婚をし、家族や友人から絶縁された。ルイスと死別して2年後（1880年）に、20歳年下のジョン・クロスと結婚。肝臓病のため61歳で没。ほかの代表作に『サイラス・マーナー』『ミドルマーチ』など。『ミドルマーチ』は、ヴァージニア・ウルフ（「大人のために書かれた数少ないイギリス小説のひとつ」）、マーティン・エイミスとジュリアン・バーンズ（「英語で書かれた最も優れた小説」）なども高く評価している。

訳者略歴

小尾芙佐（おび・ふさ）

1932年生まれ。津田塾大学英文科卒。翻訳家。訳書に『闇の左手』（アーシュラ・K・ル＝グィン）、『われはロボット』（アイザック・アシモフ）、『アルジャーノンに花束を』（ダニエル・キイス）、『IT』（スティーヴン・キング）、『消えた少年たち』（オースン・スコット・カード）、『竜の挑戦』（アン・マキャフリイ）、『夜中に犬に起こった奇妙な事件』（マーク・ハッドン）、『くらやみの速さはどれくらい』（エリザベス・ムーン）、『ジェイン・エア』（シャーロット・ブロンテ）、『高慢と偏見』（ジェイン・オースティン）、『幸福な王子／柘榴の家』（オスカー・ワイルド）、『サイラス・マーナー』（ジョージ・エリオット）ほか多数。

本書の一部には差別的な表現があります。歴史的背景、文学的価値という点から、原文に忠実な翻訳を心がけた結果、それらの表現をあえて訳出しました。差別や侮蔑の助長を意図するものではないことをご理解ください。（編集部）